HEIDI AMSINCK

GOLD MÄDCHEN MORD

Thriller

Aus dem Englischen
von Ulrike Clewing

Die englische Originalausgabe erschien 2023 unter dem Titel
The Girl in the Photo bei Muswell Press, London.

Besuchen Sie uns im Internet:
www.knaur.de

Aus Verantwortung für die Umwelt hat sich die Verlagsgruppe
Droemer Knaur zu einer nachhaltigen Buchproduktion verpflichtet.
Der bewusste Umgang mit unseren Ressourcen, der Schutz unseres
Klimas und der Natur gehören zu unseren obersten Unternehmenszielen.
Gemeinsam mit unseren Partnern und Lieferanten setzen wir uns
für eine klimaneutrale Buchproduktion ein, die den Erwerb von
Klimazertifikaten zur Kompensation des CO_2-Ausstoßes einschließt.
Weitere Informationen finden Sie unter: www.klimaneutralerverlag.de

Deutsche Erstausgabe Dezember 2023
© 2023 Heidi Amsinck
© 2023 der deutschsprachigen Ausgabe Knaur Verlag
Ein Imprint der Verlagsgruppe
Droemer Knaur GmbH & Co. KG, München
This translation of *The Girl in the Photo*
is published by arrangement with Muswell Press.
Redaktion: Peter Hammans
Covergestaltung: Annette Dascher
Coverabbildung: Montage unter Verwendung eines Arcangel-Motivs
Rekha Garton/arcangel.com. Hintergrund und Details:
Collagen aus Motiven von Shutterstock.com
Satz: Sandra Hacke, Dachau
Druck und Bindung: CPI books GmbH, Leck
ISBN 978-3-426-53027-6

2 4 5 3 1

Für meine Schwester Helene

MÄRZ

1

MONTAG, 11:23 UHR

Hauptkommissar Henrik Jungersen wartete unter seinem Regenschirm, während der uniformierte Polizist, der als Erster am Tatort gewesen war, sich neben dem Blumenbeet aufrichtete.

»Wo?«, fragte er, nachdem der Mann sich übergeben und anschließend den Mund am Ärmel abgewischt hatte.

»Treppenabsatz im ersten Stock.«

Henriks müder Blick wanderte hinauf zu der roten Villa, die von einem makellosen Rasen und Zierkiefern umgeben war.

Das Gebäude war zu groß und zu ruhig.

Immer mehr Fahrzeuge fuhren die Schotterauffahrt hinauf. Blaues Blinklicht flackerte zwischen den hohen Nadelbäumen, die das Grundstück von der Straße abschirmten. Die Spurensicherung hatte er angewiesen, draußen zu warten, damit er einen Moment mit der Leiche allein zubringen konnte. Seinen weißen Kapuzenoverall hatte er bereits übergestreift, aber keine Lust, hineinzugehen.

Noch nicht.

Er ging zu dem Schäferhund hinüber, der neben dem Streifenwagen kauerte. Er hatte dem Opfer gehört und war allem Anschein nach tagelang im Garten hinter dem Haus eingesperrt gewesen. Der Partner des Polizisten, der sein Frühstück gerade wiedergesehen hatte, versuchte, den Hund dazu zu bewegen, aus einer Plastikflasche zu trinken. Der Vierbeiner gab sich desinteressiert. Es hatte offenbar genügend Pfützen gegeben, an denen er seinen Durst stillen konnte, mutmaßte Henrik.

7

Er kraulte das Tier hinter den Ohren und strich ihm über den seidigen goldenen Fleck auf der Stirn. Der Hund winselte unruhig. Vermutlich fragte er sich, was mit der Hand passiert war, die ihn normalerweise fütterte. »Wo hast du ihn gefunden?«

»Hinten im Garten«, sagte der Beamte. »Alles voller Scheiße. Die Nachbarin fühlte sich durch das Bellen gestört und hat bei der Polizei angerufen.« Die Beschwerde wurde anscheinend zunächst ignoriert.

»Wo genau nebenan?«, wollte Henrik wissen.

Der Beamte zeigte auf das Anwesen rechts neben der Villa. Henrik schaute hinauf und sah gerade noch, wie der Vorhang zurückfiel. Typisch für das noble Klampenborg, dass ein vor Neugier platzender Nachbar gleich bei der Polizei anruft, nur weil ein Hund Krawall macht. Da, wo er herkam, wäre man hingegangen, hätte mit seinem Nachbarn gesprochen und versucht, den Sachverhalt zu klären.

Jedenfalls hätte man nicht gleich die Behörden verständigt.

»Hat sie etwas gesagt?«

»Sie hörte gar nicht wieder auf«, sagte der Beamte, den Zeigefinger in Anspielung auf den mentalen Zustand der Nachbarin an die Schläfe gelegt. »Ich hatte keine Chance.«

Dumme Alte, dachte Henrik bei sich, während er Empörung in sich aufsteigen spürte. Wäre sie einfach nur rübergegangen und hätte geklingelt, als sie misstrauisch wurde, dann hätten sie das Problem jetzt nicht. Er würde ihr nachher einen Besuch abstatten und ihr die Meinung sagen.

Der Schäferhund würde sich hoffentlich bald erholen. Henrik hätte ihn gerne selbst aufgenommen, bis sich ein neuer Besitzer fand, aber er mochte Tiere und respektierte ihre Bedürfnisse, sodass ihm klar war, dass sein Leben kein Leben für einen Hund war.

In letzter Zeit jedenfalls nicht.

Nicht seit Jensen plötzlich wieder in sein Leben getreten war.

Wo war sie jetzt?

Ein gefährlicher Gedanke, den er gleich wieder zu verdrängen suchte. Von allen Frauen in Kopenhagen war Jensen die letzte, um die er sich Gedanken machen musste.

Seufzend atmete er weißen Dampf in die kalte, feuchte Luft hinaus. Verdammter Regen. Seit Wochen schon wollte es einfach nicht aufhören zu regnen. Grau in grau. Genau wie seine Laune. Sollte im März nicht eigentlich schon der Frühling anfangen?

Er schloss den Regenschirm, schleuderte ihn auf den Vordersitz seines Wagens und lief die Treppe zur Villa hinauf, wobei er die Blicke der Beamten im Rücken spürte.

Hinter der Eingangstür hatte sich ein Haufen Post angesammelt, hauptsächlich Werbung. Er streifte sich die Latexhandschuhe über, legte den Mundschutz an und beugte sich hinab, um einen der wenigen richtigen Briefe aufzuheben.

Frau Irene Valborg

Auf dem Umschlag befand sich kein Poststempel. Wann war die Ära der Poststempel zu Ende gegangen? Er öffnete den Brief und fand ein vor über zwei Wochen datiertes Schreiben. Die Mahnung des Zahnarztes. Kein gutes Zeichen, als hätte ihm der Gestank aus dem Inneren des Hauses nicht sowieso schon mehr gesagt, als er wissen musste.

In seinen Anfangstagen bei der Polizei hatten er und sein Kollege an einem heißen Tag einmal die Tür zu einer Wohnung in Valby gewaltsam aufbrechen müssen, nachdem sich Nachbarn über Gestank im Treppenhaus beschwert hatten. Er fand den Bewohner, einen Mann in den Achtzigern, mit weit aufgerissenen Augen auf dem Sofa sitzend vor, das Essenstablett noch auf dem Schoß. Der Fernseher dröhnte in voller Lautstärke.

Einen Monat war er schon tot gewesen.

Übersät von Fliegen.

Seitdem fürchtete Henrik diese Einzelgänger, die wie faules Obst in der Schüssel vor sich hin verrotteten. Das war der eigentliche

9

Grund, weshalb er unter dem Vorwand, den Tatort in Augenschein nehmen zu wollen, darum gebeten hatte, einen Moment mit der Leiche allein gelassen zu werden. Was immer er dort vorfinden würde, ihm war es lieber, keine Zuschauer zu haben.

In den vielen Jahren, die er schon bei der Polizei war, hatte er mehr als genügend Tote gesehen. Warum fand er diese Leichen im fortgeschrittenen Stadium der Verwesung, diese ausrangierten menschlichen Hüllen, so abscheulich und abnorm? Er konnte es sich selbst nicht erklären. Eine Leiche war schließlich eine Leiche.

Er wollte sich umdrehen und weglaufen, doch er konnte es nicht.

Nicht jetzt.

Nicht, wo alle Welt draußen zusah.

Das Schloss der Eingangstür schien neu zu sein und machte einen anständigen Eindruck. Es wies keine Einbruchsspuren auf, auch wenn das nicht unbedingt etwas zu bedeuten hatte. Einbrecher wussten, wie man in die Wohnung älterer Menschen gelangte. Außerdem gab es ein ziemlich ausgeklügelt wirkendes Alarmsystem. Henrik vermutete allerdings, dass es ausgeschaltet gewesen war, als der Mörder in das Haus eindrang, sonst wäre Irene vermutlich noch am Leben.

Er machte ein Foto von dem Aufkleber mit dem Namen der Sicherheitsfirma und notierte sich das Datum, an dem die Anlage installiert worden war.

Das Haus wirkte ordentlich und aufgeräumt, nichts deutete auf eine Unregelmäßigkeit hin. Es war vollgestopft mit Antiquitäten, abgenutztem altem Zeug, als wäre die Zeit hier vor einem Jahrhundert stehen geblieben. Neben dem Telefon lag ein spiralgebundenes Adressbuch, in dem mit krakeliger blauer Tinte vor allem die Telefonnummern von Handwerkern notiert waren. Soweit er es beurteilen konnte, wies nur wenig auf Familie oder Freunde hin.

Zu fehlen schien nichts. Einbrecher hatten es in der Regel auf Bargeld oder Wertgegenstände abgesehen, die sich schnell verkaufen ließen. Irgendwo in diesem großen, stillen Haus würde sich eine Handtasche mit leerem Portemonnaie oder eine aufgebrochene, ausgeplünderte Schmuckschatulle finden.

Auf dem Weg zur Treppe verriet ihm ein leises Brummen, dass er sich den Überresten dessen näherte, was einmal ein sprechender, gehender, atmender Mensch gewesen war. Langsam und zögerlich ging er die Stufen hinauf. Bevor er den Treppenabsatz erreichte, blieb er stehen und blickte über die letzte Stufe hinweg, wobei sich sein Mund zu einer unwillkürlichen Grimasse verzog.

Irene lag auf der Seite, direkt hinter einem Absperrgitter, das die Treppe von den Schlafzimmern in der ersten Etage trennte. Es stand halb offen. Hatte die alte Damen bemerkt, dass etwas nicht stimmte, versucht, das Gitter hinter sich zu schließen, und war dabei von dem Einbrecher überrascht worden? Sie war klein und schmächtig, wie ein Vogel, mit dünnen, zerbrechlich wirkenden Gliedmaßen.

Warum brachte man sie um, wenn man sie doch einfach zur Seite hätte schieben können? Die Perserbrücke auf dem Treppenabsatz hatte sich mit Blut vollgesogen und es in ihr hochkomplexes Muster aufgenommen. Wüsste man es nicht (etwa, weil man nicht über einen ausreichenden Geruchssinn verfügte), könnte man meinen, sie schliefe.

Abgesehen von ihren weit aufgerissenen Augen.

Und den Fliegen.

Und der Haut, die sich schon dunkel verfärbt hatte.

Er zwang sich, wie ein Polizist zu denken. Auch wenn sie ihn nervös machten, wusste er doch, dass die Fliegen und Larven, die sich in dem zentral beheizten Haus in großer Zahl entwickelt hatten, bei der Feststellung des Todeszeitpunktes äußerst hilfreich sein konnten.

An der bronzenen Statue eines Elefanten auf einem Marmorsockel, die neben der Leiche lag, klebten Haare und Hautpartikel. Als hätte der Einbrecher im Affekt gehandelt und sich den nächstbesten schweren Gegenstand geschnappt. Vielleicht war er in Panik geraten. Vielleicht hatte Irene geschrien, und er hatte sie zum

Schweigen bringen wollen. Wäre dem Eindringling klar gewesen, dass sich die Nachbarn mehr um den bellenden Hund sorgten als um das Wohlergehen eines Menschen, hätte er sich darum nicht scheren müssen.

Vorsichtig beugte sich Henrik über die Leiche. Seine Handflächen kribbelten. Ein Teil von Irenes Schädel fehlte. Ihr Gebiss hatte sich gelöst und ragte halb aus dem Mund, als gehörte es zu einem Theaterkostüm.

Gewalt war in seiner Jugend an der Tagesordnung gewesen. Die freitagabends regelmäßig stattfindenden Straßenschlachten mit zerbrochenen Flaschen, die ständige Bedrohung durch die Motorrad-Gangs. In seiner Straße war sogar jemand bei einem Raubüberfall erstochen worden. Nicht, dass er Grund gehabt hätte, die Vergangenheit zu romantisieren, aber in seinen Augen war die Gewalt in den letzten Jahren roher und extremer geworden.

Irene Valborg schien die achtzig deutlich überschritten zu haben. Selbst wenn der Täter die Absicht gehabt haben sollte, sie zu töten (was wohl keinesfalls nötig gewesen wäre), warum dann mit solch brutaler Gewalt?

Allmählich wurde Henrik flau im Magen. Vor dem Erbrechen bekam er immer diese Art geballter Kopfschmerzen. Speichel, den er gern ausgespuckt hätte, sammelte sich in seinem Mund.

Gerade hatte er sich zum Gehen gewandt, als er auf eine kleine Bewegung um Irene Valborgs Gesicht herum aufmerksam wurde. Gebannt beobachtete er eine Fliege, die sich gemächlich auf den Weg vom Mund zur Nase machte.

Ohne nach links und nach rechts zu schauen, stürmte er, zwei Stufen auf einmal nehmend, die Treppe hinunter, durch den düsteren Flur hinaus ins Freie, ausnahmsweise einmal dankbar für den Regen, denn es gab deswegen niemanden, der auf ein Zeichen von ihm wartete, das Haus nun zu betreten und mit den eigentlichen Ermittlungen zu beginnen.

2

»Ich nehme sie«, sagte Jensen.

Sie war gerade über die Wendeltreppe in den oberen Teil der Wohnung gelangt und stand auf dem regennassen Balkon. Der angekündigte Blick auf die Erlöserkirche enttäuschte sie nicht. Wie im Märchen erhob sich die braun-goldene Turmspitze spiralförmig über die roten Ziegeldächer der alten Wohnhäuser von Christianshavn. Weit unten, eingezwängt in das Gewirr der angrenzenden roten und gelben Wohnblöcke, befand sich ein winziger Hof mit Fahrrädern, Kinderwagen und einem hölzernen Picknicktisch, der von Sträuchern in Terrakottatöpfen umgeben war.

»Wirklich?« Die Maklerin klang überrascht.

Die Frau war stark parfümiert, und ihrem Keuchen nach zu urteilen, sollte sie nicht allzu häufig am Tag Treppen steigen.

»Ja. Ganz sicher«, erwiderte Jensen.

Unter der Dachschräge befanden sich eine Kommode und ein kleiner Futon. Das Mobiliar unten umfasste ein kleines Sofa, einen Esstisch und zwei Stühle.

»Ein bisschen klein vielleicht, aber für eine Person vollkommen ausreichend. Eigentlich sogar richtig gemütlich, nicht wahr?«, meinte die Maklerin, während Jensen sich umsah.

Klein war untertrieben. Die Wohnung war vertikal angeordnet. Der Raum unter den freiliegenden Eichenbalken war an den meisten Stellen zu niedrig, sodass ein Erwachsener dort nicht aufrecht stehen konnte. Aber von allen Wohnungen, die Jensen in den letzten Wochen besichtigt hatte, war sie die einzige, die sie sich vorstellen konnte. Die Miete war bezahlbar, und der Blick auf ihre Lieblingskirche in Kopenhagen hatte den Ausschlag gegeben.

Die Größe von kaum mehr als einem Handtuch und die nutzlosen Ecken und Winkel erklärten, warum die Wohnung länger als die wenigen Stunden auf dem Markt war, innerhalb derer Wohnungen in Kopenhagen üblicherweise vergeben wurden.

Als sie im Januar ihren Flug nach London abgesagt hatte, war der Container mit ihren Habseligkeiten bereits auf halbem Weg zurück nach England. Insgeheim war sie erleichtert. Alles, was sich in ihren fünfzehn Jahren als Auslandskorrespondentin angesammelt hatte, hätte sie nur an das Leben erinnert, das sie geführt hatte, bevor Margrethe beschloss, das Londoner Büro dichtzumachen. Sie konnte sich die Sachen nicht in der Kopenhagener Wohnung vorstellen, all die Bücher, die sie an glücklichen Samstagnachmittagen gekauft hatte, als sie durch das West End geschlendert war, ihre kunterbunte Sammlung von Trinkbechern.

Die Maklerin beäugte sie neugierig und fragte sich offensichtlich, was eine Frau in den Dreißigern ohne viel Hab und Gut dazu brachte, eine Wohnung anzumieten, ohne sie richtig in Augenschein zu nehmen.

»Darf ich fragen, was Sie beruflich machen?«

Eine ausgezeichnete Frage, und noch dazu eine, auf die Jensen keine Antwort hatte. Sie arbeitete nicht mehr beim *Dagbladet*, obwohl die Verlegerin Margrethe Skov immer wieder beteuerte, dass sie die Vergangenheit gerne ruhen lassen würde.

»Wenn ich zurückkomme, dann als investigative Journalistin. Ich suche mir die Geschichten aus, und du stellst mich von der Alltagsroutine frei.« Jensen hatte alles auf eine Karte gesetzt.

»Sehr witzig, Jensen, aber dir sollte klar sein, dass das ein Luxus ist, den sich das *Dagbladet* nicht mehr leisten kann«, hatte Margrethe mit aufrichtigem Bedauern in der Stimme geantwortet.

Sie hatten sich auf einen Kompromiss geeinigt: Wenn Jensen eine gute Geschichte hatte, würde Margrethe sie ihr zu den Konditionen freier Mitarbeit abkaufen.

Nachdem Jensens Artikel über den Magstræde-Mord auf der Titelseite des *Dagbladet* erschienen war, hatten ihr natürlich auch andere, darunter die Fernsehnachrichten des dänischen Rundfunks, Angebote gemacht.

»Sie sind genau das, was wir suchen«, hatte die Redakteurin gesagt.

Jensen hatte ihr gesagt, dass sie es sich durch den Kopf gehen lassen wolle.

Bei Margrethe wäre sie vermutlich untendurch gewesen, wenn sie zugestimmt hätte, zumal Jensen die letzten zwei Monate in ihrem Gästezimmer verbracht hatte, während Margrethe jeden Tag zur Arbeit gegangen war, um das *Dagbladet* über Wasser zu halten. Jensen hatte sich relativ schnell von den körperlichen Blessuren erholt, die sie in der Magstræde davongetragen hatte, aber es dauerte noch eine Weile, bis sie nachts wieder durchschlafen konnte. Sie war immer noch nervöser, als sie zugeben wollte, wenn sie die sichere Wohnung in Østerbro verließ. Schließlich aber war sie unruhig geworden. Die wenigen Sachen, die sie bei Margrethe hatte, passten in ein Taxi; in weniger als einer halben Stunde wäre sie umgezogen und hätte alles wieder ausgepackt. Gustav könnte ihr dabei helfen.

»Ich bin Journalistin«, eröffnete sie der Maklerin, während sie mit einem Finger einem Regentropfen an der Scheibe des Velux-Fensters folgte.

Was auch immer sich ergeben würde, das jedenfalls stimmte. Sie sprach nie einfach nur mit anderen Menschen, sie *interviewte* sie.

Stets in der Hoffnung, etwas aufzudecken, immer auf der Suche nach einem anderen Blickwinkel, während sie im Kopf schon die Schlagzeilen formulierte.

»Wem gehört die Wohnung?«, wollte sie wissen.

»Kristoffer Bro«, sagte die Maklerin, und als Jensens Gesicht keine Regung zeigte, fügte sie hinzu: »Er ist Unternehmer. IT. Sehr erfolgreich, sehr bekannt.«

»Nie von ihm gehört«, sagte Jensen. »Aber ich war ja auch ein paar Jahre weg.«

Die Maklerin nickte, als wäre das eine plausible Begründung. »Seine Freundin ist Schauspielerin. Man sieht sie oft im Fernsehen«, bemerkte sie und nannte irgendeinen Namen. »Wirklich umwerfend. Kristoffer lebt mit ihr in einem riesigen Haus in Nordhavn.«

Natürlich. Wer würde freiwillig in einem Besenschrank leben, wenn er es geschafft hatte? Eine Wohnung wie diese war etwas für Träumer.

Versager.

»Für wen arbeiten Sie?«, erkundigte sich die Maklerin.

»Ich bin selbstständig, vorerst jedenfalls«, sagte Jensen und klatschte sich den Staub von der Fensterbank von den Händen, bevor die Maklerin die nächste Frage, die sich bereits auf ihren kirschroten Lippen bildete, stellen konnte.

»Wann kann ich einziehen?«

»Lassen Sie mich nachsehen.« Die Maklerin lächelte, während sie einen Inhalator aus ihrer Handtasche fischte und einen Zug nahm. Ihr Lippenstift hinterließ einen knallroten Rand auf dem Mundstück. »Es gibt noch ein bisschen Papierkram zu erledigen. Ich brauche zwei Monatsmieten im Voraus. Und Kristoffer muss zustimmen.«

Jensen nickte und ging in den Hauptwohnbereich hinunter. Die Maklerin, deren schwere Schritte die Stufen bedrohlich knarren ließen, folgte ihr.

Jensen ging zu der kurzen Küchenzeile auf der einen Seite des Wohnzimmers und sah hinaus. In einer Wohnung auf der gegenüberliegenden Seite des Hofs erblickte sie einen jungen Mann, der mit konzentrierter Miene Kontrabass spielte.

»Und einen Einkommensnachweis muss ich noch sehen«, sagte die Maklerin.

»Na ja«, sagte Jensen, drehte sich um und lehnte sich ans Spülbecken. »Das könnte schwierig werden.«

»Ach so.«

»Aber ich verspreche Ihnen, dass ich die Miete zahlen kann.«

Jensen lächelte. Aber ihr Gegenüber hörte das offensichtlich nicht gern. Wie die Sonne hinter den Wolken war die Freundlichkeit augenblicklich aus ihrem Gesicht gewichen. »In diesem Fall muss ich Sie um eine Vorauszahlung von sechs Monatsmieten bitten.«

Jensen sagte nichts. Es war still im Raum. Sie vernahm das Prasseln des Regens an der Fensterscheibe, das Rauschen des Straßenverkehrs und das Knarren alter Balken. Sie konnte sich selbst in der Wohnung sehen. Sie gefiel ihr, und sie fühlte sich richtig an wie kein anderer Ort. Auch die Lebendigkeit von Christianshavn fühlte sich gut an.

Im Übrigen verriet ihr die Kieferspannung der Maklerin, dass die Frau nicht gern mit sich handeln ließ.

»Kein Problem«, sagte sie schließlich. »Aber dann würde ich am liebsten gleich heute Abend einziehen.«

Die Gesichtszüge der Frau entspannten sich. »Ich werde mal sehen, was ich tun kann. Sie scheinen es ja sehr eilig zu haben«, lachte sie.

Jensen dachte darüber nach. War das wirklich so? Bedeutete ›es eilig haben‹ nicht, dass sie eine Art Plan hatte? Sie hatte nämlich keinen.

Dennoch spürte sie Ungeduld in sich aufsteigen, als sie zur Tür ging. Sie hatte lange genug gezaudert. »Wenn ich mal eine Entscheidung getroffen habe, setze ich sie auch gern sofort um.«

3

MONTAG, 23:14 UHR

»Um Himmels willen, wer tut einer unschuldigen alten Dame so etwas an?«

Die dröhnende Stimme von Mogens Hansen, allen kurz als ›Monsen‹ bekannt, schreckte Henrik auf. Er hatte so lange über den Tatortfotos aus Irene Valborgs Villa in Klampenborg gebrütet, sie immer wieder angeschaut, dass seine Gedanken zu ganz anderen Dingen abgeschweift waren. Sein Team war auf seine Anweisung hin nach Hause gegangen. Mark Søndergreen und Lisbeth Quist, seine engsten Mitarbeiter im Team, waren noch geblieben, bis er auch sie schließlich überredet hatte, Feierabend zu machen. Über Nacht würde sowieso niemand Fortschritte erzielen.

»Kleine alte Damen sind nicht zwangsläufig unschuldig«, bemerkte er, kaum dass es ihm gelungen war, seine Überraschung darüber zu verbergen, den bekanntermaßen arbeitsscheuen Polizeioberrat kurz vor Mitternacht im Büro anzutreffen.

Monsen dünstete den säuerlichen Geruch von Rotwein und Zigarren aus, was ihm verriet, dass er von einem dieser Abendessen mit Kopenhagens Machern und Wichtigtuern kam. Er zeigte mit dem Finger auf Henrik. In seiner donnernden Stimme lag ein Lallen. »Wollen Sie damit sagen, dass sie es verdient hat, den Schädel eingeschlagen zu bekommen?«

»Natürlich nicht, aber wir sollten auch nicht unbedingt davon ausgehen, dass alte Leute immer nur nett und unschuldig sind. Ich empfinde es sogar als herablassend«, sagte Henrik, der sich unvermutet in der Rolle des Oberrats wiederfand, als hielte dieser einen Vortrag darüber, dass die Gesellschaft vor die Hunde ging.

Glücklicherweise wurde Monsen durch sein eigenes episches Gähnen abgelenkt. »Sie sprechen in Rätseln, Jungersen. Was machen Sie so spät noch hier?«

»Das Gleiche könnte ich Sie fragen.«

Monsen starrte ihn mit geröteten Augen an. »Bei Frau Jungersen mal wieder in Ungnade gefallen?« Monsen stupste Henrik mit dem Ellbogen in die Seite.

»Ich brauche ein wenig Zeit zum Nachdenken. Manchmal muss man warten, bis man hier seine Ruhe hat«, sagte Henrik.

Monsen gluckste. »Da will das Ei wohl klüger sein als die Henne.«

Leugnen war zwecklos. Monsen kannte ihn inzwischen lange genug, um zu erkennen, wann der Segen im Hause Jungersen schiefhing. Ein sicheres Indiz dafür war, wenn Henrik das Büro nur widerwillig verließ. Das war im Lauf der Jahre öfter vorgekommen, nur ließ ihn seine Frau diesmal nicht nach ein paar Tagen wieder zurück ins Haus.

»Ich habe es Ihnen schon tausendmal gesagt: Die Arbeit darf nicht zwischen uns und unseren Ehepartnern stehen«, sagte Monsen.

Bei Ihnen besteht da ja auch keine Gefahr, dachte Henrik.

Tatsächlich war die Arbeit für Henrik im Lauf der Jahre ein Mittel geworden, sich der unterkühlten Atmosphäre zu Hause zu entziehen, die in der Regel auf seine Kappe ging. Aber wie sollte er Monsen erklären, dass es Jensen war, eine Frau mit dunkelblauen Augen und der äußerst unangenehmen Angewohnheit, ihre Nase immer wieder in seine Angelegenheiten zu stecken, die seine Ehe belastete?

Monsen nahm Henriks Schweigen als Bestätigung dafür, dass er ins Schwarze getroffen hatte, und klopfte ihm auf die Schulter. Henrik wusste, dass der Polizeioberrat auf seine Rolle im Magstræde-Fall anspielte, als er einen einzigen Schuss mit seiner Heckler & Koch abgegeben hatte, weil Jensens Leben auf dem Spiel stand.

Seit er vor mehr als zwei Jahrzehnten zum ersten Mal eine Uniform angezogen hatte, trug Henrik eine Waffe. Zweimal im Jahr musste er auf einem Armee-Schießstand seine Fähigkeiten unter Beweis stellen. Er hatte seine Waffe also schon oft gezogen, aber bis zu jener Nacht hatte er sie im Dienst noch nie abgefeuert.

Natürlich hatte das ein Nachspiel. Es folgte ein langwieriges bürokratisches Verfahren, in dem er sich immer wieder rechtfertigen musste. Sein unmittelbarer Vorgesetzter, Polizeirat Jens Wiese, der die Sonderermittlungen leitete, hatte außerdem darauf bestanden, dass er einen Psychologen aufsuchte, was Henrik für unnötig hielt.

(»Ha, in dir steckt wirklich genügend Stoff für ein ganzes Lehrbuch«, hörte er seine Frau sagen.)

Monsen und Henrik standen eine Weile nebeneinander und betrachteten die Fotos von Irene Valborg, die aus verschiedenen

Blickwinkeln gemacht worden waren. Henrik wusste, dass Wiese diese kleinen Vieraugengespräche mit Monsen nicht schätzte. Er neidete ihnen ihre unkomplizierte Beziehung und fühlte sich übergangen. Monsen aber tat, was er für richtig hielt, und genau das schätzte Henrik an ihm.

»Also, was geht Ihnen durch den Kopf?« Der große Mann lockerte seine Krawatte, öffnete die beiden obersten Knöpfe seines weißen Hemdes und rülpste verhalten, wobei er einen schwachen Knoblauchgeruch verströmte.

»So einiges.« Henrik trat einen Schritt zurück. »Erstens: Was bringt eine alte Dame dazu, plötzlich einen Schäferhund zu kaufen und ihre Villa in das Fort Knox von Klampenborg zu verwandeln?«

Monsen sah ihn erstaunt an. »Das fragen Sie? Alte Menschen haben Angst vor Verbrechen. Ich bin froh, dass meine eigene Mutter nicht mehr lebt und den Zustand der heutigen Gesellschaft nicht mehr erleben muss. Gott sei ihrer Seele gnädig.«

»Aber warum jetzt? Warum nicht schon vor drei oder zehn Jahren?«

»Wahrscheinlich hatte die alte Dame in der Zeitung etwas gelesen, das ihr Angst machte. Hat sich vielleicht die Anzeigen in den Sonntagsbeilagen angesehen und eine Sicherheitsfirma mit einem übereifrigen Verkäufer eingeschaltet. Und weiter?«

»Warum wurde mit so brutaler Gewalt vorgegangen?«

»Aus Furcht, entdeckt zu werden? Um sicherzugehen, dass sie wirklich tot ist, damit sie nicht mehr reden kann? Oder infolge sozialer Verrohung, abhandengekommenen Anstands und fehlender Selbstbeherrschung? Suchen Sie sich was aus.«

Henrik schüttelte den Kopf. »Es war doch gar nicht notwendig, sie umzubringen.«

»Notwendig? Ist es jemals notwendig? Sehen Sie sich den Kerl an, der vor einem Monat in der Kleingartenanlage in Amager umgebracht wurde.«

Henrik erinnerte sich an den Fall. »Vagn Holved.«

»Genau der. Dem wurde der Kopf halb abgerissen, verdammt noch mal. Und wofür? Für ein paar Scheine in der Brieftasche und verschreibungspflichtige Medikamente?«

»Noch keine Hinweise?«

»Nichts.«

»Warum nicht?«

»Fragen Sie Lotte. Das ist ihr Fall.«

Warum nicht?, dachte Henrik, das Bild von dem peitschengeraden blonden Pferdeschwanz und der athletischen Figur seiner Kollegin vor Augen.

(»Jetzt?«, hörte er seine Frau sagen. »Ausgerechnet jetzt denkst du an Sex?«)

Seine Frau reagierte immer noch nicht auf seine Anrufe. Was musste er noch tun, damit sie ihm endlich zuhörte? Sich nackt vor der Tür ihres Hauses in den Staub werfen und sich »Entschuldigung« auf die Stirn tätowieren lassen?

»Sie sehen schlecht aus, Henrik, wenn ich mir die Bemerkung erlauben darf. Kaufen Sie Ihrer Frau ein paar Blumen und gehen Sie nach Hause«, sagte Monsen und zog mit einer zum Abschied träge erhobenen Hand davon.

Henrik unterdrückte ein zynisches Lachen. Es musste schön sein, in Monsens Kopf zu leben. In einer Welt, in der ein Rosenstrauß ausreiche, um die Wut einer Frau zu zügeln. Monsen kannte Henriks Frau nicht. Und das war auch gut so. Die Chancen des Polizeioberrats in einer direkten Auseinandersetzung mit ihr schätzte er eher gering ein.

»Fünf Minuten noch, dann bin ich hier weg«, belog er sich selbst.

Nachdem Monsen gegangen war und Henrik sicher war, allein zu sein, ging er in sein Büro, schloss die Tür hinter sich, ließ die Jalousien herunter und löschte das Licht.

Er war zu müde, um noch den Schlafsack auszurollen, den er in seinem Spind aufbewahrte. Er wusste, dass es so nicht weitergehen konnte, aber er musste seine Hotelkosten geringhalten, und bei seinem Vater zu wohnen, konnte er jetzt, da die Alzheimer-Erkrankung seiner Stiefmutter schlimmer geworden war, nicht ertragen.

Er setzte sich auf das Sofa, öffnete die Schnürsenkel seiner alten Springerstiefel und dachte an Jensen. Er hatte keine Ahnung, wo sie im Moment war. Von ein paar kleinen Artikeln im *Dagbladet* abgesehen, die darauf hindeuteten, dass sie sich noch immer in Dänemark aufhielt, war schon seit geraumer Zeit nichts mehr von ihr zu lesen gewesen. Nicht seit dem Magstræde-Fall, bei dem, das musste er sich eingestehen, Jensen ihn ausgetrickst hatte.

Er konnte ihr keine SMS schreiben. Wenn er überhaupt noch eine Chance haben wollte, seine Frau wiederzugewinnen, musste er sich jetzt von seiner besten Seite zeigen.

Ohne den kleinsten Ausrutscher.

Ein Patzer, und du bist raus.

Trotzdem wäre es schön gewesen, wenn Jensen ein Lebenszeichen von sich gegeben hätte. Wahrscheinlich war sie immer noch sauer auf ihn.

Seine Frau und Jensen.

Frauen, die über ein längeres Gedächtnis verfügten oder einen ausgeprägteren Hang hatten, Groll gegen jemanden zu hegen, würde man lange suchen müssen. Wie hatte er es geschafft, sich ausgerechnet mit diesen beiden zu entzweien? Selbst für seine Verhältnisse grenzte das an eine Heldentat.

Er seufzte tief, legte sich auf die Couch, deckte sich mit seiner Lederjacke zu und betete um Schlaf, der, das wusste er, wenn überhaupt erst in einigen Stunden käme.

4

DIENSTAG, 11:47 UHR

Mit ihrem platinblonden Haar, dem pinkfarbenen Mantel und ihrem orangefarbenen Teint erhellte Christina Vangede den nassen Parkplatz gegenüber der Kirche von Gentofte wie eine menschliche Leuchtreklame. Ihr Make-up löste sich in Tränen auf, was seltsam war, denn von den anderen Trauernden, die sich jetzt eilig in ihre Autos flüchteten, schien niemand von dem Ereignis so schwer gezeichnet zu sein. Jensen vermutete, dass es sich hauptsächlich um Geschäftsfreunde handelte. Carsten Vangede wurde respektiert, vielleicht sogar gemocht, von niemandem aber geliebt, beschloss sie. Außer von seiner Schwester.

Der Gerichtsmediziner war zu dem Schluss gekommen, dass Carsten sich erhängt hatte, nachdem er bankrottgegangen war, aber Deep Throat, die anonyme Quelle, die Jensen berichtet hatte, wie er selbst und Carsten von ihren eigenen Buchhaltern betrogen worden waren, hatte etwas anderes behauptet. Stunden vor seinem Tod hatte Carsten einen Flug nach Thailand gebucht. Welcher Selbstmörder tut so etwas? Jensen hatte beschlossen, in Dänemark zu bleiben, um das herauszufinden, aber die Geschichte hatte sich als kompliziert erwiesen.

Zu ihrer Erleichterung hatte sich Deep Throat nicht unter die Trauergäste bei Carstens Beerdigung gemischt. Er wäre entsetzt über das dürftige Ergebnis ihrer Untersuchung, und sie wollte ihn nicht enttäuschen.

Dafür war noch viel Zeit.

Das Problem war, dass sich niemand für Selbstmorde bankrotter, alkoholkranker, unverheirateter dänischer Männer in ihren Fünfzigern interessierte, schon gar nicht die Polizei. »Er hat also ein Flugticket gekauft, bevor er sich umgebracht hat. Wen interessiert das?«, hatte sie der Polizist gereizt gefragt, bevor er auflegte.

Was würde Henrik davon halten? Er hielt sich bedeckt. Sie nahm an, dass er ein schlechtes Gewissen hatte, weil er nicht, wie versprochen, aufgetaucht war, um sie zum Flughafen zu fahren.

Zu Recht.

Sie tastete in ihrer Tasche nach dem Brillenetui, das Vangedes betrügerischem Buchhalter gehört hatte. Sie schloss die Hand um die kalte, glatte, längliche Form. Es war jetzt die einzige Verbindung zu dem Mann, der den Namen Bjarne Petersen benutzt hatte, um das Geld aus Carstens Firma zu ziehen.

Carsten hatte ihr das Etui gegeben.

Es musste eine Bedeutung haben.

Auf der Innenseite des Deckels standen in goldenen Lettern Name und Anschrift eines Optikers in Randers. Eine Spur, die laut Vangede ins Leere geführt hatte. Trotzdem wollte Jensen selbst mit dem Optiker sprechen. Die Nachrichten, die Gustav und sie ihm hinterlassen hatten, waren bisher unbeantwortet geblieben.

Der Pfarrer hatte den Beerdigungsgottesdienst mit einem einzigen engagierten Kirchensänger abgehalten, der die murmelnde Gemeinde durch dänische Gesänge schleppte, die Jensen noch aus der Schule gut kannte.

Gustav hätte sich der Totenwache in einem nahe gelegenen Bistro gern angeschlossen, aber Jensen zog es vor, mit Christina zu sprechen, bevor sie die Gelegenheit bekam, sich zu betrinken oder sentimental zu werden, je nachdem, was zuerst eintrat.

Die Frau sah ihrem toten Bruder nicht im Geringsten ähnlich und war zum Glück viel gesprächiger. Ihr verbrauchtes Gesicht und die raue Stimme ließen darauf schließen, dass die Geschwister die Vorliebe für Partys geteilt hatten. »Ich fühle mich so schlecht«, sagte sie, zündete sich unter ihrem leopardengefleckten Schirm eine Zigarette an und stieß den Rauch zu einem Mundwinkel hinaus. Ich hätte für ihn da sein sollen, aber ich hatte keine Ahnung, wie schlimm es um ihn stand.«

»Wann haben Sie ihn zuletzt gesehen?«

Christina zuckte mit den Schultern. »Letztes Jahr vor Weihnachten, glaube ich.«

»Welchen Eindruck machte er auf Sie?«

»Es ging ihm nicht gut. Er war deprimiert. Irgendwie in sich gekehrt. Aber wir haben nicht lange geredet. Er kam vorbei, als wir Mamas Haus ausgeräumt haben. Sie ist letztes Jahr gestorben, und Carsten war gekommen, um sich ein paar Erinnerungsstücke abzuholen. Natürlich hat er nicht einen Finger krumm gemacht, um zu helfen. Ich meine, verstehen Sie mich nicht falsch. Ich habe meinen großen Bruder geliebt, aber er konnte manchmal ein richtiges Arschloch sein.«

Sie schloss die Augen, zog tief an der Zigarette und schüttelte den Kopf, als wolle sie schlechte Erinnerungen abschütteln.

»Wie meinen Sie das?«, fragte Jensen.

»Einfach verdammt unzuverlässig. Egoistisch. Früher hat er mir ab und zu geholfen, mit den Kindern und so, und mit einem Mal war Schluss.«

»Sie meinen, er hat Ihnen immer wieder Geld gegeben?«

»Ja, dann plötzlich nicht mehr. Er hat eine Menge Geld mit den Bars verdient, die er betrieb, während ich kaum über die Runden gekommen bin.«

»Eigentlich war er aber pleite«, wendete Jensen ein.

»Wirklich?« Ihre raupenartigen Augenbrauen trafen sich in der Mitte, als sie die Stirn krauszog. »Woher wissen Sie das?«

Jensen zog es vor, nicht zu antworten. Christina würde früh genug erfahren, dass ihr Bruder mittellos war. Sollte sie auf ein Erbe hoffen, würde sie eine bittere Enttäuschung erleben.

»Ich habe ihn immer wieder gefragt, aber er hat mich dauernd nur angebrüllt. Deshalb habe ich mich nicht mehr mit ihm getroffen. Die Kinder habe ich auch nicht mehr zu ihm gebracht. Wenn ich ehrlich bin, hatte er einen schlechten Einfluss auf sie.«

Gustav und Jensen warfen sich gegenseitig einen Blick zu. Den drei halbwüchsigen Rabauken nach zu urteilen, die sich auf dem

Rücksitz von Christinas Kia zankten, war das Kind längst in den Brunnen gefallen.

Christina hatte ihre Zigarette fast bis zum Filter aufgeraucht, und Jensen war klar, dass ihnen nicht mehr viel Zeit blieb. »Hat Sie der Selbstmord Ihres Bruders überrascht?«

»Überrascht? Ich war zu Tode erschrocken, als die Polizei bei mir auftauchte. Zuerst dachte ich, es ging um einen meiner Jungs. Ich hätte fast einen Herzinfarkt gekriegt.«

»Ich meine, war das untypisch für Carsten?«

Christina nahm einen letzten kräftigen Zug, ließ den Zigarettenstummel auf den Asphalt fallen und trat ihn mit ihrem braunen Wildlederstiefel aus. »Ist es nicht immer untypisch? Bis jemand es dann doch tut. Der Scheißkerl.«

»Schauen Sie!« Jensen kritzelte ihre Handynummer auf eine zerknitterte Visitenkarte des *Dagbladet*. »Ich gehe nicht davon aus, dass wir uns Carstens Haus mal ansehen können? Nicht jetzt sofort, meine ich, aber vielleicht überlegen Sie es sich und rufen mich an?«

Christina beäugte die Karte. »Sie wollen über meinen Bruder schreiben?« Ihr Kummer schien für einen Moment vergessen.

»Ja«, sagte Gustav. »Wir versuchen herauszubekommen, ob …«

Jensen unterbrach ihn. »Wir recherchieren. Gustav wollte sagen, dass wir für einen Beitrag über Selbstmorde von Männern recherchieren. Ich habe Ihren Bruder vorher einmal getroffen, und als … na ja, das hat mein Interesse geweckt.«

»Ach ja? Wann war das?«

»Im Januar ungefähr.«

»Und?«

»Er war ziemlich betrunken, ehrlich gesagt.«

»Klar«, sagte Christina, während sie Jensens Visitenkarte einsteckte und in ihren Kia stieg. »Klingt ganz nach meinem Bruder.«

5

Regitse Lindegaard war fast eine halbe Stunde zu spät, als sie mit ihrem panzerartigen grauen Volvo die Auffahrt zur Villa ihrer Mutter heraufgerollt kam. Nicht, dass sie es für nötig hielt, sich dafür zu entschuldigen. Nachdem sie in strömendem Regen mit über den Kopf gezogenem Trenchcoat vom Auto zur Haustür gelaufen war, reagierte sie eher irritiert denn verlegen, als sie Henrik und Mark im Eingangsbereich warten sah. Sie war Ende fünfzig und sah aus, als wäre sie in einen Schminktopf gefallen, sah jedoch nicht schlecht aus, wenn man denn eine Frau mochte, die keine Möglichkeit ausließ, sich ein jüngeres Äußeres zu verschaffen. Henrik selbst war wenig angetan, und die Verspätung von Regitse trug kaum dazu bei, ihn für sie einzunehmen. Demonstrativ sah er auf die Uhr und wartete nahezu respektlos schweigend, bis sie die Nässe von den Mantelärmeln gewischt und sich ausgiebig über den Zustand des Kopenhagener Verkehrs ausgelassen hatte. Ihr Parfüm verweilte in der abgestandenen Luft wie ein ungebetener Gast.

»Hauptkommissar Jungersen«, stellte er sich vor. »Und das ist mein Kollege Mark Søndergreen.«

Ihre Hand war knochig und kalt, und als er sie ergriff, grub sich die Form eines respektablen Diamanten in die Spitze seines Zeigefingers. »Regitse«, stellte sie sich vor.

Anders als die meisten Hinterbliebenen hatte sie nicht zuerst die Leiche ihrer Mutter sehen wollen, sondern lediglich um ein Treffen in der Villa gebeten. Keine Tränen, keine besorgten Fragen danach, wie ihre Mutter zu Tode gekommen war. Auf den ersten Blick war das natürlich verdächtig, aber Henrik hatte die Erfahrung gemacht, dass ein Täter zumindest versucht hätte, die eigene Gleichgültigkeit irgendwie zu überspielen.

»Mein aufrichtiges Beileid zu Ihrem Verlust.« Henrik beobachtete ihr Gesicht genau. Zeigte sie eine Reaktion?

Keine Reaktion.

Außer einem Zucken an ihrem linken Auge, als sie an ihnen vorbei ins Haus ging, war da nichts zu erkennen. Henrik hatte den Eindruck, dass Regitse, selbst wenn sie trauern sollte, was er bezweifelte, in ihrer Gegenwart niemals weinen würde.

»Wir haben immer noch kein Motiv für den Mord an Ihrer Mutter. Jeder Hinweis von Ihnen wäre hilfreich«, sagte er, während Mark und er ihr ins Wohnzimmer folgten.

»Ich dachte, es war ein Einbruch?«

Ihre abgehackte Sprechweise, die trotz vieler Jahre in einem Vorort von Aarhus kaum schwächer geworden war, verriet ihre vornehme Herkunft aus dem Norden Kopenhagens.

»Ein Einbruch ist durchaus eine Möglichkeit. Wir hatten gehofft, Sie könnten uns sagen, ob etwas fehlt«, erwiderte Henrik.

Regitse war bereits dabei, sich einen Überblick über den Schmuck zu verschaffen. Stirnrunzelnd betrachtete sie jedes Bild, öffnete Schatullen und nahm Porzellanfiguren heraus. Zu Henriks Überraschung war die Handtasche von Irene Valborg neben ihrem Bett gefunden worden. In ihrer Brieftasche befanden sich dreitausend Kronen. Bis auf die Ringe an den Fingern der alten Frau war jedoch kein Schmuck zu sehen gewesen. Damit hatte sich der Mörder nicht weiter aufgehalten.

»Und?«

»Es scheint nichts zu fehlen.«

»Wann haben Sie Ihre Mutter das letzte Mal besucht?«, hakte Henrik nach, während er sich fragte, woher sie diese Gewissheit nahm. Regitse ignorierte die Frage.

»Haben Sie den Safe überprüft?«, wollte sie wissen.

»Welchen Safe?«

Etwas vor sich hin murmelnd ging Regitse zur Treppe. »Anfänger.«

»Moment. Der Anblick könnte wenig erfreulich sein«, warnte Mark.

Zu spät.

Regitse starrte bereits auf den dunklen Fleck auf dem Treppenabsatz. Den Orientteppich, auf dem ihre Mutter gestorben war, hatte die Spurensicherung bereits entfernt.

»Hier ist sie also gestorben.« Ihre harte äußere Schale schien für einen kurzen Moment Risse zu bekommen.

»Ja, sie könnte versucht haben, sich in Sicherheit zu bringen, indem sie das Gitter hinter sich schloss, als der Mörder sie von hinten angriff«, erläuterte Mark.

Langsam gewann Regitse ihre Fassung wieder und sah sich nun etwas würdevoller um. An den Wänden hafteten Reste von rotem Pulver, mit dem Möbel und Dekorationsstücke auf Fingerabdrücke hin untersucht worden waren. »Hier stand die Statue eines Elefanten, eine Bronzestatue.« Sie deutete auf das niedrige Bücherregal auf dem Treppenabsatz, auf dem ein helleres Rechteck die Form des Sockels markierte.

»Er wurde als Beweisstück mitgenommen. Wir gehen davon aus, dass diese Statue die Mordwaffe war«, erklärte Mark.

Regitse nickte und ging auf Zehenspitzen um den Fleck herum ins Schlafzimmer ihrer Mutter. Das Bett war gemacht, das Zimmer aufgeräumt, es lagen weder Kleider noch andere Gegenstände herum. Nichts deutete darauf hin, dass Irene Valborg vielleicht im Begriff gewesen war, sich schlafen zu legen. Und Hinweise darauf, dass sie gerade aufgestanden war, gab es auch nicht. Nicht selten gehen Einbrecher ihrer Arbeit am helllichten Tage nach, besonders in einer ruhigen Gegend wie dieser. Die Regel war es aber nicht. Bedeutete das, dass der Täter doch kein Einbrecher war?

Regitse steuerte geradewegs auf ein Ölgemälde an der gegenüberliegenden Wand zu. Eines von etlichen goldgerahmten dänischen Landschaften, die die Wände des Schlafzimmers zierten. Sie nahm das Bild von der Wand.

Zu seiner Überraschung sah Henrik die Metalltür eines in die Wand einbetonierten Tresors. Keinem aus seinem Team war sie aufgefallen. Die Tür war nicht verschlossen.

»Er ist leer«, sagte Regitse, während sie den Innenraum abtastete. »Das habe ich mir schon gedacht. Darin befand sich ein Diamantencollier im Wert von einigen Millionen Kronen. Da haben Sie Ihr Motiv, Herr Kommissar.«

»Hauptkommissar«, korrigierte Henrik sie. »Lassen Sie uns keine voreiligen Schlüsse ziehen. Wer sagt, dass Ihre Mutter das Collier nicht verkauft hat?«

»Verkauft? Ha! Sie kennen meine Mutter nicht.«

»Ich habe den Eindruck, dass Sie beide sich nicht sehr nahestanden.«

»Was hat das damit zu tun?«, giftete Regitse zurück.

»Wenn sie mit der Kette etwas gemacht hat, dann haben Sie es vielleicht nur nicht als Erste erfahren«, entgegnete Henrik.

»Glauben Sie mir, das Collier war ihr ganzer Stolz. Ihr *einziger* Stolz und ihre einzige Freude. Es war ihr wichtiger als ihre Nächsten und Liebsten.«

»Ein Erbstück?« Mark machte eifrig Notizen.

»Nein.«

»Was dann?«

»Sie hat es gekauft, kurz nachdem ich zu Hause ausgezogen war. Sie hatte eine Erbschaft gemacht.«

»Von wem?«, erkundigte sich Mark.

»Von irgendeinem Verwandten, was weiß ich. Aus der Familie meiner Mutter kennen wir niemanden.«

»Hat sie das Collier jemals getragen?«

»Natürlich nicht. *Dazu* war es viel zu teuer«, spottete Regitse.

Sie war zum Nachttisch ihrer Mutter gegangen und kramte in den Sachen in der Schublade herum. Henrik spürte, wie seine Geduld schwand. »Woher wussten Sie so genau, wo der Safe war?«

»Weil sie ihn mir gezeigt hat. Sie war sehr stolz darauf, dass sie so klug gewesen war, sich einen zu besorgen.«

Sie war also immer schon auf ihre Sicherheit bedacht gewesen, war kein Risiko eingegangen. Trotzdem hatte sie vor Kurzem die Sicherheitsmaßnahmen rund um ihr Haus verstärkt und sich gewissermaßen darin verbarrikadiert.

»Die goldene Uhr meines Vaters fehlt«, merkte Regitse an.

»Sind Sie sicher?«

»Natürlich bin ich mir sicher. Meine Mutter hat sie seit dem Tod meines Vaters in dieser Schublade aufbewahrt.«

»War sie wertvoll?«

»Ich glaube nicht. Mein Vater legte keinen Wert auf materielle Dinge.«

Im Gegensatz zu dir und deiner Mutter, dachte Henrik. »Sonst noch etwas?«

Regitse sah sich um. »Ich glaube nicht.«

Henrik war kein Experte, aber im Raum befanden sich einige andere, durchaus wertvoll aussehende Gegenstände, darunter Gemälde und Silber. Es könnte sich um einen Auftragsdiebstahl handeln, aber warum lässt man eine alte Uhr mitgehen, wenn es Wertvolleres zu stehlen gibt?

»Wissen Sie, warum sie neue Schlösser hat einbauen lassen? Oder die Alarmanlage?«, fragte Henrik.

Regitse zuckte mit den Schultern. »Keine Ahnung, aber es überrascht mich auch nicht. Sie war immer von der Paranoia besessen, dass ihr jemand die Halskette wegnehmen wollte. Ich durfte sie nicht einmal anfassen.«

»Und der Hund?«

Regitse Lindegaard runzelte die Stirn. »Welcher Hund?«

Während Mark ihr von dem Schäferhund berichtete, führte Henrik die Fingerspitzen an die Schläfen und schloss die Augen. Nichts ergab einen Sinn. Wenn das Schmuckstück trotz Irenes Paranoia wirklich gestohlen worden war, woher wusste der Mörder, dass es an diesem Ort war? Wichtiger noch: Wie war es ihm gelungen, ohne Winkelschleifer in den Safe zu gelangen? Hatte sie ihn geöffnet? Oder war er schon offen gewesen?

David Goldschmidt vom Gerichtsmedizinischen Institut würde ihm das sagen können. Henrik aber war sich ziemlich sicher, dass die alte Frau nicht gefoltert worden war, um ihr den Code zu entlocken.

31

»Fällt Ihnen jemand aus ihrem Umfeld ein, der das getan haben könnte?«

»Umfeld? Meine Mutter war sechsundachtzig. Es gab eine Putzfrau, aber *die* hat sie kurz vor Weihnachten entlassen.«

»Ach ja?« Henrik wurde hellhörig. »Woher wissen Sie das?«

»Weil Minna mich angerufen hat, um sich zu beschweren. Jahrelang hat sie für meine Mutter gearbeitet, und dann heißt es plötzlich ›Vielen Dank, nimm dein restliches Geld und geh.‹«

Mark kam mit seinem Notizblock herein. »Können Sie mir Minnas vollständigen Namen und eine Telefonnummer nennen?«

Regitse kam seinem Wunsch nur widerwillig nach. »Aber eines sage ich Ihnen, Minna hat es nicht getan. Es ist nicht ihre Art, so etwas tut sie nicht, und ihr Mann ist praktisch invalide.«

»Wer war es dann?« Henrik war plötzlich etwas in den Sinn gekommen. »Gibt es hier einen Gärtner?«

»Troels, ja. Dem Zustand des Rasens und der Einfahrt nach zu urteilen, hat sie *ihm* nicht gekündigt. Andererseits aber war meine Mutter stets sehr darauf bedacht, den Schein zu wahren. Mochte der Apfel im Kern noch so faul sein, Hauptsache war, dass er von außen glänzte und hübsch rot aussah.«

Auf Sie trifft das wohl nicht zu, oder?, sinnierte Henrik, während Mark die Kontaktdaten des Gärtners sorgfältig notierte, der zusammen mit der Reinigungskraft befragt werden sollte.

»Ich bezweifle, dass Minna oder er von dem Safe überhaupt etwas wussten. Vielleicht hat meine Mutter versehentlich einem Fremden gegenüber eine Bemerkung gemacht. Vielleicht haben ihr irgendwelche gerissenen Typen das Sicherheitssystem angedreht.«

Nicht ausgeschlossen, überlegte Henrik, aber den offenen Safe erklärte das nicht. Auch nicht, warum Irene Valborg sterben musste. Das war aber nicht das Einzige, was in diesem Fall unerklärlich war. »Wer sagt uns, dass nicht Sie die Kette gestohlen haben? An den Code zu kommen, wäre für Sie ein Kinderspiel gewesen. Sie könnten den Einbruch vorgetäuscht haben«, spekulierte er. »Vielleicht haben *Sie* sie umgebracht.«

»Warum sollte ich meine eigene Mutter töten?«

Henrik blickte um sich. »So ein Klotz von Haus ist doch sicher nicht billig. Darf ich annehmen, dass Sie laut Testament Ihrer Mutter die einzige Erbin sind?«

»Wenn ich sie hätte umbringen wollen, um an das Erbe zu kommen, warum hätte ich dann das Collier stehlen sollen?«

»Vielleicht wollten Sie es nicht, aber Ihre Mutter kam Ihnen in die Quere. Oder Sie haben sich das Collier ausgedacht, um uns in die Irre zu führen. Oder Sie haben sie umgebracht, nicht an den Schmuck gedacht und erst jetzt zu Ihrer offensichtlichen Verärgerung entdeckt, dass es fehlt.«

Er spürte Marks auf ihn gerichteten Blick. Er ging zu weit.

Regitse reagierte bemerkenswert gelassen. »Stimmt, ich bin verärgert, aber umgebracht habe ich sie nicht. Sie vergeuden Ihre Zeit, während der wahre Mörder da draußen frei herumläuft.«

Sagte sie die Wahrheit? Wäre es ihr um Geld gegangen, hätte sie nicht lange warten müssen, und ihre Mutter wäre eines natürlichen Todes gestorben. Es sei denn, sie war verzweifelt?

»Was ich nicht verstehe,« fing Henrik an. »Warum haben Sie Ihre Mutter nicht öfter besucht?«

»Ich habe sehr viel zu tun. Und mein Mann hat einen sehr anspruchsvollen Job«, erklärte Regitse, während sie in einem weiteren Schmuckkästchen kramte.

»Trotzdem, dann und wann ein Anruf, um sich zu vergewissern, dass es ihr gut geht? Mehr als ein paar Minuten hätte Sie das doch nicht gekostet.«

Regitse klappte den Deckel der Schatulle zu und trat auf Henrik zu. Unmittelbar vor ihm blieb sie stehen, sodass er das Puder sehen konnte, das sich in den feinen Härchen auf ihrer Oberlippe verfangen hatte, und die Wimperntusche, die im Regen verlaufen war und sich wie schwarze Tränen in den Augenwinkeln festgesetzt hatte. Sie sah ihn entschlossen an. »Ihr Job ist es, den Täter zu fassen und die Halskette zurückzubringen. Habe ich mich klar ausgedrückt?«, sagte sie mit vorgerecktem Kinn.

Henrik verschränkte die Arme vor der Brust, baute sich breitbeinig vor ihr auf und begegnete ihrem Blick.

Zwischen ihnen Mark. Sein Blick huschte nervös hin und her.

»Na los«, sagte Regitse. »Worauf warten Sie noch?«

Henrik spürte Wut in sich aufsteigen. Er hatte es satt, ständig der Prügelknabe zu sein.

Der seiner Frau.

Der von Jensen.

Sich nach gerade mal zwei Stunden Schlaf auf den Beinen zu halten, um sich von Leuten wie Regitse Lindegaard beschimpfen zu lassen. Dafür hatte sie sich den falschen Tag ausgesucht. »Wer Sie sind oder was Ihr Mann macht, interessiert mich nicht. Aber zu sagen haben Sie hier nichts«, verkündete er und zeigte mit dem Finger direkt auf sie. »Das hier sind meine Ermittlungen.«

Regitse lachte, als Mark vergeblich versuchte, Henriks Arm herunterzudrücken. »Sie armseliges Würstchen. Ich bleibe über Nacht in Kopenhagen. Informieren Sie mich, wenn es Neuigkeiten gibt.«

Sie ging zur Tür.

»Es gibt in diesem Moment Neuigkeiten«, sagte Henrik mit fester Stimme. Sie blieb stehen. »Sie werden uns begleiten.«

»Warum?« Das Lachen war Regitse aus dem Gesicht gewichen.

»Wir müssen das, was Sie uns gerade erzählt haben, schriftlich festhalten. Ich bin sicher, dass Sie unsere Ermittlungen bestmöglich unterstützen möchten, auch wenn es einige Zeit dauern wird. Mark hier ist mit seinen zwei Wurstfingern nicht der schnellste Tipper. An Ihrer Stelle würde ich meine Nachmittagstermine absagen.«

6

DIENSTAG, 17:14 UHR

Gustav kam über die Schwelle von Jensens neuer Wohnung gestolpert, ließ die Kiste, mit der er sich abschleppte, auf den Stapel im Wohnzimmer fallen, warf sich zu Boden und rollte sich auf den Rücken. »Nie wieder!«, schrie er.

Jensen wäre seinem Beispiel gefolgt, könnte sie sich nur darauf verlassen, dass sie wieder hochkam. Sie ging zum Wasserhahn in der Küche, ließ sich das kalte Wasser direkt in den Mund laufen und trank in gierigen Schlucken.

Nach der Beerdigung waren sie zu IKEA in Gentofte gefahren. Es war die Hölle. Fiel diesen Massen an Menschen an einem regnerischen Dienstag im März nichts anderes ein, als flach zusammengelegte Möbel zusammenzuraffen? Gustavs Belohnung für das Holen und Schleppen war ein Teller *Köttbullar* in der Cafeteria gewesen. Darauf hatte er bestanden, bevor sie losfuhren. Während sie an einer Wasserflasche nuckelte, sah sie mit Abscheu zu, wie er die Frikadellen mit Kartoffelbrei und Soße in sich hineinschlang.

»Was guckst du mich so an?«, fragte er mit vollem Mund. »Das ist Tradition. Bei dir geht ein Heiligabend ohne Mandelreis mit Kirschsauce doch auch nicht, oder?«

»Eigentlich doch.« Sie erschauderte bei dem Gedanken an den kalten Mandelreis, der in ganz Dänemark nach dem gebratenen Vogel auf den Tisch kommt. »Ich hasse Mandelreis.«

»Weißt du, was dein Problem ist?« Gustav zeigte mit einer aufgespießten Frikadelle auf sie. »Du warst zu lange weg von Dänemark. Sogar dein Akzent ist komisch geworden.«

»Mein Akzent?«

»Ja.« Gustav fing an, Dänisch mit britischem Akzent nachzuäffen.

Sie ließ die Wasserflasche auf seinen Arm niedersausen, und er lachte, den Mund voll halb zerkautem Fleisch. Dabei hatte er selbst in den von kreischenden Kindern und streitenden Paaren nur so wimmelnden verschlungenen Gängen die Segel gestrichen.

»Was brauchst du denn noch alles?«, hatte er gestöhnt, während sich Bettzeug, Handtücher, eine Kleiderstange und Lampenschirme im Einkaufswagen stapelten. Hinzu kamen noch Geschirr, Besteck, Töpfe und Pfannen, Gläser, Kissen, ein Teppich, eine Kaffeemaschine, ein Wasserkocher, Geschirrtücher und eine Uhr.

Mit Dutzenden anderer ermatteter Kunden hatten sie vor der Kasse in der Schlange gestanden, als plötzlich Jensens Telefon ertönte. Sie erkannte Randers' Telefonnummer: der Optiker, der einst dem betrügerischen Buchhalter von Vangede eine Brille mit Metallrahmen verkauft hatte.

Endlich.

Er klang aufgebracht. »Jensen?«

»Am Apparat.«

»Fünfundzwanzig Nachrichten haben Sie auf meinen Anrufbeantworter gesprochen. Ich habe keine Ahnung, wer Sie sind, aber ich will, dass das aufhört. Sofort.«

»Ich bin Journalistin. Ich schreibe über den Tod von Carsten Vangede. Sind Sie …«

»Nein«, fiel ihr der Optiker ins Wort. »Ich weiß nichts über diese Brille. Ich verkaufe Hunderte davon.«

»Vangede war also schon bei Ihnen?«

»Ich möchte nicht mit Ihnen reden.«

»Aber Sie müssen die Verschreibung für die Brille doch noch haben. Der Mann, den ich suche, hieß Bjarne Petersen. Er könnte …«

»Schluss, ich will kein Wort mehr hören.« Der Optiker war kurz davor zu schreien.

Dann legte er auf.

Gustav starrte sie fragend an. »Und?«

»Das war der Optiker. Er klang seltsam«, sagte Jensen.

»Wie seltsam?«

»Als hätte er vor etwas Angst.«

Schließlich waren sie durch die Kasse hindurch und damit beschäftigt, die sperrigen Kartons und Haushaltsgegenstände zum Parkplatz zu schaffen.

Jensen ging das Gespräch nicht aus dem Kopf. War der Optiker unter Druck gesetzt worden? Und wenn ja, von wem?

»Wäre es nicht viel einfacher gewesen, den Container mit deinen Sachen einfach nach Kopenhagen zurückzuholen?«, rief ihr Gustav, auf dem Boden liegend, von unten zu.

»Schon möglich. Aber so ist es mir lieber: neue Sachen, neuer Anfang. Außerdem weiß ich noch gar nicht, ob ich für immer bleibe.«

Gustav deutete auf die Packstücke. »Sieht mir aber schwer so aus.«

Jensen stand nicht der Sinn danach, sich in Erklärungen zu ergehen. Er würde nicht verstehen, dass es klüger war, das Leben in Kopenhagen erst einmal anzutesten. Käme sie im Herbst zu dem Schluss, dass es nicht das Richtige für sie war, konnte sie die Wohnung einfach dem nächsten Mieter überlassen und nach London zurückgehen.

Die Wohnung war perfekt. Fast. Die Waschmaschine funktionierte nicht, und so langsam gingen ihr die sauberen Klamotten aus. Sie schrieb schnell eine Nachricht an die asthmatische Maklerin (*hochste Zeit, dass sie etwas für ihr Geld tat*), dann schleuderte sie Gustav ein Kissen zu. »Na los, beweg dich. Du hast zu tun.«

»Was?«, jammerte Gustav. »Davon hast du nichts gesagt.«

»Du hattest doch nicht im Ernst vor, mich mit dem Auspacken allein zu lassen, oder? Ich dachte, du wolltest mein Praktikant sein?«

»Ja, dein *Journalismus*-Praktikant, nicht dein persönlicher Lakai. Aber wo wir gerade dabei sind: Gehst du wieder zum *Dagbladet* zurück?«

»Tut mir leid, Gustav, aber die Antwort ist immer noch nein. Ich habe mir überlegt, es eine Zeit lang freischaffend zu versuchen.«

»Bisher allerdings nicht mit großem Erfolg.«

»Sagt wer?«

»Margrethe, zum Beispiel.«

»Na ja, es braucht eben Zeit, alles zu organisieren.«

»Was gibt's denn da zu organisieren?«

»Vor allem erst mal mein Büro.«

Auf die Ellbogen gestützt, sah Gustav sie plötzlich neugierig an. »Und wo soll das sein?«

»Du bist mittendrin. Und jetzt steh auf. Danach wartet ein Takeaway auf uns. Ich kenne einen wirklich netten Koreaner nicht weit von hier. Die machen Bubble Tea. Aber erst die Arbeit, dann das Vergnügen.«

Sie hatte ihn überzeugt. Zwanzig Minuten später hatte er die Küchenutensilien eingeräumt, während sie das Bett gemacht und die Uhr aufgehängt hatte. Die Wohnung fing an, wie ein Zuhause auszusehen.

»Können wir jetzt eine Pause machen?« Gustav warf sich aufs Sofa, holte Tabak und Blättchen aus der Tasche und fing an, sich eine Zigarette zu drehen. Von seinem Verdampfer hatte er sich vor Kurzem verabschiedet. Echte Zigaretten zu rauchen hielt er wohl doch für cooler, vermutete Jensen.

»Hier drinnen rauchst du aber bitte nicht.«

»Schon gut, Mama«, raunte er, ohne sie anzusehen.

Sie würde ihn überreden müssen, das Rauchen ganz aufzugeben. Später, wenn sie wieder Kraft für solche Scharmützel hatte.

Ihr Handy klingelte. Die Telefonzentrale des *Dagbladet*. Margrethe vielleicht, die wissen wollte, wo Gustav war. Seit dem Überfall auf ihn im Januar ließ sie ihn nicht aus den Augen. Seinen Vorderzahn hatte er sich gerade erst implantieren lassen und konnte wieder lächeln, ohne dass man gleich an einen der Komparsen aus Oliver Twist denken musste.

»Jensen.«

Es war Markus, der Mann am Empfang, auf dessen frostige Begrüßung immer Verlass war, vor allem jetzt, da Jensen dort nicht mehr angestellt war und ihm keine Anweisungen mehr erteilen konnte.

Um Markus hatte sie einen großen Bogen gemacht, seit er ihr vor zwei Monaten die untervermietete Wohnung mit einer Frist von wenigen Tagen gekündigt und sie auf die Straße gesetzt hatte.

»Was willst du?«, fragte sie argwöhnisch.

»Hier steht eine Frau, die sich weigert, wieder zu gehen, bevor sie dich nicht gesehen hat.«

»Wer?«

»Ihren Namen will sie nicht sagen. Piekfein, aber ziemlich schlecht erzogen.«

»*Weiß* sie, dass ich dort nicht mehr arbeite?«

»Habe ich ihr gesagt. Scheint sie aber nicht im Geringsten zu interessieren.«

»Okay, bin in zwanzig Minuten da.« Sie beendete das Gespräch und stupste Gustav an, damit er die Kopfhörer abnahm.

»Dein Wunsch geht in Erfüllung«, sagte sie. »Du bekommst deine Pause. Beim *Dagbladet* will mich jemand sprechen.«

Gustav wollte aufstehen.

»Nein, du nicht.« Sie griff nach ihrem Mantel. »Du bleibst hier. Entspann dich. Ich bin bald wieder zurück und bring das Abendessen mit. Kannst du schon den Tisch decken?«

Bevor Gustav protestieren konnte – mit seinen siebzehn Jahren und als Neffe der kaltschnäuzigsten Verlegerin Dänemarks war er darin besonders gut –, fiel die Tür hinter ihr ins Schloss.

7

DIENSTAG, 18:31 UHR

Klatschnass trat Jensen durch die Schiebetüren in das hohe Foyer des *Dagbladet* mit der Bronzebüste des Zeitungsgründers aus dem neunzehnten Jahrhundert. Dass der sich angesichts des Zustands des dänischen Pressewesens im Grab umdrehen würde, davon ging sie aus.

Markus, der Rezeptionist mit dem gewissen Etwas, winkte sie zu sich. »Ich bin nicht dein persönlicher Laufbursche«, zischte er sie an.

»Ich hatte dich darum auch nicht gebeten«, entgegnete sie freundlich.

Sie deutete mit dem Kopf auf die aufgetakelte Frau, die es sich in einem der beiden Ledersessel in der Lobby bequem gemacht hatte und mit der Lektüre einer kostenlosen Ausgabe des *Dagbladet* beschäftigt war. »Ist sie das?«

»Ja.«

»Ich kenne sie nicht. Noch nie gesehen.«

»Nicht mein Problem. Sie will nicht gehen, bis sie mit dir gesprochen hat.«

Langsam, der Regenspur bewusst, die sie auf dem Marmorboden hinter sich herzog, ging Jensen auf die Frau zu. Sie wirkte aufgebracht. Hatte sie sich über einen Artikel geärgert, den Jensen geschrieben hatte? Obwohl es in letzter Zeit nur wenige gegeben hatte. »Sie wollten mich sprechen?«

Die Frau ließ die Zeitung sinken und sah sie stirnrunzelnd von oben bis unten an. »*Sie* sind Jensen?«

»Haben Sie einen Mann erwartet?«

»Offen gesagt, ja. Jedenfalls jemand Größeren und Kräftigeren.«

»Tut mir leid, dass ich Sie enttäuschen muss.«

Erst jetzt rang sich die Frau ein Lächeln ab und streckte ihr die

Hand entgegen. An ihrer Linken blitzte ein großer Edelstein auf. »Regitse Lindegaard. Können wir uns irgendwo ungestört unterhalten?« Sie warf einen bedeutungsvollen Blick auf Markus, der sich vor einer Minute noch desinteressiert gezeigt hatte, jetzt aber unübersehbar alles tat, um nicht ein Wort zu verpassen.

»Natürlich«, sagte Jensen. Sie führte Regitse zu den Schiebetüren, nicht ohne Markus hinter ihrem Rücken den Mittelfinger zu zeigen.

Das Café um die Ecke, in dem Jensen während ihrer Zeit bei der Zeitung manchmal zu Mittag gegessen hatte, war fast leer und würde in fünfundzwanzig Minuten schließen, wie ihnen der erschöpft wirkende Barista gleich eröffnete.

Ausgezeichnet, dachte Jensen: Dann lässt sich das Gespräch über den vertraulichen Inhalt, der ihrem Gast auf den Nägeln brannte, ganz schnell beenden.

Sie bestellte Tee für sich und bot Regitse Kaffee oder Wasser an. Beides lehnte die Frau mit einer hastigen Bewegung ihrer juwelenbesetzten Hand ab. Jensen entschied sich für einen Platz am Fenster. Der Tag in Kopenhagen neigte sich dem Ende zu. Der abflauende abendliche Berufsverkehr rollte in einem wässrigen Schleier an ihnen vorbei.

Regitse starrte sie einen Moment mit unverhohlener Neugier an. Ihr Lächeln erreichte die Augen nicht. Sie hatte sich offenbar der einen oder anderen Gesichtsbehandlung unterzogen.

Ein aufwendiges Unterfangen.

»Sie sind also die berühmte Jensen«, fing sie schließlich an.

»Ob ich berühmt bin, weiß ich nicht. Aber das ist mein Name, ja.« Jensen wand sich unangenehm berührt auf ihrem Stuhl.

»Na, kommen Sie schon«, entgegnete Regitse. »Warum so bescheiden? Vor nicht einmal zwei Monaten waren die Zeitungen voll davon, wie Sie den Magstræde-Fall gelöst haben. Und dabei sogar Ihr Leben riskiert haben, wie ich höre.«

»Es war nur eine Fleischwunde.« Reflexhaft fasste Jensen sich mit einer Hand auf die Schulter.

Gelegentlich durchzuckte sie immer noch ein Schmerz an der Stelle, an der das Messer ihre Schulter getroffen hatte. Übrig geblieben war eine blasse rote Narbe. »Was kann ich für Sie tun?«

»Ihre direkte Art gefällt mir.« Regitse lächelte. »Ich will offen zu Ihnen sein, ich brauche Ihre Hilfe. Meine Mutter wurde ermordet.«

»Um Himmels willen!« Jensen hielt sich betroffen eine Hand vor den Mund. »Wie furchtbar.«

Regitse zeigte sich von ihrer Anteilnahme unbeeindruckt. »Wie ist es passiert?«

»Ein Einbrecher hat ihr den Schädel eingeschlagen. Es ist schon ein paar Wochen her, aber die Leiche meiner Mutter wurde erst gestern entdeckt. Irene Valborg.«

Jensen erinnerte sich, darüber im Internet gelesen zu haben. Sie hatte noch kurz überlegt, ob sie einen Artikel über Gewaltverbrechen an älteren Menschen schreiben sollte, die sich in letzter Zeit häuften. »Hören Sie«, sagte sie erleichtert, »wenn es das ist, worüber Sie sprechen möchten, dann wäre Frank Buhl die richtige Adresse. Er ist der Kriminalreporter beim *Dagbladet* ... Ich mache Sie gerne miteinander bekannt?«

»Nein.« Regitses Stimme war plötzlich frostig geworden. »Nicht mit ihm. Ich möchte mit Ihnen sprechen.«

Regitse sah sich in dem fast leeren Café um. Ihr Blick blieb einen Moment an dem gähnenden Barista haften, als wollte sie sichergehen, dass er nicht lauschte. Sein Desinteresse war indessen nicht zu übersehen. Sie senkte die Stimme und beugte sich über den Tisch vor. »Meine Mutter besaß ein sehr wertvolles Diamantcollier. Heute Morgen war ich in Klampenborg, und es war verschwunden.«

»Sie glauben, dass der Mörder es gestohlen hat?«

Regitse starrte Jensen an, als wäre sie nicht von dieser Welt. »Wer sonst hätte es an sich nehmen sollen?«

»Ich weiß es nicht.«

»Meine Mutter wurde von einem Einbrecher umgebracht, und

ihr Collier ist verschwunden. Sehen Sie da keinen Zusammenhang? Dann sind Sie möglicherweise doch nicht so klug, wie man mir weismachen wollte.«

»Ist jemand eingebrochen? Wurde die Tür aufgebrochen?«

»Nein, aber meine Mutter war sechsundachtzig. Sich Zugang zu ihrem Haus zu verschaffen, dürfte wohl kaum ein Problem gewesen sein.«

»Vielleicht war es jemand, den sie kannte? Jemand, dem sie vertraut hat?«, sagte Jensen.

Regitse antwortete nicht, aber Jensen sah, wie sich die Rädchen hinter ihrer chemisch geglätteten Stirn drehten und sie darüber nachdachte, ob sie beschuldigt wurde. Jensen nutzte die kurze Pause, um ihre Frage zu platzieren. »Wenn Sie mir eine Bemerkung erlauben: Der Mord an Ihrer Mutter scheint Ihnen nicht sonderlich nahezugehen. Es muss doch ziemlich brutal gewesen sein. Und trotzdem sitzen wir hier und reden über ein verschwundenes Collier?«

Regitse hielt Jensens Blick stand. Die Züge in ihrem durch Botox nahezu zur Leblosigkeit verdammten Gesicht verrieten nicht die leiseste Gemütsregung. »Meine Mutter und ich … Um die Wahrheit zu sagen, es tut mir ganz und gar nicht leid, dass die alte Hexe endlich tot ist.«

»Wie war sie denn so?«

Regitse schnaubte. »Sagen wir einfach, mit der Eiskönigin hätte sie sich durchaus messen können.«

Wie die Mutter, so die Tochter, dachte Jensen.

»Was ist mit Ihrem Vater?«

»Er war ein Schwächling. Sie hat ihm das Leben zur Hölle gemacht. Er hat sich vor ihr in den Staub geworfen, um ihr alles recht zu machen. Das Haus in Klampenborg hätten sie nie kaufen dürfen. Viel zu viel für ihn mit seinem Beamtengehalt. Aber so war meine Mutter. Nichts war ihr gut genug. Ein Jahr nach seiner Pensionierung war mein Vater tot. Ihre ständigen Nörgeleien hatten ihn viel zu früh ins Grab gebracht.«

»Aber es gab doch diese Halskette. Für die muss Geld da gewesen sein. War sie ein Geschenk Ihres Vaters?«

Regitse lachte verbittert auf. »Selbst wenn Papa gearbeitet hätte, bis er hundert war, hätte er sie nie bezahlen können. Nein, sie hat unerwartet eine Erbschaft gemacht und ihm deswegen immer vorgehalten, was er ihr alles nicht kaufen konnte.«

»Hat sie das Collier jemals getragen?«

»Nicht, dass ich wüsste.«

»War es versichert?«

Regitses Blick wurde wieder hart. »Nein. Wie sich herausstellte, hatte meine Mutter nur eine einfache Hausratversicherung.«

Jensen stieß einen leisen Pfiff aus. »Aber warum nicht, wenn ihr wichtig war, dass es nicht gestohlen wurde? Das ergibt für mich keinen Sinn.«

»Meine Mutter war jedem gegenüber misstrauisch. Ich würde ihr zutrauen, dass sie sogar fürchtete, von der Versicherung bestohlen zu werden. Außerdem hätte sie die hohe Prämie sowieso davon abgehalten.«

Regitse wirkte auf Jensen wie jemand, der sich nahezu alles kaufen konnte. Vielleicht hatte sie ihre Mutter überflügelt und einen reichen Mann geheiratet. Als hätte sie ihre Gedanken gelesen, begann Regitse geistesabwesend mit dem riesigen Diamantring an ihrer linken Hand zu spielen. »Ich möchte, dass Sie ihn finden. Und zwar schnell«, sagte sie.

»Ich bin sicher, dass die Polizei …«

»Sie verstehen mich nicht«, sagte Regitse und sah Jensen direkt in die Augen. »Die Polizei ist zu langsam. Der Ermittler, mit dem ich heute früh das Vergnügen hatte, war ein richtiges Arschloch. Stundenlang hat er mich warten lassen, bis ich meine Aussage machen konnte.«

»DI Henrik Jungersen? Glatzkopf, Lederjacke, derbes Gesicht?«

»Kennen Sie ihn?«

Das kann man wohl sagen, dachte Jensen. »Er war im Magstræde-Fall zuständig.«

»Aber in den Zeitungen stand doch, dass Sie den Fall gelöst haben. Das spricht nicht für seine detektivischen Fähigkeiten.«

»Er hat mir sogar das Leben gerettet.« Im selben Moment bereute Jensen die Bemerkung. Mit Regitse darüber zu sprechen war zu intim, zu persönlich.

Die Erwähnung seines Namens weckte ihr Interesse an dem Fall, aber sie empfand alles andere als Sympathie für die Frau, die ihr gegenübersaß. Warum war es jemandem, der so wohlhabend war, dermaßen wichtig, die Halskette der Mutter zurückzubekommen, selbst wenn sie äußerst wertvoll war? Regitse schien verzweifelt zu sein, sodass Jensen sich fragte, ob sie wirklich aufrichtig war. Außerdem wusste sie nicht einmal, wo sie anfangen sollte. Wenn das Collier wirklich gestohlen worden war, dann war es inzwischen vermutlich durch halb Europa gereist, und man hatte die Diamanten aus den Fassungen gerissen. Irenes Geschichte zu schreiben könnte interessant sein. Aber Frank Buhl würde vermutlich toben, wenn sie dem *Dagbladet* ihre Sicht auf den Mord anbieten würde. Und die Geschichte an eine andere Zeitung zu verkaufen käme ihr wie Verrat vor.

Außerdem war da noch Henrik.

Er fände es bestimmt nicht gut, wenn sie *in seinem Fall* für Regitse arbeitete.

Ganz sicher nicht.

Sie wand sich auf ihrem Stuhl.

»Ich bin mir nicht sicher«, sagte sie, während sie langsam an ihrem lauwarmen Kamillentee nippte.

»In welcher Hinsicht?«

»Ich weiß nicht, ob ich die Richtige bin. Gibt es keine Profis für solche Dinge? Einen Privatdetektiv vielleicht?«

»Wenn ich wüsste, dass es jemand Besseren gibt, wäre ich nicht hier. Sie zeigen Initiative, und ich weiß, dass Sie gerade nicht sehr viel zu tun haben. Hören Sie zu, ich zahle Ihnen fünfzigtausend Kronen sofort und weitere fünfzig bei Lieferung.«

»Fünfundsiebzig«, mischte sich eine vertraute Stimme ein.

Wie aus dem Nichts war plötzlich Gustav aufgetaucht. In der einen Hand eine Flasche Cola, in der anderen eine nicht angezündete, selbstgedrehte Zigarette, kam er direkt auf den Tisch zu. Er hatte seine Kopfhörer abgenommen und blickte erwartungsvoll zwischen Regitse und Jensen hin und her.

»Was machst *du* denn hier?«, fragte Jensen.

»Markus hat mir gesagt, dass ihr euch an einen ruhigeren Ort zurückgezogen habt. Man muss nicht Sherlock Holmes sein, um herauszufinden, wohin.«

Voller Abscheu betrachtete Regitse die schmutzigen schwarzen Jeans über den Converse-Turnschuhen und das fettige dunkle Haar, das ihm in die Augen hing. »Das ist ein vertrauliches Gespräch«, bemerkte sie und wedelte mit der Hand, als wollte sie einen Hund verscheuchen.

»Eigentlich«, fing Jensen an, von der Festigkeit ihrer Stimme selbst überrascht, »eigentlich ist Gustav mein Assistent. Wo ich hingehe, geht auch er hin.«

Gustav lächelte triumphierend. Regitse musterte ihn von oben bis unten und sah Jensen mit einem Ausdruck von Anmaßung und Mitleid an. »Wenn Sie meinen.«

Sie erhob sich von ihrem Stuhl und richtete sich zu ihrer vollen Größe auf. In ihren Stilettostiefelchen überragte sie Gustav um einige Zentimeter, und Jensen meinte zu erkennen, dass Regitse das sehr genoss.

»Hier haben Sie meine Nummer.« Regitse schleuderte eine Visitenkarte auf den Tisch. »Ich bleibe heute Nacht in der Stadt. Morgen Abend gegen sechs Uhr fahre ich nach Aarhus zurück. Überlegen Sie es sich. Wenn es Sie interessiert, können Sie sich bis dahin melden.«

8

MITTWOCH, 10:43 UHR

Die Kleingärten in Kløvermarken boten im strömenden Regen ein trostloses Bild. Keiner aber war so trostlos wie derjenige, den der verstorbene Vagn Holdved einst gepflegt hatte. Fluchend rutschte Henrik über den schlammigen Boden, der seine Springerstiefel besudelte.

Holdveds Grundstück präsentierte sich bescheidener als das seiner Nachbarn. In der Mitte stand die kleine, rot gestrichene Hütte, daneben ein Mast mit der dänischen Flagge, die vom Regen durchnässt schlaff herunterhing. Die Fahne muss immer vor Sonnenuntergang eingeholt werden, erinnerte sich Henrik, hatte ihm jemand gesagt, als er noch ein Junge war. An diese Ehrenpflicht hatte offensichtlich niemand mehr gedacht, seit Holved den tödlichen Schlag auf den Schädel bekommen hatte.

Hinter der braunen Buchenhecke, die Holdveds Kleingarten von dem schmalen Feldweg trennte, konnte man sich kaum vorstellen, dass das Stadtzentrum von Kopenhagen nur wenige Kilometer entfernt war.

Auch als Nichtgärtner konnte Henrik ein paar Apfelbäume und Himbeersträucher identifizieren. Die Gemüsebeete waren umgegraben und bereit für einen Frühling, den Holdved selbst nicht mehr erleben sollte.

Lotte Nielsen war offensichtlich überglücklich gewesen, den Fall mit Henrik durchzugehen, als er sie mit zwei Milchkaffees aus der Kantine in ihrem Büro besuchte. Er hatte schnell den Eindruck gewonnen, dass sie nicht weiterkam. Holdved war auf seinem kleinen Rasenstück mit seinem eigenen Spaten erschlagen worden. Einer der zahlreichen Schläge auf Kopf und Hals hatte ihn fast enthauptet. Nach Angaben seines Sohnes, der die Hütte überprüft hatte, schienen nur die verschreibungspflichtigen Schlaftabletten zu fehlen, von dem Bargeld abgesehen, von dem Holdved, wie der Sohn sagte, in der Brieftasche immer eine Menge dabeihatte.

»Plastikgeld hat er offenbar nicht benutzt«, hatte Lotte gesagt und Henrik den Beutel mit den Beweismitteln gereicht, damit er sich selbst ein Bild machen konnte.

Das braune, vom Gesäß des alten Mannes rund geformte Lederportemonnaie glänzte vom jahrelangen Tragen. Dabei musste Henrik an seinen eigenen Vater denken. Holdveds Zeitkarte für den Bus und ein Kassenzettel aus einem Supermarkt, in dem er Milch gekauft hatte, befanden sich noch darin.

Dass Bargeld und die Schlaftabletten fehlten, bedeutete nicht zwangsläufig, dass Holdved Opfer eines Raubüberfalls geworden war. Pensionierter Leiter einer Bank, der jahrelang auf der Warteliste für einen Schrebergarten gestanden hatte; Witwer, der sich selbst genügte und der die Holzhütte in Kløvermarken seiner Zweizimmerwohnung in Emdrup vorzog. Schulden hatte er nicht gehabt, anscheinend auch keine Feinde. Zu seinem Sohn und seiner Tochter hatte er wenig Kontakt gehabt und an seinen fünf Enkelkindern nahezu kein Interesse gezeigt, hatte sein Sohn verbittert berichtet.

»Zeugen? Videoüberwachung? Fingerabdrücke?«, hatte Henrik seine Kollegin Lotte gefragt.

»Nichts von alledem. Keine Kameras in der Nähe, und die Chance, an einem eiskalten Dienstag im Februar von Passanten beobachtet zu werden, ist eher gering.«

»Nach einem durchschnittlichen Gelegenheitssüchtigen sieht das aber trotzdem nicht aus, oder? Sich planvoll die Handschuhe überstreifen und hinterher aufräumen? Und das alles für ein paar Tausend Kronen und Schlaftabletten?«

»Auszuschließen ist es aber nicht.«

»Und die Handschuhe?«

Lotte hatte mit den Schultern gezuckt. »Es war kalt.«

Entscheidender aber war die Frage: Wie hatte es der Mörder geschafft, von dort wegkommen, ohne auch nur von einer Menschenseele gesehen zu werden, zumal er vollkommen mit Blut beschmiert gewesen sein musste? Nur mit dem Auto wäre das möglicherweise machbar gewesen.

»Warum fragst du?« Lotte runzelte die Stirn. »Hast du eine Theorie?«

»Nein«, musste Henrik gestehen. Er rieb sich mit der schwieligen Hand über die Glatze. »Mir geht ein Gedanke von Monsen durch den Kopf. Über die Brutalität der Verbrechen, die wir heutzutage erleben.«

Sie lachte. »Immer die alte Leier. Worum ging es dabei? Etwa um den Mord an Irene Valborg?«

»Genau.«

Ihm war das nicht aus dem Kopf gegangen. Selbst nach heutigen Maßstäben erschienen ihm beide Morde *tatsächlich* außerordentlich brutal, zumal die Opfer alt und schwach waren und kaum in der Lage gewesen sein dürften, sich zur Wehr zu setzen.

»Du glaubst doch nicht etwa, dass es einen Zusammenhang gibt, oder? Bei allem Respekt, aber ich kann keinen erkennen.«

»Nein«, hatte Henrik gesagt, »vermutlich hast du recht.«

Trotzdem hatte er sich sofort ins Auto gesetzt und war hinüber auf die Insel Amager nach Kløvermarken gefahren. Er verstand nicht immer, warum er etwas tat, aber jetzt, bis zu den Knöcheln im Schlamm, während ihm das Regenwasser in den Kragen lief, fragte er sich ernsthaft, ob er nicht langsam durchdrehte.

Für solche Gedanken war die Kleingartenanlage nicht der richtige Ort. Es gab nichts zu sehen außer dem tristen, durchnässten Boden, auf dem ein alter Mann, der in aller Ruhe seiner Arbeit nachging, sein Leben ausgehaucht hatte.

Henrik ging zur Hütte, stellte sich auf Zehenspitzen und sah durchs Fenster hinein. Übernachten war in diesen Kleingärten erlaubt, und Holdved hatte sich mit einem Bett, einem Ofen und Bücherregalen eingerichtet.

Henrik hob das Polizeiband an und öffnete mit seinem Dietrich die Tür. Drinnen war es eiskalt und klamm. Das Mobiliar war reif für den Sperrmüll. Entweder hatte Vagn Holdved Probleme gehabt, über die Runden zu kommen, oder er hatte einfach Gefallen an dem primitiven Leben gefunden. Wie auch immer, hier hatte es nichts zu stehlen gegeben. Auf dem Weg hierher hatte Henrik weitaus großzügigere Parzellen gesehen. Wenn man es darauf abgesehen hatte, jemanden auszurauben, dann wäre Holdved von allen Kleingartenbesitzern die letzte Wahl gewesen.

Lottes Problem, dachte er. Vielleicht hatte Monsen recht, und die dänische Gesellschaft war brutaler geworden. Gewalttätigere Kriminelle, weniger Respekt älteren Menschen gegenüber. Sein Vater fiel ihm wieder ein, und er nahm sich vor, die Schlösser bei ihm einmal genauer unter die Lupe zu nehmen und ihn zu ermahnen, dass er Fremden nicht die Tür öffnen sollte, selbst wenn sie wie nette Leute aussahen oder eine Uniform trugen.

Er wollte gerade gehen, als sein Blick auf etwas neben dem Bett fiel. Auf eine winzige dunkle Stelle am Rand des weißen Kissens. Er ging näher heran und erkannte die Ecke eines Fotos, das zwischen Kissen und Kopfteil gerutscht war. Er streifte die Latexhandschuhe über und hob es vorsichtig auf. Dann holte er seine Lesebrille hervor, um es genauer zu betrachten. Es war das Schulfoto eines Mädchens im Teenageralter. Der Zustand ließ darauf schließen, dass es vor einigen Jahren aufgenommen worden war. Es hatte ein winziges Loch von einer Stecknadel und einen Klebstoffrest auf der Rückseite, sodass man annehmen konnte, dass es einem Fotoalbum entnommen worden war. Klebte heute überhaupt noch jemand Fotos in Alben? Er bückte sich und holte die Stecknadel unter dem Bett hervor. Über dem Kopfende entdeckte er eine Stelle an der Wand, an der der Putz abgebröckelt war.

Er vermutete, dass es sich bei dem Mädchen um Vagn Holdveds Tochter handelte. Henrik sah sich um, konnte aber keine weiteren Fotos in der Hütte entdecken. Er erinnerte sich, dass auch in der Brieftasche des alten Mannes keine gewesen waren.

Er runzelte die Stirn. Hieß es nicht, Vagn Holdved hätte nur wenig Kontakt zu seinen Kindern gehabt? Vielleicht hatte ihn das schlechte Gewissen geplagt, und er hatte der vertanen Zeit nachgetrauert, sich eine zweite Chance gewünscht? Henrik wusste nur zu gut, was das bedeutete.

Aber warum bewahrte Holdved ein Foto von seiner Tochter auf und nicht von seinem Sohn? Das würde er Lotte fragen, wenn er sie das nächste Mal traf.

Es soll vorkommen, dass Eltern ein Kind mehr lieben als das andere.

(»Was du nicht sagst!«, hörte er seine Frau sagen.)

Henrik war sich darüber im Klaren, dass er eine Schwäche für seinen jüngsten Sohn Oliver hatte, doch dafür gab es eine einfache Erklärung: Mit seinen sieben Jahren fand Oliver seinen Vater noch lustig, cool und allwissend. Seinen älteren Geschwistern war schon lange gedämmert, dass dies mit der Wahrheit nicht viel zu tun hatte.

Er schob das Foto des Mädchens in eine Beweismitteltüte und steckte sie in die Tasche, bevor er, in Gedanken schon bei dem guten Milchkaffee, den er sich auf dem Rückweg ins Büro bei Baresso holen wollte, zur Tür ging.

9

MITTWOCH, 12:54 UHR

Nachdem sie einen Blick auf das Wetter geworfen hatten, waren Jensen und Gustav am Hauptbahnhof in die S-Bahn nach Ordrup gestiegen und von dort zur Villa von Irene Valborg gefahren. Jensen mit dem Fahrrad und Gustav mit einem neuen E-Scooter, den Margrethe ihrem Neffen in einem Anfall scheinbar grenzenloser Großzügigkeit gekauft hatte. Jensen saß noch nicht ganz auf dem Rad, als Gustav in schwarzen Jeans, schwarzer Jacke und mit schwarzem Helm auf dem Kopf wie ein Ausrufezeichen dem Horizont entgegensauste.

51

Trotz der kurzen Strecke bis zum Haus waren beide durchnässt und durchgefroren, als sie ankamen. Die Zufahrt war mit einem Flatterband und einem Schild abgesperrt, auf dem die Polizei das Betreten des Hauses untersagte.

»Eines will mir nicht in den Kopf.« Gustav wischte sich den Regen aus dem Gesicht. »Warum nimmst du das Angebot dieser Frau nicht an?«

»Komm schon, Gustav, ich hätte doch nicht den Hauch einer Chance, diese Halskette zu finden.«

»Egal, die fünfundsiebzig Riesen nehmen wir trotzdem. Wir machen einen Versuch mit angezogener Handbremse und sagen ihr: ›Tut uns leid, aber wir schaffen es nicht.‹«

»Wir?«

»Ja. Wir machen doch halbe-halbe, oder? Siebenunddreißig Riesen für jeden?« Er grinste.

Gustav war zwar von der Schule geflogen, aber seine Mathekenntnisse konnten sich sehen lassen.

»Träum weiter!«, sagte Jensen.

Das Geld könnte sie allerdings gebrauchen. Die Vorauszahlung für die Wohnung in Christianshavn hatte den größten Teil ihrer Barschaft aufgefressen. »Wir sehen uns erst einmal um. Ich habe mich noch nicht endgültig entschieden.«

Einen Pfosten, an dem das Polizeiband befestigt war, setzte sie kurzerhand um und schob ihr Rad die Einfahrt hinauf. »Kommst du nicht mit?«

Gustav grinste breit.

Zu ihrer Überraschung traf Jensen am Tatort, an dem sich immerhin ein Kapitalverbrechen zugetragen hatte, keinen Beamten an, der dort Wache hielt. Umso besser. So konnte sie sich ein wenig umsehen.

Gustav pfiff durch die Zähne. »Hier hat sie ganz allein gelebt? Das Haus würde für drei, wenn nicht vier Familien reichen.«

»Siehst du das?«, sagte Jensen und zeigte auf die Eingangstür.

»Was, ›Vorsicht vor dem Hund‹?«

»Ja, das auch. Aber ich meine das Schloss. Es ist neu und sieht ziemlich stabil aus.«

»Sie war wohl nicht besonders erpicht auf ungebetene Gäste. Andererseits muss sie stinkreich gewesen sein, um sich das hier leisten zu können.«

»Aber warum hat sie das Schloss ausgetauscht?«

Schulterzuckend setzte Gustav sich die bewährten Kopfhörer auf und schlenderte über den Rasen, um das Haus von außen zu betrachten. Er ging zu einem Fenster, legte die Hände an die Scheibe und schaute hinein. Jensen folgte seinem Beispiel.

»Wenn man bedenkt, dass sie zwei Wochen lang da drin gelegen hat, bevor ihre Leiche entdeckt wurde«, sagte Gustav mit viel zu lauter Stimme.

Sie deutete auf die Kopfhörer, damit er sie abnahm. »Vermutlich sogar noch länger, wenn da nicht ihr Hund gewesen wäre. Die Nachbarn haben sich offenbar über sein ständiges Bellen beschwert.«

Das Wohnzimmer war vollgestopft mit antiken Möbeln und Gemälden.

»Da drinnen sieht's aus wie in einem Museum«, stellte Gustav fest und schauderte. »Glaubst du wirklich, dass die Halskette gestohlen worden ist?«

»Ich weiß es nicht.«

»Aber es interessiert dich, oder?«

Gustav nahm ihr Schweigen als Bestätigung. »Ja!«, rief er begeistert.

Sie bedeutete ihm, ruhig zu sein. Sie war sich immer noch nicht sicher, ob es richtig war, Geld von Regitse Lindegaard anzunehmen. Sie sah alle möglichen Probleme auf sich zukommen, wobei das mit der Loyalität zur Presse nur der Anfang war.

Mit ihrer Vermutung, dass Regitse einen reichen Mann geheiratet hatte, hatte sie richtiggelegen. Laut Google handelte es sich bei Tim Lindegaard um den Geschäftsführer eines Fertigungsunternehmens in der Nähe von Aarhus, das er von seinem Vater geerbt hatte. Fünfzehn Jahre älter als Regitse. Keine Kinder. Die Lindegaards wohnten in Strandnähe in Risskov, einem wohlhabenden Vorort von Aarhus, in einer modernen Betonvilla, die für Jensen eher etwas von einem Bunker hatte, aber einen Haufen Architekturpreise gewonnen hatte. Das machte es noch schwieriger, eine Erklärung dafür zu finden, warum Regitse so versessen darauf war, das Diamantcollier ihrer Mutter wiederzufinden. Was ging es sie an, wenn es gestohlen worden war? Wozu die Eile?

Gustav und Jensen fuhren beide gleichzeitig herum, als sie ein Auto mit hoher Geschwindigkeit die Zufahrt heraufffahren hörten.

Zum Weglaufen war es zu spät.

»Scheiße«, entfuhr es Gustav.

»Lass mich das machen«, flüsterte Jensen ihm zu, während sie lächelnd auf den Wagen zuging, aus dem ein großer, breitschultriger Uniformierter stieg.

»Ah, ich habe mich schon gefragt, wo Sie abgeblieben sind«, sagte sie zu ihm, während sie den Kaffeebecher zum Mitnehmen und die zerknüllte Gebäcktüte auf dem Beifahrersitz registrierte.

Der Polizist überragte sie ein ganzes Stück. Seine Verärgerung führte Jensen eher auf sein schlechtes Gewissen zurück als auf ihre Anwesenheit beim Haus. Gustav und sie sahen wohl kaum wie Kriminelle aus, die sich an einem Tatort zu schaffen machen wollten.

»Können Sie nicht lesen?« Der Beamte deutete auf die Einfahrt.

Jensen hob die Hände. »Wir kommen in Frieden. Wir sind Journalisten.«

Der Polizist zückte den Notizblock und leckte am Daumen, um eine Seite umzublättern. »Für wen arbeiten Sie?«

»Wir sind Freiberufler.«

»Ihre Presseausweise bitte.«

Sie kramte ihren hervor.

»Ihren auch bitte?«, sagte der Polizist, an Gustav gewandt.

»Er hat keinen, er ist mein Assistent«, erklärte Jensen.

»Kann er nicht für sich selbst sprechen?«, blaffte der Beamte sie an, ohne den Blick von Gustav abzuwenden.

54

»Ich habe keinen, ich bin ihr Assistent«, sagte Gustav mit aufgesetzter Unschuldsmiene.

Der Beamte starrte sie an. Er ließ sie beide Namen, Adresse und Telefonnummer aufschreiben, bevor er sie zähneknirschend gehen ließ.

»Sie hören von uns«, rief er ihnen hinterher.

»Was hat er damit gemeint?«, fragte Gustav, als sie außer Hörweite waren. »Kriegen wir jetzt Ärger?«

Er klang, als hätte die Aussicht etwas Verlockendes für ihn, sodass Jensen sich (wieder einmal) fragte, welches Vergehen Grund genug gewesen sein konnte, ihn von der Schule zu werfen. Margrethe war mit ihrem Latein am Ende gewesen, als sie ihn zum *Dagbladet* brachte und Jensen dazu verdonnerte, sich seiner als Praktikant anzunehmen.

»Ich glaube nicht.« Jensen sah sich in der ruhigen Wohnstraße um und stellte sich vor, wie sie hinter den leeren Fenstern von Dutzenden von Augenpaaren beobachtet wurden.

Die Häuser hatten unterschiedliche Formen und Farben, aber alle waren riesig, standen auf großen Grundstücken und wurden von alten Bäumen verdeckt. Der *Öresund,* der Sund, der Dänemark von Schweden trennt, war nicht weit entfernt. Von den Leuten, die hier lebten, hatten einige ihre Jachten in einem der zahlreichen Jachthäfen an der Küste liegen. Gustav setzte sich die Kapuze auf und stieg auf den E-Scooter, hielt jedoch nach wenigen Metern an, als er merkte, dass Jensen ihm nicht gefolgt war. »Fahren wir nicht zurück?«

»Doch. Aber erst nachdem wir dem Nachbarn einen Besuch abgestattet haben.« Sie deutete mit dem Kopf auf die riesige weiße Villa rechts von Irenes rotem Haus.

»Warum?«

»Würde mich interessieren, was sie gedacht haben, als sie den Hund tagelang im Garten bellen hörten. Sie müssen sich doch gefragt haben, warum Irene ihn nicht hineingelassen hat. Warum sind sie nicht einfach rübergegangen und haben geklingelt?«

Gustav wendete seinen E-Scooter. »Okay, dann besuchen wir eben den Nachbarn. Aber danach gehen wir. Dann kannst du der Bonzentante mit dem Klunker am Finger gleich sagen, dass wir ihr Geld nur zu gerne nehmen.«

»Ja, anschließend gehen wir«, lachte Jensen. »Alles andere lasse ich mir noch durch den Kopf gehen.«

10

MITTWOCH, 13:41 UHR

Der Vorgarten des Nachbarhauses präsentierte sich nicht weniger ordentlich und aufgeräumt als der von Irene Valborg. Die Zufahrt war zu beiden Seiten von Narzissen gesäumt, deren gelbe Hauben im Regen wippten. Der Rasen ein weicher grüner Teppich.

Kaum hatten sie geklingelt, öffnete die Nachbarin die Tür. »Wer sind Sie?«, blaffte sie laut und gouvernantenhaft, während sie die beiden misstrauisch durch den Spalt beäugte, den die vorgelegte Kette zuließ. Bevor sie antworten konnten, zeigte sie mit einem knorrigen, rot lackierten Finger auf das Haus von Irene Valborg. »Ich habe Sie da drüben gesehen. Der Polizist hat Sie weggeschickt. Was wollen Sie?«

Der kann man nichts vormachen, dachte Jensen. Sie erkannte aber auch, dass die Frau reden wollte. Was wäre der Journalismus ohne diesen menschlichen Instinkt?

»Mein Name ist Jensen. Ich bin Journalistin, und das ist Gustav, mein Praktikant.«

»Welche Zeitung?«

»Wir arbeiten als Freie, aber früher war ich beim *Dagbladet.*«

»Den Mist lese ich nicht«, sagte sie kopfschüttelnd. Jensen nickte. Klampenborg war die Hochburg der Konkurrenz des *Dagbladet.*

»Ich nehme an, Sie sind wegen des Mordes hier«, fuhr sie fort.

»Schreckliche Sache. Heutzutage ist man nirgendwo mehr sicher, nicht einmal in den eigenen vier Wänden.«

»Es muss ein furchtbarer Schock für Sie gewesen sein«, sagte Jensen. »Können wir uns kurz mit Ihnen unterhalten? Sie könnten wichtige Informationen für uns haben.«

Die Kette blieb, wo sie war. Dennoch spürte Jensen, wie die Frau nachgiebiger wurde. »Gestern habe ich schon alles dem Polizisten gesagt. Aber es interessierte ihn nicht. Ein sehr unhöflicher Mann, wenn Sie mich fragen. Er sah aus wie einer aus diesen Motorrad-Gangs. Wenn er nicht so eine Marke gehabt hätte ... Moment, ich habe seine Karte.

Nicht nötig, dachte Jensen.

Die Frau verschwand hinter der Tür. »Hauptkommissar Henrik Jungersen«, las sie vor. »Er ist viel zu jung, um mit einem solchen Fall betraut zu werden.«

»Ich kenne ihn. Er ist um die vierzig, glaube ich. Ein sehr erfahrener Kommissar.«

»Pah. Er war auch noch so dreist, mir vorzuwerfen, dass ich nicht selbst mit Irene gesprochen hätte.«

Jensen konnte ihre Enttäuschung spüren. Allein in der großen Villa zu leben, musste trostlos sein. Und als endlich etwas passierte, worüber die Frau viel zu erzählen hatte, begegneten ihr nur Desinteresse und Ungeduld.

»Wir würden Ihnen aber gern zuhören, nicht wahr, Gustav?«

Gustavs Gesichtsausdruck zeugte vom Gegenteil, aber blitzschnell setzte er die Miene eines jungen, interessierten Mannes auf. Das war eine seiner beiden Persönlichkeiten. Die andere war die des jugendlichen Straftäters. Jensen war noch zu keinem Schluss gekommen, welcher der echte Gustav war. »Sind schon viele Journalisten hier gewesen, Frau ...?«, wollte sie wissen.

»Mein Name ist Holm. Ein paar Fotografen waren hier. Aber keine Reporter. Es interessiert niemanden, was eine alte Frau zu sagen hat. Dutzende Male habe ich wegen des Hundes bei der Polizei angerufen, bis sie zwei Wochen später endlich aufgetaucht sind. Das ist doch nicht meine Schuld, oder? Ich meine, wie kann es meine Schuld sein?«

»Natürlich nicht«, sagte Jensen. »Dürften wir kurz reinkommen. Dann können wir etwas trocken werden, während Sie uns alles erzählen? Sie haben mein Wort, Sie bleiben anonym. Es sei denn, Sie bestehen darauf, dass wir Ihren Namen nennen.«

Frau Holm zögerte einen Moment, trat dann einen Schritt zurück und schloss die Tür. Jensen stellte sich schon darauf ein, klatschnass und ohne etwas in den Händen nach Kopenhagen zurückzufahren. Dann vernahm sie das Klappern einer Kette, die zurückgezogen wurde.

»Wenn ich ehrlich bin, würde ich mich über ein wenig Gesellschaft sehr freuen. Allein die Vorstellung, dass so etwas direkt nebenan passiert ist.« Frau Holm drückte sich ein Taschentuch auf die markante Nase.

Ein schales Gemenge aus Haarspray und einem Hauch von Zigarren strömte ihnen aus dem Haus entgegen. Während Jensen, gefolgt von Gustav, das Haus betrat, wartete sie darauf, dass Frau Holm so etwas wie Bedauern für ihre Nachbarin zum Ausdruck brachte. Das aber kam nicht. Irene Valborg schien bei niemandem so etwas wie Zuneigung zu wecken.

»Schuhe aus«, ordnete Frau Holm an, während sie die schwere Eingangstür hinter ihnen schloss. »Sie auch, junger Mann.« Mit ihrer kräftigen Statur, der kerzengeraden Haltung und dem sorgfältig frisierten weißen Haar erweckte sie den Eindruck, dass sie es gewohnt war, Befehle zu erteilen. Ihr Haus war die Kopie dessen, was Gustav und Jensen durch die Fenster nebenan gesehen hatten. Antike Möbel, Tischlampen mit plissierten Seidenschirmen, Ölgemälde mit dänischen Landschaften. Eine alte Uhr auf einer Mahagonikommode tickte laut vor sich hin. Sonst war es still, kein Vogelgezwitscher, kein Verkehrslärm von der Straße.

»Ich mache uns einen Tee«, sagte Frau Holm und verschwand in der Küche.

»Ich mag keinen Tee«, sagte Gustav, als sie gegangen war.

»Jetzt magst du ihn«, meinte Jensen.

Gustav sah sich im Wohnzimmer um. Er nahm eine große chinesische Vase in die Hand, gab vor, sie auf den Parkettboden fallen zu lassen, und lachte, als Jensen ihn strafend ansah. Sie beugte sich etwas herab, um sich ein paar alte Fotos in Silberrahmen näher anzusehen. Es waren hauptsächlich Familienporträts.

Frau Holm kam mit einem klappernden Teetablett zurück und lehnte Gustavs Angebot, ihr zu helfen, brüsk ab. »Das wurde in den Fünfzigerjahren aufgenommen, kurz nachdem wir das Haus gekauft hatten.« Sie deutete mit dem Kopf auf das Foto in Jensens Hand. »Irene und ihr Mann Ove waren ein paar Jahre vor uns eingezogen. Setzen Sie sich doch.«

Sie deutete auf eine Sitzgruppe, die um einen mit grünem Leder bezogenen Couchtisch herum angeordnet war.

Sie reichte ihnen eine zarte Porzellantasse und stellte eine silberne Schale mit gekauften Vanillekeksen auf den Tisch. Gustav nahm drei. Jensen verpasste ihm unter dem Tisch einen Tritt.

Der Tee war köstlich, lose Blätter, durch ein silbernes Sieb gegossen. Jensen wärmte ihre Hände an der Tasse. »Haben Sie und Irene sich oft getroffen? Damals, meine ich?«

»Ab und zu, aber wenn Sie wissen wollen, ob wir befreundet waren, nein, das waren wir nicht. Irene war keine nahbare Frau, und das hat sich mit zunehmendem Alter leider nicht verändert. Ich war schon vor ihr verwitwet. Als ihr Ove starb, dachte ich, es würde sich etwas ändern. Wir hätten etwas unternehmen können, wir beide, die wir allein in diesen großen Häusern lebten, während unsere Kinder mit ihrem eigenen Leben beschäftigt waren.«

Sie schüttelte den Kopf, als versuchte sie, eine unangenehme Erinnerung loszuwerden. Offensichtlich vergeblich.

»Darf ich fragen, was passiert ist?«

»Es gab einen, sagen wir … unschönen Vorfall. Nachdem Ove gestorben war, habe ich Irene ein paarmal angerufen, um ihr mein Beileid auszusprechen. Aber sie ging nicht ans Telefon, obwohl ich wusste, dass sie zu Hause war. Ich vermutete, dass sie in tiefer

Trauer war. Jedenfalls ging mir das so, als mein Mann gestorben war. Ich habe ihr einen Auflauf gebacken und bin zu ihr rübergegangen und habe geklingelt.«

»Und?«

»Na ja. Sie *kam* tatsächlich an die Tür, aber sie war sehr ungehalten. Sie schlug mir die Glasschüssel aus der Hand und ließ sie auf der Treppe zerschellen. Sie sagte, ich solle ... ich solle ...«

»Was?«

»Ich solle mich verpissen und mich um meinen eigenen Kram kümmern.« Frau Holm drückte sich das Taschentuch auf die Augen.

Irene Valborg hatte allen Grund dazu, dachte Jensen. Frau Holm schien ziemlich neugierig zu sein. Sie konnte sich lebhaft vorstellen, wie Henrik sie bei der Befragung kurz abfertigte.

»Und deshalb bin ich nicht rübergegangen, als dieser nervtötende Köter anfing, Tag und Nacht zu bellen. Sie hatte mir deutlich zu verstehen gegeben, dass sie in Ruhe gelassen werden wollte.«

»Hatte sie schon immer einen Hund?«

»Nein, erst seit letztem Jahr, kurz vor Weihnachten. Wozu brauchen alte Damen wie wir so einen großen Hund? Natürlich war sie mit ihm überfordert. Sie ist nie mit ihm spazieren gegangen. Sie ließ ihn nur in den Garten raus, damit er sein Geschäft verrichten konnte, bis er bellte, wenn er wieder reinwollte.«

»Und eines Tages bellte er die ganze Nacht durch?«

»Ein furchtbares Spektakel. An Schlaf war nicht zu denken.«

»Was natürlich daran lag, dass Ihre Nachbarin tot in ihrem Haus am Boden lag und ihn gar nicht hereinlassen konnte«, bemerkte Gustav, ohne sich den vorwurfsvollen Ton in seiner Stimme zu verkneifen. »Ist Ihnen gar nicht in den Sinn gekommen, dass ihr etwas zugestoßen sein könnte?«

Halt dich zurück, Gustav.

Jensen verpasste ihm erneut einen Tritt unter dem Tisch. Eingeschnappt ließ er sich, die Arme vor der Brust verschränkt, ins Sofa zurückfallen.

Frau Holm reagierte entrüstet auf die Unterstellung, dass sie etwas versäumt haben könnte. »Ich kann doch nicht ahnen, dass sie tatsächlich *umgebracht* worden war, oder?«

»Natürlich nicht. Es ist doch verständlich, dass Sie darauf nicht kommen konnten«, sagte Jensen.

»Ich habe nur gedacht, dass sie den Hund vielleicht nicht länger im Haus halten konnte und deshalb beschlossen hatte, ihn für immer draußen zu lassen. Deshalb habe ich bei der Polizei angerufen und Anzeige erstattet.«

»Und was haben die gesagt?«

»Sie sagten, ich solle auflegen. Die Nummer sei nur für Notfälle freizuhalten, und ich solle zur Polizeiwache am Ort gehen und dort Beschwerde einreichen.«

»Und das haben Sie gemacht?«

Frau Holm nickte. »Mehrmals.«

»Und niemand hat etwas unternommen?«

»Nein. Zwei Wochen lang passierte nichts. Und dann brach die Hölle los.«

Es entstand eine Pause. Die drei lauschten dem Regen, der gegen die Fensterscheiben klatschte.

»Was glauben Sie, wer es war?«, fragte Frau Holm verschwörerisch. Doch bevor Jensen antworten konnte, klingelte es an der Tür.

Frau Holm sah Jensen und Gustav verblüfft an, erhob sich von ihrem Stuhl und ging in die Eingangshalle. »Ich erwarte keinen Besuch.«

Jensen hörte, wie die Kette vorgelegt und die Tür geöffnet wurde. »Ach, Sie sind es«, sagte Frau Holm missmutig.

Dann erkannte Jensen die Stimme, die sie vor fünfzehn Jahren zum ersten Mal in London gehört hatte, am anderen Ende des Tisches in der Residenz des dänischen Botschafters: rau, mit dem Westkopenhagener Akzent, den man gleichermaßen einem Kriminellen wie auch einem Polizisten zuordnen konnte.

Eine Stimme wie keine andere.

Henrik.

Fuchsteufelswild.

»Sagen Sie Ihren Gästen, dass sie auf der Stelle rauskommen sollen!«

11

MITTWOCH, 14:11 UHR

»Du kannst es nicht lassen, oder?« Henrik schlug mit den Händen auf das Lenkrad.

Sie saßen im Wagen vor Irene Valborgs Haus. Er trug seine schwarze Lederjacke mit der üblichen schwarzen Jeans und dem weißen Hemd. Jensen entgingen die schlammbesudelten Springerstiefel nicht. Das Wageninnere war von Pappbechern und Bonbonverpackungen übersät.

Frau Holm hatte sich aufs Schärfste dagegen verwahrt, von einem Polizisten herumkommandiert zu werden, der gut ihr Enkel hätte sein können. Die anschließende Auseinandersetzung hatte Jensen dadurch beendet, dass sie Frau Holm versprach, an einem anderen Tag wiederzukommen. Gustav hatte sie allein nach Kopenhagen zurückgeschickt. Mit ihm würde sie über seine Launen noch sprechen müssen. Es war gar nicht seine Art, sich derart aufzuregen. Was war nur los mit ihm?

»Ich freue mich auch, dich wiederzusehen«, begrüßte sie Henrik.

»Du wolltest Kopenhagen doch verlassen. Jedenfalls hast du das gesagt.«

»Dann habe ich meine Meinung wohl geändert.«

Er sah sie mit Wut in den Augen von der Seite an. »Ich weiß. Ich hab dich gesehen.«

»Ach ja?« Jensen war überrascht.

»Ich war am Flughafen und wollte dich noch verabschieden. Aber dann sah ich dich aus dem Terminal kommen und zum nächsten Taxi gehen.«

»Du wolltest mich zum Flughafen bringen. Ich habe eine Ewigkeit im Hotel auf dich gewartet.«

»Ich habe mich verspätet, aber ich wollte es wiedergutmachen.«

»Ja, klar.«

»Glaub, was du willst. Aber warum bist du geblieben?«

Jensen zuckte mit den Schultern. »Es gab noch etwas zu erledigen.«

»Das betrifft hoffentlich nicht mich. Wir können uns nicht mehr treffen.«

»So, wie du mich jetzt auch nicht triffst, meinst du?«

Henrik sah sie gereizt an. »Das ist nicht lustig, Jensen. Sie hat mich rausgeworfen. Als ich an dem Sonntagabend nach Hause kam, hatte sie meine Sachen gepackt und in einer Tüte vor die Tür gestellt und dazu noch neue Schlösser eingebaut. Volles Programm.«

Sie. Sie.

»Ich habe ihr nichts von uns erzählt, falls du das denkst. Niemandem habe ich davon erzählt«, sagte Jensen.

Das stimmte nicht ganz. Ein paar Leute gab es, die von der Existenz des »Polizisten« in ihrem Leben wussten: Liron, der israelische Straßenbarista, zum Beispiel. Und Esben, ihr Freund, der Abgeordnete, sein Fahrer Aziz und Gustav. Margrethe hatte es vermutlich auch herausgefunden. Aber keiner davon hätte ein Interesse daran gehabt, sie und Henrik zu verraten, oder?

Henrik seufzte und rieb sich kräftig das Gesicht, als wollte er einen Fleck wegrubbeln. »Sie hat die Artikel am Sonntag gelesen, die du für das *Dagbladet* geschrieben hast, und eins und eins zusammengezählt.«

»Okay. Der Artikel, in dem es hieß, dass mir ein Polizist zu Hilfe gekommen ist.«

»Genau der.«

Henrik schlug erneut auf das Lenkrad und fluchte lautstark. »Mist.«

»Hast du versucht, mit ihr zu reden?«

»Sie geht nicht ans Telefon.«

»Sie kann doch gar nicht wissen, ob es etwas Körperliches zwischen uns gegeben hat. Außerdem hast du mich in den letzten Wochen auch nicht gerade gestalkt«, sagte Jensen.

Was tust du da?

Weder ist es ihre Aufgabe, Henrik davon zu überzeugen, dass seine Ehe in Ordnung ist, noch, seine Funkstille zu billigen.

Er warf ihr einen eindringlichen Blick zu. »Es war doch nicht nur körperlich, oder?«

Jensen zuckte mit der Schulter und sah in den Regen hinaus. Er hatte recht. Sie spürte, wie seine Finger tastend über ihre glitten, ein Gefühl plötzlicher Hitze in ihr auslösten und sich abrupt wieder zurückzogen.

»Verdammt noch mal, was machst du mit mir, Jensen?«

Sie hob die Hände. »Nicht schuldig, Euer Ehren.«

»Kommen wir zum Punkt: Was, in Gottes Namen, machst du hier?«

»Ich mache nur meine Arbeit. Der Mord an Irene Valborg ist ziemlich interessant. Kein einfacher Einbruch, würde ich sagen. Was hast du schon …?«

»Nein.« Henrik unterbrach sie. »Das Gespräch beenden wir auf der Stelle, Jensen.«

Er reichte an ihr vorbei, um die Beifahrertür zu öffnen. »Ich wünsche dir alles Gute. Ich werde dich nicht vergessen, aber du steigst jetzt auf dein Fahrrad und fährst nach Kopenhagen zurück. Und die Geschichte über den Mord an Irene Valborg überlässt du deinem Freund Frank Buhl.«

»Warum?«

»Weil ich, sobald ich dich sehe oder auch nur mit dir spreche, wieder irgendeine Dummheit begehen werde, und wenn das passiert, wird mich meine Frau nie wieder zurücknehmen. Jetzt geh und halt dich aus meinem Leben raus.«

»Nein«, sagte Jensen.

»Wie? Soll ich dich auf Knien bitten?«

»Das würde nicht helfen.«

»Warum nicht?«

»Weil Irenes Tochter mich gebeten hat herauszufinden, was mit der Halskette ihrer Mutter passiert ist. Und ich werde zusagen.«

»Dieses Miststück«, murmelte Henrik. »Das kannst du nicht machen.«

»Warum nicht?«

»Weil es unethisch ist. Weil das amtliche Ermittlungen untergräbt. Weil diese Frau ein geldgieriges Monster ist. Soll ich weitermachen?«

»Es ist meine Entscheidung«, sagte Jensen. »Mein letzter Blick auf meinen Pass sagte mir, dass ich alt genug bin, um das selbst zu entscheiden.«

»Dann werde ich mich offiziell bei Margrethe Skov beschweren.«

»Das kannst du natürlich gern tun, aber ich bin nicht mehr beim *Dagbladet*. Ich arbeite als freie Journalistin.«

»Seit wann?«

»Seit Januar.« Sie drehte sich zu ihm um, aber er wich ihrem Blick aus.

»Wenn du mir die Bemerkung erlaubst: Henrik, du bist verheiratet. Ich habe dich nie gebeten, deine Frau zu betrügen, geschweige denn, sie für mich zu verlassen.«

Vielleicht hatte sie es gehofft. Aber das war lange her, und sie wusste, dass es nie geschehen würde. Irgendwie hatte sie immer gedacht, dass dies Henriks Untreue weniger verwerflich machte.

Er schwieg. Unwillkürlich wurde sie traurig. In den letzten fünfzehn Jahren hatte es immer wieder Momente gegeben, in denen sie sich wünschte, ihm nie begegnet zu sein. Dieser war einer davon.

»Ich hoffe, dass ihr, du und deine Frau, einen Weg findet«, sagte sie, stieg aus und schlug die Autotür hinter sich zu.

Mit quietschenden Reifen brauste er davon.

»Ja, verpiss dich nur«, knurrte Jensen, als sie zu ihrem Fahrrad ging, um zum Bahnhof Ordrup zurückzufahren.

12

Als der Anruf einging, der einen gewalttätigen Angriff in einem Pflegeheim in Lyngby meldete, war Henrik fast dankbar für die Ablenkung. Er arbeitete lieber, zog es vor, das zu erledigen, was unmittelbar vor ihm lag, als sich endlos Gedanken über sein beschissenes Leben zu machen.

Er wollte einfach nur, dass alles wieder so würde, wie es einmal war.

Bevor Jensen wieder in sein Leben getreten war.

Bevor er jegliche Kontrolle verloren hatte.

War das zu viel verlangt?

Natürlich konnte er Jensen nicht anlasten, was passiert war. Und es rührte sich ein schlechtes Gewissen wegen der Art und Weise, wie er vorhin mit ihr gesprochen hatte, nicht aber weil er sich wünschte, dass sie Kopenhagen verließ.

Nachdem er Mark zum Pflegeheim gebracht hatte, setzte er das mobile Blaulicht aufs Autodach und raste durch die Stadt. Ulla Olsen, das einundachtzigjährige Opfer, war bereits mit dem Krankenwagen ins staatliche Krankenhaus, kurz *Riget* (Reichskrankenhaus) genannt, gebracht worden. Einer der Polizisten, die als Erste am Tatort in Lyngby waren, hatte den Angriff als ›blindwütig‹ beschrieben. Weitere Informationen hatte es seitdem nicht gegeben, aber für den Fall, dass die Frau in der Lage war, eine Aussage zu machen, wollte Henrik unbedingt dabei sein.

Er hörte einen ohrenbetäubenden Schrei, als er, seine Dienstmarke zückend, den Eingang der Notaufnahme betrat. Ulla Olsen war soeben weggefahren worden.

»Sie hätten sowieso nichts aus ihr herausbekommen«, bemerkte eine der Sanitäterinnen, eine blonde Frau mit blassem Gesicht und dunklen Ringen unter den Augen. »Sie war nicht bei Bewusstsein.«

Die Sanitäterin nickte einer Frau mittleren Alters in einem roten Mantel zu, die mitten im Gang auf die Knie gesunken war und weinte. »Das ist die Tochter. Sie hat uns gerufen.«

»Und das Opfer?«

»Starke Blutungen nach heftigen Schlägen auf den Kopf. Sie ist zwar dement, hat aber Bärenkräfte. Kritisch, würde ich sagen.«

Henrik nickte zum Dank und ging zu der Frau am Boden. Ihre Hände waren dunkelrot von Blut, das sie um sich herum auf dem Linoleum verschmierte. Ein paar Krankenschwestern versuchten, sie zu beruhigen, sprachen sie immer wieder mit Namen an. »Anette. Anette. Hör zu. Anette.«

Henrik bedeutete ihnen, dass sie ihn mit ihr allein lassen sollten. Er kniete sich vor der Frau nieder, nahm sie bei der Schulter und hielt sie fest, bis sie sich ein wenig entspannte und aus ihrem Schreien erst ein gedehntes Stöhnen und schließlich ein ruckartiges Schluchzen geworden war.

Sie klammerte sich an ihn.

»Ich weiß«, sagte er. »Ich weiß.«

»Würden Sie uns eine Decke bringen?«, fragte er die Schwestern.

Schließlich schaffte er es, die Frau von dem blutverschmierten Fußboden auf einen Stuhl zu manövrieren.

Weitere zehn Minuten später hatte Anette zu weinen aufgehört. Henrik wartete geduldig und ignorierte die neugierigen Blicke der Passanten. Setz niemals Menschen unter Druck, die unter Schock stehen, hatte ihn die bittere Erfahrung gelehrt.

»Ich bin Hauptkommissar Henrik Jungersen von der Kopenhagener Polizei«, stellte er sich vor, nachdem sie sich beruhigt hatte.

»Sie wollten nicht, dass ich mitgehe«, sagte sie und schniefte.

»Sie ist in den besten Händen. Sie kümmern sich um sie.«

»Ich möchte sie sehen.«

»Das können Sie auch. Aber vorher würde ich gern mit Ihnen sprechen.«

»Wird sie sterben?«

Henrik antwortete nicht. Auch das hatte er gelernt. Versprich niemals jemandem, dass etwas gut ausgehen wird.

Eine Krankenschwester kam mit der Decke zurück, um die er gebeten hatte. Er legte sie um Anette, die wieder zu weinen angefangen hatte, und sah der Reinigungskraft zu, die das Blut auf dem Boden wegwischte. In dem alten Krankenhaus hätte es viel schlimmer ausgesehen.

Das Leben ging weiter.

»Erzählen Sie mir, was passiert ist«, forderte Henrik sie auf, als sie wieder allein waren. »Von Anfang an.«

»Nach der Arbeit habe ich sie besucht. Das mache ich an den meisten Wochentagen.«

»Was arbeiten Sie, Anette?« Henrik spürte, dass er sie noch mehr beruhigen musste.

»Ich bin Lehrerin. Die Grundschule ist gleich die Straße runter. Ich kann sie also schnell einmal besuchen.«

»Das ist schön.«

»Eigentlich nicht. Mama weiß gar nicht mehr, wer ich bin.«

»Alzheimer?«

»Vaskuläre Demenz.« Anette unterdrückte ein Schluchzen. »Sie saß in ihrem Sessel, wie immer. Ich dachte, sie hätte ein neues rotes Oberteil an. Aber es war Blut, die ganze Vorderseite ihrer weißen Bluse. Da saß sie, nach vorn gebeugt.«

Henrik nickte und ließ sie in Ruhe fortfahren.

»Ich habe um Hilfe geschrien. Dann sind Pfleger gekommen und haben einen Krankenwagen gerufen.« Anette erhob sich von ihrem Stuhl und ging auf und ab. Die Decke rutschte zu Boden. »Ich muss die Familie anrufen, ihnen sagen, was passiert ist.«

»Das können Sie später noch tun.«

»Mein Auto.« Anette blieb abrupt stehen. »Es steht noch in Lyngby. Im Kofferraum sind die Lebensmittel, die ich eingekauft habe.«

Henrik kannte diese Reaktion. Er hatte sie schon oft bei Menschen erlebt, die sich plötzlich mit Gewalt oder Tod auseinandersetzen mussten. Nutzloses Zeug, das einem einfällt, wenn die Realität einen vor eine unlösbare Aufgabe stellt.

Eine Krankenschwester kam zu ihnen und sprach Anette an. »Ihre Mutter wird behandelt. Wir versetzen sie in ein künstliches Koma.«

»Ich will sie sehen«, rief Anette.

»Eine Weile wird es noch dauern mit der Behandlung. In einer Stunde vielleicht.«

»In der Zwischenzeit kann ich Sie doch nach Lyngby bringen, damit Sie Ihr Auto holen können. Dann können wir unterwegs noch ein wenig reden. Und wenn Sie Zeit haben, können Sie mir zeigen, wo Sie Ihre Mutter gefunden haben«, schlug Henrik vor.

»Das würden Sie tun?«

»Ich habe sonst nichts vor.«

Den größten Teil der Fahrt nach Lyngby verbrachte Anette schweigend im Wagen. Sie starrte in den Verkehr, der im Regen an ihnen vorbeizog. »Als Polizist haben Sie doch bestimmt schon alles gesehen, oder?«, fing sie an und biss sich auf die Unterlippe. Eine Träne kullerte ihr über die Wange.

»Ich habe schon viel gesehen, aber man gewöhnt sich nie daran.« Henrik sah das Bild von Irene Valborgs dürrem Körper vor sich.

»Wer greift eine alte Frau an, die kaum ihren Namen kennt?«

»Ich weiß es nicht. Aber ich kann Ihnen versichern, dass wir alles tun werden, um den Täter zu finden. Gibt es außer Ihnen noch jemanden, der sie regelmäßig besucht?«

»Wer sollte das sein? Sie hat nur mich.«

»Gibt es in dem Pflegeheim jemanden, mit dem sie sich angefreundet hat?«

»Ich glaube nein. Ich meine, sie nimmt gern an den Aktivitäten teil, die dort angeboten werden, ein wenig Fitness, Basteln. Aber, um echte Beziehungen aufzubauen, dazu ist sie schon zu weit weg. Sie steht fast rund um die Uhr unter Beobachtung.«

Wohl kaum, dachte Henrik. *Nicht, wenn jemand es schafft, in ihr Zimmer zu gehen und ihr einen Schlag auf den Kopf zu verpassen.*

»Ist Ihre Mutter schon lange dement?«

»Ein paar Jahre. Am Anfang war es nicht so schlimm, aber es ging schnell bergab mit ihr. Zu Hause ging es nicht mehr. Sie ist immer wieder weggelaufen und wusste nicht mehr, wo sie war. Einmal ist sie am Bahnhof von Ordrup wieder aufgetaucht.«

»Ordrup?« Er drehte sich zu Anette um. »Hat sie in der Nähe gewohnt?«

»Nein, in Bispebjerg. Ich weiß nicht einmal, wie sie es dorthin geschafft hat. Ich habe es erst erfahren, als die Polizei mich angerufen hat. Sie war vollkommen verzweifelt, als ich ankam. Können Sie sich vorstellen, wie schrecklich es sein muss, nicht zu wissen, wer oder wo man ist?«

Henrik nickte. Seine Stiefmutter war jetzt in diesem Stadium, aber natürlich wollte sein Vater nicht einsehen, dass er sich nicht mehr um sie kümmern konnte. Henrik und seine Frau hatten sich, als es zwischen ihnen noch erträglich war, einige Pflegeheime angeschaut und die Broschüren diskret auf dem Tischchen im Hausflur seines Vaters liegen lassen – wo sie zu Henriks großer Enttäuschung nur zustaubten. »Lebt Ihr Vater noch?«

Sie schüttelte den Kopf. »Schon lange nicht mehr. Meine Mutter und mein Vater sind schon seit dreißig Jahren geschieden. Er hat wieder geheiratet, hatte aber 2002 einen Schlaganfall und ist gestorben. Er war starker Raucher.«

»Und Ihre Mutter? Was hat sie beruflich gemacht?«

»Sie war Reinigungskraft. Meistens in Privathaushalten. Nach der Scheidung hat sie eine kleine Wohnung in Bispebjerg gekauft. Daher nehme ich an, dass mein Vater ihr etwas Geld gegeben hat. Wenn, dann war das so ziemlich das Einzige, was der Bastard je für sie getan hat. Sie liebte die Wohnung mit dem kleinen Balkon voller Blumen. Sie war untröstlich, als wir sie verkauft haben.«

Henrik konsultierte sein Navi. Er kannte sich in Lyngby nicht aus. Monsen wohnte irgendwo in der Nähe, aber bei dem Regen sahen alle Straßen gleich aus.

»Hier links«, half ihm Anette weiter.

Schon bald tauchten die blauen Blinklichter auf, sodass ein weiterer Blick auf die Karte nicht mehr nötig war. Anette erschrak, als sie die Polizeifahrzeuge vor dem Pflegeheim sah. Sie kauerte sich in ihren Sitz zurück.

»Sie suchen nach Hinweisen. Alles, was hilfreich sein könnte, den Täter zu finden. Fingerabdrücke, Fremdfasern, DNA«, erklärte Henrik. Er sprach langsam und ruhig. »Würden Sie mir das Zimmer Ihrer Mutter zeigen und mir sagen, ob etwas fehlt?«

»Warum?«

»Wenn etwas gestohlen wurde, könnte das erklären, was passiert ist.«

»Nun, ihre Handtasche hat sie immer bei sich.«

»Sehen wir nach, ob sie noch da ist?«

Er ging mit ihr den Korridor entlang und stützte sie am Arm. Mark kam ihnen aus der anderen Richtung entgegen, wobei er versuchte, Henrik auf sich aufmerksam zu machen. Henrik schüttelte den Kopf.

Nicht jetzt, Mark.

»Gebt ihr uns ein paar Minuten?«, fragte Henrik den Polizisten am Tatort.

Sie bekamen Handschuhe, Überschuhe und Masken. Dann wurde ihnen genau gezeigt, wo sie hingehen sollten. Ein Fotograf aus der Gerichtsmedizin im weißen Overall stellte sich in Windeseile vor den blutverschmierten Sessel, um ihn abzuschirmen, als sie vorbeigingen. Anette ging zu einem kleinen Schrank neben dem Bett. Darin befand sich die Handtasche. Eine schwarze Lacktasche mit goldener Schließe.

Henrik sah zu, wie sie ihn öffnete. »Ihre Geldbörse ist drin. Kamm, Lippenstift, Tablettenspender.«

»Alles, wo es sein soll?«, fragte Henrik.

»Sieht so aus.«

»Gut. Gibt es noch andere Dinge, die jemand mitgenommen haben könnte?«

Anette schüttelte den Kopf. »Wir haben alles weggegeben, als meine Mutter hier einzog. Wie ihr Arzt damals sagte, einen Rückfahrschein gibt es nicht. Aber sie besaß sowieso nichts mehr. Nur altes, wertloses Zeug.«

Also kein einfacher Einbruch. Jemand von den anderen Bewohnern des Heims? Vielleicht jemand, der Ulla Olsen für böse oder besessen hielt oder ihr sonstige Verrücktheiten andichtete?

Wollte der Täter sie tatsächlich umbringen und war dabei gestört worden, oder hatte er willkürlich zugeschlagen und war beim Anblick des Blutes getürmt? Er musste an Vagn Holdved und Irene Valborg denken. Beide waren auf wenig zimperliche Weise umgebracht worden. Drei äußerst brutale Gewalttaten gegen ältere, wehrlose Menschen innerhalb weniger Wochen. Das war viel, musste aber nicht unbedingt ein Muster sein. Der Angriff auf Ulla Olsen passte nicht dazu. »Kommen Sie«, sagte er zu Anette, bereits zur Tür gewandt. »Ich bringe Sie zu Ihrem Auto.«

»Einen Moment noch«, sagte sie. Sie hatte die Schublade im Nachtschrank ihrer Mutter geöffnet und nahm ein Foto heraus.

Ein Foto, das vor einigen Jahren aufgenommen worden war. Es zeigte ein Mädchen im Schulalter auf einer Party, das mit roten Augen in die Kamera lächelte.

»Wer zum Teufel ist das?«

13

MITTWOCH, 20:51 UHR

»Okay, wo fangen wir an?«, sagte Gustav.

Er fläzte sich auf Jensens Sofa. Den Oberkörper quer über die Sitzfläche drapiert, die dünnen Beine über der Armlehne baumelnd. Auf dem Couchtisch lagen Papiertüten aus einem Takeaway und Reste von Bao-Buns herum. Der nicht enden wollende Regen trommelte unaufhörlich gegen die Velux-Fenster im Obergeschoss, und das Rauschen des Abendverkehrs auf der Torvegade drang zu ihnen herauf.

»Wir machen eine Liste mit allen Fragen, die wir klären müssen«, sagte Jensen, während sie den letzten Schluck ihres grünen Eistees durch den Strohhalm sog.

Sie kramte in der Plastiktüte mit dem Büromaterial, das Gustav sich vom *Dagbladet* ausgeliehen hatte, fischte einen Stift und einen Block neonfarbener Haftzettel heraus und warf sie ihm zu. Vorher hatten sie Margrethe einen Besuch in ihrem Büro abgestattet, damit Gustav die Erlaubnis einholen konnte, weiter mit Jensen zusammenarbeiten zu dürfen, obwohl sie, wie Margrethe es formulierte, »nicht den leisesten Schimmer hatte«, was sie freiberuflich trieb. »Es ist ein hartes Brot, wenn man allein ist. Du wirst noch auf Knien darum betteln, zurückkommen zu dürfen.«

Jensen und Gustav hatten vereinbart, den Auftrag, den sie von Regitse Lindegaard angenommen hatten und für den die erste Rate bereits gezahlt worden war, nicht zu erwähnen.

Hinter ihrem Schreibtisch thronend, hatte Margrethe sie durch ihre dicken Brillengläser hindurch mit Blicken durchbohrt und schließlich widerwillig zugestimmt. »Aber wenn jemand Gustav auch nur ein Haar krümmt, dann bist du dran, und glaub mir, dann bringe ich dich *wirklich* um«, hatte sie Jensen angedroht, bevor sie sich in gemäßigterem Ton an ihren Neffen wandte. »Wenigstens hält es dich für den Moment davon ab, Unfug zu machen.

Aber nach Ostern gehst du wieder zur Schule. Das hier war nur als Übergangslösung gedacht. Nach unserem Besuch habe ich mit dem Direktor des Holger-Hansen-Gymnasiums gesprochen. Sie haben einen Platz für dich, und ich habe zugegriffen.«

Die Nachricht ließ Gustavs Gesichtsfarbe in ein bläuliches Weiß umschlagen. Erst der Imbiss vom Vietnamesen, den Jensen besorgt hatte, brachte wieder Farbe auf seine Wangen. Trotzdem weigerte er sich, auf ihre Fragen nach dem Vorfall zu antworten.

Er zog einen pinkfarbenen Haftzettel vom Block und sah sie erwartungsvoll an. »Schieß los.«

»Okay. Warum hat Irene eine Halskette gekauft, die sie nie trug?«

Gustav sah auf. »Wen interessiert das? Das ist dreißig Jahre her. Wir wollen doch nur wissen, wer es gestohlen hat.«

»Lass mich ausreden«, sagte Jensen. »Wenn du unerwartet etwas erbst, was würdest du damit machen?«

»Keine Ahnung. Durch die Welt reisen, Anzahlung auf die Eigentumswohnung, Auto kaufen?«

»Genau«, sagte Jensen. »Du würdest es für etwas ausgeben, das dir Freude macht, und nicht für ein Diamantcollier, das du dann in einem Safe aufbewahrst.«

Gustav schrieb etwas in Großbuchstaben auf den Haftzettel und klebte ihn über dem Sofa an die Wand. »Und wie finden wir heraus, warum sie das getan hat?«

Jensen biss sich auf die Lippe. »Na ja, wir könnten Regitse fragen.«

»Hast du doch schon. Schon vergessen? Sie hatte keine Ahnung.«

»Oder den Juwelier, bei dem Irene den Schmuck gekauft hat? Es wird doch sicher irgendwo eine Quittung geben.«

»Okay«, sagte Gustav. »Und weiter?«

»Woher wusste der Einbrecher den Code für den Tresor?«

»Vielleicht war sie so dumm, ihn irgendwo aufzuschreiben. Oder es war ihr Geburtsdatum oder so.«

»Eine Frau von sechsundachtzig Jahren, die aufgeweckt genug ist, sich eine neue Alarmanlage, ein Sicherungsgitter wie im Hochsicherheitstrakt eines Gefängnisses und einen Schäferhund anzuschaffen, macht es einem Einbrecher so leicht?«

»Vielleicht stand der Safe zufällig offen, als der Einbrecher in das Haus eindrang?«

»Unwahrscheinlicher Zufall.«

»Weiter?« In Gustavs Stimme lag ein Hauch von Verunsicherung.

»Okay. Was hat sie dazu bewegt, all diese Sicherheitsvorkehrungen zu treffen? War sie vielleicht von jemandem bedroht worden? Wir können bei der Sicherheitsfirma nachfragen. Vielleicht hat sie denen etwas gesagt?«

Gustav hatte die Notiz bereits an die Wand geklebt und wappnete sich für ihre nächste Frage. »Ich habe dich schon vor fünf Minuten verstanden.«

Woher kam diese plötzliche Kurzschlussreaktion? Jensen fuhr fort. »Da es keine Einbruchsspuren gibt, muss Irene den Täter gekannt oder Besuch erwartet haben. Vielleicht auch beides.«

»Wer soll das sein? Niemand konnte sie ausstehen.«

»Trotzdem. Wer war es?«

»Notiert.« Gustav schmetterte den dritten Haftzettel an die Wand.

»Nehmen wir einmal an, dass Irene den Einbrecher nicht kannte und es jemandem gelungen ist, sich ins Haus hineinzuquatschen, indem er sich als Polizist ausgab. Und sagen wir, dass sie ihm aus welchem Grund auch immer den Code für den Tresor gegeben hat … wo würde dieser Jemand versuchen, eine so wertvolle Halskette zu verkaufen?«

Der nächste Zettel flog klatschend an die Wand.

»Sie könnte die Halskette irgendwo im Haus versteckt haben«, sagte Jensen.

»Warum sollte sie das tun, wenn sie doch so sehr fürchtete, dass sie ihr gestohlen werden könnte? Gerade hast du doch noch gesagt, sie wäre aufgeweckt gewesen.«

»Nun, dann eben woanders.«

Gustav klebte einen grünen Haftzettel zu den anderen an die Wand. Darauf stand in großen, wütenden Buchstaben *Halskette versteckt?*.

»Gustav, was ist los?«

»Nichts ist los.« Er wich ihrem Blick aus.

»Seit du hier bist, bist du gereizt. Hat es etwas mit dem zu tun, was Margrethe gesagt hat?«

»Was soll damit sein?«, blaffte er.

»Du warst plötzlich kreidebleich, als sie sagte, dass du wieder zur Schule gehen sollst. Hat das etwas mit dem Grund zu tun, aus dem du von dieser Schule in Aalborg verwiesen wurdest?«

Gustav setzte sich abrupt auf und blitzte sie einen kurzen Augenblick lang mit Margrethes feurigem Blick an. So wütend hatte sie ihn noch nie gesehen. »Das geht dich einen feuchten Dreck an.« Er sah sich nach seinem Rucksack und seinem Mantel um. »Warum lasst ihr mich nicht alle verdammt noch mal in Ruhe?«

Bevor sie etwas sagen konnte, war er in wenigen Schritten zur Tür hinaus und hatte sie so heftig hinter sich zugeschlagen, dass Jensens neu erworbene IKEA-Uhr von der Wand fiel und in zwei Teile zerbrach.

14

MITTWOCH, 22:01 UHR

Flankiert von Mark und Lisbeth beugte sich Henrik über seinen Schreibtisch. Lotte war noch hinzugekommen. Sie sah aus, als wäre sie gerade erst aufgestanden, aber Genaueres wollte Henrik sich nicht vorstellen.

(»Jetzt geht das schon wieder los«, hörte er die Stimme seiner Frau sagen.)

»Was meint ihr? Dasselbe Mädchen, oder jemand anderes?« Er

zeigte auf das Foto aus dem Pflegeheim, das er auf seinem Schreibtisch neben das Bild aus Vagn Holdveds Kleingarten gelegt hatte.

»Schon möglich, dass es dasselbe Mädchen ist«, sagte Mark, »auch wenn sie auf dem zweiten Foto etwas anders aussieht.«

»Es ist das Make-up. Vom Schulmädchen zum Partygirl. Was für eine Verwandlung«, fügte Lisbeth hinzu.

»Ich bin mir nicht sicher«, mischte Lotte sich gähnend ein. »Und wenn es dasselbe Mädchen ist? Was dann? Ein verrückter Zufall, das Kleine-Welt-Phänomen.«

»Anette Olsen, die Tochter, weiß nicht, wer das ist.« Henrik zeigte auf das Partygirl. »Sie hat das Foto noch nie gesehen.«

»Na und?«, sagte Lotte. »Die alte Frau ist doch verrückt.«

»Dement, nicht verrückt.«

»Das ist doch das Gleiche. Es könnte auch einem der anderen Bewohner gehören. Eine Verwandte von jemandem, sie hätte so oder so keine Ahnung.«

»Hast du das Foto aus der Hütte von Vagn Holdved seiner Familie gezeigt?«

»Noch nicht«, sagte Lotte. »Sein Sohn ist geschäftlich unterwegs in Dubai, seine Tochter lebt in Berlin. Ich habe es beiden per E-Mail geschickt. Ich vermute, es ist die Tochter, als sie noch jung war. Sie werden sich morgen bestimmt bei mir melden.«

Seufzend nahm Henrik die Fotos und reichte sie Mark. »Bring sie zur Kriminaltechnik. Frag die, ob es sich um dasselbe Mädchen handeln könnte. Und frag auch, ob sie herausfinden können, wie alt die Fotos sind.«

»Geht klar, Chef.«

»Und Lisbeth, hör dich im Pflegeheim in Lyngby mal um, ob jemand das Mädchen kennt. Lotte hat recht, es könnte sich um eine Verwandte von jemand anderem handeln.«

Lisbeth runzelte die Stirn. »Aber warum …«

»Verdammt noch mal, Lisbeth, tu es einfach, klar?«

Lisbeth und Mark zogen davon und hinterließen eine schlechte Stimmung im Raum. Lotte hatte die hochhackigen schwarzen

Stiefel auf Henriks Schreibtisch gelegt und rührte sich nicht vom Fleck. Ihre Augen waren geschlossen.

»Du siehst ganz schön fertig aus«, eröffnete er ihr.

»Tausend Dank. Bin früh ins Bett, um Schlaf nachzuholen. Hat funktioniert, bis du angerufen hast.«

»Du hättest nicht kommen müssen.«

»Du hast mich neugierig gemacht.«

»Aber jetzt denkst du, ich hätte deine Zeit verschwendet.«

Lotte brachte ein bemühtes Lächeln zustande. »Wie geht es dir eigentlich, Henrik?«

»Wie es mir *geht*?« Er wusste genau, worauf sie anspielte. Alle auf dem Revier wollten wissen, wie es ihm nach der Schießerei in der Magstræde im Januar ging.

Er wollte kein Mitleid.

Er brauchte es nicht.

Schon gar nicht von Lotte.

»Es ging mir nie besser«, sagte er, machte den Rücken gerade und spannte die Bauchmuskeln an.

Er betrachtete sie eingehender. War sie verheiratet? Sie trug keinen Ring am Finger, aber das musste nicht unbedingt etwas bedeuten.

»Was ist? Was starrst du mich so an?«

Er lachte. »Ich habe mich gerade gefragt … ob du schon etwas gegessen hast? Ich könnte uns etwas holen. Ein paar Bierchen. Wir sind doch beide nicht im Dienst, oder?«

Ihre Augen verengten sich zu Schlitzen. »Fängst du gerade an, mit mir zu flirten, Jungersen? Deine Frau hat dich vor die Tür gesetzt, und jetzt hältst du Ausschau nach einem Trostpreis?«

»Wer hat dir das gesagt?«

»Monsen hat so etwas erwähnt. Als wäre ich nicht auch selbst drauf gekommen. Wann hast du dich das letzte Mal rasiert? Oder geduscht?«

Henrik spürte eine unangenehme Wärme, während sich die Röte in seinem Gesicht und am Hals ausbreitete. »Sosehr ich dich mag, Lotte, ich habe dich nicht zum Essen bei Kerzenschein eingeladen. Ich dachte nur, dass wir nach Dienstschluss etwas essen gehen könnten, da wir beide sonst nichts vorhaben.«

Er wollte eine nette Bemerkung machen, heraus aber kam ein klägliches Jammern.

Mein Gott, was war nur mit ihm los?

(»Du bist so erbärmlich«, sagte seine Frau immer.)

»Siehst du, das ist dein Fehler, Jungersen.« Lotte schwang ihre Stiefel vom Schreibtisch, zog den Reißverschluss ihrer wattierten schwarzen Jacke zu und ging.

Unwillkürlich schielte Henrik bewundernd auf ihren gut gebauten Körper. Er wusste, dass sie sich in Form hielt, indem sie in der Mittagspause auf den Bürgersteigen rund ums Büro ihre Runden drehte. Als wüsste sie, was er dachte, drehte sie sich in der Tür um und sah ihn mitleidig an. »Mag ja sein, dass du nichts mit dir anzufangen weißt, aber mein Freund ist zu Hause und wärmt gerade das Bett vor, also vielen Dank, aber nein.«

15

MITTWOCH, 23:13 UHR

Henrik schaltete den Motor aus, ließ sich in den Fahrersitz zurücksinken und seufzte. Schräg gegenüber in der dunklen, verlassenen Straße, hinter einer Strandhecke, stand der gelbe, zweistöckige historische Altbau, den er und seine Frau vor zwanzig Jahren gekauft und mit drei Kindern und allem, was ein Familienleben ausmachte, belebt hatten. Dieser Stadtteil von Kopenhagen, unweit des Landschaftsgartens Frederiksberg Park gelegen, war damals zwar noch nicht so schick gewesen, hatte aber die Mittel einer Gymnasiallehrerin und eines Polizisten dennoch bei Weitem überschritten.

Den Kredit, den sein Schwiegervater ihm angeboten hatte, hatte er zunächst abgelehnt. Dass der aufgeblasene Wichtigtuer sein

Geld dazu benutzte, sie zu kontrollieren, war das Letzte, was er gebrauchen konnte. Aber seine Frau hatte so lange auf ihn eingeredet, bis er am Ende nachgegeben hatte.

Früher oder später tat er das immer, wenn es um seine Frau ging.

Zum Glück war das Darlehen später nicht mehr zur Sprache gekommen und auch nicht eingefordert worden. Henrik hatte seine Frau nie darauf angesprochen, vermutete aber, dass sie dem alten Kauz unmissverständlich klargemacht hatte, dass jegliche Einmischung in ihr Leben bei ihrem Gatten, weil Bulle, nicht gut ankommen würde.

All die Jahre war Henrik nach einer anstrengenden Schicht oft vor dem gelben Haus noch in seinem Wagen sitzen geblieben und hatte das Treiben hinter den hell erleuchteten Fenstern beobachtet, bevor er sich aufraffte und sich ins Getümmel stürzte.

Er und seine Frau hatten sich die Finger wund geschuftet, um das Haus zu restaurieren, die Böden abzuschleifen und die alten Sprossenfenster zu ersetzen. Wochenende für Wochenende hatten sie damit verbracht, Badfliesen und Farbe auszusuchen. Erst vor einem halben Jahr hatte seine Frau darauf bestanden, eine nagelneue Küche einbauen zu lassen.

Trotzdem konnte er kaum glauben, dass er dorthin gehörte, in ein Haus, das so anders war als das rote Backsteinreihenhaus, in dem er aufgewachsen war. »Protzig«, hatte sein Vater bei seinem ersten Besuch gesagt.

Die abgewetzte Windjacke und die nach außen stehenden Füße ließen den alten Mann in den hohen Räumen unbeholfen und verloren wirken. Seitdem fanden die Zusammenkünfte mit Henriks Familie, wenn es überhaupt welche gab, bei seinem Vater statt.

Na ja, jetzt würde Henrik nicht mal mehr in die Nähe des schicken Hauses kommen.

Nicht heute Abend.

Vielleicht nie wieder.

Ihm waren nur diese heimlichen nächtlichen Besuche vor dem

Schlafengehen geblieben, um sich zu vergewissern, dass das Haus noch stand und seine Familie darin sicher war.

Er sah auf sein Handy. Keine Nachrichten. Weder von Jensen noch von seiner Frau.

Der Wortwechsel mit Lotte steckte noch wie ein Stachel in ihm. Wie konnte er ernsthaft glauben, bei ihr eine Chance zu haben. Vor fünf Jahren vielleicht. (»Wohl eher zehn!«, würde seine Frau sagen.)

Wie alle guten Ermittler roch Lotte die Verzweiflung eines Mannes Kilometer gegen den Wind. Dabei war er nicht mal in sie verknallt, sagte er sich. Vielmehr wollte er sich beweisen, dass er es, was auch immer es sein mochte, immer noch draufhatte.

Du lieber Himmel.

Gab es etwas Erbärmlicheres als einen Mann mittleren Alters, der sich in Selbstmitleid suhlt?

Oliver, sein Jüngster, war erst sieben Jahre alt und würde vermutlich schon tief schlafen. Bei Mikkel und Karla, den beiden Älteren, war mit allem zu rechnen. Seine Frau hatte die Jalousien in dem Schlafzimmer, das sie bis vor ein paar Wochen noch mit Henrik geteilt hatte, heruntergezogen. Sie würde also auch bald schlafen gehen. War das nicht ziemlich spät für einen Abend, wenn sie am nächsten Tag wieder zur Schule musste? Er spürte einen eisigen Stich im Unterleib. Und wenn sie gar nicht allein war? Was, wenn sie zu der Ansicht gekommen war, dass sie das, was er konnte, schon dreimal konnte?

»Jetzt dreh nicht durch, Jungersen«, sagte er laut zu sich selbst. So schnell würde sie sich doch keinen anderen Mann ins Haus holen, oder? Undenkbar, dass Jensen auch nur in die Nähe des Hauses käme.

Ehefrauen und Geliebte.

Mögen sie sich nie begegnen.

Wenn er nur mit seiner Frau sprechen, nur fünf Minuten mit ihr in einem Raum sein könnte. Er würde ihr in die Augen sehen, sie so fest umarmen, dass sie sich nicht befreien könnte. »Sag mir, dass du mich nicht liebst«, würde er sagen. Er wusste genau, wo er sie berühren, welche Knöpfe er drücken musste. Sie brauchte ihn genauso, wie er sie brauchte.

(»Ja, genauso wie ein Loch im Kopf!«, hörte er seine Frau sagen.)

»Verdammt, Jungersen, reiß dich zusammen«, entfuhr es ihm, und er rieb sich das Gesicht. Jensen zu treffen, war nicht gut für ihn gewesen. Er hätte wissen müssen, dass sich an seinen Gefühlen nichts geändert hatte. Als sie aus dem Auto ausgestiegen war, wollte er ihr hinterherlaufen, sie festhalten und ihr sagen, dass er es nicht so gemeint hatte.

Wenn sie doch auch verheiratet wäre.

Dann wäre alles einfacher.

So gern er es auch wollte, er konnte nicht der Mann sein, den sie verdiente. Er sagte sich, dass sie von dem Fall Irene Valborg bald genug hätte, wenn sie feststellte, dass er die Tür zugemacht hatte und sie nicht länger mit Informationen versorgen würde, auf die sie sich wie im Magstræde-Fall verlassen konnte.

Mal sehen, wie gut du dich schlägst, dachte er.

Zum Glück wusste sie nichts von Ulla Olsen, sonst würde sie ihm bei dem Fall auch noch ins Gehege kommen.

Zeigten die Fotos aus Vagn Holdveds Gartenhaus und Ulla Olsens Nachttischschublade wirklich dasselbe Mädchen? Und wenn ja, warum waren sie dort? Wenn Lotte recht hatte und das Foto im Zimmer von Ulla Olsen einem anderen Heimbewohner gehörte, hatte diese Person dann etwas mit Vagn Holdved zu tun?

Unmöglich war das nicht. Kopenhagen war eine kleine Stadt. Es war nicht schwierig, an einem Samstagnachmittag die Strøget entlangzugehen, die Hauptfußgängerzone, die sich wie eine Arterie durch das Stadtzentrum zog, und jemanden zu treffen, den man kannte.

Eine Frau mit einem kleinen weißen Hund an der Leine näherte sich dem Auto auf dem gegenüberliegenden Bürgersteig. Sie sah in seine Richtung. Henrik machte sich in seinem Sitz klein und wartete, dass sie vorbeiging. Sie wohnte ein paar Häuser weiter, hatte inzwischen bestimmt mitbekommen, dass er sich schon seit ein paar Monaten nicht mehr hatte blicken lassen, und angefangen, sich Fragen zu stellen.

Es wäre besser gewesen, wenn Irene Valborgs neugierige Nachbarin das auch getan hätte.

Plötzlich kam ihm ein Gedanke. Eine dumme Idee vielleicht, aber er hatte Zeit und Lust, ihr nachzugehen. Um diese Zeit am Abend konnte er es in weniger als fünfundzwanzig Minuten bis Klampenborg schaffen.

Er sah, wie das Licht in seinem ehelichen Schlafzimmer erlosch. Er stellte sich seine Frau dort vor, die Lesebrille zusammengefaltet auf dem Nachttisch neben ihrem Buch, die Luft vom Duft der Handcreme erfüllt, die sie immer vor dem Schlafengehen auftrug. Ob sie an ihn dachte? Sich vielleicht fragte, wo er war und ob es ihm gut ging?

Ja, bestimmt, Jungersen, *träum weiter.*

Er drehte den Schlüssel im Zündschloss, warf noch einen Blick auf das dunkle Haus, in dem sich sein ganzes Leben befand, und fuhr los.

16

MITTWOCH, 23:29 UHR

Jensen stellte ihr Fahrrad im Schuppen im Innenhof des *Dagbladet* ab. Ihre Zutrittskarte hatte sie abgegeben, als sie die Zeitung verließ, aber die Hintertür war mit einer Tastenkombination gesichert, die zu ändern sich seit ihrem letzten Besuch niemand die Mühe gemacht hatte. Sie sah sich um, bevor sie eintrat, auch wenn diese Vorsichtsmaßnahme zu so später Stunde überflüssig war.

Sie hatte sich in ihrer Wohnung in Christianshavn bereits schlafen gelegt, sich zugedeckt und dem Regen gelauscht, der gegen das Velux-Fenster trommelte, als eine plötzliche Eingebung sie dazu brachte, wieder aufzustehen, sich anzuziehen und sich auf den Weg hierher zu machen. Sie brauchte Arbeit, um sich abzulenken.

Das Gespräch mit Gustav ging ihr nicht aus dem Kopf. Seit Margrethe ihn ihr das erste Mal als Praktikanten aufs Auge gedrückt hatte, weigerte Gustav sich, zu erklären, warum er von der Schule geflogen war. Normalerweise tat er ihre neugierigen Fragen mit einem Lachen ab. Was hatte ihn dieses Mal so aus der Fassung gebracht? Irgendetwas stimmte nicht, lastete schwer auf Gustavs sonst so guter Laune. War es die Aussicht darauf, früh aufstehen und Hausaufgaben machen zu müssen, die ihm zu schaffen machte, wie jedem faulen Siebzehnjährigen? Oder lag es an der Schule, die Margrethe ausgesucht hatte, eine Privatschule im Stadtteil Østerbro? In dem Fall hätte Jensen Mitleid mit Gustav. Vielleicht konnte sie mit Margrethe reden, ihr klarmachen, dass ihr Neffe für die Schule einfach nicht geschaffen war?

Während sie die verstaubte Hintertreppe des *Dagbladet* hinaufging, die sie sich mit der Taschenlampe ihres Handys ausleuchtete, dachte sie über die verschwundene Halskette nach. Im Internet war über Irene oder ihren Mann Ove nichts zu finden gewesen. Über Regitse hingegen einiges. Ihre Eltern wiederum waren jedoch weit älter als Google. Wenn es über sie etwas Wissenswertes gab, dann erfuhr sie das nur von einer einzigen Person in Kopenhagen.

Die grau gestrichene Tür zum sogenannten Journalisten-Korridor knarrte, als sie das oberste Stockwerk des Gebäudes betrat. Sie ging in ihr altes Büro, das, wie sie schon vermutet hatte, nicht wieder besetzt worden war. Die beiden Schreibtische standen immer noch zusammen. Die Pinnwand, die Gustav und sie einst getrennt hatte, war zur Seite geschoben worden. Im Drahtkorb auf dem Bücherregal war ein kleiner Poststapel gelandet. Sie nahm ihn und steckte ihn ein.

Ihr Finger war voller Staub, nachdem sie mit ihm über den Schreibtisch gefahren war. In der Ecke lag ein Stapel alter Notizbücher mit ihren unleserlichen Kritzeleien. Der Papierkorb quoll von weggeworfenen Pappbechern von Liron über. Jensen hatte ihn seit Wochen nicht mehr gesehen. Sie fragte sich, ob er immer noch mit seinem winzigen Lieferwagen in der Sankt Peders Stræde unterwegs war und sein schwarzes, wie von Zauberhand gebrühtes Gold verkaufte, oder ob er beschlossen hatte, bei dem nassen Wetter sein Geschäft ruhen zu lassen.

Die Kanne in der Kaffeemaschine war leer. Vermutlich von Henning Würtzen ausgetrunken. Der ehemalige Chefredakteur des *Dagbladet,* der aus dem Ruhestand zurückgekommen war, um sich dem Schreiben von Nachrufen bei der Zeitung zu widmen, liebte kalten Kaffee, den er sich vorzugsweise aus fremden Büros holte.

Jensen hockte sich ans Fenster der Dachgaube, wo sie immer saß, wenn sie über ihre Zukunft nachdachte.

Ihr Blick ging über die roten Ziegeldächer von Kopenhagen. Der Regen rann die Fensterscheibe hinab und verzerrte das Bild, das sich ihr bot. Sie vermisste die Zeitung, deren Pulsschlag und die Leser im ganzen Land. Den Druck, der auf der schrumpfenden Zahl von Reportern lastete, die den unersättlichen Hunger nach Texten rund um die Uhr stillen mussten, vermisste sie nicht.

Jensen sah sich im dunklen Raum um und lauschte. Erleichtert vernahm sie leise Musik aus Hennings Büro. Er musste schon Ende achtzig sein, vielleicht sogar schon über neunzig. Irgendwann, in nicht allzu ferner Zukunft, würde er nicht mehr hier sein. Was würde sie dann tun, ohne seine Sammlung an Zeitungsausschnitten über die gehobene Gesellschaft Dänemarks?

»Guten Abend, Henning.« Sie klopfte an den Türrahmen, während sie eintrat.

Henning wandte sich bedächtig zu ihr um, weg von dem geöffneten Fenster, zu dem er unter Umgehung der Brandschutzbestimmungen und aller möglichen Gesundheits- und Sicherheitsvorschriften hinausrauchte. Der lange dunkelgrüne Mantel, den er über dem Anzug trug, und die Pelzmütze ließen ihn aussehen wie einen alten russischen Spion, überlegte sie. Hatte er den Mantel an, weil er heute Abend noch etwas vorhatte, oder war es ihm in dem Raum zu kalt? Jensen tippte auf Letzteres, da sie Henning noch nie außerhalb des Gebäudes gesehen hatte.

»Du!«, begrüßte er sie mit seiner von den langen Nächten, in denen er jahrzehntelang stets als Letzter das Licht im *Dagbladet* gelöscht hatte, strapazierten Stimme.

»Gehst du zum Schlafen eigentlich nie nach Hause?«, fragte sie.

Henning zog an seiner Zigarre, wandte sich wieder dem Fenster zu und hüllte sein Gesicht in eine Wolke aus Rauch. »Was hast du auf dem Herzen?«

»Ich wollte dich etwas fragen.«

»Du arbeitest doch gar nicht mehr hier.«

»Richtig. Ich versuche, etwas über eine Halskette herauszufinden, die aus dem Haus von Irene Valborg in Klampenborg verschwunden ist. Sie wurde vor ein paar Tagen ermordet aufgefunden. Ich ermittle im Auftrag ihrer Tochter.«

Henning drehte sich ganz zu ihr um. »Du bist also Privatdetektivin?«

»Und wenn?«

Henning gluckste leise in sich hinein.

»Also, hast du etwas unter dem Namen Valborg?« Die Frage entschlüpfte ihr ungehaltener als beabsichtigt.

»Den Namen habe ich noch nie gehört«, sagte Henning.

»Und Regitse Lindegaard, ihre Tochter? Ich glaube, ihr Mann ist CEO in einer Firma in Aarhus. Industriepumpen oder so was. Er muss um die siebzig sein.«

Hennings Blick ging zur Decke, während er die Fakten aus seinem phänomenalen Gedächtnis abspulte: »Sein Vater Preben hat die Fabrik gegründet. Ist 1998 gestorben, glaube ich, oder war es 1997? Gehört zu den alteingesessenen Unternehmerfamilien in Dänemark, wenn auch zu den unbedeutenderen. Der Sohn hat das Unternehmen weitergeführt, wenn auch weniger erfolgreich. Es gab Mitbewerber auf dem Markt, ich glaube, aus Deutschland.«

Henning verbrachte die Tage damit, Artikel aus Stapeln dänischer Zeitungen (die immer kleiner wurden, weil sie der Reihe nach eingingen) auszuschneiden und sie mit einem Füllhalter zu datieren.

»Dem Erscheinungsbild seiner Frau nach zu urteilen, kann es so schlecht aber nicht laufen«, bemerkte Jensen.

Henning schüttelte den Kopf, paffte an seiner Zigarre und blinzelte in den Rauch. »Für eine angeblich große Journalistin kannst du ganz schön naiv sein, junge Dame.«

»Was willst du damit sagen?«

»Wenn sie so reich sind, warum engagiert die Frau dich als Ermittlerin?«

»Ich habe den Magstræde-Fall gelöst. Ich bin eine gute Ermittlerin.«

»Wie dem auch sei, was geht dich die alte Halskette an?«

»Sie hat gesagt, dass sie unbezahlbar ist.«

»Na also. Da haben wir es doch schon. Sie braucht das Geld.« Henning kratzte sich am Kinn.

Jensen wollte schon gehen, als ihr noch etwas einfiel. »Hast du schon einmal von einem Mann namens Carsten Vangede gehört?«

»Vangede, Vangede.« Henning schloss das Fenster, drückte seine Zigarre im Messing-Aschenbecher aus und ging zu einem seiner Aktenschränke. »Der Name sagt mir was.« Er zog einen Ordner heraus und blätterte ihn durch. »Ah ja, hier. Kleinerer Gastwirt. Hatte ein paar Lokale in Nørrebro. Dann ging er pleite und hat sich umgebracht. Warum willst du über ihn etwas wissen?«

»Ich bin mir nicht sicher, ob es Selbstmord war. Ich glaube, er verfügte über Informationen, die ziemlich wichtig waren, und jemand wollte nicht, dass sie bekannt wurden.«

»Ach ja, tatsächlich? Und wer bezahlt dich für *diese* Nachforschungen?«

Gute Frage, Henning.

Sie beobachtete ihn, wie er sich, immer noch in Mantel und Hut, auf seinen Schreibtischstuhl plumpsen ließ. Im Radio liefen die Mitternachtsnachrichten. Er schloss die Augen und keuchte.

Jensen wusste, dass sie keine weiteren Informationen aus ihm herausbekommen würde. Wenn sie mit der Story weiterkommen wollte, brauchte sie Zugang zu Vangedes Anwesen, und von seiner Schwester Christina hatte sie bisher noch nicht einen Pieps gehört.

»Gute Nacht,« sagte sie, als sie ihn leise vor sich hin schnarchen hörte. Sie empfand aufrichtige Sympathie für ihn. »Bis bald, Henning.«

17

MITTWOCH, 23:57 UHR

Der Polizist war von Irene Valborgs Grundstück abgezogen worden. Die Spurensicherung hatte ihre Arbeit am frühen Abend beendet. Das Absperrband neben dem Verbotsschild am Ende der Zufahrt flatterte noch leise im Wind. Henrik stellte seinen Wagen in einer Seitenstraße ab und ging zu Fuß zur Villa, darauf bedacht, nicht in den Lichtkegel der Straßenlaterne zu geraten. Das Letzte, was er jetzt brauchte, war, dass die neugierige Alte von nebenan ihn entdeckte und Stunk machte.

Drinnen schaltete er die Taschenlampe ein und streifte langsam durch die dunklen Räume, während er versuchte, sich den Grundriss einzuprägen. Durchs Wohnzimmer, dann durchs Esszimmer gelangte er schließlich in die Küche. Was sich oben zugetragen hatte, versuchte er auszublenden. Irenes Leiche war zwar längst nicht mehr da, aber unheimlich war ihm das Haus trotzdem.

Er ließ den Schein der Taschenlampe über die Wände gleiten und leuchtete auch in die Küchenschränke. Darin stapelten sich identische Hummerkonserven, deren Außenseite ein blau-weiß kariertes Tischtuch, ein silberner Leuchter und ein Teller mit leuchtender Speise zierten. Henrik ging nicht davon aus, dass der Inhalt dem Äußeren auch nur entfernt ähnelte. Es mussten mindestens fünfzig Dosen sein. Worauf hatte Irene Valborg sich vorbereitet? Einen nuklearen Winter vielleicht?

Er verließ die Küche und blieb einen Moment in der Halle am Fuße der Treppe stehen. Fast hätte ihn der Schlag getroffen, als die vergoldete Uhr auf dem Kaminsims Mitternacht schlug.

Ihm war klar, dass er sich auch im ersten Stock umsehen musste. Aber er wollte nicht.

»Komm schon, Jungersen, verdammt noch mal«, redete er sich gut zu und ging hinauf. Der Lichtkegel seiner Taschenlampe traf auf den dunklen Fleck auf dem Boden. Als Erstes sah er sich in den beiden kleineren Zimmern um. Bei dem mit Blümchentapete an der Wand nahm er an, dass es Regitse gehört hatte. Das andere mit der Holzvertäfelung könnte einst ein Büro gewesen sein. Hinter ein paar Schranktüren befand sich ein kleines Waschbecken mit einer alten Flasche Eau de Cologne auf einer Glasablage. Auf der Flasche erkannte er ein Bild von Venedig. Sie verströmte einen schwachen Geruch von Zitronen.

Schließlich ging er noch einmal durch Irenes Schlafzimmer, suchte mit der Taschenlampe die Wände ab, tastete die Rückseiten der Bilder ab und sah auch noch einmal in das Innere des Tresors.

Immer noch nichts.

Er wusste, dass es eine dumme Idee war. Gut, dass er niemandem davon erzählt hatte. Er ging zurück zum Treppenabsatz und leuchtete mit der Taschenlampe auf das niedrige Bücherregal, in dem der bronzene Elefant gestanden hatte, bevor der Mörder Irene damit den Schädel einschlug. Auf dem ersten Bord sah er eine Reihe ledergebundener Bücher. Auf dem zweiten standen Fotos, meist schwarz-weiß, einige schon vergilbt. Bilder von Regitse als kleines Mädchen am Strand mit einem Sonnenhut. Hochzeitsfotos, auf denen die Valborgs in lang vergangenen Zeiten in die Kamera strahlten.

Dann sah er es.

Zwischen den anderen klemmte ein Foto ohne Rahmen. Die Kanten waren eingerollt. Regitse war so sehr in die Suche nach fehlenden Wertgegenständen vertieft gewesen, dass sie das wohl übersehen hatte.

Das eine, das nicht passte.

Henrik zog die Handschuhe über und holte das Foto hervor. Das war doch nicht Regitse, oder doch? Das Foto schien neueren Datums zu sein. Das Mädchen stand im Badeanzug und mit Bademütze auf dem Kopf am Rand eines Schwimmbeckens. Es trug eine Medaille um den Hals. Es lächelte. Henrik glaubte, es zu erkennen.

Er drehte das Foto um und sah die dünne Kleberspur im Schein der Taschenlampe glänzen.

Zwei Fotos ließen sich erklären, das dritte aber schloss einen Zufall aus. Henrik steckte das Bild in eine Tüte und ging die Treppe wieder hinunter. Die Person, mit der er darüber sprechen wollte, war die einzige Person, mit der er das nicht besprechen konnte: Jensen.

18

DONNERSTAG, 12:07 UHR

Jensen und Gustav wurden an einen Tisch in der äußersten Ecke des Hinterzimmers verwiesen, nachdem sie in dem Kellerrestaurant nach Ernst Brøgger gefragt hatten. Das Restaurant gehörte zu denen, von denen Jensen immer dachte, dass es sie in Kopenhagen gar nicht mehr gab. Eichenvertäfelung und Öllampen aus Messing, die von der niedrigen Decke hingen. Mit grünem Leder bezogene Bänke und Stühle um kleine Tische mit gestärkten weißen Tischtüchern. In der Ecke ein Kachelofen. Gemälde von Hirschen in Buchenwaldlichtungen. Und nicht ein einziger dieser notorischen Hipster-Barkeeper.

Für Jensens Begriffe war es für das Mittagessen mindestens eine Stunde zu früh, aber der Mann, der sich hinter einer Ausgabe des

Dagbladet versteckte, hatte die Scheibe Roggenbrot mit mariniertem Hering, roten Zwiebeln, Kapern und der Curry-Ei-Mayonnaise bereits halb aufgegessen. Vor ihm auf dem Tisch standen eine Flasche Carlsberg und ein von Kondenswasser beschlagenes Schnapsglas mit Aquavit.

Eine Weile standen sie unschlüssig da und beäugten den Mann, bis Jensen sich räusperte und ihn ansprach. »Sind Sie Ernst Brøgger? Mein Name ist Jensen, und das ist Gustav. Ich habe Ihnen eine E-Mail geschickt.«

Der Mann blickte ohne Eile auf. Er trug eine Hornbrille. Der Bart war ordentlich gestutzt. Das weiße Hemd, die marineblaue Cordhose und der violette Pullover mit V-Ausschnitt ließen auf einen gewissen Wohlstand schließen.

Er grinste breit.

Was zum Teufel?

Deep Throat?

Jensen war überrascht, ihren anonymen Informanten vor sich zu haben, den Mann, den sie schon einmal getroffen hatte, damals im Dunkeln, auf dem Kopenhagener Assistenzfriedhof.

»Lange nicht gesehen«, lachte Brøgger und zeigte mit dem mayonnaisebeschmierten Messer auf Gustav. »Und du, junger Mann. Wenn ich mich nicht irre, hattest du dich bei unserer letzten Begegnung im Gebüsch versteckt. Habe ich recht?«

Gustav fiel der Unterkiefer herunter. »Woher …?«

Brøgger tippte sich mit einem vielsagenden Lächeln an die Nase. »Setzt euch.« Er deutete auf die beiden Stühle vor sich.

Schweigend nahmen sie Platz.

Brøgger aß sein belegtes Brot zu Ende, bevor er weitersprach. »Darf ich euch etwas anbieten?«, fragte er, während er sich den Mund an einer gestärkten Serviette abputzte.

Ein Kellner mit weißer, fast bodenlanger Schürze schwebte herbei. Einmütig schüttelten Jensen und Gustav den Kopf, worauf sich der Kellner wieder zurückzog.

»Ich komme jeden Tag zum Mittagessen hierher«, sagte Brøgger. »Seit mindestens dreißig Jahren. Dieser Tisch ist mir vorbehalten.«

Jensen hob die Hand. »Entschuldigung … du bist der Anwalt von Irene Valborg? *Du?*«

»Du wolltest sicher sagen, ich *war*. Und nein, ich war der Anwalt ihres Mannes Ove. Meinem Vater zuliebe. Er ist mit dem Unglücksraben in Ordrup zusammen aufs Gymnasium gegangen. Natürlich habe ich mich um die Angelegenheiten seiner Witwe gekümmert. Persönlichen Begegnungen bin ich jedoch möglichst aus dem Weg gegangen. Eine unangenehmere Frau gibt es in ganz Kopenhagen nicht. Und dazu ist sie noch unerträglich dumm.«

Er trank sein Bier aus.

Eine Gruppe von Männern und Frauen im Büro-Outfit betrat den Raum und wurde an einen großen Tisch geleitet. Brøgger lächelte und nickte ihnen zu. »Hört zu«, sagte er. »Ich sehe euch an, dass ihr euch keinen Reim darauf machen könnt. Ich will es euch gern erklären. Ich habe euch Regitse empfohlen. Gestern kam sie in mein Büro gestürmt und redete unablässig von dieser Halskette, die ich finden sollte. Ich habe ihr gesagt, dass ich die Richtige für diesen Job kennen würde. Da du auf meine Anrufe nicht reagiert hast, dachte ich mir, auf diesem Weg könnte es schneller gehen, und das hat funktioniert.«

Jensen dachte an das Lob, mit dem Regitse sie überschüttet hatte, und war nun seltsamerweise enttäuscht. Das alles war also direkt von Brøgger gekommen.

»Die arme Regitse ist bedauerlicherweise kaum liebenswürdiger als ihre verstorbene Mutter, aber davon konntet ihr euch inzwischen vermutlich schon selbst ein Bild machen.«

Jensen gewann langsam ihre Fassung zurück. »Ich weiß, ich hätte dich zurückrufen sollen. Aber ich bin mit der Untersuchung zu Vangedes Tod nicht weitergekommen. Du hattest mich darum gebeten, aber es gibt keine Anhaltspunkte. Bis auf diese Brille, die demjenigen gehörte, den er für einen harmlosen Buchhalter hielt und der *nicht* Bjarne Petersen heißt. Ich habe mit dem Optiker gesprochen.«

»Und?«

»Er hat dichtgemacht. Es war seltsam.«

»Inwiefern seltsam?«

»Es war, als hätte er Angst gehabt, mit mir zu sprechen.«

»Vielleicht wurde ihm geraten, es nicht zu tun.«

Jensen nickte. Irgendjemand war offensichtlich entschlossen, Bjarne Petersens Identität geheim zu halten. Warum löste ein kleiner unredlicher Buchhalter bei den Leuten solche Angst aus?

Brøgger sah sie mit einem Lächeln in den Augen an. »Gibst du etwa auf, Frau Jensen?«

»Niemals«, rief sie entschlossen und entlockte Brøgger ein tiefes Lachen. Ihr fiel der Satz von Henning ein. »Aber im Augenblick zahlt Regitse meine Rechnungen.«

»Touché.« Brøgger lachte wieder, legte die Serviette zusammen und winkte dem Kellner zu, der ihm zunickte, als er mit einem vollen Tablett Carlsberg vom Fass vorbeiging.

»Du gehst also davon aus, dass die Halskette gestohlen wurde?«, fragte Jensen.

»Das musst du herausfinden.«

»Aber du hast dir doch bestimmt auch Gedanken darüber gemacht, was deiner Mandantin zugestoßen sein könnte, oder?«

Brøgger zeigte auf das *Dagbladet*. »Hier steht, dass sie Opfer eines brutalen Einbruchs wurde. Hast du andere Informationen?«

»Nein«, gab Jensen zu. »Irene scheint, lange bevor Ove starb, eine Menge Geld geerbt zu haben.«

»Sieht ganz so aus«, sagte Brøgger.

Er machte es ihnen nicht leicht.

»Kannst du dir vorstellen, von wem sie geerbt haben könnte?«

»Um solche Dinge habe ich mich nicht gekümmert. Es war ihre Angelegenheit und hatte mit Ove nichts zu tun.«

»Aber du weißt, dass sie sich davon ein teures Collier zugelegt hat?«

»Ove hat es mir gesagt.« Er sah auf die Uhr.

»Der Safe war leer.«

»Sieht so aus, ja.«

»Glaubst du, sie hat es irgendwo versteckt?«

»Das würde ich ihr zutrauen, der gerissenen alten Wachtel.«

»Kurz vor Weihnachten hat sie eine neue Alarmanlage gekauft, ein neues Türschloss einbauen lassen und sich einen Schäferhund zugelegt. Irgendeine Idee, warum?«

»Fehlanzeige.«

»Das ist doch seltsam. Ich frage mich, was sie dazu gebracht hat.«

»Das kann ich dir nicht sagen.«

»Gab es bestimmte Orte, wo Irene sich gerne aufhielt?«

»Gilleleje vielleicht. Die Valborgs hatten viele Jahre lang ein Sommerhaus an der Küste. Sie haben es immer noch, obwohl ich bezweifle, dass seit Oves Tod jemand dort war. Es war sein Zufluchtsort. Am Wochenende fuhr er gern allein dorthin. Ich glaube, Irene und Regitse zogen das luxuriöse Leben von Kopenhagen vor.«

»Adresse?« Gustav war schon bereit, sie in Google Maps einzugeben.

»Oh, ich glaube nicht, dass du dort etwas finden wirst«, sagte Brøgger, während er dem Kellner ein Zeichen gab. »Zum einen, wie sollte Irene den ganzen Weg nach Gilleleje gekommen sein?«

»Mit dem Taxi?«, schlug Gustav vor.

»In dem Alter und mit einer Diamantkette in der Handtasche? Das kann ich mir irgendwie nicht vorstellen. Außerdem gehörte Irene zu den Menschen, denen schon die Milch zu teuer war. Mit dem Taxi nach Gilleleje, was würde das kosten? Die Fahrt dauert doch bestimmt … eine Stunde«, sagte Brøgger und erhob sich von seinem Platz. »Aber wenn du darauf bestehst, schicke ich dir gern die Adresse per E-Mail, sobald ich wieder im Büro bin. Und was das angeht, ich muss jetzt wirklich los.«

Der Kellner brachte ihm seinen Kamelhaarmantel nebst Halstuch, Lederhandschuhen und Regenschirm mit Holzgriff. Nachdem Brøgger sich angezogen hatte, gab er Jensen und Gustav die Hand und machte sich auf den Weg zum Ausgang.

»Warte, musst du nicht bezahlen?«, rief Gustav ihm nach.

»Seit ich das Lokal gekauft habe, nicht mehr«, entgegnete Brøgger, ohne sich umzudrehen. Ein lautes Lachen eilte ihm hinterher.

»Er hatte wohl keine hohe Meinung von Irene«, sagte Gustav, als sie wieder draußen auf der Straße waren.

»Niemand hatte das«, konterte Jensen.

»Vielleicht hat *er* die Halskette genommen. Vielleicht hat Irene sie ihm zur Aufbewahrung gegeben, und er hat sie einfach behalten.«

»Nein. Regitse wäre über ihn hergefallen, wenn es auch nur den leisesten Verdacht gegeben hätte. Außerdem habe ich das unbestimmte Gefühl, dass ein Diamantcollier für Deep Throat nur ein Spielzeug wäre.«

Genauso wie sie und Gustav seine Spielzeuge waren. Deep Throat hatte Freude daran, seine Spielchen mit ihnen zu treiben.

19

DONNERSTAG, 14:32 UHR

Minna Larsen schluchzte in ihr Taschentuch, während ihr vierschrötiger Ehemann Henrik und Mark grimmig ins Visier nahm, als wären sie an allem schuld. Kent Larsen saß im bequemsten Sessel in der bevorzugten Ecke des Wohnzimmers, die ihm einen ungehinderten Blick auf den Fernseher bot. Auf einem Tisch neben dem Sessel befanden sich die Fernbedienung, ein Stapel Klatschzeitschriften, ein großes Glas Wasser und eine bunte Kollektion an Tablettenröhrchen. Der Sessel war von der Art, die man aus der Fernsehwerbung kennt, mit ausklappbarer Fußstütze für Larsens Pantoffelfüße und einem Hebel, der ihm half, umstandslos aus dem Möbel herauszukommen, wenn ein natürliches Bedürfnis ihn dazu zwang. Mit aufgesetztem Stolz thronte er über dem Kaffeetisch, auf dem das Tablett mit der Thermoskanne, den Bechern und den Keksen stand, die Minna eine halbe Ewigkeit lang in der Küche zusammengestellt hatte.

Neben Kent wirkte Minna sehr schmächtig. Sie brodelte vor Nervosität und sprang immer bereits beim leisesten Anzeichen dafür auf, dass jemand etwas brauchen könnte: Zucker, Milch, Servietten. In der Küche hatte sie eine Tasse fallen lassen und einen Schrei ausgestoßen, als sie auf dem Boden zerbarst. Mark und er hatten so getan, als hätten sie es nicht mitbekommen, denn beide wussten, wie ein Gespräch mit der Polizei auf die Menschen wirkte. Minna hatte sich schließlich hingesetzt, und schon die Erwähnung allein des Namens von Irene Valborg trieb ihr Tränen in die Augen.

»Der Kaffee ist vorzüglich«, lobte Mark, liebenswürdig wie immer, während Minna sich die Tränen mit dem Taschentuch abtupfte.

»Danke.« Sie schnäuzte geräuschvoll ins Taschentuch.

»Wir müssen Sie bitten, uns ein paar Fragen zu beantworten.« Henrik spürte, wie Mark neben ihm sein Notizbuch aufschlug und einen Stift bereithielt. Henrik machte sich nie Notizen. Er zog es vor, sich auf das zu konzentrieren, was die Leute ihm sagten.

Oder eben nicht sagten.

Vor allem darauf.

»Ihnen wird nichts zur Last gelegt, Minna.«

»Das will ich aber auch stark hoffen«, meldete sich Kent zu Wort.

Henrik ignorierte den Einwurf. »Aber es wäre nett, wenn Sie uns mit Ihren Worten schildern könnten, wie Irene dazu kam, Sie zu entlassen?«

Minna sah ihren Mann verschüchtert an, was Kent als Stichwort nahm. »Eine verdammte Schande, diese Frau. Fünfundvierzig Jahre lang hat meine Minna Ihrer Ladyschaft den Haushalt geführt, und dann heißt es: ›Du kannst gehen‹, ohne ein einziges Wort des Dankes.«

Henrik drehte sich zu ihm um. Sein Geduldsfaden war zum Reißen gespannt. »Lassen Sie bitte Ihre Frau sprechen, wenn Sie nicht möchten, dass wir sie mit aufs Revier nehmen, um das Gespräch dort weiterzuführen.«

Kent verschränkte die Arme vor der Brust, warf Henrik einen grimmigen Blick zu, schwieg aber nun.

Minnas rot unterlaufene Augen öffneten sich weit. »Ich rede nicht gerne schlecht über Tote, aber Kent hat recht. Aus heiterem Himmel meinte sie plötzlich, dass ich nicht mehr kommen müsste.«

»Wie sind Sie an den Job gekommen? Das muss Ende der Achtziger gewesen sein«, sagte Henrik.

Minna nickte, dankbar, sich wieder auf sicherem Terrain zu befinden. »Ove, Irenes Mann, hatte in der Zeitung inseriert. Regitse war damals noch ein kleines Mädchen, und Ove war der Ansicht, dass sie mit ihrer Tochter und dem großen Haus nicht zurechtkam. Kent und ich hatten gerade geheiratet und brauchten das Geld. Für mich war es kein Problem, mit dem Fahrrad nach Klampenborg zu fahren, also habe ich die Stelle angenommen.«

»Und wie hat es Ihnen dort gefallen?«

»Das Haus befand sich in einem chaotischen Zustand. Ich habe Wochen gebraucht, um alles in Ordnung zu bringen. Irene war schwierig, nichts konnte man ihr recht machen. Aber Ove hat mich überredet zu bleiben. Er war so dankbar und bezahlte gut, also …«

»Und nachdem er gestorben war?«, wollte Mark wissen und zuckte zusammen, als Henrik ihm einen scharfen Blick zuwarf.

»Ich war drauf und dran zu kündigen. Aber Irene und ich hatten im Lauf der Jahre einen Weg gefunden, miteinander auszukommen. Es ist nicht leicht, gut bezahlte Putzjobs zu finden.«

Henrik dachte nach. Er konnte sich nicht vorstellen, dass Minna Larsen etwas mit dem Mord zu tun hatte. Andererseits aber war sie die einzige Person, die regelmäßig Zugang zu Irenes Haus gehabt hatte.

Mit dem Gärtner hatten sie schon gesprochen, der sich, entsprechend der allgemeinen Abneigung gegenüber Irene, Sorgen um den drohenden Verlust seines Einkommens machte. Im Winter, hatte er ausgesagt, wäre er seltener gekommen, das letzte Mal vor drei Wochen. Damals war ihm nichts Ungewöhnliches aufgefallen; Irene war wie immer die ganze Zeit im Haus geblieben. Sie würden seine Aussage natürlich noch überprüfen müssen, aber Henrik ging davon aus, dass der Gärtner die Wahrheit gesagt hatte.

Bei Minna und ihrem Mann war er sich da nicht so sicher.

»Warum sind Sie wirklich gegangen, Minna? Gab es Streit mit Irene? Hat sie Ihnen irgendetwas vorgeworfen?«

Mit rot angelaufenem Gesicht beugte Kent sich im Sessel vor, um zu protestieren. Mit erhobener Hand hieß Henrik ihn schweigen und wandte sich wieder Minna zu.

»Ich weiß nicht, was Sie meinen. Da war nichts … ich habe nichts …«, sagte sie, plötzlich zunehmend verwirrt.

Henrik sagte nichts. Menschen füllten Momente unangenehmer Stille gerne aus. Minna war da keine Ausnahme.

»Es hat damit angefangen, dass ich sie nach den Dosen fragte.«

»Nach den Hummerkonserven?«

»Ja. Die hat sie sich vom Supermarkt im Ordrupvej liefern lassen. Ich habe es nicht verstanden und ihr angeboten, dass ich gerne für sie einkaufen gehen könnte, wenn sie etwas brauchen sollte.«

»Und?«

»Sie hat mich angebrüllt und mich beschuldigt, ihr hinterherzuspionieren.«

»Sag ihnen, was sie gesagt hat«, bemerkte Kent.

»Sie hat gesagt, ich würde mit den Leuten über sie reden.«

»Was hat sie damit gemeint?«

»Ich weiß es nicht«, sagte Minna kleinlaut. »Ich glaube, sie hatte Angst, dass jemand in ihr Haus einbrechen könnte. Sie war nervös, ging immer wieder zur Haustür, um zu prüfen, ob sie auch abgeschlossen war.«

Henrik nickte. »Sie hat das Schloss auswechseln und eine neue

Alarmanlage einbauen lassen. Und dann hat sie sich einen Hund angeschafft.«

Plötzlich schien Minna zu verstehen, worauf er hinauswollte. »Sie glauben doch nicht etwa, dass sie das alles getan hat, weil sie Angst vor mir hatte? Ich habe nichts … ich würde niemals …«

Erneut brach sie in Tränen aus. Sie schluchzte, und dicke Tränen tropften ihr auf die sehnigen Hände.

»Es reicht«, fuhr Kent dazwischen. »Meine Frau ist ja ganz durcheinander. Ich möchte, dass Sie auf der Stelle mein Haus verlassen.«

Marks Telefon klingelte. Zu Henriks größter Empörung sah Mark aufs Display, stand auf und ging zur Haustür, um draußen zu telefonieren. Henrik war klar, dass das Gespräch, wenn nicht durch Kents Aufforderung, dann auf jeden Fall durch Marks unsensibles Verhalten beendet war. Er stand auf, bedankte sich bei Minna für den Kaffee und warf noch einen letzten Blick in die Wohnung: ordentlich, aufgeräumt. Die gleichen Möbel und der gleiche Schnickschnack wie im Reihenhaus seines Vaters. Der gleiche Blick aus dem Fenster, der gemeinschaftliche Rasen mit Blumenbeeten und kahlen Bäumen, eingebettet zwischen gelben Backsteinblöcken. Alles ordentlich, anständig, normal.

Nur Minna Larsen, die sich die Augen um eine Frau ausweinte, die niemand leiden konnte, passte nicht ins Bild. Es sei denn, sie beweinte ihr eigenes Schicksal, mit diesem Einfaltspinsel von Ehemann zu Hause festzusitzen.

»Was sagst du dazu?«, fragte Mark, nachdem Henrik zu ihm ins Auto gestiegen war.

»Ich sage, dass man mitten in einer verdammten Vernehmung nicht ans Telefon gehen darf.«

»Schon klar, Chef. Tut mir leid«, sagte Mark und steckte sein Handy weg. »Glaubst du, dass Minna etwas mit Irenes Tod zu tun hat? Oder ihr Mann?«

»Er? Der kommt doch keine fünf Meter weit, ohne nach Luft zu schnappen.«

»Sie ist aber ziemlich schlank und scheint fit zu sein.«

»Aber dass sie ihrer Chefin aus Wut über den Rausschmiss den Schädel einschlägt, kann ich mir nicht vorstellen«, sagte Henrik. »Trotzdem, die beiden haben ziemlich viel geschimpft. Ich frage mich, warum.« Er ließ den Motor an und verließ den Parkplatz Richtung Hauptstraße, um zurück zum Büro zu fahren.

»Was war eigentlich so wichtig, dass du mitten in der Befragung eines wichtigen Zeugen einen Anruf entgegennehmen musstest?«

Mark lebte auf. »Du weißt doch, der Hund von Irene Valborg? Den wir im Garten von Klampenborg gefunden haben?«

»Was ist damit?«

»Ein Tierheim in Hvidovre, nicht weit von mir, hat ihn aufgenommen. Sie haben den Bericht in der Zeitung gelesen und angeboten, ihn aufzunehmen.«

»Okay«, sagte Henrik, den Blick weiter auf den Verkehr gerichtet.

»Jeder Hund, der aufgenommen wird, wird einem Tierarzt vorgestellt.«

»Mark, ich hoffe, du erzählst jetzt kein belangloses Zeug, sonst, ich schwöre bei Gott …«

»Die Tierärztin hat angerufen und meinte, dass nichts darauf hinweist, dass der Hund in den zwei Wochen nach Irenes Tod kein Futter bekommen hätte.«

Henrik wich einem Radfahrer aus, der sich in den Verkehr einfädelte.

»Sie meinte, und ich weiß nicht, was das bedeutet, aber ich denke, wir müssen der Sache …«

»WAS?«

»Sie sagte, dass der Hund anscheinend von jemandem gefüttert worden ist.«

20

Das Tierheim in Hvidovre befand sich inmitten einer Reihe niedriger Schuppen und gelber Backsteingebäude. Eine Kakofonie aus Bellen und Jaulen schlug Henrik und Mark entgegen, als sie aus dem Auto stiegen. Mark, halb Mensch, halb Labrador, sprang vergnügt auf den Eingang zu. Er kannte den Ort, denn als Junge hatte er dort eine Woche lang ein Praktikum absolviert. Auf der Fahrt dorthin hatte Henrik gar nicht richtig hingehört, während Mark von der Bindung schwafelte, die er damals mit einem Golden Retriever namens Monty eingegangen war. Er hatte sich gefragt, wie sie in dem Fall überhaupt vorankommen sollten, wenn ihnen die Informationen fehlten, die normalerweise hilfreich waren, um sich ein Bild von einem Mordopfer zu machen: E-Mails, Konten in sozialen Medien, Mobilfunkaufzeichnungen. Irene Valborgs Festnetzanschluss hatte keine Hinweise geliefert. Alle Anrufe waren überprüft worden. Darunter auch der von Kent Larsen, der zugegeben hatte, sie an dem Tag angerufen zu haben, an dem Irene seine Frau gefeuert hatte. Sie hatte sofort aufgelegt.

Lotte Nielsen war im Fall Vagn Holdved auch nicht viel weitergekommen. »Er hatte zwar ein Handy, hat es aber nie benutzt. Einen digitalen Fußabdruck gab es nicht«, hatte sie gesagt.

Auch auf Irene Valborg und Ulla Olsen traf das zu. Ulla hatte von ihrer Familie ein Tablet geschenkt bekommen, das sie aber mit fortschreitender Demenz nicht mehr benutzt hatte. Dort war nichts Interessantes zu finden.

Die Tierärztin kam ihnen am Eingang entgegen. Sie trug einen lilafarbenen Kittel und eine dunkelgrüne Daunenweste. Das dunkle, lockige Haar trug sie zu einem wirren Pferdeschwanz zusammengebunden, der ein Schmetterlingstattoo unter einem stark gepiercten Ohr enthüllte. Sie war jünger, als Henrik erwartet hatte. (»Du bist es, der alt ist«, hörte er seine Frau sagen.)

»Emilie«, stellte sie sich vor und gab Henrik bemerkenswert kräftig die Hand. »Ich habe Sie angerufen.«

Sie ging ihnen durch ein paar überdachte Gänge voraus, bis sie vor einem Käfig stehen blieb. Henrik erkannte den Schäferhund, den er zuletzt in Irene Valborgs Einfahrt in Klampenborg gesehen hatte, an dem goldfarbenen Fleck zwischen den Augen wieder.

»Das ist Samson.« Emilie öffnete den Riegel.

Der Hund leckte Henrik, der in die Hocke ging und ihn hinter den Ohren kraulte, die Hand. »Sie sagten, dass Sie davon ausgehen, dass jemand ihn gefüttert hat«, sagte er.

»Sicher bin ich mir nicht, aber ich war überrascht, keine Anzeichen von Unterernährung erkennen zu können. Ich habe über den Fall gelesen. Bei einem Hund in diesem Alter und von dieser Größe hätte ich nach zwei Wochen in einem Garten Anzeichen von Mangelernährung erwartet. Glauben Sie mir, ich habe Erfahrung mit der Misshandlung von Tieren.«

Henrik ignorierte den gereizten Ton. »Ist es möglich, dass Samson einfach nur das gefressen hat, was er am Boden fand?«

»Was zum Beispiel?«

»Ich weiß nicht, herumliegendes Obst vielleicht oder einen toten Vogel?«

Emilie grinste. »Ich weiß nicht, wie es in Ihrem Garten aussieht, Herr Hauptkommissar, aber in meinem liegt um diese Jahreszeit kein Obst herum. Und unser Samson hier dürfte mehr gebraucht haben als ein paar tote Vögel, um nicht zu verhungern.« Sie beugte sich über den Hund und kraulte ihm die Flanke. »Nicht wahr, ist doch so.«

»Wie ist Samson hierhergekommen?«

»Einer unserer Ehrenamtlichen hat es wohl im Internet gelesen und bei der Polizei angerufen.«

»Ehrenamtliche?«

Emilie lachte zynisch. »Sie glauben doch nicht ernsthaft, dass wir genug Geld haben, um die Leute zu bezahlen, oder?« Sie strich Samson über das Fell. »Abgesehen davon geben uns die Tiere auch viel zurück. Es gibt Menschen, denen sind Hunde lieber als Menschen.«

Henrik nickte. Er wusste, was sie meinte. Hunde schenkten einem diese unkomplizierte Zuneigung, zu der Menschen nicht in der Lage waren.

»Man muss schon ein Händchen dafür haben, eine Bindung zu Tieren aufzubauen, damit sie sich sicher fühlen. Vor allem, wenn sie Opfer von Vernachlässigung geworden sind oder traumatisiert wurden«, sagte die Ärztin.

»Moment, gerade sagten Sie doch, Samson wäre nicht traumatisiert.«

»Nein, ich habe nur gesagt, dass er nicht ausgehungert war. Aber die zwei Wochen, die er draußen im Garten eingesperrt war, haben ihn mit Sicherheit traumatisiert.«

»Aber er hat gefressen.«

»Wie es aussieht, ja.«

Emilie wirkte verzweifelt, als täte es ihr schon fast leid, die Polizei angerufen zu haben.

»Nur damit ich es richtig verstehe«, sagte Henrik, der den Missmut der jungen Frau spürte. »Während Samsons Frauchen tot im Haus auf dem Teppich lag, ist jeden Tag jemand gekommen, um ihn zu füttern?«

Emilie zuckte mit den Schultern. »Ich weiß es nicht. Ich kann Ihnen beim besten Willen nicht sagen, wie es passiert ist.« Sie sprach leise zu Samson, führte ihn zum Käfig zurück und schloss den Riegel. Dann sah sie auf die Uhr. »Es tut mir leid, aber ich habe jetzt keine Zeit mehr. Ich habe noch einiges zu tun. Vielen Dank, dass Sie gekommen sind. Wie ich am Telefon schon gesagt habe, wollte ich nur, dass Sie es erfahren, falls es Ihnen in irgendeiner Weise hilft.«

Auf dem Rückweg ins Büro auf dem Teglholmen spürte Henrik den stillen Vorwurf. Er wusste, dass Mark sich über die Art und Weise ärgerte, wie er mit Emilie gesprochen hatte, die ja nur gemeldet hatte, was ihr aufgefallen war. »Raus mit der Sprache, was denkst du?«, fragte er, während Mark zum Beifahrerfenster hinaussah, als gäbe es nichts Aufregenderes als den Blick auf die Autobahn. »Klingt das alles logisch für dich? Es muss eine Erklärung dafür geben, dass der Hund nicht verhungert ist. Wir müssen das herausfinden, und wir müssen wissen, wer uns angerufen hat.«

Sein Telefon klingelte und befreite ihn von Marks bedrückendem Schweigen.

Mark würde sich schon wieder beruhigen. Das tat er am Ende immer. Er hielt es nie lange aus, die beleidigte Leberwurst zu spielen.

Im Gegensatz zu meiner Frau, dachte Henrik.

Er war froh, Lisbeths Stimme aus den Lautsprechern des Autos zu vernehmen. »Also, ich habe im Pflegeheim alle nach dem Mädchen auf dem Foto befragt.«

Henrik entging nicht, wie Mark auf einmal die Ohren spitzte. Das war genau das, was sie brauchten. Einen Durchbruch in ihren Ermittlungen. Etwas, an das sie anknüpfen konnten.

Bitte, bitte, bitte.

»Und?«

»Nicht einer konnte mir sagen, wer sie ist.«

21

DONNERSTAG, 17:06 UHR

»Lass uns auf dem Weg reden. Ich muss zum Borgen und bin spät dran.« Margrethe trug einen unförmigen marineblauen Regenmantel, die Tasche über die Schulter geschlungen und einen Stapel Papiere unter dem Arm. Sie blickte zu Jensen herab. Ihre leidgeprüfte persönliche Assistentin Yasmine drückte ihr einen Kaffeebecher in die freie Hand.

Während Margrethe die Treppe hinuntereilte, nickte sie den

vorbeigehenden Mitarbeitern des *Dagbladet* zu, die Jensen neugierig musterten und miteinander tuschelten.

»Bist du hergekommen, um zu fragen, ob du deinen Job zurückhaben kannst?«

»Nein, aber trotzdem vielen Dank.« Jensen musste fast rennen, um Margrethes riesigen Schritten folgen zu können.

»Was hast du mit meinem Neffen gemacht?«

»Ich habe ihn bei dir in der Wohnung abgesetzt.«

»Und jetzt bist du hier, und ich frage mich, warum.«

Es hatte endlich aufgehört zu regnen, und ein Stück blauer Himmel blitzte durch die bleierne Wolkendecke hindurch. Aber es war ein ungemütlicher Tag, winterlich kalt. Sie gingen am Rathaus vorbei und die Løngangsstræde entlang auf das Parlamentsgebäude Christiansborg zu. Touristen stoben vor dem herannahenden Güterzug in Form der Chefredakteurin des *Dagbladet* auseinander.

»Es geht um Gustav«, sagte Jensen. »Ich möchte ... ich muss wissen, was mit ihm passiert ist. Warum ist er von der Schule geflogen? Ich habe gesehen, dass es ihm ganz und gar nicht gefiel, als er hörte, dass er wieder zur Schule muss.«

»Das glaube ich gern.« Margrethe nippte an ihrem Kaffee. »Gustav denkt, dass er schon fertig ist.«

»Vielleicht muss er auch nicht gehen.«

»Sagt der Schulversager.«

»Ich habe doch auch einen Job bekommen, oder etwa nicht?«

»Und jetzt?«

»Du hast mich eingestellt, obwohl ich die Schule nie abgeschlossen habe.«

»Du hattest dich bereits bewährt.«

»Gustav hat im Magstræde-Fall mit mir gearbeitet. Unsere Artikel wurden allseits gelobt.«

»Eine Schwalbe macht noch keinen Sommer.«

»Dann bin ich gerade mal ein besserer Babysitter, oder wie?«

Margrethe blieb unvermittelt mitten auf dem Bürgersteig stehen. Die Papiere wippten unter ihrem Arm, die langen Haare kringelten sich um ihr Gesicht.

»Was willst du, Jensen? Nein, im Ernst, was willst du von mir?«

»Ich möchte wissen, was mit Gustav passiert ist. Wenn ich mich um ihn kümmern soll, sag mir wenigstens, woran ich bin.«

Margrethe strich sich die Haare aus Augen und Mund und schob die Brille hoch. Das grelle Licht der Märzsonne fing sich in den Fingerabdrücken auf den Brillengläsern. »Nein, das werde ich nicht. Wenn du es unbedingt wissen willst, dann musst du es selbst herausfinden.«

Margrethe ging weiter. Sie hatte von dem Gespräch offensichtlich genug. Jensen packte sie am Arm. Margrethe bedachte sie mit einem schneidenden Blick. »Zum letzten Mal, es kümmert mich nicht, was andere sagen. Der Junge ist grundanständig. Was das betrifft, kommt er nach seiner Mutter.«

Margrethe hatte sich in ganz Kopenhagen einen Ruf für ihre zynische Art erworben. Doch wenn es um Gustav ging, war sie offensichtlich bereit, alles zu glauben.

»Wenn du mir nicht sagst, worum es ging, wie soll ich ihm dann helfen?«, rief Jensen ihr nach.

Margrethe beschleunigte ihren Schritt, ohne sich umzudrehen. »Sosehr ich dich mag, Jensen, aber du gehst mir allmählich auf die Nerven. Ich muss mich um die Zeitung kümmern. Die Unterhaltung ist hiermit beendet. Mag sein, dass Gustav im Moment ein wenig angefressen ist, aber er beruhigt sich auch wieder. Überlass ihn einfach mir. Warum versuchst du nicht stattdessen, dir eine Geschichte zu suchen, über die du schreiben kannst? Oder hast du deine freischaffende Tätigkeit schon aufgegeben?«

Jensen sah Margrethe in Richtung der dunklen Fassade des Parlamentsgebäudes entschwinden. Eine Frau mit einer Mission.

Damit waren sie schon zu zweit.

22

»Und Sie können wirklich am Papier erkennen, dass die Fotos aus der Zeit vor der Jahrtausendwende stammen?«

Henriks Tag hatte eine erfreuliche Wendung genommen, als Kenneth, einer der Kollegen aus dem Labor, ihn angerufen und ihm die Ergebnisse seiner Analyse mitgeteilt hatte. Er mochte Kenneth. Beide waren schon ihr Leben lang Fans des Fußballvereins Brøndby und ließen keine Gelegenheit ungenutzt, darüber zu fachsimpeln (oder zu jammern). Heute jedoch hatte Henrik den Small Talk schnell beendet. Er hatte einen Anflug von Enttäuschung in Kenneths Stimme wahrgenommen und war schnell zum Geschäftlichen gekommen.

»Ja, dieses Papier wurde in professionellen Laboren verwendet. Erinnerst du dich noch an die Filmrollen, die man zum Entwickeln bringen musste?«

»Nein, zu jung.« Henrik wollte Kenneth gar nicht erst die Gelegenheit zum Abschweifen bieten. »Aber du sagst, dass das Schulfoto anders ist?«

»Ein anderes Papier. Ich könnte mir vorstellen, dass das Foto von einem dieser Fotografen gemacht wurde, die in die Schulen kommen und bei denen die Eltern dann Abzüge bestellen können.«

»Kannst du die Zeit etwas mehr eingrenzen als ›vor der Jahrtausendwende‹?«

»Nicht durch technische Analyse, nein. Aber wenn du meine auf Sachkenntnis beruhende Vermutung hören willst?«

»Natürlich. Auf jeden Fall, das ist alles, was wir haben.«

Kenneth lachte. »Ich schätze, wir befinden uns in der Mitte der Neunziger.«

»Begründung?«

»Der Grad des Zerfalls der Fotos und die Jeans. Diese hoch taillierten verwaschenen Jeans, die jetzt wieder in Mode sind. Das weiße, an den Ärmeln hochgekrempelte T-Shirt. Die aufgedonnerte Frisur und die großen Ohrringe.«

»Keine Ahnung«, sagte Henrik.

»Auf ein bestimmtes Jahr kann ich mich natürlich nicht festlegen.«

Das aber interessierte Henrik auch weniger. Ihn interessierte nur eines, und das würde er jetzt erfahren.

»Ist es auf allen drei Fotos dasselbe Mädchen?«

»Ja. Da bin ich mir zu neunundneunzig Prozent sicher, wenn ich mir die Form des Gesichts ansehe. Außerdem wurden alle drei mit demselben Kleber eingeklebt. Ich vermute also, dass die drei Fotos aus demselben Album stammen.«

»Ausgezeichnet. Wer sie ist, kannst du mir nicht zufällig auch noch sagen?«, sagte Henrik halb im Scherz.

»Tut mir leid, Kumpel.« Kenneth lachte. »Wenn ich eine Kristallkugel hätte, würde ich nicht in diesem Dreckloch arbeiten.«

Henrik empfahl sich, legte auf und trommelte eine kleine Melodie auf seinem Schreibtisch. Er sah auf die Uhr. Mit etwas Glück würde er den Polizeioberrat noch erwischen, bevor der nach Hause ging. Das tat er jeden Tag um fünf Uhr, wenn er nicht am Abend etwas vorhatte und keine Zeit blieb, vorher in seine Villa in Lyngby zu fahren.

Auf dem Weg zu Monsens Büro kam ihm Jens Wiese, die Stirn in Falten gelegt, vom anderen Ende des Ganges entgegen. Der Polizeirat war jünger als Henrik, trug seine Lesebrille trotzdem stets auf der Nasenspitze und schielte über den Rand, wenn er meinte, etwas Wichtiges sagen zu wollen.

Henrik wurde immer ganz anders zumute, wenn er Wiese sah. Der Mann brachte nur schlechte Nachrichten und hatte nicht den geringsten Sinn für Humor.

Henrik hatte es nicht im Blut, sich über den Hauptkommissar hinaus hochzudienen. Noch eine Stufe auf der Karriereleiter, und die Flut an Papierkram und Bürokratie würde den eigentlichen Grund für seinen Eintritt in den Polizeidienst zunichtemachen:

den Nervenkitzel der Jagd. Ganz anders als bei Wiese, der die hohen Positionen im Visier hatte, darunter auch die von Monsen. Die Lesebrille war Teil seines Auftritts. Er hob eine Hand. »Henrik.«

»Tut mir leid, keine Zeit«, sagte Henrik und eilte an ihm vorbei.

»Wir müssen mal wieder quatschen.«

»Schon klar«, sagte Henrik. »Lass uns einen Termin machen. Ich sage meinen Leuten, dass sie deine Leute anrufen sollen.«

»Und zum letzten Mal: Geh endlich zu dieser Psychologin«, rief Wiese ihm hinterher.

Das psychologische Gespräch war eine Pflichtveranstaltung, wenn man im Dienst seine Waffe eingesetzt hatte, und diese Unterhaltung war seit Wochen überfällig. Henrik hatte nicht das Gefühl, überhaupt mit jemandem sprechen zu müssen, auch wenn ihm klar war, dass Wiese das niemals durchgehen lassen würde.

Leider.

Als er bei Monsen ankam, war der große Mann gerade im Begriff, in seinen Regenmantel zu schlüpfen und das Licht auszuschalten. Der Schreibtisch war aufgeräumt, und nichts deutete darauf hin, dass dort in letzter Zeit, wenn überhaupt jemals, gearbeitet worden war. Mit anderen Worten, alles war beruhigend normal, denn Monsen schaffte es immer wieder, so ziemlich alles, was ihm von höherer Stelle übertragen wurde, nach unten zu delegieren. »Ach, Jungersen. Sie kommen genau richtig«, begrüßte er ihn mit einem breiten Lächeln.

»Gut, dass ich Sie noch erwische. Haben Sie noch zwei Minuten?«

»Für Sie immer. Ich hoffe, es stört Sie nicht, wenn wir im Gehen reden?«

Er schnappte sich seine Laptoptasche und war schon auf dem Weg zum Gang. Nichts und niemand konnte Monsen davon abhalten, pünktlich Feierabend zu machen. Henrik blieben drei Minuten bis zu dem Parkplatz, wo Monsens grauer Volvo nur wenige Meter vom Eingang entfernt schon auf ihn wartete.

»Sie wissen doch von den Fotos, die wir gefunden haben?«

»Was ist damit?«

»Die Jungs aus dem Labor meinen, dass sie aus den Neunzigerjahren sind und es sich definitiv um ein und dasselbe Mädchen handelt.«

»Mag schon sein, Henrik, aber soviel ich weiß, wurden sie nicht von der Spurensicherung gefunden.«

»Nein. Die aus dem Haus von Irene Valborg und aus dem Schrebergarten von Vagn Holdved habe ich gefunden. Die aus dem Pflegeheim hat die Tochter von Ulla Olsen in meinem Beisein gefunden. Aber was wollen Sie damit sagen?«

»Dass möglicherweise nicht der Mörder die Fotos dort deponiert hat.«

»Aber natürlich. Die Leute von der Spurensicherung haben sie einfach übersehen. Sie waren versteckt, oder so.«

»Und wenn jemand das Foto so am Tatort platzieren wollte, dass Sie es später finden? Genügend Zeit hätte er dazu gehabt.«

»Monsen, hören Sie sich selbst zu? Das ist doch Unsinn. Warum sollte jemand anderer als der Täter die Fotos am Tatort abgelegt haben?«

Monsen hatte die letzte Treppe zum Empfangsbereich erreicht. Er schüttelte den Kopf. »Einen solchen Zufall kann es nicht geben. Wenn der Täter uns etwas sagen wollte, hätte er es nicht dem Zufall überlassen.«

»Okay, angenommen, die Fotos wurden nachträglich dort deponiert. Warum?«

»Um Sie zu verwirren, Sie in die Falle zu locken und zu sehen, wie Sie darauf reinfallen.«

»Sie meinen, jemand von der Polizei?«

»Halten Sie so etwas wirklich für unmöglich? Kommen Sie, Sie sind doch nicht von gestern.«

Henrik blieb auf der Stelle stehen. Sollte Monsen etwa recht haben? Es gab eine Menge Leute, die ihn nicht mochten. Leute, die mit ihm gearbeitet hatten und das bestimmt nicht wieder tun würden. Leute, mit denen er sich angelegt hatte.

Davon gab es so einige.

Aber Fotos von einem Mädchen an einem Tatort abzulegen.

Wer machte so etwas, nur um ihm eins auszuwischen? »Ich möchte die drei Ermittlungen zusammenführen«, sagte er etwas zu laut.

Die Dame am Empfang – der Typ Frau, der die Lesebrille an einer Kette um den Hals trug – warf Monsen und Henrik einen strengen Blick zu, als sie an ihr vorbeigingen. Monsen ließ sich nicht aufhalten. »Wenn Sie mich davon überzeugen wollen, dann müssen Sie schon mehr vorbringen als ein paar alte Fotos. Finden Sie eine Verbindung zwischen den Opfern. So lange geht alles so weiter wie geplant. Guten Abend.«

Henrik sah Monsen, der sich nicht mehr zu ihm umsah, durch die Schiebetür verschwinden. »Scheiße«, entfuhr es ihm, was ihm erneut einen strengen Blick der Empfangsdame einbrachte.

Während er noch auf der Treppe stand, beneidete er Monsen um die Gabe, einfach nach Hause gehen, die Tür zur Welt hinter sich zumachen und den Polizisten ablegen zu können.

Nur für eine Nacht.

Ein ganz normaler Mensch.

(»Ja, klar, als würde so etwas jemals passieren«, hörte er seine Frau sagen.)

23

DONNERSTAG, 18:12 UHR

»Bevor wir anfangen, möchte ich klarstellen, dass ich mich zu einzelnen Fällen nicht äußern kann«, sagte David Goldschmidt.

»Verstanden«, erwiderte Jensen.

Sie hatte den Pathologen um einen Termin gebeten, in der Hoffnung, dass er sich an den Tag erinnerte, an dem Henrik sie zu einer Obduktion mitgenommen hatte. »Wie könnte ich das vergessen?«, hatte er geantwortet.

Sie saßen in Davids warmer Höhle im Gerichtsmedizinischen Institut, die einzig von seiner schräg gestellten Schreibtischlampe beleuchtet wurde. Die weiße Hose und den Kittel hatte David gegen Jeans und ein offenes kariertes Hemd getauscht, das sein dunkles Brusthaar zur Geltung brachte. Er hatte ihnen aus dem Automaten im Flur einen schwarzen Kaffee geholt. Liron, ihr Lieblingsbarista mit dem winzigen Lieferwagen in der Sankt Peders Stræde, hätte die braune Brühe sofort ausgespuckt, aber Jensen fror, nachdem sie mit dem Rad zum Institut gefahren war. Die Hände fest um den Pappbecher gelegt, kehrte langsam das Gefühl in die Finger zurück.

»Und du darfst mich nicht zitieren.« David krempelte die Ärmel hoch und lächelte ihr freundlich zu.

Jensen hob die Hände. »Versprochen.«

»Schön, dass wir uns verstehen. Also, wie kann ich helfen?«

»Ich möchte gern wissen, ob es möglich ist, einen Mord wie einen Selbstmord durch Erhängen aussehen zu lassen.«

»Verdammt schwer.«

»Aber nicht unmöglich?«

»Ich habe von Fällen irgendwo im Ausland gehört. Auftragsmörder und so weiter.«

»Wie würde das gehen?«

»Zunächst einmal müsste man das Opfer daran hindern, sich zu wehren. Ein Kampf würde Spuren hinterlassen.«

»Also unter Drogen setzen oder betrunken machen?«

»Ja, aber Drogen oder Alkohol wären im Blut nachweisbar. Würde zu viel davon gefunden, würden wir uns fragen, ob der Betreffende überhaupt in der Lage war, Selbstmord zu begehen. Außerdem ist es schwierig, jemanden zum Trinken zu zwingen, ohne ihn zu verletzen.«

»Wenn das Opfer aber Alkoholiker war, würde die Alkoholmenge im Blut vielleicht keine Fragen aufwerfen.«

»Möglich. Eine Alternative wäre, sie zu fesseln, aber das hinterlässt eben auch Spuren.«

»Was noch?«

David zeigte auf die Seite seines Halses. »Man könnte ihnen genau an der Stelle und auf dieselbe Weise das Genick brechen, an der es beim Erhängen brechen würde, dem Opfer dann die Schlinge um den Hals legen und es aufhängen.«

»Tatsächlich?«

»Aber einer allein würde das nicht schaffen. Außerdem müsste man genau wissen, was man tut und wie man die Spuren verwischt. Das ist nicht einfach.«

»Wie du schon gesagt hast, die Arbeit eines Profis.«

David Goldschmidt lachte. »Ich weiß nicht, ob es klug ist, dir Tipps zu geben, wie man mit einem Mord davonkommt. Jedenfalls kann ich mich nicht erinnern, je einen Fall gehabt zu haben, bei dem ein Selbstmord vorgetäuscht wurde, und ich habe schon viele Selbstmorde gesehen.«

»Durch Erhängen?«

»Bedauerlicherweise, ja. Manchmal haben die Leute es sogar noch geschafft, sich eine Hand unter den Strick zu schieben, als wollten sie in letzter Minute einen Rückzieher machen. Der Überlebenswille des Körpers ist erstaunlich stark.«

»Aber nicht besonders stark, wenn jemand fest entschlossen ist, sich das Leben zu nehmen.«

David Goldschmidt legte den Kopf zur Seite und musterte sie prüfend. »Du weißt, dass du die Polizei verständigen musst, wenn du Grund zu der Annahme hast, dass ein Verbrechen begangen wurde?«

»Es ist nur eine Vermutung.«

»Trotzdem solltest du mit Jungersen über das reden, was dich beschäftigt. Ihr beide seid doch befreundet, oder?«

»Nicht mehr.«

»Seit wann?«

»Seit er sein Versprechen nicht gehalten hat, mich zum Flughafen zu bringen.«

Das und tausend andere Versprechen.

David hob die Hände in gespielter Kapitulation. »Okay, geht mich ja auch nichts an.« Er zog den Reißverschluss seiner Jacke hoch und setzte sich den Motorradhelm auf. »Ich habe versprochen, heute Abend vor dem Baden zu Hause zu sein. Wäre diese Woche der erste Abend, an dem ich es schaffe«, sagte er und deutete auf das Foto, das seinen Mann mit einem lächelnden Kleinkind zeigte. »Ich hoffe, ich konnte dir trotzdem helfen, auch wenn ich nicht zu sagen wüsste, wie.«

Jensen blieb stehen. »Er hieß Carsten Vangede und wurde vor ein paar Wochen erhängt in seinem Haus in Gentofte aufgefunden. Ich hatte mich kurz zuvor mit ihm getroffen. Er hatte mir erzählt, dass er glaubte, ein paar miese Typen hätten es auf etwas abgesehen, das er besitze. Außerdem hatte er, nur wenige Stunden bevor er sich angeblich erhängt hat, einen Flug nach Thailand gebucht. Ich meine, wer tut so was?«

David schloss die Augen und sah aus, als würde er plötzlich von Kopfschmerzen geplagt. »Ich werde vergessen, was du mir gerade erzählt hast. Es wäre unethisch, mit dir über einen Einzelfall zu sprechen. Ich muss jetzt wirklich gehen.«

»Bist du denn gar nicht neugierig?«, wollte Jensen wissen.

»Nein. Spekulationen sind nicht mein Ding. Für so etwas ist Jungersen der richtige Mann.«

24

FREITAG, 10:04 UHR

Christina Vangede trug schwarze Leggings im Wetlook-Style. Die Absätze ihrer Wildlederstiefel klackerten laut über das Parkett. Das Interieur der Gartenwohnung ihres Bruders aus Chrom, Glas und Leder entsprach dem Einrichtungsstil der Achtzigerjahre. Rote und schwarze Poster von Varietétänzerinnen zierten die Wände, und auf einer Seite des Wohnzimmers stand eine Bar mit

Getränkeständern und Bierdeckeln. Auf dem Boden standen Yuccapalmen in unterschiedlichen Stadien des Siechtums herum.

»Wie cool!«, rief Gustav, warf sich auf einen der höhenverstellbaren Barhocker und strich mit einer Hand geräuschvoll an den Weingläsern entlang, die im Regal über dem Tresen hingen. Auf dem ganzen Weg nach Gentofte war er hektisch und laut gewesen, als legte er es auf einen Streit an.

Jensen sah ihn verärgert an, aber Christina ignorierte ihn. Zielstrebig lief sie umher, riss die roten Vorhänge auf und öffnete die Fenster weit. Frische Luft war dringend nötig. Der Geruch von Bier, ungewaschener Kleidung und Feuchtigkeit hing in der Luft.

»Wer hat Ihren Bruder gefunden?«, fragte sie.

»Der Postbote. Er war misstrauisch geworden, weil Carsten ein Paket nicht annahm, obwohl sein BMW vor der Tür stand. Er hat durch die Fenster hineingesehen, Carsten erkannt und die Polizei gerufen.«

»Wo war er?«, fragte Jensen.

»Am Geländer.« Schaudernd deutete Christina auf die Treppe, die zum ersten Stock hinaufführte. »Mit einem Kabel.«

Der Blick der drei ging zum Treppenabsatz, Carstens Geist schwebte einen Moment zwischen ihnen. Christina schüttelte den Kopf. Ihr Gesicht zeigte harte Züge, die nichts von dem Schmerz ahnen ließen, der sie bei der Beisetzung ergriffen hatte.

»Sie hatten übrigens recht. Carsten war pleite. Ich meine komplett. Alles weg. Nicht eine Krone für mich und die Kinder mehr übrig.«

»Das tut mir leid«, sagte Jensen.

»Na ja, ich hätte es wissen müssen. Ich bin reingegangen, nachdem sie seine Leiche weggebracht hatten, und habe Schmuck und etwas Bargeld rausgeholt, das er versteckt hatte. Und das war sehr klug.«

»Wie meinen Sie das?«

»Na ja, es wurde doch eingebrochen, oder? Ich wusste, dass das irgendwann passieren würde. Leere Häuser, in die sie einbrechen können, finden sie in der Zeitung. Ich darf gar nicht daran denken, dass ich mein Geld für diese Todesanzeige verschwendet habe.«

Jensen sah aus dem Augenwinkel, wie Gustav auf den Tresen der Bar gestiegen war, den geöffneten Mund unter eine der Flaschen hielt und Wodka in sich hineinlaufen ließ. Tonlos machte sie ihm klar, dass er auf der Stelle herunterzukommen habe, indem sie sich mit dem Finger über die Kehle fuhr, und machte einen Schritt auf Christina zu. »Wann sagten Sie, war eingebrochen worden?«

»Es muss Dienstagabend gewesen sein. Die Nachbarin hat mich am Mittwoch angerufen. Ihr war aufgefallen, dass die Tür offen stand. Seltsam war nur, dass sie weder den Fernseher noch die Stereoanlage oder irgendetwas anderes haben mitgehen lassen.«

»Und was *haben* sie mitgenommen?«

»Keine Ahnung. Die Papiere lagen in seinem Büro überall auf dem Boden verstreut. Mehr nicht.«

»Seltsam. Als ich Carsten im Januar getroffen habe, glaubte er, dass bei ihm eingebrochen worden war, allerdings ohne dass etwas gestohlen wurde.«

Christina schien das nicht zu interessieren. »Was kümmert es mich. Morgen kommt jemand, um die Wohnung zu räumen. Der Erlös geht an die Gläubiger. Weshalb sind Sie eigentlich hergekommen?«

Jensen wusste es nicht. Wenn die Leute, die Carsten hereingelegt hatten, hinter den beiden Einbrüchen steckten, dann würde sie hier nichts Wichtiges mehr finden. »Würden Sie uns bitte sein Büro zeigen?«

Der Raum ging zum Garten hinaus. Er war dunkel und kalt. Der Blick aus dem Fenster war halb durch einen Baum verstellt, und auf der Fensterbank hatte sich Kondenswasser gebildet. Der Menge an Papieren nach zu urteilen, die inmitten schmutziger Kaffeetassen, Briefbeschwerer und Kabel auf dem Schreibtisch verstreut lagen, hatte Carsten wohl irgendwann einmal die Absicht gehabt, alles ordentlich, mit Inhalt und Datum beschriftet, in Ringbüchern abzulegen, dann aber aufgegeben. Das Paket, das dem Postboten aufgefallen war, lag immer noch dort. Ein Stapel online bestellter Oldtimer-Magazine. War nicht auch das seltsam für jemanden, der im Begriff ist, allem ein Ende zu setzen?

»Kein Computer?« Gustav blickte Jensen über die Schulter. Dann wühlte er zwischen den Papieren auf dem Schreibtisch herum, bis er einen schwarzen Stecker fand. »Hier hat ein Laptop gestanden.«

»Ich habe hier nie einen Laptop gesehen«, sagte Christina stirnrunzelnd. »Als ich das erste Mal hier war, war jedenfalls keiner hier, sonst hätte ich ihn mitgenommen. Auch kein Telefon. Er hatte ein Handy, das weiß ich genau, ich habe überall danach gesucht.«

»Könnte es in der Zoom Bar sein?«

»Nein. Da habe ich auch nachgesehen«, sagte Christina. »Vielleicht hat er die Sachen verkauft, weil er Geld brauchte?«

Ein paar Hundert Kronen für ein paar gebrauchte Geräte hätten Carsten angesichts der Höhe seiner Schulden kaum weitergeholfen, überlegte Jensen. Jemand hatte ihm die Sachen gestohlen.

»Also«, sagte Christina. »Schreiben Sie den Artikel? Ich habe meinen Jungs schon gesagt, dass ihr Onkel in die Zeitung kommt.«

»Wir müssen noch ein wenig recherchieren. Uns ein Bild von dem machen, was sich in den letzten Wochen vor Carstens Tod abgespielt hat.«

»Ein ziemlich armseliges Leben, wenn ich mir das hier so ansehe.« Christina deutete auf den überquellenden Aschenbecher und die leeren Wodkaflaschen im Papierkorb. Doch dann blieb ihr Blick plötzlich an etwas haften. Sie nahm das gerahmte Foto von sich und ihren Söhnen, wischte mit dem Ärmel ihrer rosafarbenen Bluse den Staub vom Glas und wurde nachdenklich. »Die Sache ist die: Außer uns hatte er niemanden. Die Vorstellung, dass Carsten, egal, welches Problem er hatte, völlig allein war, macht einen traurig.«

25

FREITAG, 10:43 UHR

»Wie lange wollen Sie noch so weitermachen?«, fragte die Psychologin.

Sie war hübsch, obwohl ihr langes Haar schon gänzlich ergraut war. Henrik versuchte, sie sich mit kastanienbraunem Haar vorzustellen, und kam zu dem Schluss, dass es sehr gut zu ihren braunen Augen passen würde. Außerdem stellte er sich vor, wie es wäre, ihr die Brille mit dem durchsichtigen Rahmen abzunehmen, ihr den Notizblock aus der Hand zu nehmen und ihn entschlossen auf den Tisch zwischen ihnen zu legen.

»Geschätzt bleiben uns noch siebenunddreißig Minuten«, sagte er mit Blick auf seine Uhr.

Er fing an, vor sich hin zu pfeifen. Das Fenster ging zur Straße und auf den Parkplatz hinaus. Nach einer mehrstündigen Pause hatte der Regen wieder eingesetzt. Alle paar Minuten kamen Radfahrer vorbei, die ihre Köpfe gesenkt hielten.

»Könnten wir nicht reden?«, versuchte sie es erneut. »Könnten wir doch, jetzt wo Sie schon mal hier sind.«

»Ich bin hier, weil mein Chef gesagt hat, dass ich Sie aufsuchen soll. Von reden hat er nichts gesagt.«

Die Frau lächelte ihn an. Etwas Trauriges lag in ihrem Blick, sodass er schon ein schlechtes Gewissen bekam. »Ich will Ihnen doch helfen«, sagte sie. »Ich bin auf Ihrer Seite. Sie können mit mir über alles reden.«

»Hören Sie, gute Frau«, sagte er, und er wusste, wie herablassend und unerträglich das klang. Aber er konnte nicht anders. »Sie meinen es bestimmt gut und gehören in Ihrem Job bestimmt auch zu den Guten. Ich will Ihnen sagen, was passiert ist: Ich habe mit meiner Waffe auf einen Verdächtigen geschossen und ihn verletzt. Und damit habe ich jemand anderem das Leben gerettet.«

Jemandem.

Er wagte gar nicht, sich vorzustellen, was gewesen wäre, wenn Jensen gestorben wäre. Sich eine Welt ohne sie vorzustellen war unmöglich.

Hör auf damit, Henrik, verdammt noch mal.

Er spürte, wie die Beine anfingen, auf und ab zu wippen, und zwang sich, sie stillzuhalten. Die Psychologin ließ sich nichts anmerken. Sie beobachtete ihn aufmerksam, studierte ihn. »Wenn Sie mir die Bemerkung erlauben. Ich erlebe Sie … angespannt, wütend. Manchmal fällt es uns schwer, die ersten Anzeichen von Stress zu erkennen.«

»Ich bin nicht gestresst«, entgegnete er etwas aggressiver als beabsichtigt.

Stimmte das? War er gestresst? Wütend?

Wenn er es war, dann hatte er allen Grund dazu. Nacht für Nacht schlief er auf dem harten Sofa im Büro, von zu Hause ausgesperrt; seine Frau reagierte nicht auf seine Anrufe oder SMS-Nachrichten. Eigentlich waren seine Wutausbrüche im Lauf der Jahre weniger geworden. Sie traten nur noch selten auf. Nur im Januar hatte es während eines Verhörs einen Zwischenfall gegeben, bei dem er die Beherrschung verloren hatte. Glücklicherweise hatte Mark eingegriffen, bevor es zu einer Tätlichkeit kam.

Natürlich hatte es Zeiten gegeben, in denen ihm das Leben zugesetzt hatte, aber immer war die Arbeit seine Rettung gewesen. Ihr gleichmäßiger, schweißtreibender Takt. Und jetzt wurde selbst das noch infrage gestellt, weil Monsen seine Theorie über einen möglichen Zusammenhang zwischen den Morden an Valborg und Holdved und dem Angriff auf Ulla Olsen abgeschmettert hatte. Ulla lag noch im Koma. Und selbst, wenn sie wieder aufwachte, war es angesichts ihrer Demenz zweifelhaft, ob man überhaupt etwas Nützliches aus ihr herausbekam.

»Wollen Sie mir vielleicht sagen, woran Sie denken?«, fragte die Psychologin. Sie hieß Isabella.

Das passte nicht zu ihr. Sie war eher eine Lene oder Lone – der angemessene Name für eine unkomplizierte, ruhige Frau, die ihrem Mann alles verzieh, statt ihn vor die Tür zu setzen.

(»Achtzehn Jahre habe ich dir gegeben. Wie viele willst du noch beanspruchen?«, hörte er seine Frau sagen.)

»Ich überlege, ob Sie Single sind.« Er beugte sich auf seinem Stuhl nach vorne.

Isabella zeigte keinerlei Reaktion. Sie sah ihn ungerührt an, bis er den Blick abwenden musste. Henrik vermutete, dass sie so etwas im Lauf der Jahre von Idioten wie ihm schon öfter gehört hatte. Nach einer minutenlangen Pause schlang sie ihre grüne Strickjacke um sich und klappte ihr Notizbuch zu. »In der Psychologie gibt es keine Abkürzungen oder Patentrezepte«, sagte sie. »Wenn es funktionieren soll, müssen Sie es wollen. Vielleicht lassen Sie sich durch den Kopf gehen, was heute passiert ist, und machen für nächste Woche einen neuen Termin?«

Sie lächelte entschuldigend, und die aufrichtige Freundlichkeit, die sie trotz seines unerträglichen Auftritts an den Tag legte, ließ ihm Tränen in die Augen treten.

Mein Leben geht in die Brüche, dachte er, nachdem er ihr Büro verlassen hatte.

Das Telefon vibrierte in seiner Tasche.

Jensen, dachte er, und erneut quälten ihn Schuldgefühle. Aber die SMS war von seiner Frau.

Ich will die Scheidung.

26

Das Juweliergeschäft befand sich in einer der schmalen Straßen, die von der Købmagergade im Zentrum von Kopenhagen abgingen. Es sah aus, als hätte es schon bessere Tage gesehen, ein Anachronismus inmitten der internationalen Ladenketten, die die Haupteinkaufsstraße der Stadt ununterscheidbar von den meisten anderen auf der Welt machte. Die Halskette im Schaufenster sah aus, als wäre sie schon getragen worden, hätte aber durchaus einen schönen Anblick geboten, wenn jemand sich die Mühe gemacht hätte, sie von dem Staub zu befreien, der sich auf ihr abgesetzt hatte. Ein großer rot-weißer Aufkleber kündigte den Räumungsverkauf an.

»Ich wette, die liegt schon seit Jahren da«, bemerkte Gustav mit der zynischen Arroganz des Teenagers.

Hermansen, Gründer von Hermansen & Söhne, war schon lange tot, und sein Nachfolger, Jørgen Hermansen, sah mit seinen weißen Haaren und dem Seemannsbart aus, als wäre er über das Rentenalter auch schon längst hinaus. Nachdem er in einer undurchschaubaren Abfolge alle Schlösser geöffnet hatte, ließ er sie herein. »Letztes Jahr sind sie hier eingebrochen«, erklärte er. »Am helllichten Tag. Ein Typ ist einfach vom Rücksitz eines Motorrads abgestiegen, kam rein und hielt mir eine abgesägte Schrotflinte vors Gesicht«, sagte er kopfschüttelnd. »Ich kenne diese Stadt nicht mehr. Gott sei Dank war ich versichert.«

»Haben sie viel mitgenommen?«, fragte Gustav.

»Ja«, bestätigte Jørgen, und Jensen wurde schnell klar, dass er nicht gedachte, sich über seinen Versicherungsanspruch näher zu äußern.

Die Glasvitrinen im Inneren des Ladens waren halb leer.

»Ich höre auf«, sagte Jørgen. »Ich bin zu alt für das Geschäft.«

Was auf dem Schild stand, traf also zu.

Jørgen setzte sich hinter dem Tresen auf einen Drehstuhl, auf dem eine abgewetzte karierte Decke lag. Er hatte ein Kreuzworträtsel halb gelöst und sich gerade noch einen Kaffee gemacht. Auf dem Kreuzworträtsel lag ein Blatt Papier. »Ich glaube, ich habe gefunden, wonach Sie gesucht haben«, sagte er und tippte auf das Papier. »Das ist eine Kopie der Rechnung für das Collier, das Irene Valborg am Donnerstag, den 9. Januar 1997, bei meinem Vater gekauft hat. Vierundzwanzig Karat. Achthundertachtunddreißigtausend Kronen.«

»Und was ist es heute wert?«, wollte Jensen wissen.

»So etwas hier? Hängt vom Zustand ab, aber mindestens ein paar Millionen, würde ich sagen. Ich kann Ihnen sagen, dass es sich um das teuerste Collier handelt, das mein Vater je verkauft hat. Amerikanische Diamanten von einundzwanzig Karat im Asscher-Schliff, weitere runde Diamanten von sechs Karat im Brillantschliff um jeden der größeren Steine herum. Ein wahrhaft erlesenes Prachtstück.«

»Können Sie uns sagen, warum sie es gekauft hat?«

»Woher soll ich das wissen? Die Valborgs haben 1956 ihre Verlobungsringe gekauft und im Jahr drauf die Eheringe. Damals gehörte auch der Keller noch zum Laden. In Sachen Schmuck waren wir *die* Adresse in Kopenhagen.«

»Ein bisschen merkwürdig ist das schon. Warum gibt jemand sein gesamtes Erbe für eine Halskette aus, ohne sie je zu tragen, weil sie zu wertvoll war?«

Jørgen zuckte mit den Schultern. »Manche Menschen entwickeln eine besondere Leidenschaft für Diamanten. Ich habe Leute erlebt, die immer wieder herkamen, um sich dasselbe Stück anzuschauen. Von mir nahmen sie kaum Notiz. Fast schien es, als wären sie wahnsinnig verliebt in das Stück gewesen. Nach dem plötzlichen Geldsegen wollte sie sich vielleicht etwas leisten, ein wenig von dem Luxus, von dem sie sonst nur träumen konnte.«

»Angeblich soll sie sehr knapp bei Kasse gewesen sein«, sagte Jensen. »Ihrem Mann soll sie ununterbrochen damit in den Ohren gelegen haben, dass er nicht genug verdiente.«

»Da haben Sie es doch. Sie ist zu Geld gekommen und hat es für eine Halskette ausgegeben, in die sie sich verliebt hatte. Oder …«

»Ja?«

»Sie wollte das Geld nicht einfach auf den Kopf hauen und hielt Diamanten für eine gute Wertanlage.«

»Hatte sie damit recht?«

»Nein, in letzter Zeit nicht mehr«, sagte Jørgen. »Auch das ist ein Grund, weshalb ich den Laden schließe.«

»Sie handeln mit gebrauchtem Schmuck. Dann wollen Ihnen doch bestimmt alle möglichen Leute etwas andrehen«, meldete sich Gustav zu Wort. Jensens Aufforderung, sich zurückzuhalten, ignorierte er. Zu Jørgens offensichtlichem Missfallen hatte Gustav es sich mit seinem knochigen Hintern auf einer der Glasvitrinen bequem gemacht und angefangen, sich eine Zigarette zu drehen.

»Runter da!«

Gustav sprang von der Vitrine und hob in gespielter Entschuldigung die Hände. »Ich wollte damit nur sagen, dass Ihnen doch ständig gestohlene Ware angeboten wird. Hat Ihnen vielleicht jemand die Halskette angeboten?« Er gab vor, sich umzusehen. »Ist sie vielleicht hier irgendwo?«

Jensen starrte ihn fassungslos an. »Gustav!«

Jørgen saß einen Moment ruhig da, sein Gesicht verfärbte sich tiefviolett. »Raus«, sagte er schließlich. »Verlassen Sie sofort meinen Laden. Wie können Sie es wagen, herzukommen und mich zu beschuldigen, gestohlene Ware zu verkaufen? Raus, alle beide.«

Die Tür flog hinter ihnen zu. Die Schlösser wurden eines nach dem anderen wieder gesichert.

»Was zum Teufel sollte das?«, sagte Jensen zu Gustav, nachdem sie die Treppe hinuntergegangen und wieder auf der Straße waren.

»Der Typ war doch ein arroganter Mistkerl.«

»Wir sind hergekommen, damit er uns vielleicht hilft, die Halskette zu finden.«

»Das blöde Arschloch hat doch keine Ahnung.«

Sie packte ihn am Arm. »Was zum Teufel ist los mit dir, Gustav?«

»Lass mich in Ruhe.« Er riss sich los, sprang auf seinen E-Scooter und sauste die Straße hinunter. Seine Pufferjacke blähte sich auf. Eine Frau sah erschrocken zu Jensen hinüber, als sie auf dem gegenüberliegenden Bürgersteig vorbeiging. Jensen erwiderte trotzig ihren Blick.

Geh weiter, hier gibt's nichts zu sehen.

Was hatte Margrethe gesagt? Gustav sei ein guter Kerl?

Sie sah auf ihr Telefon. Fünf verpasste Anrufe von Regitse. Bei dem Tempo würden sie die Halskette ihrer Mutter nie finden. Sie überlegte, ob sie Gustav anrufen und ihm die verdiente Standpauke halten sollte, entschied sich aber dagegen. Wenn er auch nur ansatzweise so war wie sie, als sie ein Teenager war, dann hätte es sowie keinen Sinn, solange er sich nicht beruhigt hatte. Irgendetwas quälte ihn, etwas, das mit der Schule zu tun hatte. Sie musste nach Aalborg fahren und die Wahrheit über seinen Rauswurf erfahren. Aalborg bedeutete, dass sie am Haus ihrer Mutter vorbeikam. Es wäre seltsam, dort nicht vorbeizuschauen. Sie war nicht ein einziges Mal da gewesen, seit sie nach Dänemark zurückgekehrt war.

Jensen verdrängte den unangenehmen Gedanken, schob ihr Fahrrad in Richtung Købmagergade und blieb einen Moment lang unentschlossen stehen, als sie sich von einer Gruppe fremder Menschen umringt sah. In der ganzen Stadt gab es nur eine Person, die sie sehen wollte.

Früher wäre das Henrik gewesen.

27

Jensen war erleichtert, als sie Lirons kleinen Kaffeewagen sah, sobald sie in die Sankt Peders Stræde einbog. Er war selbst da. Mit seiner olivfarbenen Haut und den geheimnisvollen Augen wirkte er auf sie in der unbarmherzigen, feuchten Märzkälte Dänemarks wie eine exotische Pflanze. Sie hatte nie verstanden, warum er Jerusalem gegen Kopenhagen eingetauscht hatte. Sie wusste, dass es einmal ein dänisches Mädchen gegeben hatte. Seitdem auch unzählige andere, aber die Liebe schien nicht das Einzige zu sein, was jemanden im eisigen Norden hielt.

Die Liebe wurde überbewertet.

Sie lehnte ihr Fahrrad an den schwarzen, von unzähligen Plakatschichten beklebten Zaun und rannte fast auf ihn zu.

»Verdammt, Jensen, bist du das?«, rief er und breitete seine Arme wie Flügel aus. »Komm zu Papa.«

Sie sprang an ihm hoch und schlang die Beine um seine Taille. Er hielt sie lange fest und sagte zum Glück nichts. Sie vergrub ihren Kopf in seinem wilden Haar und sog seinen Duft nach Kardamom und Anis ein. Nachdem er sie auf dem Bürgersteig abgesetzt hatte, ließ er einen Arm um sie gelegt und machte sich einhändig an der Kaffeemaschine zu schaffen, bereitete einen winzigen Pappbecher mit Espresso zu und blies darauf, um ihn abzukühlen, bevor er Jensen vorsichtig an der rauchigen, schwarzen Flüssigkeit nippen ließ, als wäre sie seine Patientin, die er gesundpflegte.

Nichts konnte der Wahrheit ferner liegen.

Lirons Kaffee war der beste in Kopenhagen, und während sie ihren kleinen Becher austrank, wurde ihr bewusst, wie sehr sie ihn vermisst hatte.

»Ich dachte schon, du wärst gegangen und hättest mich einfach so zurückgelassen«, sagte Liron leise. »Wo hast du dich versteckt?«

»Lange Geschichte. Sagen wir, dass ich etwas Zeit brauchte, um wieder klarzukommen.«

Liron betrachtete sie von oben bis unten, als wollte er sich vergewissern, dass ihre Gliedmaßen, Augen, Ohren und die Nase noch am richtigen Platz saßen.

»Liron?«, sagte sie, nachdem sie es mit Mühe geschafft hatte, die Tränen zurückzuhalten, die wegen seiner aufrichtigen Sorge um sie beinahe geflossen wären.

»Ja?«

»Wenn du ein richtig teures Diamantcollier gestohlen hättest, wo würdest du es verkaufen?«

»Du hast doch nicht etwa eine Halskette gestohlen, kleines Mädchen?«, fragte er mit gespielt ernster Miene.

»Natürlich nicht, wo denkst du hin?«, lachte sie. »Es geht um eine Geschichte, an der ich arbeite.«

»Schon gut, Sherlock. Wenn das so ist, hast du es schon im Internet versucht? Bei *Den Blå Avis* zum Beispiel, oder Facebook?«

Sie schüttelte betreten den Kopf. Wie dumm, dass sie nicht selbst darauf gekommen war, auch wenn sie die Wahrscheinlichkeit, dass die Halskette dort zum Verkauf angeboten wurde, auf nicht höher als eins zu einer Million schätzte. Dass sie und Gustav Privatdetektive spielten, kam ihr jetzt wie ein schlechter Scherz vor. Sobald sie nach Hause kam, würde sie Regitse anrufen und ihr sagen, dass es ein großer Fehler gewesen war, und ihr das Geld zurückgeben. Zurück auf Los.

»Du weinst einer dummen Halskette nach?«

»Nein!« Jensen gab ihm einen freundlichen Klaps auf die Schulter. »Wenn du es genau wissen willst, eigentlich geht es um Gustav, um den ich mir wirklich Sorgen mache.«

»Der Kleine, der bei mir einen Kaffee geholt hat?«

»Es dürfte ihm nicht gefallen, dass du ihn so nennst, aber ja, genau der.«

»Was hat er dir getan?«

»Nichts, außer dass er mich in den Wahnsinn treibt. Einmal ist er nett und zuvorkommend, und im nächsten Moment bricht ein jugendliches Scheusal aus ihm hervor.«

»Das sind die Hormone, Jensen.«

»Nein, das ist es nicht. Irgendetwas bedrückt ihn. Etwas Ernstes.«

»Frag ihn doch«, schlug Liron vor und nahm ihr die leere Tasse ab.

»Habe ich versucht, aber er will nicht raus mit der Sprache.«

»Soll Liron mal mit ihm sprechen?«

»Nein«, sagte Jensen, während sie sich die Nase putzte. »Finde ich schon selbst raus.«

»Tapferes Mädchen.«

Er zog sie zu sich heran und küsste ihr Haar, und als sie so die Straße hinuntersah in ihrer Geburtsstadt – der Stadt, die sie verlassen hatte und in die sie zurückgekehrt war –, hatte Jensen das Gefühl, mit Liron mehr gemein zu haben als mit den Landsleuten, die hier um sie herumwuselten und eilends dem Regen entfliehen wollten.

28

FREITAG, 16:31 UHR

»Okay«, sagte Henrik zu Lisbeth und Mark, während er die Tür zu seinem Büro schloss. »Wir müssen die Verbindung zwischen den drei Opfern – Irene Valborg, Vagn Holdved und Ulla Olsen – aufdecken.«

»*Wenn* es denn eine gibt«, bemerkte Lisbeth matt.

»Von mindestens einer Verbindung wissen wir jedenfalls«, entgegnete Henrik, ohne dem erschöpften Ton in ihrer Stimme Beachtung zu schenken.

Beide hatten sich nur mühsam überreden lassen, sich vom Rest des Teams abzusetzen. Lisbeth hatte Bedenken und es geschafft, diese auf Mark zu übertragen. Immer wieder ging ihr Blick zur Tür.

Inzwischen wurden unterschiedliche Ermittlungsansätze verfolgt. Da ihre Halskette und die goldene Uhr ihres Mannes fehlten, schien ein Einbruch immer noch das wahrscheinlichste Motiv für den Mord an Irene Valborg zu sein. Im Fall Ulla Olsen kamen die anderen Bewohner des Pflegeheims als Verdächtige in Betracht. Und Vagn Holdved, davon war Lotte Nielsen überzeugt, war von einem Nachbarn in der Kleingartenanlage angegriffen worden, mit dem er am Tag zuvor offenbar in Streit geraten war. Ebendieser Nachbar war vollkommen außer sich, als er das Verbrechen zur Anzeige brachte.

»Natürlich war er aufgeregt«, hatte Henrik vorgebracht. »Schließlich hatte er da gerade den Kerl von nebenan mit fast abgetrenntem Kopf gefunden.«

Lotte interessierte das nicht.

Niemanden interessierte das.

Henrik musste zugeben, dass Unterschiede zwischen den drei Fällen leichter auszumachen waren als Verbindungen. Irene Valborg hatte Maßnahmen getroffen, um sich zu schützen, was darauf hindeutete, dass sie geahnt hatte, dass jemand hinter ihr her war. Vagn Holdved hatte nichts dergleichen unternommen, und Ulla Olsen war dazu gar nicht in der Lage gewesen. Und während Irene und Vagn beide auf wenig zimperliche Weise umgebracht worden waren, war Ulla immerhin noch am Leben. Gerade noch so.

»Wir haben die Fotos von dem Mädchen«, sagte Mark.

»Richtig«, sagte Henrik und betrachtete die kleine Sammlung von Fotos, die er an das Whiteboard geheftet hatte. Die Bilder der drei Opfer waren dem jeweiligen Foto des Mädchens zugeordnet, das man bei ihnen gefunden hatte: das Schulmädchen, das Partygirl, die Badende.

Mark hatte bereits Hunderte von Fotos durchgesehen und konnte ziemlich sicher ausschließen, dass es sich um eine vermisst gemeldete Person handelte.

»Aber abgesehen von dem Mädchen, welche andere Verbindung könnte es zwischen den Fällen gegeben haben? Sind sie vielleicht auf dieselbe Schule gegangen, haben sie für denselben Arbeitgeber gearbeitet oder gehörten derselben religiösen Gemeinschaft an? Ich möchte, dass ihr alles genauestens überprüft, und zwar bitte diskret.«

»Du meinst, während wir unserem normalen Dienst nachgehen?«, wollte Lisbeth wissen.

Sie sah müde aus. Henrik spürte, dass sie das Vertrauen in ihn verlor, und er wusste auch, dass es anderen aus seinem Team ebenso erging. Doch die waren nicht wichtig. Aber Mark und Lisbeth? Sein bester Mann und seine beste Ermittlerin? Nach allem, was die drei schon gemeinsam durchgemacht hatten? Ohne die beiden an seiner Seite wäre nicht einmal Monsen in der Lage, ihn vor der Selbstzerstörung zu bewahren. »Ich helfe euch, wo ich kann, versprochen«, sagte er. »Mit den Fotos gehe ich an die Öffentlichkeit. Es muss da draußen jemanden geben, der dieses Mädchen kennt.«

»Damit kommst du bei Wiese niemals durch«, wandte Lisbeth ein.

In dem Punkt hatte sie recht. Polizeirat Jens Wiese (und, wenn er ehrlich war, auch Henrik selbst) fürchtete die Häme, die über sie hereinbrechen würde, wenn sich herausstellte, dass es eine völlig logische Erklärung für die Fotos an den drei Tatorten gab. Einen banalen Grund, auf den jetzt noch niemand gekommen war, der sie aber noch jahrelang zum Gespött machen würde.

Henriks Gedanken kreisten um Jensen. Vielleicht könnte sie das Bild irgendwie ins *Dagbladet* bringen? Allerdings würde sie den Grund dafür wissen wollen und ihm sowieso wieder auf die Nerven gehen. Und wenn seine Frau herausfände, dass sie Kontakt hatten, dann gäbe es kein Erbarmen.

Ich will die Scheidung.

Nun, das blieb abzuwarten. Er hatte seine Frau mehrmals angerufen und ihr Nachrichten geschickt, in denen er sie um ein Treffen gebeten hatte. Wie üblich ging sie nicht ran. Konnte man sich von jemandem scheiden lassen, ohne mit ihm zu sprechen?

»Chef, alles in Ordnung?«

Henrik starrte in Marks Gesicht, der zu ihm aufsah, und er war überrascht, den Ausdruck aufrichtiger Besorgnis darin zu erkennen. »Warum sollte ich denn nicht okay sein?«

»Schon klar«, sagte Mark. »Natürlich.«

»Nein, sag's mir. Wie kommst du darauf, dass etwas nicht in Ordnung sein könnte?«

»Ich ... ich« Marks Gesicht war dunkelrot angelaufen.

Lisbeth sprang ihm bei. »Na, komm schon, Henrik, irgendwas stimmt nicht mit dir. Du bist nervös und unkonzentriert. Wir sind nicht die Einzigen, denen das aufgefallen ist.«

»Ach ja? Dann reden also alle über mich?«

»Wiese sagt ...«, fing Lisbeth an.

»Seit wann interessiert dich, was dieser verstaubte Erbsenzähler denkt?«

Henrik kannte die Antwort. Der Penner hatte angefangen, sich bei Lisbeth einzuschleimen, sie zu Besprechungen eingeladen, ihr hier und da eigene kleine Aufgaben gegeben, wie einem Pudel, dem er beibringen wollte, auf den Hinterbeinen zu laufen. Nach seinem verunglückten Termin bei der Psychologin hatte Wiese ihm die Leviten gelesen und unterstellt, nach der Schießerei zu früh wieder zur Arbeit gekommen zu sein, sodass klassische Stresssymptome aufgetreten seien.

Henrik wäre nicht überrascht gewesen, wenn Wiese Lisbeth und Mark gebeten hätte, ihm hinterherzuspionieren. »Pass auf«, sagte er, seine Fäuste entspannten sich langsam wieder. »Ich werde nichts Unüberlegtes tun. Aber aus irgendeinem Grund ist ein Foto desselben Mädchens an drei verschiedenen Tatorten aufgetaucht. Wenn das ein Täuschungsmanöver sein soll, dann bitte ich zu entschuldigen, wenn ich eure Zeit verschwendet habe«, sagte er und sah sie unverwandt an. »Ich möchte, dass das unter uns bleibt. Abgemacht?«

Mark und Lisbeth nickten eher widerstrebend. Zumindest hatte er sich damit etwas Zeit verschafft.

»Aber die Fotos«, sagte Mark. »Wie willst du …«

»Überlass das mir«, sagte Henrik.

Wenn er Jensen nicht um Hilfe bitten konnte, blieb ihm nur eine Möglichkeit. Je länger Henrik darüber nachdachte, umso wahrscheinlicher erschien ihm, dass es funktionieren würde.

29

FREITAG, 19:02 UHR

Jensen war gerade aus der heißen Dusche gekommen, als es an der Tür klingelte. Sie wollte den Kopf freibekommen, nachdem sie sich im Internet stundenlang auf allen möglichen Anzeigenseiten herumgetrieben und vergeblich nach dem Diamantcollier gesucht hatte. Es klingelte erneut, zweimal kurz hintereinander. Nur Gustav wusste, wo sie wohnte. »Willst du dich entschuldigen?«, rief sie in die Türsprechanlage, öffnete und ließ die Tür angelehnt, während sie die Wendeltreppe zum Obergeschoss hinaufging und sich schnell ein T-Shirt und eine Jogginghose anzog.

»Was ist heute eigentlich in dich gefahren?«, rief sie über das Geländer, als sie Schritte auf dem Treppenabsatz hörte. Sie frottierte sich mit einem Handtuch die Haare.

Ihr Besucher öffnete die Tür.

Es war nicht Gustav.

Unten stand ein großer, kräftiger Mann, der aussah, als hätte er früher mal ein paar Kilos zu viel auf die Waage gebracht. Ein Mann, der gerne lebte, sich aber zurückgehalten hatte. Dunkles Haar und Stoppelbart. Irgendwo zwischen Ende dreißig und Mitte vierzig. Jeans, Stiefel, Hemd, Jacke, Mantel und der Blick eines

Killers, den er von unten zu ihr hinaufschickte. »Ich bin so schnell gekommen, wie ich konnte«, sagte er.

»Wie bitte?«

Ihr verdutztes Gesicht amüsierte ihn. »Ich bin Kristoffer.«

»Okay.«

»Dein Vermieter?«, setzte er nach. »Die Waschmaschine ist doch defekt. Das ist sehr merkwürdig, denn sie ist nagelneu.«

»Richtig«, sagte Jensen. »O Gott, ja, bitte entschuldige.«

Sie schlug ihr Haar in das Handtuch ein, lief die Treppe hinunter und zeigte auf die Maschine neben dem Waschbecken, als ob er nicht wüsste, wo sie stand. »Entschuldigung, es ist nur ...«

»Hast du einen gestandenen Monteur erwartet? Wie in den Pornofilmen?« Er lachte erneut. »Ich habe Ingenieurwesen studiert. Ich liebe es, Dinge zu reparieren. Diese Wohnung war übrigens meine erste in Kopenhagen, deshalb habe ich eine gewisse emotionale Bindung an sie.«

»Was, du hast gute Erinnerungen daran, einmal ein armer Schlucker gewesen zu sein, wie ich?«, fragte sie lächelnd.

»Autsch«, sagte er. »Aber darauf hätte ich bei einer Journalistin deines Kalibers gefasst sein müssen.«

»Du kennst mich?«

»Ich habe ein wenig recherchiert.«

Er trat zu ihr, sodass sie sich fast kleinwüchsig vorkam, und reichte ihr die Hand.

»Kristoffer«, stellte er sich noch einmal vor.

»Jensen.«

Seine warme Hand verweilte einen Moment in ihrer.

»Kein Vorname?«

»Er ist ... Ich benutze ihn nie. Alle nennen mich einfach Jensen«, erklärte sie und zog ihre Hand zurück. »Ich habe gehört, du bist selbstständig?«

Kristoffer hielt ihrem Blick stand. Ein kurzes Blitzen durchzuckte seine blauen Augen.

»Es ist nur ... auch auf die Gefahr hin, großspurig zu wirken, aber es passiert nicht oft, dass ich jemandem begegne, der nicht weiß, wer ich bin. Irgendwie erfrischend.«

»Ich war lange im Ausland.«

»London, richtig?«

Ihr Handy klingelte und ersparte ihr eine Erklärung. Sie zeigte auf die Waschmaschine. »Ich lass dich mit ihr allein.«

Gustav.

Der Junge mit dem Händchen für perfektes Timing.

»Wo bist du?«

»Zu Hause«, antwortete sie.

Neben ihr hatte Kristoffer Mantel und Jacke ausgezogen. Er krempelte die Ärmel hoch und machte sich daran, die Maschine unter dem Küchentisch hervorzuziehen. Sie drehte sich von ihm weg und senkte ihre Stimme. »Was sollte das vorhin, Gustav? Wir arbeiten zusammen, und plötzlich drehst du durch und verschwindest?«

»Ich … Es tut mir leid, okay? Ich will nicht darüber reden.«

Kristoffer hatte die Waschmaschine komplett von der Wand weggezogen.

»Schon gut, Gustav«, sagte sie. »Aber wir können nicht zusammenarbeiten, wenn du immer gleich ausrastest.«

»Ich weiß, und ich tu es auch nicht wieder. Aber hör zu …«

»Aha«, rief Kristoffer triumphierend aus. »War klar.«

»Wer ist das?«, fragte Gustav.

»Es ist nur … der Typ, der die Waschmaschine repariert.« Kristoffer grinste zu ihr hinauf.

»Warte, hör mir nur kurz zu«, sagte Gustav. »Ich habe alle Taxiunternehmen angerufen. Hab denen gesagt, dass Irene meine Großmutter war. Dass sie verwirrt war und dachte, sie hätte ihre Handtasche in einem Taxi liegen gelassen …«

Gute Arbeit, Gustav.

»Und?«, sagte sie.

»Sie ist *tatsächlich* nach Gilleleje gefahren. Letztes Jahr, am zweiundzwanzigsten Dezember. Dem Fahrer hat sie gesagt, er solle draußen warten. Nach etwa zehn Minuten war sie wieder draußen.«

Jensen musste daran denken, wie Brøgger Irene als gerissene alte Wachtel bezeichnet hatte.

»Bist du noch dran?«

»Ja, aber ich muss los«, sagte Jensen und beendete das Gespräch.

»Das glaubst du nicht. Der Wasserzulauf war zugedreht.« Kristoffer schob die Maschine an ihren Platz zurück und startete ein Waschprogramm. Das Wasser ergoss sich in die Trommel. »Du darfst dich jetzt bei mir bedanken.«

»Danke«, sagte Jensen geistesabwesend. Ihre Gedanken rasten. Sie nahm ihr Handy und machte sich auf die Suche nach dem nächsten E-Auto. Sie bemerkte kaum, dass Kristoffer Bro allein den Weg hinausgefunden hatte. »Wir sehen uns hoffentlich ein anderes Mal.«

30

FREITAG, 19:51 UHR

Henrik spürte deutlich, wie sich seine Laune hob, während er um das staatliche Krankenhaus herum zum Forensischen Institut fuhr. Für die meisten war schwer nachzuvollziehen, dass er sich auf den Besuch in der Leichenhalle freute, aber er mochte David Goldschmidt und seine herzliche, uneitle Intelligenz. Manchmal beneidete er den Pathologen um seine ruhige Oase unter den Straßen von Kopenhagen. Oberirdisch war das Leben chaotisch, gewalttätig und unberechenbar, ein Wirrwarr menschlicher Interaktionen. In Davids unterirdischer Welt hingegen war alles geordnet und ruhig. Er hatte überlegt, ob er auch Ulla Olsen im Krankenhaus einen Besuch abstatten sollte, dann aber beschlossen, dass es einfacher war, Mark anzurufen, der ihm mitteilte, dass Ulla immer noch im Koma lag und die Ärzte nicht sagen konnten, wie lange es noch dauern würde.

Nachdem er einen freien Parkplatz gefunden hatte, eilte er auf das flache Betongebäude zu. Den Obduktionsbericht über Irene Valborg hatte David ihm per E-Mail bereits geschickt. Die Details hätte Henrik bequem auch im Büro lesen können, aber er unterhielt sich gern persönlich mit David und wollte sich mit ihm über den Fall austauschen. Freunde im engeren Sinne waren sie nicht. Henrik konnte sich nicht vorstellen, David auf ein Bier einzuladen. Dennoch ging die Beziehung für ihn über das rein Dienstliche hinaus. Ohne die Ermittlungen, die sie zusammenhielten, würden sie nur schwer eine gemeinsame Ebene finden, vermutete er. Er hielt David nicht für einen Fußballfan. Das Thema war im Unterschied zu anderen Männern aus seinem Bekanntenkreis bisher nie aufgekommen, wobei er auch *die* nicht gerade als Freunde bezeichnen würde. Mit ihnen konnte er nicht über die wirklich wichtigen Dinge reden, zum Beispiel über den Zustand seiner Ehe. Darüber wusste niemand etwas, außer, kurioserweise, Jensen, deren Existenz die Ursache des Problems war.

War sie das wirklich?

War das Problem nicht schon immer da gewesen, tief in ihm selbst? Das Verlangen danach, sich Frauen zu beweisen, als könne er nicht glauben, dass eine so hübsche und kluge Frau wie die seine ihn zum Ehemann erwählt hatte? Isabella Grå, die Psychologin, deren Zeit er zusammen mit seiner eigenen vergeudet hatte, hätte ihre helle Freude an solchen Gedanken gehabt, dachte er, während er seinen Ausweis zückte, um ins Institut zu gelangen.

David war gerade dabei, ein Telefongespräch zu beenden, und gab ihm ein Zeichen, dass er sich noch einen Moment gedulden sollte. In Davids Büro war es warm, und Henrik spürte, wie er sich entspannte, als er seinen Blick über die Bücherregale schweifen ließ. Das meiste war medizinische Fachliteratur, dazwischen ein paar Zeitschriften und Ordner, hier und da ein paar persönliche Gegenstände, Holzfiguren und Postkarten. Henrik nahm ein gerahmtes Foto in die Hand. Es zeigte David, seinen Mann und das gemeinsame Baby, das sie letztes Jahr von einer Leihmutter bekommen hatten. Unwillkürlich fragte er sich, ob David der Vater des Kindes war oder sein Mann, ein nordischer, blasser Typ. Sie wirkten glücklich, die zwei, wie sie sich mit dem an Davids Brust gebundenen Baby in die Aufnahme hineinlehnten.

»Da war Max gerade drei Monate alt. Jetzt läuft er schon, ist das zu glauben?«, sagte David hinter ihm, nachdem er den Hörer aufgelegt hatte.

»Gratuliere.« Henrik stellte das Foto zurück. »Sie sind so süß, wenn sie klein sind.«

»Ein Pessimist, wie er im Buche steht?« David lachte. »Willst du mir damit sagen, dass ich es bei einem belassen soll?«

»Nicht wenn du bereit bist, die nächsten zwanzig Jahre deines Lebens auf Schlaf zu verzichten. Ganz abgesehen vom langsamen Verlust jeglicher Kontrolle, die du vielleicht mal hattest.«

David beäugte ihn lächelnd. »Geht's dir wirklich gut, Henrik? Hast du etwas auf dem Herzen?«

»Ich? Mir ging es noch nie besser.«

Einen Moment lang war ihm danach, die Karten auf den Tisch zu legen. Dass er sich Jensen gegenüber zum Narren gemacht hatte, dass er aus seinem eigenen Haus geflogen war und den Kontakt zu seinen Kindern verloren hatte. Und dass er keine Ahnung hatte, wie es nun weitergehen sollte. Doch die Worte wollten nicht herauskommen. Um David verständlich zu machen, was er wirklich fühlte, musste er ein ganz anderer Mensch sein als der sarkastische, abgebrühte Polizist, den sein Gesprächspartner zu kennen glaubte.

»Irene Valborg«, sagte er stattdessen. »Du musst mir alles über den Fall erzählen.«

»Natürlich«, sagte David. »Deshalb bist du doch hier, oder?« Das Fragezeichen hing einen kurzen Moment zwischen ihnen, bevor Henrik es mit einem Nicken löschte.

Mit David über dessen Arbeit zu sprechen, war immer einfach.

Ihre Rollen waren verteilt: Henrik war derjenige, der sich in Spekulationen erging, und David der tolerante Experte, der sich grundsätzlich auf nichts einließ, was nicht durch Fakten untermauert war. Die Wahrheit, und das wusste Henrik nur zu gut, lag irgendwo in der obskuren Welt dazwischen.

David führte Henrik in den Obduktionsraum, in dem Irenes Leiche auf einem Tisch aus rostfreiem Stahl aufgebahrt war. Er schaltete ein helles Oberlicht ein. Henrik erschrak beim Anblick des zierlichen, violett verfärbten Körpers und war dankbar für die chirurgische Maske, die den größten Teil seines Gesichts bedeckte, sodass David den Schweiß nicht sehen konnte, der sich auf der Oberlippe sammelte.

»Aufgrund des Stadiums der Verwesung können wir mit einiger Sicherheit davon ausgehen, dass sie vierzehn bis sechzehn Tage, bevor man sie entdeckte, umgebracht wurde«, begann der Pathologe.

»Lass mich raten. Die letzte Mahlzeit war Fleisch mit Soße?«
»Warum fragst du?«

»In ihrem Küchenschrank wurden jede Menge Dosen gefunden. Hummerkonserven. Sie hatte keine frischen Lebensmittel mehr eingekauft.«

»Okay. Nein, sie hatte vor ihrem Tod seit mindestens zwölf Stunden nichts mehr gegessen. Wie du siehst, war sie stark unterernährt.«

Das war eine Untertreibung. Irene bestand buchstäblich nur aus Haut und Knochen, die Beckenknochen standen deutlich hervor. Henrik wandte den Blick ab. »Hat sie Medikamente eingenommen?«

»Nichts laut Blutanalyse. Aber etwas anderes haben wir gefunden. Sie hatte Brustkrebs im fortgeschrittenen Stadium. Es gibt Tumore in beiden Brüsten und Anzeichen von Metastasen im Gehirn.«

»Nicht diagnostiziert?«
»In ihrer Patientenakte steht nichts davon.«

Sie sahen sich eine Weile wortlos an.

»Ist es möglich, dass sie nicht wusste, dass sie krank war?«, wollte Henrik wissen.

»Schon möglich. Sie hatte wenig Appetit und mit Sicherheit Schmerzen.«

»Vielleicht hatte sie eine Ahnung, wollte aber nicht zum Arzt gehen«, sagte Henrik, während er daran dachte, wie ungern Irene in den letzten Monaten ihres Lebens das Haus verlassen hatte.

»Es könnte auch kognitive Veränderungen gegeben haben.«

»Sodass sie irrational gehandelt hat?«

»Auch das ist möglich.«

Henrik musste den Blick erneut abwenden, als David auf die Verletzung an Irenes Hinterkopf zeigte. »Die Verletzung hat innerhalb weniger Minuten zum Tod geführt. Sie passt zu dem bronzenen Elefanten, der bei der Leiche gefunden wurde.«

»Könnte es ein Unfall gewesen sein? Könnte jemand versucht haben, sie aufzufangen, und sie im falschen Winkel erwischt haben?«

»Nein, das glaube ich nicht. Wer auch immer die Statue in die Hand genommen und damit auf Irenes Kopf eingeschlagen hat, musste davon ausgehen, dass er sie umbringt. Der Schädelknochen wurde mit nur einem einzigen Schlag zertrümmert.«

»Mann oder Frau?«

»Beides möglich. Sicher ist, dass eine beträchtliche Kraft aufgebracht wurde. Von jemandem, der sehr stark oder sehr wütend war.«

»Hm«, sagte Henrik. »Weißt du, es ist seltsam …«

»Was?«

»Es gibt Fotos von einem nicht identifizierten Schulmädchen. Eines habe ich im Haus dieser Frau gefunden und ein anderes draußen in Amager in der Kleingartenanlage, wo Vagn Holdved ermordet wurde.«

»Ach, das war nicht mein Fall. Ich schaue mal nach.« David ging zu einem Laptop, der auf dem Tresen stand, der sich über die ganze Breite der Wand erstreckte. »Du meinst also, dass die beiden Morde etwas miteinander zu tun haben?«

»Wir wissen es noch nicht.«

David gab Vagn Holdveds Namen ein und las, was vor ihm auf dem Bildschirm auftauchte. »Mehrere Schläge mit einem Spaten auf den Kopf. Ein ziemlich heftiger Angriff.«

»Könnte es sich um denselben Täter handeln?«

»Das kann ich dir nicht sagen. Aber es gibt keinen Grund, warum er es, trotz der unterschiedlichen Anzahl von Schlägen, nicht sein könnte. Beide Opfer wurden von hinten erschlagen, was zumindest darauf hindeutet, dass sie versucht haben, ihrem Mörder zu entkommen.« David hielt inne und sah Henrik an. »Du wirkst so nachdenklich.«

»Es ist nur … von demselben Mädchen ist noch ein Foto an einem anderen Tatort aufgetaucht. Das Opfer, Ulla Olsen, lebt noch … Aber wenn es derselbe Täter ist, warum hat er sie verschont? Es passierte in einem Pflegeheim für Demenzkranke, sodass er immer damit rechnen musste, gestört zu werden.«

David wirkte ratlos. »Diese Fotos … bist du sicher, dass sie etwas mit den Verbrechen zu tun haben? Könnte es nicht eine harmlose Erklärung dafür geben?«

»Das glauben alle. Vielleicht haben sie recht.«

Henrik fiel in ein tiefes Loch. Wenn es zwischen den Opfern eine Verbindung gab, die die Fotos erklärte, dann würde er den Beweis dafür jedenfalls nicht von David bekommen.

»Ach ja, fast hätte ich es vergessen«, sagte David. »Deine Freundin, die Journalistin, war gestern hier.«

»Jensen?«

David nickte. »Hat mich gelöchert, wie man einen Mord wie Selbstmord aussehen lassen könnte.«

Jensen.

Was hat sie jetzt schon wieder vor?

Zuneigung wallte in Henriks Innerstem auf, bis ihm erneut klar wurde, in welcher Zwickmühle er sich befand.

Als hätte er seine Gedanken gelesen, legte David ein Laken über Irenes Körper und schaltete das grelle Licht über der Bahre aus. Dann ging er zu Henrik und legte ihm eine Hand auf die Schulter. »Ist zwischen dir und Jensen etwas vorgefallen?«, erkundigte sich David, und Henrik fürchtete schon, dass ihm, wenn er jetzt antwortete, Tränen kommen würden, die er nicht mehr zurückhalten könnte. »Was ist los, Henrik?«

»Nichts«, sagte er, nahm die Maske vom Mund und ging zum Ausgang, sodass David sein Gesicht nicht sehen konnte. »Nur eine lange Nacht zu viel.«

31

FREITAG, 22:16 UHR

Ein halbes Dutzend Mal wollte Jensen auf dem Weg nach Gilleleje schon umkehren. E-Autos waren in der Nähe nicht aufzutreiben gewesen. Deshalb war sie mit dem Rad zum Hauptbahnhof gefahren, hatte dort einen Zug nach Hillerød erwischt und von dort den Nahverkehrszug zur Küste genommen. Jedes Mal wenn sich die Zugtüren öffneten, hatte sie es als Aufforderung verstanden, auszusteigen und nach Kopenhagen zurückzukehren, eine Nacht darüber zu schlafen und am nächsten Tag mit Gustav wieder herzukommen.

Aber sie musste es wissen.

Auf dem Weg vom Bahnhof Gilleleje zum Sommerhaus war sie kräftig in die Pedale getreten und keuchte in der rauen Nachtluft. Auf der ganzen Fahrt hatte sie nur ein einziges Auto gesehen.

Das Fahrrad versteckte sie neben der Gartenlaube im Gebüsch und blieb einen Moment im Dunkeln stehen, um sich zu beruhigen. Sie hörte das sanfte Plätschern der Wellen am nahen Strand. Es war nur eine alte Holzhütte, niemand war in der Nähe. Es würde schon alles gut gehen.

Die Taschenlampe leuchtete ihr den Weg durch das nasse Gestrüpp, und sie schrie kurz auf, als sie sich mit dem Hosenbein in Brombeersträuchern verfing, was sich anfühlte, als zerrte jemand an ihr, um sie aufzuhalten.

Verdammt noch mal, Jensen, reiß dich zusammen!

Auf dem letzten Stück schaltete sie die Lampe aus. Ihre Augen hatten sich allmählich an die Dunkelheit gewöhnt. So fühlte es sich besser an. Unauffälliger, als wäre sie gar nicht da. Solange niemand sie sah, war sie sicher.

Sie drückte vorsichtig gegen die Eingangstür. Der Geruch von Kiefernholz und Schimmel schlug ihr sofort entgegen, als die Tür in dem morschen Rahmen nachgab.

Auf dem ehemals beigefarbenen Teppich im Wohnzimmer befand sich ein großer schimmelüberzogener Fleck, der seine Finger in alle Ecken des Raumes auszustrecken schien. Der Boden war mit Mäusekot übersät. Zumindest hoffte Jensen, dass es Mäuse waren.

Sie ging zu dem Bücherregal aus Teakholz neben dem Korbsofa und zog ein altes Taschenbuch heraus. *Der Pate* von Mario Puzo. Die Seiten waren fleckig und von der Feuchtigkeit gewellt. Im Barschrank befanden sich immer noch Whisky-Bestände (Johnnie Walker Black Label), und im Flur stand ein Sortiment Angelruten neben einem Paar grüner Gummistiefel. Es war nicht schwer, sich Ove Valborg hier vorzustellen: zufrieden, leicht beschwipst, in Sicherheit vor seiner nörgelnden Frau.

Sie durchsuchte die drei Schlafzimmer, öffnete alle Küchenschränke, einen nach dem anderen.

Nichts.

Irene wäre nicht in der Lage gewesen, etwas Schweres zu bewegen, sodass sie die Rückseite des Kühlschranks, den Ofen und die Schränke ausschließen konnte. Sie suchte im Wohnzimmer. Aber weder unter den Bücherregalen noch hinter den Bildern, unter dem Sofa und den Stühlen war etwas zu finden. Jensen fröstelte in der klammen Luft. In allen Zimmern standen elektrische Heizkörper, aber Strom gab es nicht. Sie fragte sich, ob Ove das Feuer angelassen hatte, als er das letzte Mal hier gewesen war, nicht ahnend, dass er nie mehr zurückkommen würde. Wenn sie Streichhölzer fände, könnte sie Feuer machen und die Kälte und die Feuchtigkeit vertreiben. In einer Ecke des Raumes befand sich ein offener, gemauerter Kamin.

Jensen runzelte die Stirn. Sollte es so einfach sein?

Sie bückte sich und sah zum Schornstein hinauf. Nichts zu sehen. Mit einer Hand tastete sie den engen, von Ruß und Feuchtigkeit schmierigen Raum ab.

Genau dort, wo der Schornstein nach hinten abknickte, ertastete sie ein kleines, in Papier eingewickeltes Päckchen mit etwas Hartem darin, das an die Wandung geklebt worden war. Sie zog es heraus.

»Ja!«

Mit blauer Tinte, von Hand geschrieben, stand dort: ›Dies gehört Irene Valborg‹. Jensen riss das Päckchen auf, und zum Vorschein kamen die Diamanten, die im Dunkeln funkelten. Sie lächelte.

Und erstarrte.

Der bläuliche Schein einer Taschenlampe fiel durch die schmutzigen Fenster herein und malte Streifen an die Decke.

»Was zum Teufel …?«

32

FREITAG, 23:00 UHR

Nach einer Reihe sinnloser Flüche, die ihm aber Genugtuung verschafften, hatte Henrik schließlich zwei Straßen von Margrethes Wohnung in Østerbro entfernt einen Parkplatz gefunden. Da er seine Hausaufgaben gemacht hatte, wusste er, dass Margrethe zu einer Konferenz nach Jütland gereist war und erst morgen nach Kopenhagen zurückkehren würde. Sein erstes Klingeln blieb zunächst unbeantwortet. Doch als er zurücktrat, sah er in den Fenstern im vierten Stock Licht brennen. Er drückte erneut auf die Klingel, nahm den Finger dieses Mal nicht vom Knopf, bis eine gereizte, jugendliche Stimme aus der Gegensprechanlage krächzte. »Was ist?«

»Hauptkommissar Henrik Jungersen, Polizei Kopenhagen«, meldete er sich, um einen möglichst strengen Ton in seiner Stimme bemüht.

Der Junge gab sich wenig beeindruckt. »Deine Freundin wohnt nicht mehr hier.«

»Keine Ahnung, von wem du sprichst«, sagte Henrik. »Ich muss mit dir sprechen.«

»Mit mir? Um halb zwölf in der Nacht?«

»Die Polizei arbeitet rund um die Uhr.«

Gustav machte ihm mit dem Türdrücker auf.

Keuchend erreichte Henrik den vierten Stock. Seit Tagen war er schon nicht mehr im Fitnessstudio gewesen, und das Zeug aus den Imbissbuden, von dem er sich ernährte und das man heutzutage als Mahlzeit bezeichnete, machte ihn immer träger. Mit erhobenem Kinn sah er zu Gustav hinab, der ihn in der offenen Tür erwartete. Er war etwas größer als der Junge, aber wesentlich breiter.

»Was wollen Sie?« Gustav wirkte misstrauisch. Um seinen Hals baumelte ein Paar Kopfhörer, und das fettige Haar fiel ihm über die picklige Stirn.

So sieht also unsere Zukunft aus, dachte Henrik, dessen Ältester die Pubertät gerade ein Jahr hinter sich hatte. »Lässt du mich rein, dann erklär ich's dir.«

Der Zustand der Wohnung erklärte, warum Gustav Henrik nur ungern hineinließ. Überall lagen Pizzakartons und Gläser herum. Der Boden war übersät von Kleidungsstücken, Handy-Ladegeräten und Chipstüten.

»Ist die Katze aus dem Haus ...«, bemerkte Henrik spöttisch.

Schulterzuckend ließ Gustav sich aufs Sofa plumpsen, auf dem er es sich, der Form der Kissen nach zu urteilen, gemütlich eingerichtet hatte. Er starrte auf sein Handy, als hätte er Henriks Anwesenheit schon wieder vergessen.

Die Wohnung war riesig. Flügeltüren verbanden mehrere aufeinanderfolgende Räume miteinander. Sie musste einst richtig mondän gewesen sein, auch wenn das Interieur inzwischen veraltet und aus der Mode gekommen wirkte. Die Wände des Wohnzimmers waren dunkelgrün und nahezu flächendeckend mit Ölgemälden behängt. Die Kunst war nicht nach Henriks Geschmack. Menschen mit verzerrten, kantigen und allen Naturgesetzen widersprechenden Körpern und verzogenen Mündern. Bücher, wohin man sah. In Regale gezwängt, auf dem Boden gestapelt und aufgeschlagen auf den Orientteppichen.

Seine Frau hätte als Erstes die schweren Vorhänge heruntergerissen, wäre dann mit schwarzen Müllbeuteln durch die Wohnung gelaufen, hätte hineingestopft, was ihr vor die Füße kam, und anschließend alle Wände weiß gestrichen. Sie hasste jede Art von Unordnung und lag ihm täglich damit in den Ohren, dass er seine Schlüssel und sein Handy ständig auf ihrer kostbaren Kücheninsel liegen ließ.

Jedenfalls hatte sie ihm damit ständig in den Ohren gelegen.

Wie war es möglich, dass er diese Nörgeleien vermisste?

Er nahm an, dass die Verlegerin einer der ältesten dänischen Tageszeitungen Besseres zu tun hatte, als sich um das Aussehen ihrer Behausung zu kümmern.

»Wenn du gekommen bist, um uns zu sagen, dass wir uns von dem Fall fernhalten sollen, dann sprich mit der Chefin«, sagte Gustav, ohne von seinem Handy aufzublicken. »Und die, wie du selbst sehen kannst, ist nicht hier.«

»Wie gesagt, es geht nicht um Jensen. Was ihr beide mit eurer Zeit anfangt, geht mich nichts an, solange ihr meine Ermittlungen nicht behindert.«

»Dann hast du deine Meinung geändert.«

»Ich hatte Zeit zum Nachdenken.«

Gustav sah ihn besorgt an, und Henrik kannte diesen Blick. Es war der Blick, den seine bloße Anwesenheit als Polizist häufig bei Leuten auslöste, die etwas zu verbergen hatten.

»Ich habe nichts getan«, sagte Gustav, als hätte er seine Gedanken gelesen.

Sein Gesicht verriet Henrik etwas anderes, aber er war nicht gekommen, um dem schlechten Gewissen des Jungen auf den Grund zu gehen. Er ging davon aus, dass es um Gras ging. Heutzutage roch man das Zeug überall in Kopenhagen. »Das behauptet auch niemand. Ich bin hier, um dich um einen Gefallen zu bitten.« Er suchte das Foto des unbekannten Mädchens auf seinem Handy und reichte es Gustav.

»Wer ist das?«

»Ich möchte, dass du das herausfindest.«

»Wie denn?«

»Stell es in die sozialen Medien. Sag, du schreibst an einer Geschichte. Sag, was du willst, bis du jemanden, am besten das Mädchen selbst, dazu bringst, den Namen zu nennen. Das Foto stammt vermutlich aus den Neunzigerjahren. Sie müsste jetzt in den Vierzigern sein und dürfte natürlich auch etwas anders aussehen.«

Gustav gab sich unwillig, aber Henrik sah, dass ihn die Sache interessierte. Entweder das, oder er war einfach nur erleichtert, dass Henrik nicht in einer anderen Angelegenheit aufgetaucht war. Er saß kerzengerade da. Das Handy auf dem Couchtisch signalisierte mit einem kurzen Laut, dass das Foto angekommen war, das er ihm gerade geschickt hatte. »Worum geht es?«

»Dazu kann ich nichts sagen.«

»Habt ihr bei der Polizei niemanden, der so etwas herausfindet?«

»Anscheinend nicht.«

»Warum stellst du es nicht selbst in die sozialen Netzwerke?«

Der Junge war klug. Entweder war das angeboren, oder seine Arbeit mit Jensen hatte Früchte getragen. Denn genau das hätte sie auch gefragt. »Manchmal müssen wir Dinge tun, ohne dass die Leute wissen, dass wir es tun.«

Gustav legte das Foto beiseite. »Okay, versuchen kann ich es.

Aber wenn ich herausfinde, wer das ist, dann will ich die Geschichte haben.«

Henrik lachte. »Das werden wir sehen.«

»Ich könnte es stattdessen auch Jensen erzählen, wenn dir das lieber ist.«

Gustavs Augen funkelten. Er bemühte sich um einen ungerührten Gesichtsausdruck. Henrik empfand einen Anflug von Empathie für den jungen Mann, während er sich an ihre erste Begegnung erinnerte, als Gustav mit einem zu Brei geschlagenen Gesicht in einem Krankenhausbett im *Riget* lag. Noch nicht ganz erwachsen, versuchte er, seinen eigenen Weg in die Welt zu finden. Es gab Schlimmeres, als Jensens Assistent zu sein.

»Nein, sag ihr nichts davon«, antwortete Henrik. »Das muss unter uns bleiben. Wenn du mir hilfst, kann ich dann vielleicht etwas für dich tun?«

Gustav verzog das Gesicht, als könnte er sich beim besten Willen nicht vorstellen, was das sein könnte.

»Wann hast du mit der Schule aufgehört?«, wollte Henrik wissen.

Der Junge lief plötzlich rot an. »Ich … letztes Jahr. Ich … bin da nicht klargekommen.«

»Ging mir auch so«, sagte Henrik.

»Wirklich?«

»Mit sechzehn bin ich abgegangen. Habe eine Zeit lang gejobbt und bin dann zur Polizei. Und du? Was ist passiert?«

Weiter kamen sie nicht. Gustavs Handy auf dem Tisch klingelte erneut. Seine Augen wurden immer größer, während er las.

»Ist was passiert?«, fragte Henrik alarmiert.

Ohne zu antworten, hielt ihm Gustav den Bildschirm vors Gesicht.

Jensen.

Bin in Irenes Sommerhaus in Gilleleje. Es ist noch jemand hier. Ruf die Polizei!

33

FREITAG, 23:12 UHR

Jensen warf sich zu Boden und kroch auf allen vieren in den Flur. Sie konnte kein geeignetes Versteck entdecken. Schließlich huschte sie ins Badezimmer, kletterte in die Badewanne und zog den verschimmelten Duschvorhang zu.

Irenes Mörder vielleicht? Jemand, der frustriert darüber war, dass er die Diamanten entgegen seiner Vermutung nicht im Safe gefunden hatte? Jemand, der von Irenes kleinem Ausflug nach Gilleleje wusste? Gustav hatte es schließlich durch ein paar Anrufe bei örtlichen Taxiunternehmen schnell herausfinden können.

Jetzt betrat jemand das Haus. Keineswegs darauf bedacht, sich leise zu verhalten.

Verdammt.

Sie kauerte sich in der Wanne zusammen und versuchte, sich keine Gedanken über die Art der Feuchtigkeit zu machen, die durch ihre Jeans sickerte und sich mit ihrer Haut verband. Im Badezimmer stank es nach Verwesung. Sie konnte hören, wie der Eindringling durch die Küche ging, Schränke auf- und wieder zumachte und Gegenstände zu Boden fegte.

Beeil dich, Gustav.

Wie lange würde ein Streifenwagen bis hierher brauchen? Dreißig Minuten? Wenn sie für so etwas überhaupt ausrückten.

Der Eindringling bewegte sich jetzt durchs Wohnzimmer und stieß Sachen um. Jensen starrte auf den Duschvorhang, auf die kleinen weißen Segelboote mit den bereits verblassten roten Segeln. Weglaufen war zwecklos. Ihr blieb nichts anderes übrig, als zu warten und zu Gott zu beten, dass der Eindringling entweder nicht auf die Idee kam, im Badezimmer nachzusehen, oder dass die Polizei noch rechtzeitig eintraf.

Weder die eine noch die andere Bitte wurde erhört. Planvoll, Zimmer für Zimmer, kam der Eindringling näher. Schließlich wurde die Badezimmertür so heftig aufgerissen, dass sie gegen die Wand krachte. Mit einer einzigen Bewegung wurde der Duschvorhang zurückgerissen. Jensen stieß einen gellenden, sekundenlangen Schrei aus. Der Schein einer Taschenlampe blendete sie.

»Jensen?«

Ihr Schrei erstarb.

»Regitse?« Sie schirmte ihre Augen gegen den Lichtstrahl ab. »Sie hier?«

»Sie haben sie gefunden, richtig?«

Umständlich rappelte sich Jensen in der Badewanne auf. »Scheiße, Regitse, was tun Sie ...?«

»Sie haben meine Frage nicht beantwortet.«

»Ja, ich habe sie gefunden.« Jensen tastete nach dem Diamantcollier in ihrer Tasche. »Machen Sie bitte die Taschenlampe aus? Ich sehe nichts.«

Regitse reagierte nicht.

»Ich dachte, Sie haben nicht geglaubt, dass Ihre Mutter die Halskette hier versteckt haben könnte«, sagte Jensen.

»Mir ist eingefallen, dass sie mir vor ein paar Monaten gesagt hat, dass das Grundstück vollkommen zugewachsen wäre. Wie kann sie das gewusst haben, wenn sie nicht kurz davor hier war?«

»Und dann haben Sie sich gedacht, dass Sie ja selbst aus Aarhus hierherkommen und sich die Kette selbst holen könnten, damit Sie mich nicht bezahlen müssen?«

»Es ist jetzt mein Haus. Und ich kann tun und lassen, was ich will. Geben Sie her.«

»Erst wenn ich mein Geld habe.«

»Zuerst will ich sie sehen«, sagte Regitse.

Widerwillig fischte Jensen den Umschlag mit der Halskette aus ihrer Jackentasche.

Plötzlich stolperte jemand mit lautem Gebrüll in den Flur.

»Polizei. Keine Bewegung!«

Zwei Uniformierte drängten sich in den kleinen Raum, leuchteten mit ihren Taschenlampen von einem Gesicht zum anderen, dann auf die Diamanten in Jensens Hand, ohne zu begreifen, was sie da sahen. In dem Durcheinander wandte sich Regitse ungläubig an Jensen. »Sie haben die Polizei gerufen? Wie können Sie nur so dumm sein?«

Erneutes Geschiebe, während sich ein weiterer Mann in den Raum zwängte. Glatze, schwarze Jeans, weißes Hemd, Lederjacke und durchnässte Springerstiefel.

Wutschnaubend.

»Was zum Teufel ist hier los?«

34

SAMSTAG, 01:34 UHR

Es hatte eine Weile gedauert, bis Henrik die beiden Polizisten davon überzeugen konnte, dass hier keine Straftat vorlag. Es folgte ein Disput mit Regitse über die Halskette, den zu gewinnen die Frau bei seiner Laune nicht die geringste Chance hatte. Für ihn war die Halskette ein Beweismittel in einem Mordfall. Sie würde warten müssen, bis er sie freigab. »Verdammt, Jensen, was soll ich jetzt mit dir machen?«, sagte er zu ihr, während sie Regitse hinterhersahen, die fluchend die Einfahrt hinunterging.

Zu seiner großen Überraschung fing Jensen an zu weinen. Er konnte an einer Hand abzählen, wie oft er das erlebt hatte. Meistens war er der Grund gewesen.

Er sagte sich, dass es ihr gut ging und die Tränen nichts weiter als Ausdruck ihrer Erleichterung nach der Anspannung waren. Immerhin hatte sie sich hilflos hinter einem Duschvorhang versteckt und musste fürchten, dass der Mörder sie fand. Er wollte gar nicht genau wissen, wie viele Menschen er in ähnlichen Situationen schon hatte weinen sehen, spürte aber trotzdem, wie er schwach wurde. Die Macht, die sie über ihn hatte, die Fähigkeit, seine Gefühle von einem auf den anderen Moment kippen zu lassen, egal wie sauer er auf sie war oder wie entschlossen, ihr aus dem Weg zu gehen.

Er reichte ihr die Hand und zog sie zu sich heran. Ihre Anspannung war zunächst deutlich zu spüren, dann aber lag sie in seinen Armen, ihre Schultern bebten vom leisen Schluchzen. So standen sie in dem tropfnassen Dschungel, der einst der voll Stolz von Ove Valborg gemähte Vorgarten gewesen war, und er dachte nur: »Ich liebe diese Frau.«

Natürlich hielt der Moment nicht lange an.

Jensen fing sich wieder und löste sich aus der Umarmung. »Geht schon wieder«, sagte sie und wischte sich die Tränen mit dem Ärmel ihres Mantels aus dem Gesicht. »Wirklich. Du musst nicht … Gott, ich weiß gar nicht, weshalb ich heule.«

»Dann darf ich dich jetzt wohl fragen, was du dir verdammt noch mal dabei gedacht hast, mitten in der Nacht allein hierherzukommen? Hast du denn überhaupt nichts gelernt?«

»Ich habe dich nicht gebeten, mir zu Hilfe zu kommen. Was tust du überhaupt hier?«

»Dein jugendlicher Assistent hat mir gesagt, dass du in Schwierigkeiten steckst.«

»Gustav?«

Henrik beschloss, ihr nicht zu sagen, dass er sich mit Gustav in Margrethes Wohnung aufgehalten hatte. Das musste sie nicht wissen. Er hoffte nur, dass Gustav die Warnungen beherzigen und den Mund halten würde. »Er war krank vor Sorge um dich, und das zu Recht. Wie kommst du wieder zurück?«

»Mit dem Fahrrad.«

»Okay. Und du gedenkst, mit dem Rad die ganze Strecke zurück nach Kopenhagen zu fahren? Züge fahren um diese Zeit nicht mehr.«

Daran hatte sie nicht gedacht. »Ich warte am Bahnhof gern auf den ersten Zug morgen früh.«

»Sei nicht albern, Jensen. Komm schon, ich bringe dich nach Hause.«

Er packte ihr Fahrrad in den Kofferraum des Wagens und räumte die Sporttaschen, Kartons mit Coke-Zero-Dosen und ein verdrecktes Handtuch beiseite.

Als sie die Autobahn erreichten, nahm er ihre Hand und drückte sie fest. »Wie hast du das herausgefunden?«

»Es war so eine Vermutung, dass Irene die Halskette versteckt hatte. All die zusätzlichen Sicherheitsvorkehrungen, der Hund, das neue Schloss. Das hätte sie doch nicht gemacht, um ihren wertvollsten Besitz im Haus zu lassen. Als Gustav herausfand, dass sie kurz vor Weihnachten ein Taxi nach Gilleleje genommen hatte, dachte ich mir, dass sich ein zweiter Blick lohnen könnte.«

»Du hättest bis morgen früh warten sollen.«

»Zum Glück habe ich das nicht getan, sonst wäre Regitse nämlich vor mir da gewesen, und wir wären nicht einen Schritt weiter.«

»Oder du hättest uns rufen müssen.«

»Um auf mein Honorar zu verzichten? Im Leben nicht.«

Henrik ließ es dabei bewenden. Nach seinem eigenen mitternächtlichen Auftritt in Irenes Haus stand es ihm kaum zu, Jensen einen Vortrag über Geduld zu halten. Nicht zum ersten Mal stellte er fest, wie ähnlich sie sich beide waren: impulsiv, bereit, aberwitzige Risiken einzugehen, und das stets im Alleingang.

Der Fund der Halskette war wichtig, aber nicht beweiskräftig. Möglich war, dass ein Einbrecher in Irenes Haus gelangt war, um sie zu stehlen, den Safe aber leer vorgefunden und Irene aus Frust umgebracht hatte. Wahrscheinlicher war jedoch, dass Irene auf dem Weg ins Schlafzimmer von hinten erschlagen wurde, sie also umgebracht wurde, um sie aus dem Weg zu räumen, bevor sie Gelegenheit hatte, das Gitter zu schließen. Aber Einbrecher waren keine Mörder, zumindest nicht häufig. Und laut David hatte jemand mit großer Kraft auf Irene eingeschlagen.

»Was glaubst du, ist mit Irene passiert?«, fragte Jensen.

»Ich weiß es nicht.« Plötzlich fühlte er sich todmüde. »Jensen, ich hab ein Problem.«

»Ich weiß.«

»Ich meine es ernst. Mir wächst alles über den Kopf. Ich muss wieder der Alte werden. Ich muss in dieses Haus zurück, zu meinen Kindern, und wieder zusammensetzen, was ich kaputt gemacht habe.«

Wie oft hatten Jensen und er schon so in seinem Auto gesessen und Dänemark wie in einem Paralleluniversum auf Rädern am Fenster vorbeiziehen lassen? Mit Jensen im Auto hatte er sich immer sicher gefühlt, als könnte niemand sie sehen. Es hatte sich nie so *angefühlt*, als würde er seine Frau betrügen, nicht, wenn sie unterwegs und von den Menschen um sich herum abgeschirmt waren. Jetzt wusste er, dass es eine Lüge war. Sein Verrat bestand nicht darin, was er mit Jensen tat, sondern was er für sie empfand. Sie zu kennen war schon Verrat.

»Jensen, wir können so nicht weitermachen. Ich war heute Abend nicht hier, das ist nicht passiert.«

»Schon gut«, sagte sie. »Ich geh dir aus dem Weg. Regitse hat bekommen, was sie wollte, und ich bekomme mein Geld. Meine Ermittlungen sind damit beendet.«

»Von David Goldschmidt habe ich aber etwas anderes gehört.«

»Ach, er hat es dir also gesagt.«

»Ja.«

»Aber das ist eine ganz andere Geschichte. Dieser Typ, Carsten Vangede, der sich erhängt haben soll …«

»Nie von ihm gehört.«

»Ich glaube nicht, dass er sich erhängt hat. Ich glaube …«

»Jensen, bitte nicht … ich kann nicht, ich kann einfach nicht. Du und ich, wir können *nicht zusammen sein*.«

»Ich verstehe«, sagte sie, und die Klarheit in ihrer Stimme erschütterte ihn. »Du kannst dich auf mich verlassen. Hast du das nicht mal zu mir gesagt, Henrik?«

Die Erinnerung daran beschämte ihn. Er hatte sie auf die Probe gestellt und versucht, ihr klarzumachen, dass sie ihre Affäre geheim halten mussten. »Das Problem mit dir, Jensen, ist, dass du nichts vergisst.«

Sie wandte sich von ihm ab, lehnte den Kopf ans Beifahrerfenster und sah die dunkle Landschaft Nordseelands an sich vorüberziehen. »Und dein Problem ist, Henrik, dass du alles vergisst.«

35

SAMSTAG, 02:17 UHR

Jensen stand in der Dunkelheit und lauschte dem Regen, der gegen ihr Küchenfenster trommelte. Irgendjemand in der Nähe feierte eine Party. Das dumpfe Dröhnen der Musik bereitete ihr Kopfschmerzen. Ihr Haar und ihre Kleidung waren durchnässt, und sie war erschöpft. Dennoch konnte sie sich nicht durchringen, hinaufzugehen und sich ins Bett zu legen. Noch nicht. Henrik hatte sie gesagt, der Fall Irene Valborg wäre für sie erledigt, aber danach fühlte es sich nicht an. Zu viele Fragen waren noch unbeantwortet geblieben.

Carsten Vangede war ein anderes großes Rätsel. Christina, Gustav, Deep Throat und sie schienen die Einzigen zu sein, die sein Tod interessierte. Es gab eine Menge Umstände um seinen Tod, die Jensen noch immer sehr beunruhigten. Sein Laptop und sein Telefon waren verschwunden, als seine Schwester nach seinem angeblichen Selbstmord zum ersten Mal die Wohnung betrat. Dann der Einbruch, bei dem nichts gestohlen worden war. Die Angst in der Stimme des Optikers aus Randers, als er sie endlich zurückgerufen hatte.

Sie griff in ihre Tasche und stellte erleichtert fest, dass das Brillenetui noch da war und die Brille darin klapperte. Mit den Händen strich sie über den Briefstapel, den sie bei ihrem nächtlichen Besuch im *Dagbladet* mitgenommen hatte. Sie legte die Post auf den Esstisch, schaltete das Licht ein und ließ sich den Mantel von den Schultern rutschen.

Es war an der Zeit, Kopenhagen für eine Weile zu verlassen und eine Rechercherreise zu unternehmen, um ihre Gedanken weitab vom Lärm der Stadt zu ordnen. Sie machte sich einen Tee, setzte sich und las die Post.

Eine Einladung zu einem Empfang in der britischen Botschaft, alte Gehaltsabrechnungen und eine dünne, gepolsterte Versandtasche, die fast nichts wog. Ohne Absender. Sie schüttelte den Umschlag, und ein USB-Speicherstick mit einem Carlsberg-Logo fiel auf den Tisch. Sie öffnete ihren Laptop und steckte den Stick in den Port. Nichts. Dann tastete sie erneut den Umschlag ab.

Ein zusammengefaltetes Blatt Papier.

Für den Fall, dass mir etwas zustößt. Seien Sie vorsichtig.
Carsten Vangede

36

SAMSTAG, 08:56 UHR

Henrik versuchte, sich auf das zu konzentrieren, was sein Gegenüber ihm erzählte, doch nichts davon schien etwas mit seinen Ermittlungen zu tun zu haben.

Lisbeth und er saßen in einem Büro in einem Gewerbegebiet in Rødovre mit dem Geschäftsführer der Alarmanlagenfirma, die das Haus von Irene Valborg ausgestattet hatte, an einem Resopaltisch. Der Geschäftsführer, kahlköpfig wie Henrik selbst, dessen Äußeres eine kriminelle Laufbahn nahelegte, die er hinter sich gelassen hatte, saß neben einem jüngeren, unablässig an seinen Fingernägeln kauenden Mann. Beide trugen identische dunkelblaue Fleecejacken mit dem Firmenlogo, einem Auge in einem Schlüsselloch. Das Büro war karg eingerichtet und wirkte unsauber. Auf der Fensterbank welkten ein paar Pflanzen kümmerlich vor sich hin. An der Wand hing ein Kalender vom letzten Jahr mit Fotos von verschiedenen Hunderassen. Henriks Blick wanderte immer wieder dorthin. Seit letzten Oktober war die Seite (ein Boxer) nicht umgeblättert worden.

Lisbeth sah ihn tadelnd an. Zuvor hatte sie ihn schlafend auf dem Sofa in seinem Büro gefunden. Erst gegen drei Uhr nachts war er aus Gilleleje zurückgekommen und hatte Mühe einzuschlafen, weil ihm Jensen nicht aus dem Kopf ging. Das Erste, was er mitbekam, war Lisbeth, die ihn ernsthaft besorgt wach rüttelte. Er hatte etwas davon gemurmelt, nach einem langen Arbeitstag eingeschlafen zu sein. Kommentarlos registrierte sie den Schlafsack und seine Kleidung auf dem Boden. Dummerweise hatte er seine Kulturtasche und den Rasierapparat auf der Fensterbank liegen lassen.

Ihr missbilligender Blick hatte ihn auf der Fahrt nach Rødovre in schlechte Laune versetzt. Er dachte an Jensens entschlossenen Blick, als er sie in den frühen Morgenstunden vor ihrer Wohnung in Christianshavn abgesetzt hatte. Sie brauchte ihn nicht. So wie seine Frau ihn nicht brauchte. In allen Bereichen seines Lebens schien er überflüssig zu sein, und jetzt zeigte ihm auch Lisbeth die kalte Schulter. Er würde ihr einschärfen müssen, Wiese gegenüber unerwähnt zu lassen, dass er nachts im Büro geblieben war.

»Entschuldigen Sie bitte«, fiel er dem Manager ins Wort. »Würden Sie uns nur eine Frage beantworten? Wann und wie hat Irene Valborg Sie kontaktiert?«

Der Manager setzte seine Lesebrille auf und blickte mit einer gekünstelten Geste auf sein Tablet, offensichtlich um Zeit zum Nachdenken zu gewinnen. Bestimmt hatte der Mann das Datum schon nachgeschlagen, bevor sie hergekommen waren.

»Am achten Dezember letzten Jahres.«

»Wie ist sie auf Sie gekommen?«

»Sie hat unseren Reklamezettel gesehen.«

»Zeigen Sie ihn mir bitte?«

Seufzend ging der Mann zu seinem Schreibtisch hinüber und reichte Henrik ein neongelbes DIN-A5-Blatt, auf dem das Logo mit dem Schlüsselloch und dem Auge darin prangte. *Einbrüche in dieser Gegend nehmen zu. Schützen Sie sich!*, stand in fetten schwarzen Lettern darauf.

»Es ist ein weiter Weg von Rødovre nach Klampenborg. Ist das noch Ihr Einzugsgebiet, oder handelte es sich um ein spezielles Angebot, um allein lebende, wehrlose alte Damen in Panik zu versetzen?«

Der Geschäftsführer lief tiefrot an. »Sie sprachen vorhin von einer Mordermittlung. So falsch scheint es dann gar nicht gewesen zu sein, auf die Gefahr hinzuweisen.«

»Schade nur, dass es ihr nichts genützt hat. Die Alarmanlage war ausgeschaltet, als sie ihrem Mörder die Tür öffnete, und sie hatte keine Zeit mehr, das Absperrgitter hinter sich zu schließen, bevor ihr der Schädel eingeschlagen wurde.«

Der Jüngere von beiden rutschte nervös auf seinem Stuhl herum. »Ich habe ihr gesagt, sie soll einen Panikknopf an der Eingangstür anbringen, aber sie meinte, das sei zu teuer.« Der Manager legte ihm eine Hand auf den Arm. »Ich verstehe nicht, was das mit mir oder Tommy zu tun haben soll. Wir haben nichts falsch gemacht.«

Lisbeth warf Henrik einen Blick von der Seite zu. Er nickte ihr kaum merklich seine Erlaubnis zu, die Befragung zu übernehmen. Er war froh, dass sie trotz der Differenzen immer noch ein Team waren, und das würde er ihr sagen, wenn sie zurück im Büro waren.

»Hauptkommissar Jungersen und ich werfen Ihnen nichts vor. Wir wollen nur wissen, ob Irene Valborg eine Andeutung gemacht hat, wovor sie Angst hatte?«

»Nein. Sie wollte sich nur über sinnvolle Sicherheitsmaßnahmen beraten lassen. Tommy, sag ihnen, was sie gesagt hat, als du bei ihr warst.«

Tommy fummelte an seinem Ohrring herum. Auf einen Finger hatte er sich eine Art Kreuz tätowieren lassen, sodass Henrik sich fragte, ob er vielleicht auch gesessen hatte, und beantwortete die Frage für sich mit einem Ja.

»Nichts. Sie hat nur erklärt, was sie haben wollte. Ich habe ihr den Preis genannt, und dann haben wir den Einbautermin vereinbart.«

»Wirklich?« Henrik hielt die Arme vor der Brust verschränkt. »Sie wollten ihr doch einen Panikknopf verkaufen. Was genau ist das?«

»Wollte ich, ja. Ich habe ihr erklärt, dass viele unserer Kunden einen Panikknopf neben der Tür haben, für den Fall, dass sie sich bedroht fühlen, nachdem sie jemandem die Haustür geöffnet haben.«

»Und?«

»Sie hat mich angeschnauzt und gemeint, dass die Leute selbst schuld sind, wenn sie einem Fremden die Haustür öffnen, selbst wenn er sich als Stromableser oder Polizist ausgibt. Ich sollte meine Visitenkarte durch den Briefschlitz schieben. Dann hat sie mir erst alle möglichen Fragen gestellt, bevor sie mir aufmachte. Sie war keine dieser leichtgläubigen hilflosen Frauen, falls Sie das denken.«

Wenn das stimmte, dann kannte Irene ihren Mörder oder hatte ihn erwartet. Außerdem war sie nicht im Eingangsbereich umgebracht worden. Irgendeine Art Unterhaltung musste es also gegeben haben, bevor sie vergebens versucht hatte, sich oben in Sicherheit zu bringen.

»Und einen Grund, warum sie die zusätzliche Sicherheit wollte, hat sie wirklich nicht genannt?«, wollte Henrik wissen.

»Genau. Aber danach habe ich auch nicht gefragt. Wir haben schon Hunderte von Häusern wie ihres aufgerüstet. Es war nichts Ungewöhnliches, auch wenn uns normalerweise die Kinder anrufen.«

»Die Kinder?«, hakte Lisbeth nach.

»Der Sohn oder die Tochter, weil sie sich Sorgen um die Sicherheit ihrer alten Eltern machen«, erklärte der Geschäftsführer.

Regitse hätte sich im Leben keine Sorgen gemacht, dachte Henrik. Bei einem erneuten Blick auf den Hundekalender kam ihm plötzlich ein Gedanke. »Irene Valborg hat sich kurz nach Ihrem Besuch einen Schäferhund zugelegt. Wir fragen uns, was sie auf diese Idee gebracht haben könnte. Haben Sie dafür eine Erklärung, Tommy?«

»Was zum …?«, fing der Geschäftsführer an, aber Henrik unterbrach ihn mit erhobener Hand.

»Tommy?«

Der Junge wand sich. »Ich habe nichts gemacht. Es war ihre Idee, sie wollte einen haben. Sie hat mich gefragt, ob ich jemanden kenne.«

Der Manager sah seinen Sohn überrascht an, war also ahnungslos.

»Nettes kleines Nebengeschäft?«, sagte Henrik. »Wachhunde für Leute, die zu alt sind, um mit ihnen Gassi gehen zu können? Ist Ihnen klar, dass Samson über zwei Wochen lang in Valborgs Garten eingesperrt war? Schwachkopf!«

Er spürte, wie etwas in ihm aufwallte, als er plötzlich aufsprang und der Junge sich in der Erwartung, im nächsten Moment von Henrik eine Abreibung zu bekommen, auf seinem Stuhl zusammenkauerte.

»Halt!«, rief Lisbeth so laut, dass er im Ausholen innehielt.

»Und du?« Sie zielte mit dem Finger auf Tommy. Henrik war stolz auf sie. »Kein weiteres Wort. Wir reden später noch.«

»Danke«, sagte Henrik, als sie wieder im Auto saßen. »Ich schulde dir was.«

Trotz seines Ausbruchs merkte er, dass er bei Lisbeth gepunktet hatte, weil er Tommy überführt hatte. Er würde seine Rente darauf verwetten, dass der Junge kein registrierter Welpenhändler war, auch wenn das für ihre Ermittlungen ohne Belang war.

»Henrik …«, fing Lisbeth an. Aber er unterbrach sie.

»Ich weiß, was du sagen willst. Mein Verhalten da drin war unprofessionell. Schieb's auf meine Müdigkeit. Ich habe letzte Nacht nicht viel geschlafen.«

»Du brauchst Hilfe.« Sie wich seinem Blick aus. »Warum nimmst du dir nicht frei und redest mit jemandem?«

Das verriet ihm, dass Lisbeth es bei der Polizei weit bringen würde. Mark hätte es nie gewagt, sich auf eine so persönliche Ebene zu begeben.

»Hast du mit Wiese geredet?«

»Ich mache mir Sorgen um dich. Ich meine, Mark und ich.«

»Komm schon, Lisbeth. Wir befinden uns mitten in einer Ermittlung. Der Stress, Schlafentzug, der ganze übliche Mist.«

»Ich glaube, es ist mehr als das«, sagte Lisbeth leise.

»Danke, ich weiß eure Besorgnis zu schätzen, aber lasst mir ein wenig Zeit. Und renn bitte nicht gleich mit dem, was heute passiert ist, zu Wiese. Das bleibt unter uns, okay?«

Ohne zu antworten, startete sie den Motor und fuhr den Wagen aus der Parklücke neben dem weißen Lieferwagen mit dem Logo des Auges im Schlüsselloch heraus.

»Komm, Lisbeth. Wie lange arbeiten wir beide schon zusammen?«

»Das ist nicht fair.«

Fair, nein. Für die Personalabteilung wäre das ein gefundenes Fressen. Dass er sich Rückendeckung beim Nachwuchs holte, um sein inakzeptables Verhalten zu decken. Sollten Teamplayer sich nicht gegenseitig den Rücken freihalten? Das waren jedenfalls die Gepflogenheiten bei der Polizei, als er vor zwei Jahrzehnten seinen Dienst begonnen hatte. Doch er befürchtete, dass sich die Dinge zum Schlechten veränderten, unter der Ägide von Leuten wie Jens Wiese. »Ich bin nicht perfekt, ich mache Fehler.«

(»Kann man wohl sagen«, hörte er seine Frau in seinem Kopf.)

»Wann habe ich jemals einen Job nicht erledigt?«

Es stimmte, seine Wut kochte in letzter Zeit immer wieder mal hoch. Wenn er doch nur zurück nach Hause zu seiner Familie könnte, dann bekäme er alles wieder unter Kontrolle. Jensen würde er sich für immer aus dem Kopf schlagen und bis an sein Lebensende nie wieder auf Abwege geraten.

»So ist es aber nicht mehr«, sagte Lisbeth, ohne ihn anzusehen. »Was auch immer du gerade durchmachst, du musst es nicht einfach so hinnehmen.«

37

SAMSTAG, 10:43 UHR

Jensens Stimmung hellte sich mit jedem Kilometer auf, der sie von Kopenhagen trennte. Sie hatte schlecht geschlafen und lange über die Zeilen von Carsten Vangede nachgedacht. Schließlich war sie früh aufgestanden, hatte ihre Sachen gepackt und war zu Margrethe gefahren, um Gustav den USB-Stick zu geben, damit er ihn sich ansehen konnte, während sie weg war.

»Musstest du gestern Abend ausgerechnet Henrik anrufen?«, fragte sie ihn.

»Du hast doch gesagt, ich soll die Polizei rufen!« Gustav stand in Unterhosen in Margrethes Tür und kratzte sich an der Hüfte.

»Und in der ganzen Polizeibehörde ließ sich niemand anderes finden?«

»Na gut. Er war schon hier in der Wohnung«, sagte Gustav.

»Wie bitte?«

»Er hat mich um einen Gefallen gebeten.«

»Was für einen Gefallen?«

»Bedaure. Darüber darf ich nicht sprechen.« Gustav gähnte so ausgiebig, dass ihm die Tränen in die Augen stiegen.

Als sich die gewaltigen Pylone der Storebælt-Brücke über Jensen erhoben und zu beiden Seiten nichts als die graue, kabbelige See zu sehen war, freute sie sich trotz des Regens, der gegen die Windschutzscheibe des Mietwagens peitschte, allmählich auf ihre kleine Auszeit.

Gustav hatte sie gesagt, dass sie ein paar Tage wegfahren würde, und er hatte keine Fragen gestellt. Aber sie hatte auch nicht vorgehabt, ihm zu erklären, was sie vorhatte. Beide konnten sie etwas für sich behalten.

Sie spürte ein wenig Eifersucht in sich aufsteigen, dass Henrik Gustav um Hilfe gebeten hatte und nicht sie.

»Ich muss mir dich aus dem Kopf schlagen«, hatte er gesagt, als er sie in den frühen Morgenstunden vor ihrer Wohnung in Christianshavn abgesetzt hatte.

Natürlich war Gustav sauer, weil sie seinen Vorschlag abgewiesen hatte, dass sie beide gemeinsam als Privatdetektive firmieren sollten. »Warum denn nicht?«, hatte er gesagt, verzweifelt auf der Suche nach einem Argument gegenüber seiner Tante, warum er nicht zurück in die Schule wollte.

»Weil wir vermutlich die meiste Zeit damit zubringen werden, irgendwelche Liebhaber zu observieren oder Leuten hinterherzuspionieren, die Krankengeld beantragen, in Wahrheit aber zum Golfspielen gehen. Das hier ist Kopenhagen, Gustav, nicht L.A.«, hatte sie zu ihm gesagt. »Schau lieber nach, was sich auf Vangedes USB-Stick befindet, und schick mir eine SMS, wenn du etwas gefunden hast. Und sag sonst niemandem etwas.«

Sei vorsichtig.

Vorsichtig in Bezug worauf?

Regitse wollte nicht reden, als Jensen sie vorhin angerufen hatte. Widerwillig hatte sie sich bereit erklärt, den Rest von Jensens Honorar über das Smartphone anzuweisen.

»Nur eine Frage noch«, hatte Jensen gesagt, als ein Signal auf ihrem Handy den Eingang des Geldes bestätigte.

»Bei unserem ersten Treffen haben Sie gesagt, Sie wüssten nicht, von wem Ihre Mutter geerbt haben könnte.«

»Ja und?«

»Das finde ich merkwürdig. Haben Sie nicht zumindest eine Vermutung?«

»Nein, und ich kann auch nicht behaupten, dass es mich interessiert.«

»Gibt es Verwandte, die mir etwas sagen könnten?«

»Warum?«

»Nennen Sie es berufliche Neugier. Ohne zusätzliche Kosten«, hatte Jensen gesagt.

»Ich habe einen Cousin in Svendborg, der sich für Familiengeschichte interessiert. Sterbenslangweilig, der Mann.«

Und so fuhr Jensen schließlich auf der Insel Fünen nach Süden, statt die Fähre nach Aarhus zu nehmen und dann weiter Richtung Norden zum Haus ihrer Mutter zu fahren. Es war nur ein kleiner Umweg, ein Zwischenstopp. Diese eine Frage wollte sie noch klären und den Fall Irene Valborg dann Henrik überlassen. Im Radio hatte sie den Aufruf der Polizei gehört, in dem alle, die etwas über den Mord wüssten, aufgefordert wurden, sich zu melden.

Jensen parkte vor dem gelben Haus am Stadtrand von Svendborg, blieb noch eine Weile im Auto sitzen und lauschte dem Regen und dem Ticken des Motors, der sich nach der langen Fahrt abkühlte. Das Haus, umgeben von einem gepflegten Rasen und einem weißen Lattenzaun, strahlte im grauen Einerlei etwas Freundliches aus. Nach ihrer Reise wirkte es gemütlich und einladend.

Bo Koppel, Regitses Cousin, öffnete die Haustür und hob die Hand, um sie zu begrüßen.

Ihr Telefon vibrierte.

Kristoffer Bro.

Schon wieder.

Ich habe mir den Kopf darüber zermartert, was in der Wohnung repariert werden muss, damit ich dich wiedersehen kann. Würdest du mich von meinem Elend befreien, Jensen?

Warum gehörte sie zu den Frauen, mit denen Männer immer spielten? Sie dachte an die Freundin des Mannes, die Schauspielerin, und löschte die Nachricht im selben Moment. Dann steckte sie das Telefon in ihre Handtasche, öffnete die Autotür und winkte Bo lächelnd zu.

38

SAMSTAG, 11:28 UHR

»Das ist die letzte Warnung.« Jens Wiese beäugte Henrik über den Rand seiner Lesebrille hinweg.

Am liebsten hätte Henrik dem Mann die Brille vom Gesicht gerissen und ihn gegen sein fein säuberlich geordnetes Bücherregal mit den juristischen Fachbüchern und den gerahmten Fotos gerammt, auf denen Wiese verschiedenen Würdenträgern die Hand schüttelte.

Reiß dich zusammen, Jungersen.

Riss ihm jetzt der Faden, wäre ihm die Suspendierung sicher, und die Genugtuung wollte er Wiese nicht geben.

Ich will die Scheidung.

Seine Frau hatte auf seine wütenden Fragen immer noch nicht geantwortet.

»Sollte sich dieser kriminelle Dreckskerl von Hundehändler beschwert haben, dann sind wir uns hoffentlich darüber einig, wohin er sich seine Beschwerde stecken kann.« Henrik spürte, wie sein Gesicht heiß wurde.

»Bis jetzt hat sich niemand beschwert, aber wenn Sie so weitermachen, ist das bestimmt nur eine Frage der Zeit.«

Henrik lehnte sich zurück, die Arme in der unguten Vorahnung vor der Brust verschränkt, dass Wiese noch einen Pfeil im Köcher hatte. »Ich habe von Ihrem Team gehört, dass Sie in letzter Zeit wieder ausgerastet sind. Stimmt es, dass Sie letzte Nacht im Büro übernachtet haben?«

Danke, Lisbeth.

»Es war eine Ausnahme. Ich habe noch bis spät gearbeitet und bin auf der Couch eingeschlafen.«

»Sind Sie sich da sicher?«

Henrik sah ihn schweigend an. Er wusste nicht, was Wiese von Monsen aufgeschnappt hatte, aber wenn er in seiner Laufbahn bei der Polizei etwas gelernt hatte, dann, dass man niemals Informationen preisgeben sollte.

»Henrik«, begann Wiese.

Henrik schob die Hände unter die Oberschenkel, um sie vor einer spontanen Reaktion zu bewahren. Er ahnte, was kommen würde. Die Neuauflage eines Gesprächs, das Wiese inzwischen schon des Öfteren mit ihm geführt hatte. »Es ist erst zwei Monate her, dass Sie Ihre Waffe abgefeuert und einen Mann verletzt haben.«

»Ja, um besagten Mann daran zu hindern, einen weiteren Mord zu begehen.«

Wiese setzte seine Brille ab, rieb sich die Augen und setzte sie wieder auf, als wollte er demonstrieren, wie sehr er sich in Geduld üben musste. »Das ist mir klar. Niemand wirft Ihnen unangemessenes Verhalten vor, Henrik. Aber ich glaube, niemandem entgeht, wie sehr das, was passiert ist, Sie belastet. Ihnen wurde damals doch angeboten, Urlaub zu nehmen.«

»Das habe ich auch gemacht.«

»Zwei Tage.«

Henrik erinnerte sich gut. Eine Woche Urlaub hatte er nehmen wollen, sich aber nach dem Entschluss seiner Frau, ihn vor die Tür zu setzen, gezwungen gesehen, ins Hotel zu gehen, und dort fiel ihm die Decke auf den Kopf. »Es ging mir gut.«

»Wie läuft's zu Hause?«, wollte Wiese wissen.

Dann *hatte* er also mit Monsen gesprochen.

»Gut.« Henrik starrte Wiese unverwandt an.

Wiese rutschte nervös auf seinem Stuhl hin und her, offenkundig bemüht, ihn nicht mit Informationen zu konfrontieren, die er aus zweiter Hand hatte. »Sie haben auch das Angebot bekommen, therapeutische Hilfe in Anspruch zu nehmen. Wie ich höre, waren Sie bei Isabella Grå. Hat Ihnen das geholfen?«

»Ja.«

Wiese seufzte.

»Ich kann nichts für Sie tun, wenn Sie keine Hilfe annehmen,

Henrik. Niemand kann Sie zwingen, aber wenn mir ein weiterer Wutausbruch von Ihnen zu Ohren kommt, dann sind Sie auf der Stelle krankgeschrieben. Und damit eines klar ist: Ich behalte Sie von jetzt an auf Schritt und Tritt im Auge.«

Henrik stand auf, um zu gehen. »Gut.«

Wiese sah ihn verdutzt an. »›Gut‹? Mehr haben Sie dazu nicht zu sagen?«

Aber Henrik war bereits zur Tür hinaus, begab sich unverzüglich in den Verhörraum und bedeutete Lisbeth und Mark, sie sollten ihm in sein Büro folgen. Aus ihren schleppenden Schritten sprach Misstrauen. Sie ahnten wohl schon, dass er gleich an die Decke gehen würde.

»Wie oft habe ich euch schon gesagt, dass ihr zuerst mit mir sprechen sollt, wenn es ein Problem gibt?«, fing er an, nachdem er die Tür hinter sich zugeschlagen hatte. »Wir sind schließlich ein Team.«

Mark starrte auf seine Schuhspitzen, während Lisbeth wenigstens die Courage hatte, ihn anzusehen. »Wir haben mit dir geredet. Ein paarmal sogar, aber du hörst ja nicht zu.«

»Und dann hast du dir gedacht, dass du ja auch gleich zu Wiese gehen könntest?«

Lisbeth zuckte mit den Schultern, und Mark scharrte nervös mit den Füßen. »Du bist wirklich sehr angespannt«, murmelte er.

»Natürlich bin ich angespannt.«

Lisbeths Handy ertönte. Mark und Henrik sahen sich kurz an, während sie einen Blick aufs Display warf.

»Ulla Olsen«, sagte sie. »Sie ist aufgewacht.«

39

SAMSTAG, 12:01 UHR

»Regitse?« Bo Koppel rollte mit den Augen. »Niemand mag Regitse.«

Der Mann gefiel Jensen. In der halben Stunde, in der sie von Bo und seiner Frau Annemette am Esstisch mit Blick auf den Svendborg-Sund mit Kaffee und selbst gebackenen Zimtschnecken verwöhnt worden war, hatte sie über Irene, geborene Koppel, mehr in Erfahrung gebracht, als sie von Regitse vermutlich jemals erfahren würde.

»Der Apfel fällt nicht weit vom Stamm, wenn Sie verstehen, was wir meinen«, sagte Annemette, die die Erinnerungen ihres Mannes um Sätze bereicherte, die sich nahtlos in seine Erzählung einfügten. Beide redeten in dem Singsang der Einheimischen auf Fünen, einer Mundart, die es unmöglich machte, sich Bedrohliches vorzustellen.

»Irene war eine unendliche Nervensäge«, sagte Bo.

Er hatte ihr berichtet, dass Irene und Ove nicht glaubten, Kinder bekommen zu können, bis Regitse kam. Damals war Irene schon fünfunddreißig Jahre alt und galt damit als »alte Mutter«.

»Es lief nicht gut«, fuhr Bo fort.

»Die Mutterrolle stand ihr nicht«, ergänzte seine Frau.

»Überhaupt nicht«, sagte Bo. Er war der Sohn von Irenes älterem Bruder Svend, und der war der Meinung, dass es unter den Geschwistern keine Liebe gegeben hatte. »Aber mein Vater mochte Ove«, erklärte Bo.

»Alle mochten Ove«, setzte Annemette nach.

Bo fuhr fort. »Ich glaube, mein Vater hatte Mitleid mit ihm, weil er mit Irene zusammen war.«

»Haben Sie die beiden jemals in Klampenborg besucht?«, fragte Jensen, während sie eine zweite Zimtschnecke von dem Teller nahm, den Annemette ihr reichte.

»Ja, ein paarmal, zusammen mit meinem Bruder und meiner Schwester. Für uns war das Haus riesig, fast wie ein Schloss, mit vielen dunklen Räumen und dem riesigen Garten. Ich weiß noch, dass meine Eltern auf der Rückfahrt nach Svendborg im Auto darüber sprachen, wozu Irene und Ove bei seinem Gehalt ein so großes Haus brauchten. Mein Vater hielt Irene für snobistisch. Ich hörte dieses Wort zum ersten Mal und fragte, was es bedeutete, und er hat es mir erklärt. Er war immer sehr geradeheraus.«

»Sie mochte es nicht, wenn ihr Kinder im Haus wart«, sagte Annemette.

»Sie schimpfte mit uns, weil wir zu laut waren. Nichts durften wir anfassen. Und als Regitse geboren war, haben sich mein Vater und Irene zerstritten. Danach haben wir sie nicht wieder gesehen.«

Er sah auf den Esstisch hinab, und Annemette legte ihre Hand auf seine. Sie trugen die gleichen Eheringe: breite Silberringe. Jensen nickte. Der Anblick der beiden rührte sie.

»Zeig es ihr«, sagte Annemette.

Bo griff nach dem spiralgebundenen DIN-A4-Album mit Plastikeinband, das neben den Keramik-Kaffeebechern und den dazu passenden Tellern lag.

Die Nachkommenschaft von Hansigne und Aloysius Koppel

Hansigne und Aloysius blickten auf den Schwarz-Weiß-Fotos mit strenger Miene in die Kamera. Die Seiten in dem Album waren angefüllt mit Familiengeschichte und Fotos aus der Vergangenheit. »Ich habe drei Jahre gebraucht, das alles zusammenzustellen«, erläuterte Bo.

Er zeigte auf die Seite mit den Urgroßeltern von Svend und Irene. Jedem seiner Nachkommen hatte Bo fein säuberlich den Namen des Ehepartners und etwaiger Kinder sowie Beruf und Adresse zugeordnet. Bo und Annemette waren Lehrer im Ruhestand, las Jensen. Regitses Beruf war als ›Hausfrau‹ vermerkt worden. Darüber dürfte sie nicht erfreut gewesen sein, dachte Jensen.

»Eine Frage. Laut Regitse hat Irene 1996 geerbt. Sie soll das Geld für ein teures Diamantcollier ausgegeben haben. Wissen Sie, von wem sie geerbt haben könnte?«

Bo schüttelte den Kopf. »Hätte mein Vater geerbt, hätte er uns Kindern das gesagt. Er hatte keine Geheimnisse vor uns.«

»Es wäre ja möglich, dass nur Irene bei dem Erbe berücksichtigt wurde. Gab es vielleicht jemanden in der Familie, zu dem sie eine besondere Beziehung hatte?«

Bo sah Jensen ungläubig an. »Sprechen wir über dieselbe Irene? Ich kann mir nicht vorstellen, dass meine Tante überhaupt eine liebevolle Beziehung zu irgendjemandem hatte. Nicht einmal zur Beerdigung ihrer eigenen Eltern ist sie gekommen, geschweige denn zu der anderer Leute.«

»Ihre Familie interessierte sie nicht. Und Regitse ist kein bisschen anders«, fügte Annemette hinzu.

»Da fällt mir jetzt auf, dass 1996 überhaupt niemand gestorben ist.«

»1995 vielleicht?«

»Nein«, sagte Bo. »Und wenn, dann wäre Irene bestimmt nicht als Begünstigte eingesetzt worden. Wir waren nie reich. Das ist vermutlich der Grund, warum Irenes Größenwahn meinem Vater so zu schaffen machte.«

»Wenn sie das Geld nicht geerbt hat, woher hatte sie es dann?«

Bo und Annemette zuckten beide mit den Schultern.

»Haben Sie eine Vorstellung, warum irgendjemand sie umbringen wollte?«

»Verstehen Sie mich nicht falsch«, sagte Bo. »Nicht dass Irene auch nur einen Beliebtheitswettbewerb gewonnen hätte, aber einer Sechsundachtzigjährigen den Schädel einschlagen ... Mir will nicht in den Kopf, wie jemand so etwas tun kann.«

»In den Zeitungen steht etwas von einem Einbruch, der eskaliert ist«, bemerkte Annemette.

»Richtig.« Jensen trank ihre Tasse aus. »Das scheint immer noch das Wahrscheinlichste zu sein.«

40

»Ich muss Sie warnen«, sagte Anette Olsen, als sie Henrik und Mark vor dem Krankenzimmer abpasste. »Meine Mutter ist sehr verwirrt, und was passiert ist, hat alles nur noch schlimmer gemacht.«

»Verstehe«, sagte Henrik. Die letzten Male, die er seinen Vater besucht hatte, mussten sie sich draußen im Garten unterhalten, weil seine Stiefmutter nicht müde wurde, sich über einen vermeintlichen Fremden aufzuregen, der sich in ihrem Haus befand.

»Sie dürfen Ihre Erwartungen nicht zu hochschrauben«, sagte Anette. »Und ich muss Sie bitten, sich zu beeilen.«

»Wir sind sofort wieder draußen«, sagte Henrik.

Ein unangenehmer Geruch hing in der Luft, eine Mischung aus Desinfektionsmittel und Verwesung. Ulla Olsen trug einen Verband um den Kopf, und in der Nase steckte eine Sauerstoffbrille. Ihr Gesicht war geschwollen, ein Auge geschlossen und verquollen wie ein blaues Ei.

»Mama, hier sind zwei Männer, die dich besuchen wollen. Sie müssen dir ein paar Fragen stellen.«

Ulla Olsen stöhnte leise, das gesunde Auge blieb geschlossen.

»Ulla«, begann Henrik. »Jemand ist in Ihr Zimmer gekommen und hat Ihnen wehgetan. Erinnern Sie sich? Können Sie versuchen, die Person zu beschreiben.«

Keine Antwort. In der Stille des Raumes vernahm Henrik das rhythmische Surren der Dosierpumpe neben Ullas Bett und das dezente Zischen des Sauerstoffs, der ihr in die Nase strömte.

»Mama«, versuchte es Anette noch einmal. »Kannst du uns anschauen?«

Schließlich blinzelte Ulla Olsen und sah Anette an. »Åse?«, brachte sie hervor.

Anette sah Henrik an. »Åse war ihre kleine Schwester. Ich nehme an, dass ich ihr ähnlich sehe.«

»Åse«, sagte Ulla erneut und begann zu weinen.

»Nein, ich bin's, Anette. Wer hat dich überfallen, Mama? Versuch, dich zu erinnern.«

Ulla sah ihre Tochter an. »Ich will Åse sehen.«

Weiter kamen sie nicht. Doch eine Frage musste Henrik noch loswerden, und zwar schnell. Ulla wurde immer unruhiger. Sie warf die Hände hin und her und zerrte am Tropf. »Åse ...«, wiederholte sie.

Anette versuchte, sie zu beruhigen. »Mama ... alles gut. Dir wird nichts passieren.«

Jetzt oder nie.

Henrik zog das Bild von dem Mädchen im Badeanzug aus der Innentasche seiner Lederjacke und hielt es Ulla vors Gesicht. Marks kritischen Blick ignorierte er. »Ulla, Ulla, sehen Sie mich an.«

Schließlich wandte sie ihm den Kopf zu. In ihrem Blick das pure Entsetzen.

»Wir haben es in Ihrer Nachttischschublade gefunden. Kennen Sie das Mädchen?«

Ulla Olsen begann zu schreien.

41

SAMSTAG, 15:08 UHR

Das moderne Herrenhaus der Lindegaards in einem Vorort von Aarhus war beleuchtet wie ein Weihnachtsbaum. Jensen fröstelte im kalten Wind, als sie zu dem Haus zwischen den Sanddünen hinaufsah. Für Privatsphäre war es nicht entworfen worden. Die Anwesen in der Nachbarschaft ließ es winzig erscheinen. Es bestand vorwiegend aus Glas, sodass jeder, der mit seinem Hund Gassi ging, ungehindert einen Blick auf die spärlich eingerichteten Zimmer des Paares werfen konnte. Regitse saß allein am Esstisch. Von Preben keine Spur.

Die Rückseite des Hauses bot das wenig einladende, gesichtslose Bild eines Betonklotzes mit rostigem Metall. Jensen drückte auf den Knopf der Sprechanlage und blickte in die Kamera.

Es dauerte eine ganze Weile, bis Regitse antwortete. »Was wollen *Sie* denn hier?« Ihre Stimme war verschliffen.

»Darf ich reinkommen?«

»Wenn es sein muss.« Das Tor öffnete sich surrend in einen kahlen Hof hinein. Ein paar Olivenbäume vegetierten in Töpfen vor sich hin. Zwischen den grauen Pflastersteinen lugte Gras hervor.

Regitse war barfuß. Ihre Stilettostiefel lagen im Flur neben einem Rollkoffer. Ihre Seidenbluse hing aus dem Bund der Lederhose heraus. Benommen wankte sie ins Haus zurück. Jensen bemerkte, dass die Zimmer nicht nur spärlich möbliert, sondern, von ein paar Kartons und mit Luftpolsterfolie und Klebeband umwickelten Bildern abgesehen, so gut wie leer waren. Das Diamantcollier lag achtlos auf dem Couchtisch herum.

»Sie ziehen aus?«

»Sieht so aus, oder?«, blaffte Regitse zurück, goss den Rest einer Flasche Rotwein in ihr Glas und kippte es hinunter. »Preben hat mich verlassen. Sein Geschäft ist den Bach runtergegangen. Das Haus wird verkauft.«

»Tut mir leid.«

»Einen Teufel tut Ihnen das«, sagte Regitse.

»Wenigstens haben Sie noch die Diamanten und das Haus in Klampenborg.«

»Ha, wie es aussieht, geht alles an die Gläubiger.«

»Ach.«

»Ja, ach.« Regitse blinzelte in ihr leeres Glas. »Was wollen Sie hier? Sich daran ergötzen?«

»Ich habe Ihren Cousin in Svendborg getroffen.«

»Erstaunlich, dass Sie sich nicht zu Tode gelangweilt haben.«

»Das Geld, von dem Ihre Mutter die Halskette gekauft hat?«

»Was ist damit?«

»Sie hat es nicht geerbt.«

Regitse sah sie mit einem geschlossenen Auge an. »Tatsächlich?«

»Woher hatte sie es?«

»Woher soll ich das wissen? Es reicht sowieso nicht.« Sie fing an zu weinen: kindliche Schluchzer voller Selbstmitleid.

Vielleicht war Regitse nur das Opfer ihrer Mutter. Vielleicht war sie tief in ihrem Innersten ein anständiger Mensch. Verlassen und mittellos würde sie von vorn anfangen müssen, dafür aber war sie wenigstens von der Last befreit, Irenes Tochter zu sein. »Es tut mir leid«, sagte Jensen. »Alles, was Ihnen passiert ist. Ich hoffe, dass alles ein gutes Ende nimmt, auch wenn es sich jetzt nicht so anfühlt.«

»Lassen Sie mich in Ruhe.« Regitses Stimme hatte an Schärfe verloren.

Jensen suchte sich selbst den Weg hinaus und schrieb Gustav eine SMS, bevor sie sich in ihr Auto setzte, um nach Nordjütland zu fahren.

Es gab keine Erbschaft, also frag deinen neuen besten Freund, wie Irene die Halskette bezahlt hat.

42

SAMSTAG, 15:42 UHR

Henrik schob den Kopf in Lotte Nielsens Büro. »Kann ich reinkommen, oder reißt du mir den Kopf ab?«

Lotte runzelte geistesabwesend die Stirn. Ihr blondes Haar trug sie strenger aus dem Gesicht gekämmt als üblich, was sie härter erscheinen ließ. »Wenn ich richtig informiert bin, bist du doch derjenige, der sein Temperament nicht im Griff hat.«

»Okay, dann hat es sich also schon rumgesprochen.«

»Wann hat hier schon mal etwas nicht schnell die Runde gemacht?« Lotte bedeutete ihm, dass er sich setzen könne.

Ihr Büro war genauso groß wie seins, aber wesentlich aufgeräumter. Ein schwarzer Blazer hing auf einem Bügel hinter der Tür. An der Wand ein gerahmter Kunstdruck aus dem Museum für moderne Kunst in Louisiana, und auf dem Boden standen Turnschuhe ordentlich aufgereiht. »Du siehst erschöpft aus, Henrik.«

»Vielen Dank.«

»Nein, im Ernst. Warum nimmst du dir nicht einfach eine Auszeit und entspannst dich ein bisschen.«

»Entspannen? Mitten in einer Mordermittlung?«

»Du bist ja nicht allein an dem Fall.«

»Aber ich habe die beste Erfolgsquote in der Truppe.«

»Das sagst du immer. Aber du bist immer nur so gut wie dein letzter Fall. Wenn du diesen verbockst, erinnert sich niemand mehr an die anderen.«

Henrik registrierte die Bitterkeit in Lottes Stimme. Sie war eine kompetente und gründliche Ermittlerin, war aber vor ein paar Jahren suspendiert worden, nachdem sie in einem Mordfall, bei dem der Hauptverdächtige freikam, die Beweise durcheinandergebracht hatte.

Es hätte auch mich erwischen können, dachte er.

»Was willst du? Ich habe zu tun«, sagte Lotte.

»Es geht um Vagn Holdved.«

Lotte stöhnte. »Oh, Gott, sag nicht, dass du immer noch auf der Suche nach einer Verbindung bist.«

»Lass mich ausreden.«

Lotte lehnte sich auf ihrem Stuhl zurück und verschränkte die Arme vor der Brust. Die SMS von Gustav hatte Henrik ins Grübeln gebracht. Jensen hatte herausgefunden, dass Irene nicht geerbt hatte, also auf andere Weise an das Geld gekommen sein musste. Mark und Lisbeth überprüften immer noch die Kontoauszüge, waren aber schon gewarnt worden, dass es Tage, wenn nicht Wochen dauern könnte.

»War Vagn Holdved wohlhabend?«

»Warum?«

»Könnte er 1996 an eine große Summe Geld gekommen sein?«

»Wenn, dann ließ er es sich zumindest nicht anmerken. Er hatte eine Mietwohnung in Emdrup, eine Schrottkarre von Auto und nicht mal einen Fernseher.«

»Moment mal. War er nicht mal Bankdirektor?«

»Das allein macht einen aber nicht reich.«

»Aber ein bisschen Geld dürfte er doch auf die Seite gelegt haben, oder?«

»Ein Mann mit Spielsucht nicht.«

»Ach?«

»Er hat sich und seine Familie in den Ruin getrieben. Daher ist es auch mit ihm und seinen Kindern auseinandergegangen.«

»Bekam er eine Rente?«

Lotte schüttelte den Kopf. »Er lebte von einer staatlichen Mindestrente, also äußerst bescheiden.«

Henrik wusste von seinem Vater, was das bedeutete. »Aber du kannst nicht ausschließen, dass er vor etwa fünfundzwanzig Jahren zu viel Geld gekommen ist?«

»Henrik, worauf willst du hinaus?«

»Ich möchte, dass du das überprüfst. Kannst du doch bestimmt für mich tun? Überprüf sein Konto, hör dich um und sag mir, was du herausgefunden hast.«

Lotte starrte ihn verblüfft an. »Hast du es nicht mitbekommen?«

»Was mitbekommen?«

»Wir haben Vagns Nachbarn verhaftet. Der Typ hat schon Vorstrafen wegen schwerer Körperverletzung. Wir haben seine Fingerabdrücke auf dem Spaten gefunden.«

43

SAMSTAG, 17:49 UHR

Jensen spürte, wie die Jahre von ihr abfielen, als die weißen Wände und das Strohdach der Hütte ihrer Mutter zwischen den gebeugten, zerzausten Bäumen in Sicht kamen. Ihr war, als wäre sie mit jeder Meile ein Stück weiter in ihre Jugend zurückgereist.

Sie war fünfzehn, als ihre Mutter sie beide in Kopenhagen entwurzelt und das Haus in der nordjütländischen Dünenlandschaft gekauft hatte, meilenweit von allem entfernt. »Ich mag das Licht und die Ruhe«, hatte ihre Mutter gesagt. Doch Jensen wusste, dass der Grund mehr in dem letzten Mann zu suchen war, der den Fehler begangen hatte, sich in sie zu verlieben.

Nicht, dass ihre Mutter den Mann nicht auch geliebt hätte. Sie liebte jeden. An das Gesicht des Mannes konnte Jensen sich nicht mehr erinnern, aber an seine verzweifelte Stimme, als er sie anflehte, in ihrer Wohnung in Nørrebro bleiben zu dürfen.

Ein ganzes Jahr lang hatte sich Jensen durch die zehnte Klasse der Schule in Nordjütland gequält. Bei stürmischem Wetter war sie mit dem Fahrrad gefahren, wenn sie ihre Mutter nicht überreden konnte, sie zur Schule zu bringen, oder – was wahrscheinlicher war – das Auto wieder einmal den Geist aufgegeben hatte. Sie hatte den falschen Akzent, die falschen Klamotten und das falsche Gesicht für die einheimischen Kinder. Und sie spielte auch nicht Handball, worauf alle ganz scharf zu sein schienen.

In jenem Sommer hatte sie bei einer Lokalzeitung angefangen und ihrer Mutter gesagt, dass sie nun doch nicht in Aalborg aufs Gymnasium gehen, sondern sich in der Stadt ein Zimmer mieten wollte, damit sie nicht jeden Tag hin und her fahren musste. »Gut«, hatte ihre Mutter gesagt, als hätte Jensen ihr gerade nicht mehr eröffnet, als dass sie zum Abendessen nicht zu Hause sein würde.

Sie stieg aus dem Auto und atmete tief ein. Die Luft roch nach Kiefern und feuchtem Sand. Man konnte das Meer nicht sehen, aber man hörte es, wie ein lang anhaltendes Ausatmen in der Dunkelheit.

»Ist das nicht wunderschön? So viel Platz«, hatte ihre Mutter an dem heißen Sommertag geschwärmt, als sie dem Umzugswagen mit allen Möbeln vorausgefahren war und zum ersten Mal vor dem Haus standen.

Anfangs war ihr der Tausch der engen, dunklen Wohnung in der Kopenhagener Innenstadt gegen ein idyllisches Häuschen auf eigenem Grundstück wie ein Traum vorgekommen. Jeden Tag fuhren sie mit dem Fahrrad zum Schwimmen an den Strand, kauften Fisch von den Booten im Dorf oder ein Eis, um es mit baumelnden Beinen auf einer Bank mit Blick aufs Meer zu genießen. Doch was es tatsächlich bedeutete, fünf Autostunden von ihren Freunden entfernt zu leben, hatte Jensen sehr schnell begriffen. Das Haus war eine Ruine gewesen und ist es trotz der vielen Männer und auch Frauen geblieben, die ihre Mutter im Lauf der Jahre geliebt und sich (anfangs mit Begeisterung) ans Reparieren gemacht hatten. Jensen hatte nie verstanden, woher ihre Mutter all diese Leute kannte: die Dichter mit Bart und Brille, die Künstler und Musiker, die immer da waren, wenn sie in den Ferien zu Besuch kam. Sie kochten komplizierte vegetarische Mahlzeiten, spielten draußen im Strandhafer Gitarre und unternahmen ernsthafte, letztlich aber erfolglose Versuche, das Klo zu reparieren, das ständig verstopft war.

Sie hatte es schon vor langer Zeit aufgegeben, die temporären Liebhaber ihrer Mutter kennenlernen zu wollen. Alle waren sie irgendwann verschwunden, weil sie das marode Haus oder ihre Mutter oder beides satthatten. Und ihre Mutter hatte das alles nicht bemerkt und die meisten Tage in ihrem Atelier verbracht, wo sie riesige Leinwände mit dem sich ständig verändernden Himmel über Nordjütland bemalte. Die Menschen scharten sich um sie, ohne dass sie sich an sie band, vielleicht schon in dem Bewusstsein, dass es ohnehin nur vorübergehend sein würde.

Hin und wieder verkaufte sie ein Bild, sodass eine Zeit lang etwas Geld da war, selbst aber kümmerte sie sich nicht darum, ob ihre Kunst an den Wänden der Häuser anderer Leute oder, Gott bewahre, in einer Kunstgalerie zu sehen war. Ihr ging es nur um den Vorgang, aus dem Nichts etwas zu schaffen. Der war ihr wichtig.

Jensen ging auf die alte Haustür zu, die von einem berühmten dänischen Schriftsteller in einem heißen Sommer dunkelgrün gestrichen worden war. Von außen wirkte das Haus mit dem warmen Licht aus niedrigen Bleiglasfenstern sehr gemütlich, aber Jensen wusste, dass dies eine Illusion war. Sie trat ein; die Tür war nie abgeschlossen. »Das muss man hier nicht«, sagte ihre Mutter immer. Hier gibt es nichts zu stehlen, dachte Jensen und stellte ihre Reisetasche ab. Das einzig Wertvolle im Haus war die Kunst ihrer Mutter, die Gemälde, die in ihrem Atelier in Sechserreihen hintereinanderstanden.

»Hallo?«, rief sie. Die Räume mit den niedrigen Decken waren kalt. Es brannte kein Feuer. »Marion?«

Ihre Mutter mochte es nicht, wenn man sie ›Mutter‹, ›Mama‹ oder ›Mami‹ nannte. Das hatte sie Jensen klargemacht, sobald sie alt genug war, es zu verstehen.

In den fünfzehn Jahren, die sie in London verbracht hatte, hatte Marion sie nicht einmal besucht, obwohl Jensen ihr angeboten hatte, Flug und Hotel zu übernehmen. Sie verließ selten das Haus, geschweige denn Nordjütland.

Aus dem Atelier schlug Jensen der Geruch von Terpentin entgegen. Sie ging in den hinteren Teil des Hauses, wo ein leidenschaftlicher Liebhaber aus Norwegen einst einen Durchbruch gemacht und einen behelfsmäßigen, tagsüber lichtdurchfluteten Wintergarten errichtet hatte. Ihre Mutter begrüßte sie hinter der Staffelei mit einer riesigen Leinwand darauf. »Bist du das, mein Schatz?«

Lächelnd ging Jensen auf sie zu, wohl wissend, dass Körperkontakt nicht gewünscht war.

»Schön, dich zu sehen.« Marion malte weiter. Ein leuchtender Spritzer Orange über einer grauen Landschaft. Manchmal ging sie mit ihren Leinwänden zum Meer hinunter und malte dort. »Wie soll ich dich heute nennen?«

Jensen lachte. »Das haben wir doch schon hinter uns. Alle nennen mich nur noch Jensen.«

»Das verstehe ich nicht, wo du doch so einen schönen Namen hast.«

»Es ist ein alberner Name. Du hättest es gemerkt, wenn du damit die Schule durchgemacht hättest.«

»Ich kann dich nicht Jensen nennen.«

»Dann nenn mich einfach gar nichts. Sag einfach *du*.«

»Na gut, *du*.« Ihre Mutter lächelte.

Als Teenager konnte Jensen es gar nicht erwarten, mit achtzehn Jahren ihren Namen urkundlich ändern zu dürfen. Doch als es so weit war, unterschrieb sie bereits mit Jensen, und kein Vorname schien zu passen.

»Hast du schon gegessen? Ich weiß nicht, ob ich genug im Haus habe.«

»Ich werde uns etwas kochen«, sagte Jensen.

Marion hatte nie etwas im Haus und kam tagelang ohne Essen aus. Jensen wusste das und hatte auf dem Weg von Aarhus ein wenig eingekauft.

»Wie lange bleibst du?«, fragte Marion.

»Ich treffe mich morgen Nachmittag mit einem Mann auf dem Luftwaffenstützpunkt in Aalborg. Vielleicht fahre ich gleich danach zurück.«

Marion nickte, ohne den Blick von der Leinwand zu nehmen. Ihre Liebhaber wurden inzwischen immer weniger, aber einsam wirkte sie nie. Sie verlangte auch nie von Jensen, dass sie sie besuchte oder länger blieb. Sie lud sie niemals ein, wies sie aber auch niemals ab. Mit Anfang sechzig war sie immer noch eine hübsche Frau, größer als Jensen, schlank, mit langem weißem Haar, ganzjährig gebräunt. Ihre Augen waren dunkelblau und intensiv, wie Jensens eigene. Ihre Jeanslatzhose war mit Farbe bespritzt, ebenso der Schal, mit dem sie ihr Haar zurückgebunden hatte. Den Luftzug, der durch jeden Winkel des Hauses zog, schien sie nicht zu spüren. »Ich muss das mal in Ordnung bringen«, sagte sie, und wie immer ging Jensen dabei durch den Kopf, wie wenig ihre Mutter sich für das Leben ihrer Tochter interessierte.

Jensens Schlafzimmer befand sich an der Seite des Hauses. Es war kalt und klamm. Sie schloss die elektrische Heizung an, die sie einst mitgebracht hatte, denn sie wollte sich nicht noch eine weitere Nacht dem Tod durch Erfrieren aussetzen. Sie saß im Mantel auf dem Bett, während sich das Zimmer langsam erwärmte, und überprüfte ihr Telefon. Breitband gab es nicht, Handyempfang nur auf einem kleinen Hügel fünfhundert Meter vom Haus entfernt. Aber sie sah, dass auf der Fahrt zwei SMS eingegangen waren.

Die erste war von Gustav.

Wann bist du zurück?

Die andere von Kristoffer.

Du gehst mir aus dem Weg.

44

SONNTAG, 09:14 UHR

Henrik stellte seinen Wagen neben den Einsatzfahrzeugen ab und lief durch Dyrehaven. Zwei Uniformierten, die er erkannte, nickte er zu. Wie immer regnete es in Strömen. Seine Springerstiefel, die er am Morgen auf der Toilette in der Dienststelle mühsam gereinigt hatte, waren schon bald wieder bis zu den Knöcheln mit Schlamm bedeckt. Jonas Møller, ebenfalls Hauptkommissar, war bereits vor Ort. Henrik wusste, dass er eigentlich nicht hier sein sollte; es gab keinen Grund, sich in den Fall eines anderen Kollegen einzumischen. Doch er hatte eine Frage. Nur eine Frage. War das zu viel?

Mit seiner Familie war er schon ein paarmal im Hirschpark nördlich von Kopenhagen gewesen. Bis zum königlichen Jagdschloss, der Eremitage, waren sie gewandert. Von dort aus konnten sie den schmalen blauen Streifen des Öresund sehen. Auch Bakken hatten sie besucht, den alten Vergnügungspark im Wald.

Heute jedoch bot der Park mit seinen hohen roten Zugangstoren ein düsteres Bild, während er zwischen den Bäumen weiterlief. Der ängstliche Schrei von Ulla Olsen klang ihm noch in den Ohren. Hatte das unbekannte Mädchen auf dem Foto sie etwa angegriffen? Oder drehte er jetzt völlig durch? Die ganze Nacht und fast den ganzen Morgen hatte er darüber nachgedacht. Irrte er sich, und hatten alle anderen recht?

Mark und Lisbeth hatten jeden Stein umgedreht, aber nichts gefunden, was, vom fortgeschrittenen Alter einmal abgesehen, auf eine Verbindung zwischen Irene Valborg, Vagn Holdved und Ulla Olsen schließen ließ.

Einen kleinen Hoffnungsschimmer gab es noch. Die Spurensicherung konnte ein paar blonde Haare, die in Irenes Haus gefunden worden waren, nicht zuordnen. Ihr Gärtner, Troels, war nach der Befragung als Verdächtiger ausgeschlossen worden, und die Haare stammten weder von Minna noch von Regitse. Ohne eine Übereinstimmung in der DNA-Datenbank kamen sie nicht weiter. Wie so oft befanden sie sich auch jetzt wieder in der misslichen Lage, darauf warten zu müssen, dass irgendwann irgendwas passierte.

Die Joggerin, eine Frau in den Fünfzigern, war von einem Mann, der mit seinem Hund unterwegs war, auf einem der weniger frequentierten Pfade des Parks gefunden worden. Sie war zwar wesentlich jünger als die anderen, aber der vierte mysteriöse Überfall innerhalb von zwei Wochen, der Henriks Interesse weckte.

Der Bereich zwischen den Bäumen war abgesperrt. Ein uniformierter Polizist hielt ihn an. Er zückte seine Dienstmarke und bestand darauf, sofort mit Jonas zu sprechen. Schließlich hob der Beamte das Absperrband an und ließ ihn durch.

Henrik konnte Jonas nirgends sehen. Er steuerte direkt auf eine jüngere Polizistin zu, eine hochgewachsene Rothaarige, die ihn mit skeptisch gerunzelter Stirn empfing. »Jungersen, was machst du denn hier?«

»Was ist passiert?«, erkundigte er sich, spürte aber bereits ihren Unwillen, Auskunft zu erteilen. »Komm schon, du kennst mich. Das hier steht im Zusammenhang mit einem anderen Fall.«

Die Rothaarige seufzte tief, bevor sie sprach. »Sexueller Übergriff, versuchte Strangulierung, lebt noch. Ich muss gehen. Mehr kann ich dir nicht sagen. Sprich mit dem Chef.«

Zwischen den Bäumen machte Henrik die große, schlanke Gestalt von Jonas aus. Er trug eine rote Windjacke und hielt einen Regenschirm in der Hand, während er mit einem der Leute von der Spurensicherung sprach.

»Hallo, Jonas«, rief er ihm zu und eilte den beiden entgegen.

Es ärgerte ihn, dass Jonas ihn schon misstrauisch beäugte. Es gab wohl keinen Kollegen, der sich nicht über ihn das Maul zerriss. Aber egal. Er musste es wissen. »Habt ihr hier ein Foto gefunden?« Er zog das Schulfoto von dem Mädchen aus der Tasche und hielt es Jonas unter die Nase. »Von diesem Mädchen?«

»Wovon redest du?«, fragte Jonas.

»Beantworte mir einfach nur die Frage«, sagte Henrik. »Habt ihr ein Foto gefunden oder nicht?«

Der Beamte im weißen Overall wandte sich zum Gehen. »Und du?«, rief Henrik ihm nach. »Jemand muss mir doch etwas sagen können.«

»Henrik«, sagte Jonas. »Verdammt noch mal. Dies ist ein Tatort. Wir sind mittendrin.«

Die Leute um sie herum hatten die Arbeit eingestellt und starrten sie an. Henrik spürte, wie sich etwas in ihm veränderte. Vielleicht war es der Schlafmangel oder die konstante Weigerung seiner Frau, auf seine Nachrichten zu antworten. Vielleicht fühlte er sich auch einfach nur verloren. Er packte Jonas am Kragen, drückte ihn gegen den Stamm einer Eiche und brüllte ihn an: »Habt ihr ein Foto gefunden oder nicht?«

»Nein«, brüllte Jonas zurück, »haben wir nicht. Und jetzt mach, dass du wegkommst, sonst lasse ich dich festnehmen.« Er stieß Henrik mit einer erstaunlichen Kraft von sich, sodass Henrik ausrutschte und im Schlamm auf dem Hintern landete.

Einer der Uniformierten lachte. Kopfschüttelnd blickte Jonas auf Henrik hinab und zog mit mitleidsvoller Miene davon. »Du bist ein armseliger Versager.«

45

SONNTAG, 18:23 UHR

Auch ohne Armeekluft, in der sie ihn aus irgendeinem Grund erwartet hatte, erkannte Jensen Claes Skov in dem Moment, als er das Café in Aalborg betrat. Nicht nur an seiner überdurchschnittlichen Größe und dem durchdringenden Blick, beides Eigenschaften, die er mit seiner Schwester gemeinsam hatte, sondern auch an der Art und Weise, wie er sich gebärdete – als hätte er einen Besenstiel verschluckt. Gustavs Vater war Anfang fünfzig, hatte kurz geschnittenes, graues Haar, und seine Kleidung ließ darauf schließen, dass er einen längeren Spaziergang plante. Jeans, Wanderstiefel und eine wetterfeste Jacke. Von seinem Kinn abgesehen, das auf eine gewisse familiäre Sturheit schließen ließ, hatte er keinerlei Ähnlichkeit mit Gustav, woraus Jensen schloss, dass der Junge nach seiner Mutter kommen musste.

»Claes«, stellte er sich vor und zerquetschte ihr fast die Hand.

»Jensen.« Sie hatte das Café ausgewählt, weil es sie an ihre Zeit als Reporterin erinnerte. Ein kleines Stück Paris in Nordjütland mit Tischen und Stühlen draußen auf dem Bürgersteig. Der Innenraum war mit Kronleuchtern und einer hölzernen Bar mit funkelnden Gläsern und Flaschen vor einer Spiegelwand ausgestattet. Claes schien sich unter all den Studenten nicht wohlzufühlen, die sich mit vom Schein der Kerzen und der Wirkung des Bieres geröteten Gesichtern um runde Stehtische versammelt hatten.

»Margrethe hat mir gesagt, ich solle mit Ihnen reden, und dass Sie Gustav helfen wollen.«

»Richtig«, bestätigte Jensen. »Ich mag ihn.«

»Ich sollte Ihnen wirklich dankbar sein«, fuhr Claes fort. »Dafür, dass Sie ihn unter Ihre Fittiche nehmen.«

»Aus ihm könnte ein großartiger Reporter werden.«

Claes runzelte die Stirn und schüttete Sprudelwasser direkt aus der Flasche in sich hinein. »Sie wissen, dass es nur um eine Übergangslösung geht, oder? Ich habe schon mit Margrethe gesprochen. Gustav geht wieder aufs Gymnasium. Er wird in der Anfangsklasse der Oberstufe neu anfangen müssen, aber das ist der Preis, den er zahlen muss.«

Der Preis wofür?

Jensen betrachtete Claes' Gesicht prüfend. Von Wärme oder Zuneigung für seinen Sohn keine Spur. Sie konnte sich schon denken, warum Gustav nicht mit ihm zurechtkam. »Ich war nicht auf dem Gymnasium«, sagte sie. »Nicht jeder muss aufs Gymnasium.«

»Ich werde nicht zusehen, wie Gustav sein Leben wegen seiner Mutter einfach wegwirft.«

»Was meinen Sie mit ›wegen seiner Mutter‹? Ich weiß, dass sie gestorben ist, aber ...«

»Margrethe hat es Ihnen nicht erzählt? Damit hat alles angefangen. Als der Krebs bei meiner Frau zurückkam, war Gustav vollkommen aufgelöst. Ehrlich gesagt, war gar nichts mehr mit ihm anzufangen. Ich war damals bei einem NATO-Einsatz im Irak. Ich bin sofort nach Hause gekommen, als es hieß, dass sie im Sterben lag. Aber er weigerte sich, mit mir zu sprechen.«

Jensen erinnerte sich, wie Gustav ihr erzählt hatte, dass er neun Jahre alt war, als bei seiner Mutter Brustkrebs diagnostiziert wurde, und dass er in einer sehr aggressiven Form zurückkam und sie starb, als er sechzehn war. Er hatte gleichgültig gewirkt und jedes weitere Gespräch darüber verweigert.

»Gustavs Mutter und ich waren damals schon seit ein paar Jahren getrennt. Zuerst dachte ich, dass es das war, dass er sich eben an mich und meine Art zu handeln gewöhnen müsste.«

»Das wäre ...«

»Ich habe gern Ordnung um mich herum. Gustav war unordentlich. Er war zu lange damit durchgekommen. Ich habe versucht, ein wenig Struktur in sein Leben zu bringen.«

Dass Gustav davon nicht begeistert war, konnte Jensen sich lebhaft vorstellen.

»Im Sommer nach dem Tod seiner Mutter verließ er jedenfalls die Oberstufe, und zunächst hielt ich das auch für eine gute Idee. Ein Neuanfang für uns beide, in Aalborg. Ich war auf dem Luftwaffenstützpunkt stationiert, und Gustav wurde im dortigen Gymnasium angenommen. Wir hatten ein schönes Haus mit viel Platz und einem großen Garten.«

Etwas in seiner Stimme verriet Jensen, dass es eben nicht der erhoffte glückliche Neuanfang war.

»Letztes Jahr im August begann die Schule für Gustav wieder. Er erzählte nicht viel, und ich war die meiste Zeit bei der Arbeit. Alles schien gut zu laufen.«

»Was ist dann passiert?«

»Das ist es ja gerade. Nichts. Alles ging seinen normalen Gang. Na ja, jedenfalls so normal, wie es bei einem mürrischen Sechzehnjährigen laufen kann.«

Natürlich, du warst schließlich auch mal sechzehn, dachte Jensen.

»Es war kurz vor Weihnachten. Wie aus heiterem Himmel. Der Psychologe meinte, Trauer könne sich auf vielerlei Weise äußern, auch durch Gewalttaten. Sie sprachen von einer Art posttraumatischer Belastungsstörung. Ich sollte es wissen. Ich habe so etwas beim Militär oft genug erlebt.«

Jensen erinnerte sich, dass Gustav ihr erzählt hatte, dass ihm die Musik, die er über seine Kopfhörer hörte, dabei half, ruhig zu bleiben.

»Es gab ein Fest in der Schule. Der Abend begann mit der Aufführung irgendeines Theaterstücks.«

»Was hat Gustav gemacht?«

»Margrethe hat Ihnen wohl tatsächlich nichts erzählt. Er hat zwei Jungs aus der zweiten Klassenstufe unter Drogen gesetzt, ihnen etwas in den Drink getan und dann …« Claes senkte die Stimme. »Er hat ihnen mit einem Permanentmarker Hakenkreuze ins Gesicht gemalt, sie ausgezogen und splitternackt auf die Bühne gesetzt. Als der Vorhang aufging, saßen die beiden da, bewusstlos und gedemütigt, vor dem ganzen Publikum. Zuerst dachten die Leute, das gehörte zum Stück. Sie lachten und klatschten. Einige filmten es und stellten die Aufnahmen ins Netz – bis einer der Jungen aufwachte und sich übergab. Gustav kann von Glück sagen, dass sie ihn nicht angezeigt haben. Natürlich wurde die Polizei gerufen, aber dank seiner PTBS-Diagnose kam er mit einer Verwarnung davon. Die Schule hat ihn allerdings rausgeschmissen.«

Jensen dachte an den dürren, schmuddeligen Teenager mit der großen Klappe, den sie kennengelernt hatte. Wie er ihr mit seinem E-Scooter im Regen davongefahren war. Sein freches Grinsen und die nervige Angewohnheit, dort aufzutauchen, wo er nichts verloren hatte. Konnte dieser Junge eine so erbärmliche Nummer abgezogen haben? Es konnte sich doch nur um einen Irrtum handeln.

»Warum hat er das getan?«

»Aus dem gleichen Grund wie andere Rüpel auch. Andere unterdrücken, um sich selbst zu erheben. Ersetze deine Ohnmacht durch Macht über andere. So stand es im Bericht des Psychologen.«

»Aber es muss doch einen Grund gegeben haben.«

»Was weiß denn ich?«

»Haben Sie ihn nicht gefragt?«

»Natürlich habe ich das. Aber Gustav weigert sich beharrlich, mit mir zu reden, und um ehrlich zu sein, bin ich mir nicht einmal sicher, ob ich die niederträchtigen Gründe dafür überhaupt wissen will. Ich schäme mich. Gustav ist mein Sohn, mein einziges Kind. Ich hatte so große Hoffnungen in ihn gesetzt.«

Jensen hatte Schwierigkeiten, sich einen Reim auf das zu machen, was sie hörte. Das konnte so nicht stimmen.

Nicht so.

Nicht bei Gustav.

Claes lächelte traurig. »Wollen Sie ihm trotzdem noch helfen?«

46

SONNTAG, 18:48 UHR

Henrik hatte es nach dem Zwischenfall mit Jonas Møller im Wildpark nicht mehr für nötig gehalten, zurück ins Büro zu gehen. Es ergab keinen Sinn. Die zwölf verpassten Anrufe von Jens Wiese sagten ihm, was er wissen musste.

Das Spiel ist aus, Jungersen.

Er war eine Weile ziellos durch Kopenhagen gefahren und hatte irgendwann auf einem Parkplatz in der Nähe des Öresund angehalten, um ein wenig zu schlafen. Doch der Schlaf wollte sich nicht einstellen.

Gegen Abend befand er sich plötzlich, wie von einem starken Magneten gezogen, auf der Autobahn Richtung Süden zur Stadt hinaus. Den ganzen Tag hatte er gewusst, dass er nicht würde widerstehen können. Auf halbem Weg zur Ausfahrt Brøndby hatte er den Wagen auf dem Standstreifen abgestellt und war ausgestiegen.

Die Nässe ignorierend, die von unten hinaufkroch und den Stoff der Hosenbeine durchtränkte, ging er ins Dickicht hinein. Der Trampelpfad zu der kahlen Stelle unter den Bäumen, wo sie den Torso von Trine Andresen gefunden hatten, war immer noch zu erkennen.

Jetzt gab es hier allerdings nichts zu sehen. Nichts, außer dem verdorrten Stiel der Rose, die er bei seinem letzten Besuch an einen Baum gebunden hatte. Am Jahrestag ihrer Ermordung ging er immer dorthin. Auch öfter, wenn es ihm möglich war.

Wojciech Kaminski, ein polnischer Klempner, war auf dem Weg zu seinem nächsten Kunden gewesen, als sich der Liter Diät-Cola bemerkbar machte, den er getrunken hatte, und er sich erleichtern musste. Als er ins Gebüsch zu der Stelle taumelte, an der Henrik jetzt stand, und den Reißverschluss seiner Jeans öffnete, um zu pinkeln, sah er zu Boden und erkannte, dass er auf menschliche Überreste urinierte.

Fast vier Wochen lang hatten Henrik und sein Team bis zu den Schienbeinen im Schlamm gewühlt, um die übrigen Knochen und schließlich auch die Überreste des Kopfes zu finden, von dem man annahm, dass ein Fuchs ihn weggetragen hatte. Finger und Zehen blieben verschwunden, von Tieren gefressen.

Für Henrik waren diese Wochen vor fast zwanzig Jahren immer die Metapher für die Arbeit der Polizei geblieben: undankbare, mühsame und stets unangenehme Versuche, die Vergangenheit aus Millionen von Fragmenten zu rekonstruieren. Unbekannte Helden, über die es in den Zeitungen nie etwas zu lesen gab, auf der verbissenen und trostlosen Suche nach Wahrheit nahmen sie diese Aufgabe auf sich. »Du bist im Staatsdienst, Kumpel. Wenn du auf eine Belohnung scharf bist, geh zur Bank«, hatte ihm einer der Ausbilder an der Polizeischule vor einer Ewigkeit mit auf den Weg gegeben.

Trine Andresen war in der Ausbildung zur Friseurin gewesen. Ihre Identität konnte man nur anhand des Gebissbefundes feststellen. Ihr Freund, damals gerade auf Bewährung draußen, nachdem er einen Mann mit einem Baseballschläger verprügelt hatte, war wegen Mordes verurteilt worden.

Auch wenn die Ermittlungen alles andere als ein Fehlschlag gewesen waren, fühlte es sich für Henrik so an, als er ihren Eltern die Nachricht überbrachte. Der Freund war polizeibekannt. Als sie fünfzehn war, hatte Trine ihn dreimal angezeigt, weil er sie geschlagen und bedroht hatte, aber jedes Mal hatte sie ihre Anzeige wieder zurückgezogen.

Als er schließlich hinter Gittern saß, hatte sie beschlossen, wieder zur Schule zu gehen. Es war ein Neuanfang gewesen, und laut Aussage ihrer Freunde hatte sie jede Minute genossen. Nur um am Ende von dem Mann in die Enge getrieben und niedergestochen zu werden, vor dem sie sich geschützt glaubte. Von dem Mann, der sie danach wie Müll am Straßenrand abgeladen hatte.

Der Freund war noch im Gefängnis, aber für Trine, Irene Valborg und die unzähligen anderen Leichen, die Henrik in seiner Zeit bei der Polizei geborgen hatte, kam die Gerechtigkeit zu spät. Manchmal sah er nur noch tote Menschen, wenn er durch Kopenhagen fuhr. Wälder, Häuser und Gewässer, aus denen sie in Leichensäcken abtransportiert worden waren, konnten nie wieder normale Orte sein. Es waren Gräber.

Er glaubte nicht, dass auch nur irgendjemand hier gewesen war, um Trines zu gedenken, seit es passiert war. Ihre Eltern waren beide gestorben. Es war, als hätte es sie nie gegeben. Während die Autos über die Autobahn an ihm vorbeidonnerten, ahnungslos, sank Henrik auf die Knie, vergrub den Kopf in den Händen und weinte.

47

SONNTAG, 19:39 UHR

Marion stellte keine Fragen, als Jensen nach dem Treffen mit Gustavs Vater müde und erschöpft in das Atelier in den Dünen zurückkehrte. Sie sah nur kurz von ihrer Staffelei auf und schenkte ihr ein abwesendes Lächeln, als wäre Jensen immer noch sechzehn und wohnte oben in ihrem Jugendzimmer mit dem Traumfänger, der auch heute noch an der Decke hing. Manchmal, sinnierte Jensen, brauchte man solche Phasen der Gleichgültigkeit. Meistens aber waren sie fehl am Platz. Jensen kannte niemanden, der so für den Moment lebte wie Marion, ohne sich auch nur im Geringsten für das zu interessieren, was vorher war oder als Nächstes geschehen würde. Kürzlich hatte sie sich von ihrem Auto getrennt, um Leinwände und Farbe kaufen zu können, was zur Folge hatte, dass sie zum Einkaufen kilometerweit mit dem Rad über Land fahren musste. Aus dem Zustand ihrer Kleidung, die formlos an ihr herabhing, schloss Jensen, dass auch das nur dann passierte, wenn sie wirklich hungrig war.

In den vergangenen Jahren hatte sich immer irgendwie eine Lösung gefunden. Freunde mit einem fahrbaren Untersatz kamen für eine Weile zu Besuch. Irgendjemand bezahlte überdurchschnittlich viel für ein Bild. Und irgendwann hatte Marion beschlossen, ganz ohne Geld auskommen zu können. In den Wäldern rund ums Haus hatte sie Brennholz, Pilze und Beeren gesammelt und den Fischer überredet, ihr den Fisch zu überlassen, den er nicht verkaufen konnte. Alles lief gut, bis der Winter kam und Marion an einer Lungenentzündung erkrankte. Eine schwedische Verehrerin, eine Krankenschwester, nicht viel älter als Jensen, war für ein paar Monate bei ihr eingezogen und hatte Marion mit ihrer Liebe und ihren Ersparnissen wieder aufgepäppelt.

Wo waren sie jetzt, all diese Menschen, die an dem weißen Häuschen mit dem Strohdach vorbeigekommen waren? Die ihre Kleider auf der Leine neben dem Haus im Wind hatten trocknen lassen? Bücher, Fotos, seltsame Gewürze und Zutaten zurückließen, die sich jetzt in den Regalen in der Küche stapelten?

»Hallo *du*«, sagte Marion.

Jensen hielt die Einkaufstüten aus dem Coop in Fjerritslev hoch, in den sie auf dem Rückweg kurz reingesprungen war. »Spaghetti, in Ordnung?«

»Wunderbar«, sagte Marion.

Sie arbeitete immer noch an dem Sonnenuntergang, hatte das leuchtende Orange inzwischen aber mit ein wenig Rot abgemischt.

»Wir könnten morgen einen Spaziergang machen«, schlug Jensen vor. »Ich habe es mir anders überlegt. Ich bleibe noch eine Weile.«

»Hm ...«

Jensen machte Feuer im Holzofen und pustete in die Flammen, bis sie das Holz entzündet hatten. Als es im Raum warm wurde, räumte sie den Müll weg, der überall herumlag: Keramiktassen mit vertrockneten Teebeuteln, ungeöffnete Rechnungen, Thunfischdosen mit den dazugehörigen Gabeln, Gläser mit klebrigen Fingerabdrücken, Jesus-Latschen, alte Briefe, Notizbücher, gerissene Halsketten, Tuben mit Handcreme, Schlüssel zu Türen in vergessenen Häusern.

Das war das Problem mit Marion. Man wollte sich um sie kümmern, alles in Ordnung bringen. Außerdem stand Jensen nach dem Gespräch mit Claes Skov nicht mehr der Sinn danach, nach Kopenhagen zurückzufahren. Hatte Margrethe die ganze Zeit gewusst, was Gustav getan hatte, und verteidigte ihn trotzdem? Oder hatte sie gar nicht gefragt, weil sie Angst vor der Wahrheit hatte? Beides erschien ihr wenig plausibel.

Jensen würde mit dem Direktor des Gymnasiums in Aalborg sprechen und sich weiter umhören müssen. Im Internet war über den Vorfall nichts zu finden. Die Schule hatte offenbar großen Wert darauf gelegt, den Vorfall möglichst schnell aus der Öffentlichkeit verschwinden zu lassen.

Claes und Margrethe hatten gemeinsam beschlossen, Gustav auf eine Schule in Kopenhagen zu schicken, wo er sich mehr zu Hause fühlen könnte. Toller Plan, nur jetzt wollte Gustav nicht mehr. Er hatte einen Ausweg gefunden. Er wollte mit Jensen arbeiten und Journalist werden. »Wenn er Ihnen wirklich am Herzen liegt, dann bringen Sie ihn bitte von dieser dummen Idee ab und zur Vernunft«, hatte Claes gesagt.

Und ob er mir am Herzen liegt, sagte sie sich.

Gustav war zwar stinkfaul und hatte so gut wie keine Ahnung von nichts (wobei Letzteres natürlich nicht losgelöst von Ersterem zu betrachten war), verfügte jedoch über einen ausgeprägten Scharfsinn. Sein Gespür für Geschichten hatte sie mehr als einmal beeindruckt. Per SMS hatte er ihr mitgeteilt, dass auf Carstens USB-Stick, von »sinnlosen Rechnungen und Tabellen abgesehen«, nichts zu finden gewesen war.

Such weiter, hatte sie zurückgeschrieben.

Über eine Stunde hatte sie gebraucht, um Marions Küche so herzurichten und zu putzen, dass sie die Lebensmittel einräumen konnte. Dann nahm sie sich den Esstisch vor, schob Papiere beiseite und stellte die schmutzigen Teller in die Spüle, um Linsen und Reste der Marmelade aus Heckenrosen, die aus den Früchten am Kiesweg, der zum Haus führte, hergestellt war, einweichen zu lassen.

Ein paar Mahnungen steckten noch ungeöffnet in den Briefumschlägen. In einem Schreiben von vor zwei Monaten wurde Marion mit Nachdruck darauf hingewiesen, dass sie einen Termin zur Mammografie im Krankenhaus in Thisted nicht wahrgenommen hätte. »Verdammt noch mal«, entfuhr es Jensen leise. »Was soll ich nur mit dir machen?«

Aber tief in ihrem Innersten wusste sie, dass sie nicht ganz unschuldig daran war, weil es ihrer Mutter nicht in den Sinn kam, auf sich selbst zu achten. Sie würde es ihr sowieso nicht danken, wenn sie wieder abreiste. Sie legte den Brief aus dem Krankenhaus zu den anderen auf den Stapel und öffnete die Tür zu dem, was einmal ein Garten gewesen war, jetzt aber von Brombeeren und Ginsterbüschen überwuchert war.

Draußen war es dunkel, feucht und windig. Sehen konnte sie den Weg durch das Dickicht nicht, doch ihre Füße hatten ihn bald gefunden und suchten sich wie von allein den Weg durch die mit Strandhafer bewachsenen Dünen zum Kieselstrand und zur tosenden Nordsee dahinter.

Noch nie hatte sie sich so wenig zu Hause gefühlt wie in diesen Tagen.

48

Henriks schwarze Jeans waren immer noch feucht und schlamm-
verdreckt, als er vor dem großen gelben Haus in Frederiksberg
parkte, aus dem er durch seine eigene unbegreifliche Dummheit
verbannt worden war. Ohne Arbeit, ohne Zuhause, wie tief würde
er noch sinken?

Alle Fenster waren erleuchtet. Seine Frau und die drei Kinder
saßen jetzt gemeinsam am Tisch und nahmen das von seiner Frau
zubereitete Abendessen ein. Vielleicht hatten sie aber auch schon
gegessen und saßen zusammen vor dem Fernseher.

Er senkte die Rückenlehne ab und lehnte sich in seiner Lederjacke zurück. Seine Stiefel waren verdreckt, das Wageninnere mit
Abfällen von Imbissbuden übersät. In einem Becherhalter stapelten sich Baresso-Pappbecher, im anderen eine leere Cola-Zero-
Dose.

Konnte man zu müde zum Schlafen sein? Konnte man die Müdigkeit so weit hinter sich lassen, dass man nicht mehr wusste, wie
man die Augen schloss und einschlief? Sein Körper fühlte sich an
wie unter Strom gesetzt, fiebrig und angespannt. Die Oberschenkel schmerzten, die Schultern waren bretthart. Er war seit Gott
weiß wie lange nicht mehr im Fitnessstudio gewesen. Die Energie
dafür brachte er nicht mehr auf.

Natürlich hatte er sich in Dyrehaven komplett zum Affen gemacht. Das Opfer, eine Lehrerin, war befragt und ein Schüler des
Gymnasiums, an dem sie unterrichtete, verhaftet worden.

Mit Irene, Vagn oder Ulla hatte das nichts zu tun.

Wie auch immer.

O Gott!

Das Gesicht des unbekannten Mädchens im Badeanzug starrte
ihn aus mehreren im Fußraum des Beifahrersitzes verstreuten
Fragmenten an. Er hatte das Foto in einem Anfall von Wut zerris-

sen. Was hatte er sich dabei nur gedacht? Es gab keine Verbindung zwischen den drei Fällen. Nicht die geringste. Vagn war von seinem Nachbarn umgebracht worden. Irene hatte mit ihrem armseligen Leben bezahlt, nachdem ein Einbrecher, der es auf ihr Diamantcollier abgesehen hatte, den Safe leer vorgefunden hatte. Und Ulla Olsen war von einem Mitbewohner ihres Pflegeheims überfallen worden.

Und Schluss.

Stopp, Jungersen, stopp.

Jemand anderer würde die Fälle nun zu den Akten legen. Sollen sie doch.

Ein weißer Kombi, den Henrik nicht kannte, bog in die Straße ein und blieb vor dem großen gelben Haus stehen, in dessen Carport der schwarze Audi seiner Frau stand. Henrik richtete sich auf. Wer war das?

Ein Mann stieg aus und ging zügig die Stufen zur Haustür hinauf. Dort stand ein Blumentopf, in den seine Frau immer dänische Fähnchen steckte, wenn jemand Geburtstag hatte. Der Mann hatte eine Flasche Rotwein in der Hand.

Henrik erstarrte.

Es war Bo Petersen, ein Kollege aus dem Gymnasium, an dem seine Frau Direktorin war. Ein paar Bemerkungen seiner Frau hatten in Henrik bereits den Verdacht geweckt, dass zwischen den beiden etwas lief. Er hatte den Mann vor der Schule abgepasst und ihm einen bedeutungsvollen Blick zugeworfen, als er schließlich herauskam. Das war das Ende für Bo Petersen gewesen.

Hatte er jedenfalls immer gedacht.

Er duckte sich weg, als seine Frau die Tür öffnete, und traute seinen Augen nicht, als sie sich auf die Zehenspitzen stellte und dem Mann, im Licht des Flurs deutlich zu sehen, einen Kuss auf die Wange gab.

Genauso, wie sie es bei *ihm* immer getan hatte.

So, wie sie *ihn* das erste Mal geküsst hatte, als er in ihrer alten Schulsporthalle mit dem Rücken an der hölzernen Sprossenwand lehnte. Sie, mit ihren großen braunen Augen und den langen dunklen Haaren, das hübscheste Mädchen des Jahrgangs. In Turnschuhen einige Zentimeter kleiner als er. Und sie hatte sich für ihn entschieden, obwohl sie jeden anderen hätte haben können.

Die Haustür schloss sich wieder und ließ die Treppe im Dunkel zurück. Henrik spürte, wie sich das Innere des Wagens zu drehen begann, vulkanische Hitze wallte in ihm auf, gefährlich und unaufhaltsam. Aus dem Augenwinkel sah er die Nachbarin mit ihrem kleinen weißen Hund spazieren gehen. Aber das interessierte ihn nicht, als er die Autotür aufriss und auf die Straße sprang. Dann stand er vor dem Haus, gleichzeitig die Hand auf der Klingel, die Finger an der Briefkastenklappe und mit den Knöcheln gegen die Tür donnernd.

Jemand schrie.

Das war er. »Mach auf. Ich weiß, dass du da drin bist. MACH AUF, VERDAMMT NOCH MAL!«

Seine Frau stand in der Tür.

Verängstigt.

»Henrik, was tust du …«

Er stürmte an ihr vorbei ins Haus, schrie immer noch, Worte, die keinen Sinn ergaben. Rauf, rauf, die Treppe rauf in die Küche.

Die Stimme von Bo.

Frauenstimmen.

Er stand vor der Kücheninsel und sah ihre Blicke auf sich gerichtet. Blasse ovale Gesichter starrten ihn an. Alles Lehrer an der Schule seiner Frau, die an ihrem Wein nippten und von Papptellern aßen. Das jährliche Abendessen. Viele Male war er dabei gewesen, hatte sich jedoch meist nach ein paar Minuten höflich entschuldigt, um in einem anderen Zimmer fernzusehen.

»Oh«, sagte er. »Ich dachte …«

»Henrik.« Seine Frau war hinter ihm aufgetaucht und sah ihn mit großen Augen an. Sie sprach leise und behutsam, als hätte sie es mit einem Schwachsinnigen zu tun. »Henrik, du musst jetzt gehen.«

Er wandte sich zum Gehen um. Verwirrt murmelte er etwas vor sich hin. In dem Moment bot sich ihm ein Bild, von dem er sofort wusste, dass es sich ihm für immer einprägen würde. Sein jüngster Sohn, dünn, verletzlich, blond, stand in der Tür. Sein Ebenbild, sein Ein und Alles, seine einzige, unverstellte, wahre, bedingungslose Liebe.

Und in den Augen des Jungen sah er weder Angst noch Wut oder gar Belustigung. Sondern Abscheu.

APRIL

49

SAMSTAG, 08:47 UHR

Jensen zog sich die Bettdecke über den Kopf, um die Türklingel nicht zu hören. Wenn das Kristoffer Bro war, dann grenzte es an Belästigung. In der ganzen Zeit, die sie weg gewesen war, hatte er ihr Nachrichten geschrieben. War es so schwer zu verstehen, dass sie nicht interessiert war?

Der ungebetene Besucher drückte ohne Unterlass auf die Klingel. Zwischen jeder wütenden Salve eine Pause von fünf Sekunden. »Geh!«, rief sie.

Schließlich warf sie die Bettdecke von sich, stand auf, strich sich die Haare aus dem Gesicht und blinzelte. Zu ihrer Überraschung strahlte der Himmel in einem tiefen Dunkelblau durch das Rechteck des Velux-Fensters. Die Dielen waren hell und warm vom Sonnenlicht. Sie vernahm das Lachen von Kindern im Hof.

»Ich komme ja schon, verdammt noch mal«, rief sie und stieß sich auch noch den Zeh an ihrem offenen Koffer an. Nach der langen Rückfahrt von Nordjütland hatte sie noch nicht ausgepackt. Sie hatte es mit Marion einfach nicht länger ausgehalten. Sie hatte sie zur Mammografie ins Krankenhaus gebracht (alles in Ordnung), das Haus geschrubbt, einen tropfenden Wasserhahn repariert, die Schränke mit Dosen und den Holzschuppen mit genügend Brennholz für einen arktischen Winter gefüllt, um am Ende festzustellen, dass ihr Besuch seinen Zweck einer Auszeit von ihrem eigenen Leben in Kopenhagen erfüllt hatte. Marion war ihrer üblichen Gleichgültigkeit treu geblieben. Jensen vermutete, dass man, wenn die Zeit gekommen war, ihre sterblichen Überreste zusammengesunken über der Staffelei finden würde, der Pinsel mit den Knochen der rechten Hand verschweißt.

»Was gibt's?«, rief sie in die Türsprechanlage.

Die Stimme von Gustav. »Mein Gott, ich dachte schon, du wärst tot.«

»Und warum hast du dann immer weiter geklingelt?«

»Mach auf. Ich hab was, das dich interessieren wird.«

Jensen bezweifelte das, gab sich aber der Neugier geschlagen. Nicht nur Kristoffer, auch Gustav hatte ihr Dutzende von SMS geschrieben und immer wieder angerufen, was er nicht müde wurde, ihr zu versichern, als sie aufmachte. »Du warst ja wie vom Erdboden verschluckt.«

Sie war ihm tatsächlich aus dem Weg gegangen, wusste nicht, wie sie das, was sie in Aalborg erfahren hatte, ansprechen sollte. Alles andere, worüber sie reden könnten, schien weniger wichtig zu sein.

»Ich habe dir doch gesagt, dass ich wegfahre.«

»Für ein paar Tage, ja. Aber es waren drei Wochen. Was hast du überhaupt gemacht?«

»Meine Mutter besucht.«

Und dein kleines Geheimnis entdeckt.

Sie konnte immer noch nicht glauben, dass ein schmächtiges Kerlchen wie Gustav mit seinen zarten Jungenhänden in der Lage war, andere zu verletzen. Aber sein ehemaliger Direktor in Aalborg hatte es so gut wie bestätigt. Zuerst hatte er sie nicht sprechen wollen, bis sie erwähnte, dass sie an einem großen Artikel über Mobbing arbeitete und seine Schule als Fallstudie verwenden wollte.

»Ich weiß von Gustavs Vater, was passiert ist«, hatte sie ihm gesagt. »Jetzt interessiert mich, *warum.*«

Ole Loft, ein glatzköpfiger Mann in den Fünfzigern mit verbrauchten Gesichtszügen, schien aufrichtig zu bedauern, was sich unter seiner Ägide zugetragen hatte. »Solche … Vorfälle gibt es an jedem Gymnasium, aber ich kann Ihnen versichern, dass wir einer solchen Sache null Toleranz entgegenbringen. Deshalb wurde der betreffende Schüler auch sofort der Schule verwiesen.«

»Sie meinen Gustav Skov?«

Loft sah sie an, als hätte sie ein unanständiges Wort in den Mund genommen. »Ich kann mit Journalisten nicht über bestimmte Schüler sprechen.«

»Okay, dann lassen Sie uns über die Opfer sprechen, die beiden Jungen.«

»Auch das ist vertraulich. Datenschutz. Hören Sie, Sie kennen doch … ähm …« Er beäugte ihre Visitenkarte genauer, offensichtlich auf der Suche nach dem nicht vorhandenen Vornamen.

»Jensen«, half sie ihm. »Dann werde ich mich bei Ihren Schülern ein wenig umhören müssen.«

»Kommt gar nicht infrage.« Loft presste die Fingerspitzen aneinander und führte sie an die Lippen. »Die Sache ist erledigt. Es ist nicht nötig, das Ganze noch einmal aufzuwärmen.«

»Erledigt, indem man alles unter den Teppich kehrt?«

»Ich kann Ihnen *versichern,* dass das, was passiert ist, ein Einzelfall war. Es gab nicht die geringsten Anzeichen dafür, dass so etwas …«

»Nette Jungs, nicht wahr?«

»Ich kann nicht …«

»Darüber reden? Aus Datenschutzgründen, ich weiß«, sagte Jensen. »Für Gustav muss es sehr schwer gewesen sein, Kopenhagen zu verlassen, den Verlust seiner Mutter zu verkraften und sich gleichzeitig in eine neue Gruppe einzufinden.«

Loft sah Jensen schweigend an, als wollte er sagen: »Netter Versuch, gute Frau.« Er versteckte sich geschickt hinter Regeln und Vorschriften, aber Jensen sah, dass ihm die Sache Unbehagen bereitete.

Beim Verlassen des Gebäudes hatte sie es noch geschafft, einigen Kindern ihre Visitenkarte in die Hand zu drücken, bevor Loft sich einschaltete und sie ultimativ aufforderte, endlich zu gehen.

»Also, Gustav, was willst du?«, sagte sie jetzt.

»Du erinnerst dich doch, dass dein Freund mich um einen Gefallen gebeten hat, richtig?« Gustavs Augen strahlten, und für einen Teenager wirkte er so früh am Tag viel zu wach. Fast schien es, als hätte er sogar geduscht und sich die Haare gewaschen.

»Zum hundertsten Mal: Er ist nicht mein Freund, und du hast gesagt, es sei ein Geheimnis.«

»Hat er gesagt, ja. Aber jetzt kann ich ihn nirgendwo finden. Ich habe genau das gemacht, worum er mich gebeten hat, aber er geht nicht an sein Handy. Ich habe in seinem Büro angerufen, aber dort hieß es, er sei nicht da.«

»Was meinst du mit ›nicht da‹?«

Außer in den Sommerferien, die er jedes Jahr im selben Ferienort in Italien verbrachte, als gälte es, etwas Lästiges zu überstehen, nahm Henrik sich nie frei. Er mochte keine Unterbrechungen in seiner Routine. Er war der einzige Mann, den Jensen kannte, der Montage mochte.

»Keine Ahnung. Mehr haben sie mir nicht gesagt.«

Gustav nutzte ihre Unsicherheit, ging hinein und ließ sich aufs Sofa fallen. Dann zog er seinen Laptop aus dem Rucksack und klappte ihn auf. »Da ist noch etwas anderes«, sagte er und steckte den USB-Stick in den Slot. Jensen erkannte den Speicherstick mit dem Carlsberg-Logo wieder, den Carsten Vangede ihr geschickt hatte.

»Ich konnte Vangedes versteckten Ordner öffnen«, sagte er.

»Welchen versteckten Ordner?«

»Der, von dem ich dir in der SMS geschrieben habe?«

»Du hast gesagt, das Laufwerk sei voll mit Tabellenkalkulationen und Rechnungen.«

»Richtig, aber es gab auch einen speziellen Ordner. Ich hatte ihn zunächst übersehen, aber dann habe ich eine zusätzliche Verschlüsselung entdeckt, die mir seltsam vorkam. Also bin ich zu unserer Freundin Fie gegangen. Erinnerst du dich an sie?«

Natürlich wusste Jensen, wer sie war. Das Hackermädchen aus

Roskilde hatte ihr und Gustav geholfen, den Fall Magstræde zu knacken. Wenn Fie eine verschlüsselte Datei nicht öffnen konnte, dann konnte es niemand.

»Und?«

»Es ist sehr seltsam. Hier, sieh dir das an.«

Jensen gab nach und setzte sich zu Gustav aufs Sofa. Sie schauten beide auf den Bildschirm. Eine leere Seite. Bis auf eine Adresse nördlich von Kopenhagen.

»Und? Was heißt das?«

»Ich dachte, du könntest mir das vielleicht sagen.«

»Und, hast du sie nachgeschlagen?«

Gustav tippte schnell etwas in die Adresszeile des Browsers und rief die Street-View-Ansicht einer hohen Lorbeerhecke auf. Er scrollte, bis sie beide auf ein schwarzes Tor blickten. Es gab auch eine Luftaufnahme von dem Gebiet, auf der eine weiße Villa mit glänzenden schwarzen Dachziegeln, einem Swimmingpool, Nebengebäuden und einer parkähnlichen Rasenfläche zu sehen war, die zum Øresund hin abfiel. An einem privaten Steg war ein kleines Motorboot festgemacht.

»Warum verschlüsselt man so etwas?«, fragte Gustav.

Jensen dachte an die Nachricht von Vangede.

Für den Fall, dass mir etwas zustößt.

»Er muss sich für den Eigentümer des Grundstücks interessiert haben.«

»Apropos«, sagte Gustav. »Den habe ich nicht herausgefunden. Was könnte das bedeuten?«

»Ich weiß es nicht«, sagte sie. »Aber bis wir es herausgefunden haben, würde ich den Stick lieber an einem sicheren Ort aufbewahren.«

Sie hielt ihre Hand auf. Gustav zog den Stick aus dem Laptop und gab ihn ihr. Trotz der Sonne, die durch das Küchenfenster hereinfiel und warme Quadrate auf die Dielen malte, war Jensen kalt. Auf dem Weg die Wendeltreppe hinauf, um den Stick in ihrer Unterwäscheschublade zu verstecken, ging ihr nicht aus dem Kopf, was

Gustav getan hatte. Immer wieder erschien das Bild eines nackten Schuljungen vor ihren Augen, der sich bei einer Schulaufführung auf der Bühne übergab. Nackt und mit Hakenkreuzen auf den Wangen.

Warum Hakenkreuze? Warum nackt?

Von den Gymnasiasten in Aalborg hatte sich niemand bei ihr gemeldet. Der Schulleiter hatte ihnen die Visitenkarten vermutlich gleich wieder abgenommen, nachdem sie fort war. Sie würde noch einmal dorthin fahren und sich außerhalb des Schulgeländes etwas umhören müssen, aber es widerstrebte ihr. Was, wenn Gustav gar nicht der war, für den sie ihn hielt? »Wobei solltest du Henrik helfen?«, fragte sie, als sie wieder herunterkam.

»Ich denke, ich kann es dir genauso gut erzählen, da er unerlaubt durch Abwesenheit glänzt«, sagte er, rief ein Foto auf seinem Handy auf und reichte es ihr. Das Bild war verblasst und sah aus, als wäre es schon vor einigen Jahren aufgenommen worden. Es war ein Schulfoto, auf dem ein junges Mädchen vor blauem Hintergrund in die Kamera lächelte. Gab es noch Schulfotos?

»Wer ist das?«

»Genau das wollte Henrik auch wissen, also habe ich das Foto auf Instagram gestellt«, sagte Gustav.

»Konnte Henrik das nicht selbst tun?«

»Er wollte es nicht sagen. Er machte nur eine kryptische Andeutung darüber, dass die Polizei manchmal Dinge tun muss, ohne dass jemand weiß, dass sie es war.«

»Und?«

»Zunächst keine Reaktion. Keiner wusste, wer sie war, bis mir schließlich diese Frau schrieb. Sie sagte, sie hätte das Bild ihrer Mutter gezeigt, die Lehrerin an einem Gymnasium war, und ihre Mutter hätte das Mädchen erkannt. Was soll ich jetzt tun?«

Jensen zuckte mit den Schultern. Sie betrachtete das Foto erneut. Das Mädchen trug eine blaue, am Hals aufgeknöpfte Bluse. Ein silbernes Herz schmiegte sich in die Vertiefung zwischen den vorstehenden Schlüsselbeinen. Wie alt würde sie jetzt sein? »Hast du herausgefunden, wie sie heißt?«

»Karoline Kokkedal. Im Netz gibt es nichts über sie.«

»Bist du schon bei der Lehrerin gewesen?«

»Ich wüsste nicht, was ich sie fragen sollte.«

Könnte es etwas mit dem Mord an Irene Valborg zu tun haben? Jensen sah keinen Zusammenhang zwischen der alten Frau und dem Schulmädchen. »Vielleicht ist sie eine Zeugin, mit der er dringend über einen Fall sprechen muss.«

»Ah, das könnte schwierig werden«, sagte Gustav.

»Warum?«

Gustav zeigte auf das Foto. »Dieses Mädchen ist tot.«

50

SAMSTAG, 09:02 UHR

Henrik wachte auf, als ein Sonnenstrahl durch den Spalt in den verblichenen, orangefarbenen Vorhängen in seinem Jugendzimmer hindurch auf seine Augen traf. Er drehte sich in dem schmalen Einzelbett auf den Rücken, machte die Augen langsam auf und entdeckte das Astloch in der mit Kiefernholz verkleideten Zimmerdecke, das ihm früher schon wie ein riesiges Auge vorgekommen war, das ihn vorwurfsvoll von oben anblickte. Hier hatte er mit fünfzehn zum ersten Mal Sex gehabt. Mit Betina, dem Mädchen von nebenan, das ein Jahr älter und viel erfahrener war. Es war ein absolutes Desaster gewesen und in Sekunden vorbei. Ein zweites Mal hatte es nicht gegeben, obwohl schon bald andere Mädchen folgten.

Seine Augen in ihren Höhlen fühlten sich verschrumpelt und ausgetrocknet an. Konnte man sich tatsächlich leerweinen? Er verspürte eine Ruhe, ein Gefühl, dass es von jetzt an nur besser werden konnte. Unten hörte er seinen Vater herumschlurfen, das Geschirr abwaschen, die Katze füttern, husten. Die Kaffeemaschine dürfte er inzwischen zum zweiten Mal angeworfen haben, sein Kreuzworträtsel aus der Fernsehzeitschrift lag zur Hälfte gelöst auf dem Esstisch.

Henrik würde bald aufstehen, sich in der mintgrünen Badewanne mit dem am Wasserhahn befestigten Duschaufsatz hinknien und duschen. Dann würde er zu seinem Vater gehen, und beide würden gemeinsam eine Tasse Kaffee trinken. Zu seiner insgeheimen Erleichterung befand sich seine Stiefmutter, deren Alzheimer-Erkrankung ein kritisches Stadium erreicht hatte, ein paar Tage in der Kurzzeitpflege. Es war leichter, wenn er mit seinem Vater allein war, obwohl er spürte, dass dem alten Mann die Frau im Haus fehlte.

Henrik war achtzehn Jahre alt gewesen, als seine Mutter plötzlich an einer Hirnblutung starb. Sein älterer Bruder war bereits ausgezogen, und Henrik stand kurz davor, das Elternhaus zu verlassen. Schon sehr bald hatte sein Vater Birthe kennengelernt und ihr einen Heiratsantrag gemacht. Er konnte die Einsamkeit nicht ertragen und kam als übrig gebliebene Hälfte eines Paares nicht zurecht. Henrik verstand inzwischen sehr gut, wie sein Vater sich gefühlt hatte. Er war gerade sechzehn gewesen, als er mit seiner eigenen Frau zusammenkam. Solange er sich erinnern konnte, war sie da: sein Gewissen, sein Sprachrohr zur Außenwelt außerhalb der Polizei, seine Stütze. Sie hatte erstaunlich ruhig reagiert, nachdem er bei ihr hereingeplatzt war und sich vor ihren Kollegen blamiert hatte.

O Gott!

Er würde alles tun, um diesen schrecklichen Moment ungeschehen zu machen. Wenn sie sich geweigert hätte, je wieder etwas mit ihm zu tun haben zu wollen, hätte er es ihr nicht einmal verübeln können. Die wenigen Male aber, die sie seitdem miteinander telefoniert hatten, gab sie sich verständnisvoll, ja, sogar freundlich. Wenn es ihm wirklich leidtäte und er sich wieder in Therapie begeben würde, wäre sie auch bereit, sich mit ihm zu treffen.

Auf der Stelle hatte sich Henrik bei Isabella Grå einen Termin geholt, der Psychologin, mit der er nicht sprechen wollte.

O Gott!

Gegenwärtig war er erfüllt von grenzenloser Scham. Wegen der Art, wie er mit Lotte umgesprungen war, oder weil er Jonas Møller in Dyrehaven gegen den Baum gedrückt hatte. Weil sein Sohn mit eigenen Augen mit ansehen musste, wie er sich zum Narren machte. Er setzte sich im Bett auf. Der Gedanke war unerträglich. Die Sonne wärmte ihm den Rücken, während er sich im Zimmer umsah. Die alten Poster vom FC Brøndby hingen noch. Die Pokale aus den wenigen Jahren als halbwegs passabler Fußballspieler verstaubten im Regal neben dem Foto, das ihn in seiner ersten Polizeiuniform zeigte, wie er in seliger Unkenntnis dessen, was ihm an Prüfungen noch bevorstand, in die Kamera grinste. Bücher gab es keine. Bücher interessierten Henrik nicht. »Die einen haben es im Kopf, die anderen in den Beinen«, hatte ihm einer seiner Lehrer gesagt. Erst später hatte er verstanden, dass sich Intelligenz nicht nur an Examensnoten messen lässt.

Sein Handy auf dem Nachttisch surrte. Der Gedanke, seine Frau oder vielleicht sogar Oliver würden anrufen, versetzte ihn in Aufregung. Er würde eine Menge zu tun haben, um die Achtung seines Sohnes wiederzugewinnen.

Sein Lächeln erstarb. Es war Jensen.

Ich muss dringend mit dir sprechen. Heute noch.

In den fünfzehn Jahren, die sie sich inzwischen kannten, hatte es eine unausgesprochene Abmachung zwischen ihnen gegeben. Wann immer der eine den anderen brauchte, wirklich brauchte, würde dieser bereitstehen. Egal, was passierte. Henrik war klar, dass es Wahnsinn wäre, Jensen zu treffen oder auch nur mit ihr zu sprechen, vor allem in der jetzigen Situation. Er traute sich kaum, ihre Nachricht zu lesen. In was hatte sie sich jetzt wieder reingeritten? Auf dem Weg zum Fitnessstudio würde er kurz vorbeischauen, sich anhören, was sie zu sagen hatte, und dann weiterfahren, beschloss er und tippte die kürzestmögliche Antwort.

Adresse?

51

SAMSTAG, 10:35 UHR

Henrik wartete in seinem schwarzen Wagen, als Jensen aus dem Haus kam. Fast hätte sie ihn nicht erkannt. Er hatte sich einen stoppeligen Bart stehen lassen und abgenommen. Und was, um Himmels willen, hatte er an? Sie bedeutete ihm mit einer Handbewegung, dass er das Autofenster herunterkurbeln sollte. »Ist das etwa eine Jogginghose?«

Er wich ihrem Blick aus. »Was willst du, Jensen?«

»Nicht so, und nicht im Auto.«

»Im Auto oder gar nicht.«

»Ist mir wichtig. Mir zuliebe?«

Er seufzte, murmelte etwas vor sich hin, stieg mit zur Schau gestellter Langsamkeit aus und setzte seine Mafiabrille auf.

»Du hast eine Viertelstunde«, sagte er.

Schweigend gingen sie über das Kopfsteinpflaster, am Christianshavn-Kanal mit seinen Holzbooten an den Anlegestellen entlang, vorbei an den alten Wohnhäusern in Rot-, Gelb- und Blautönen. Die Luft war klar und eisig, die Wasseroberfläche lag in intensivem, funkelndem Saphirblau da.

Henrik war nervös und sah sich ständig um. Vor Jahren, in den ersten aufregenden Tagen ihrer Affäre, hatte er zu ihr gesagt: »Ich will entdeckt werden.« Das Gefühl hatte sich jedoch schnell ins Gegenteil verkehrt. In den darauffolgenden Jahren war er von der Angst getrieben, dass jemand aus seinem entfernteren Bekanntenkreis oder dem seiner Frau ihn erkennen könnte und alles aufflog. Jetzt, wo nichts mehr zwischen ihnen war, erschien ihm das wie eine Beleidigung.

Sie kamen zur alten Stadtmauer von Christianshavn, dem grasbewachsenen, erhöhten Weg mit Blick aufs Wasser, der teilweise von Bäumen verdeckt wurde. Jensen deutete auf eine Bank. »Was ist los mit dir?«, fragte sie und setzte sich. »Gustav versucht schon seit Ewigkeiten, dich zu erreichen.«

»Bin krankgeschrieben.« Henrik hockte sich auf die vordere Kante der Bank und wahrte den größtmöglichen Abstand zu ihr, die Hände in den Taschen seines Kapuzenpullis vergraben.

»Wie krank?«

»Krank und erschöpft.«

»Wovon?«

»Vom Leben. Können wir bitte gleich zum Punkt kommen?«

»Also gut«, sagte sie. »Du hast Gustav um einen Gefallen gebeten.«

»Ach, das meinst du.«

»Ja, das. Er hat herausgefunden, wer das Mädchen ist. Karoline Kokkedal. Sie ist tot. Ihre Dänischlehrerin hat sie erkannt.«

»Okay.« Henrik schirmte sein Gesicht mit einer Hand ab, als eine Frau mit langem blondem Pferdeschwanz vorbeijoggte und einen Zwillingsbuggy vor sich herschob.

»Okay? Mehr sagst du nicht dazu? Interessiert dich das nicht?«

»Ich hab doch gesagt, dass ich gerade nicht arbeite. Es war nur so eine vage Theorie, die ich im Kopf hatte. Ich habe das Foto des Mädchens im Haus von Irene Valborg gefunden. Sie hatte große Ähnlichkeit mit einem Mädchen auf einigen Fotos, die ich an den Tatorten entdeckt hatte, die wir gerade untersuchen. Bei einem davon geht es um Mord.«

»Welche?«

»Das kann ich dir nicht sagen, aber es ist auch nicht so wichtig. Sie können nicht vom Mörder zurückgelassen worden sein, dazu waren sie nicht auffällig genug. Entweder ist es Zufall, oder jemand hatte die Absicht, mich wie einen Idioten dastehen zu lassen. In dem Fall, würde ich sagen, wäre es sogar fast gelungen.«

»Das ist doch nicht witzig, oder?«

»Kommt darauf an, wen du fragst.«

»Trotzdem, möchtest du nicht wenigstens wissen, wer das Mädchen ist?«

»Eigentlich nicht, nein«, sagte Henrik, schob seine Sonnenbrille auf den kahlen Schädel hoch und rieb sich mit beiden Händen das Gesicht, als würde er sich unter einem kalten Wasserhahn waschen. Das Feuer in ihm schien erloschen zu sein.

Einen Moment lang spielte Jensen mit dem Gedanken, ihn nach Carsten Vangede und der geheimnisvollen Adresse in Vedbæk zu fragen, aber da war Henrik schon aufgestanden. »Deine Zeit ist um.«

»Moment noch. Wann fängst du wieder an zu arbeiten?«

»Vielleicht nie«, sagte er. »Ohne geht es mir, ehrlich gesagt, besser. Ich gehe zu dieser Psychologin.«

»Wirklich? Verrätst du mir, was du mit dem echten Henrik gemacht hast?«

Er sah sie ausdruckslos an, bis sie zu lachen aufhörte. »Schön, dich gesehen zu haben, Jensen. Pass auf dich auf«, sagte er und ging. Sein typischer breitbeiniger Gang war so schwerfällig geworden, dass sie schon dachte, er würde zögern. Sie beschloss, diesen Henrik nicht zu mögen.

Überhaupt nicht.

»Okay«, rief sie ihm hinterher. »Wenn du nicht mit der Lehrerin sprechen willst, dann übernehmen Gustav und ich das.«

52

SAMSTAG, 14:05 UHR

»Ich möchte mich entschuldigen«, sagte Henrik zu Isabella Grå.

Sie saßen sich auf Sesseln in ihrem Sprechzimmer gegenüber, das sie sich in ihrem Stadthaus in einer der malerischen, von Bäumen gesäumten Straßen an den Kopenhagener Seen eingerichtet hatte, von den Einheimischen auch Kartoffelreihen genannt. Draußen fuhren Kinder auf Fahrrädern herum und hatten ihren Spaß. Er fragte sich, ob es Isabellas Kinder waren. Ihr Partner, wenn sie denn einen hatte, war vermutlich eine Art Künstler und ihr absolut treu ergeben. Er konnte sich nicht vorstellen, dass einer von ihnen untreu sein oder auch nur die Stimme gegen den anderen erheben würde. Die vom Sonnenlicht gesprenkelten Wände des Zimmers, eingerichtet mit einer Mischung aus Teakholzmöbeln und moderner Kunst, waren petrolblau. Isabella hatte ihr langes graues Haar zu einem Dutt zusammengesteckt. Ihre braunen Augen blickten ihn forschend an. »Wofür?«, fragte sie emotionslos.

»Weil ich bei unserem ersten Treffen Ihre Zeit verschwendet habe. Auf der Dienststelle. Und weil ich mich wie ein Arschloch benommen und mich geweigert habe, mit Ihnen zu reden.«

»Das müssen Sie aber nicht. Sie werden Ihre Gründe gehabt haben.«

»Vermutlich, ja.«

»Und welche Gründe waren das, Henrik?«

»Ich habe keinen Sinn darin gesehen.«

»Aber jetzt sehen Sie einen?«

Tat er das? Wirklich?

Die letzte Sitzung mit Isabella hatte ihm sein Chef aufgedrückt, nachdem er im Dienst einen Schuss aus seiner Waffe abgegeben hatte. Dieses Mal war es seine Frau.

(»Du brauchst professionelle Hilfe, Henrik.«)

Natürlich hatte sie recht. Er war heuchlerisch, egoistisch, impulsiv, ungehobelt und verdammt stur, auch wenn manche dieser Eigenschaften ihm in seiner Karriere bei der Polizei nicht geschadet hatten. Mit den Frauen war das etwas anderes: Seine Flirts gingen gelegentlich zu weit. Aber etwas Ernstes war es nie.

Mit Ausnahme von Jensen.

Seine Achillesferse.

Sein Verhängnis.

Wenn es etwas gab, worüber er mit Isabella sprechen musste, dann war es Jensen. Darüber, wie tief sie sich in sein Herz eingegraben hatte. Wie er selbst jetzt an sie dachte, an ihren unerträglichen Hang, nicht loslassen zu können, sobald sie auch nur den Hauch einer Geschichte witterte. War da etwas mit diesen Fotos? Ja. Hatte der Mörder sie zurückgelassen, oder hatte ihn jemand hereingelegt? Er wusste es nicht. War es sein Problem? Nein.

Tatsache, wenn auch lästig, war, dass er Jensen liebte, ohne es ihr jemals sagen zu können. »Ich würde es gerne noch einmal versuchen«, sagte er. »Diesmal richtig.«

»Sie sind seit einigen Wochen krankgeschrieben«, sagte Isabella mit einem kurzen Blick auf ihre Notizen. »Ich habe von einem Zwischenfall gehört, den es mit einem Kollegen gab.«

»Ich war unter Druck und habe die Nerven verloren. Ich wohne im Moment nicht zu Hause. Meine Frau und ich … nun ja, wir haben ein paar Probleme.«

Das ist eine ziemliche Untertreibung, Jungersen.

»Und wie läuft es jetzt?«

»Besser. Wir reden wieder miteinander.«

»Das ist gut«, sagte Isabella. »Reden ist immer gut.« Sie sah ihn lange schweigend an, als erwartete sie mehr. Aber er wusste nicht, was er noch sagen sollte. »Und wie denken Sie inzwischen darüber, wieder zur Arbeit zu gehen?«

»Ich bin mir nicht sicher, ob ich das will. Wenn ich darüber nachdenke … ist mein Leben dadurch zum Teufel gegangen.«

Seltsamerweise spürte er erneut, wie ihm die Tränen kamen.

Fang bloß nicht erst an damit. Du weißt, dass du dann nicht mehr aufhören kannst.

»Was meinen Sie mit ›zum Teufel gegangen‹?«

Wo soll ich anfangen? Seine Wut, sein Zynismus, die undurchdringliche Mauer zwischen ihm und normalen Menschen: seinem Vater, seiner Frau, sogar seinen eigenen Kindern. Wie konnte das passieren, wenn nicht durch die Arbeit bei der Polizei? »Zunächst einmal glaube ich nicht, dass es gut für meine Ehe war.«

»Wollen Sie darüber reden?«

»Ich war nicht so viel zu Hause, wie es notwendig gewesen wäre.« (»Wenn du nur nicht sooft zu Hause gewesen wärst!«, hörte er seine Frau sagen.)

»Das ist interessant. Schauen wir uns doch einmal genauer an, woran das liegen könnte«, sagte Isabella und beugte sich in ihrem Sessel vor.

»Na, woran wohl? Die langen Arbeitszeiten, die unberechenbaren Arbeitsabläufe. Sie wissen doch, wie es läuft.«

»Sie könnten auch sagen, das Adrenalin, das Aufgehen in etwas, bei dem man sich nicht mit schwierigen Gefühlen auseinandersetzen muss? Routine kann sehr verführerisch sein.«

Henrik zuckte mit den Schultern. »Schon möglich.«

Isabella lächelte ihn an und machte mit dem Kopf eine Bewegung zur Seite. Draußen auf der Straße hatten die Kinder ein Lied aus dem Kinderfernsehen angestimmt, das er Oliver ab und zu hatte singen hören. »Wie war es für Sie, erwachsen zu werden?«

»Normal. Mopeds. Fußball. Mädchen.«

»Und was würde das Kind Henrik über Ihr Leben und dessen Verlauf denken?«

Eine brillante Frage. Er verstand, warum Isabella eine so gefragte Psychologin war. »Er würde mein Auto lieben«, sagte er. Tatsächlich wäre sein jüngeres Ich schwer beeindruckt gewesen, wenn es gewusst hätte, dass er eines Tages Polizist sein und in einem großen Haus mit einer schönen, klugen Frau und drei Kindern leben würde.

Isabella lächelte wieder. »Und was würde er zu Ihnen sagen?«

Henrik lachte. »Alter, was zum Teufel ist los mit dir? Hör endlich auf, alles so kompliziert zu machen.«

»Das klingt nach einem glücklichen Jungen.«

Glücklich? Ja, Henrik nahm an, dass er es gewesen war. Wo er aufgewachsen war, stellte man sich solche Fragen jedoch nicht.

»Wann wurde es denn schwieriger?«

»Ich weiß es nicht genau.«

Versuch es mal mit vor fünfzehn Jahren, als du Jensen kennengelernt hast.

Isabella sah auf die Uhr. »Ich möchte, dass Sie diesen Gedanken festhalten. Beim nächsten Mal können wir an der Stelle ja vielleicht gleich ansetzen?«

Das nächste Mal? Daran hatte Henrik gar nicht gedacht. »Wie lange glauben Sie, dauert das?«

»Wie lange dauert was? Was wollen Sie denn, Henrik?«

»Ich möchte wieder nach Hause.«

53

SAMSTAG, 19:14 UHR

»Danke, dass Sie so kurzfristig Zeit für uns haben«, sagte Jensen.

»Mama hat darauf bestanden. Mir ist aber nicht ganz klar, worum es eigentlich geht«, antwortete die jüngere und vorsichtigere der beiden Frauen, die Gustav und ihr gegenübersaßen.

Damit sind wir schon zu zweit, dachte Jensen.

»Wir möchten gern etwas über Karoline erfahren«, sagte sie und zeigte auf das Foto auf Gustavs Handy.

»Warum?«

»Wir wissen es noch nicht genau. Ihr Foto ist im Zusammenhang mit einer Geschichte aufgetaucht, an der wir arbeiten. Kann sein, dass es zu nichts führt.«

»Aber …«

Agnete Bech-Andersen legte ihre arthritische Hand auf den Arm ihrer Tochter. »Schon gut, Marianne«, sagte sie. »Schaden kann es ja nicht.«

Die pensionierte Dänischlehrerin hatte gütige Augen, die immer zu lächeln schienen. Ihre Wohnung war winzig, aber mit all den Büchern, Kissen und Zimmerpflanzen sehr gemütlich. Einen Fernseher gab es nicht, aber ein Klavier, auf dem Familienfotos standen, darunter eines, das Marianne mit zwei Jungen im Teenageralter zeigte.

»Keine Sorge, wir werden Sie nicht namentlich erwähnen«, sagte Gustav.

Wir? Du traust dich was, dachte Jensen.

Aber er hatte recht. Marianne wollte ihre Mutter beschützen und musste beruhigt werden.

Agnete lächelte Gustav freundlich an. »Für einen angehenden Journalisten scheinst du mir aber noch sehr jung zu sein.«

»Ich …«, begann Gustav, aber Jensen kam ihm zuvor: »Ach, er ist kein Trainee im eigentlichen Sinne. Eher eine Art Praktikant. Gustav geht noch in die Oberstufe.«

»Denke ich mir«, sagte Agnete, den Blick auf Gustav gerichtet. »Wie alt bist du, siebzehn?«

Gustav nickte. »Sie können gut schätzen!« Er strahlte sie an.

»Das sollte ich wohl auch. Mein ganzes Berufsleben habe ich nichts anderes getan, als Kinder in deinem Alter zu unterrichten. Einmal habe ich sogar meine Marianne hier unterrichtet.«

»Ach ja?« Jensen sah die jüngere Frau an. »Heißt das, dass Sie mit Karoline in einer Schule waren?«

Marianne schüttelte den Kopf. »Sie müsste ein paar Jahre nach mir dort gewesen sein.«

Nach dem kurzen Gespräch zwischen Agnete und Gustav hatte sich die Atmosphäre aufgehellt. »Ich dachte schon, niemand würde das Mädchen erkennen«, sagte er. »Das Foto stand eine halbe Ewigkeit auf Instagram, bis Marianne sich gemeldet hat.«

»Ach, ich habe sie gleich erkannt, als Marianne es mir gezeigt hat«, sagte Agnete. »Ich erinnere mich an alle meine Schüler. An jeden einzelnen.«

»Andere waren da vergesslicher«, bemerkte Gustav. »Was ist mit ihrer Familie?«

»Es war tragisch. Sechs Monate nachdem Karoline gestorben war, ist ihr Vater mit dem Auto in Nordseeland in einen Wald gefahren und hat einen Staubsaugerschlauch am Auspuffrohr befestigt. Pia, die Mutter, ist ins Ausland gegangen. Nach Indien, glaube ich. Das Haus wurde verkauft.«

»Gibt es Schwestern oder Brüder?«

»Eine Zwillingsschwester. Wie war doch gleich ihr ...? Ach ja, Rikke. Eine ungehobelte, rücksichtslose Person.«

»Haben Sie die auch unterrichtet?«, wollte Gustav wissen.

»Nein, Rikke war für das Gymnasium nicht geeignet. Pia war mit ihr überfordert, nachdem ihr Mann sich das Leben genommen hatte. So landete sie bei einer Pflegefamilie. Wissen Sie ...«

»Ja?«

»Ich habe oft gedacht, dass Karolines Selbstmord eine Art Handgranate war, die die ganze Familie auseinandergerissen hat. Als wäre in dieser Nacht nicht nur ein Mensch gestorben, sondern gleich vier. Nichts war mehr so, wie es vorher war. Für keinen von ihnen.«

»Trotzdem sollte man sich doch an Karoline erinnern«, warf Jensen ein.

Agnete lächelte. »Sie war eine zurückhaltende Schülerin. Sie war klug, aber still, und sie hatte nicht viele Freunde. Außerdem ist es jetzt schon so viele Jahre her. Die Leute vergessen eben.«

»Nicht jeder hat ein so gutes Gedächtnis wie meine Mutter«, fügte Marianne hinzu.

»Wie ist Karoline gestorben?«, fragte Jensen.

Agnetes Blick schweifte in die Ferne. Marianne sprach sanft: »Mama, wenn es dir zu viel ...«

»Nein«, sagte Agnete und schluckte schwer. »Ich möchte es so.

Karoline hat sich 1996 das Leben genommen. Das war in ihrem zweiten Jahr am Gymnasium. Sie hat sich vor einen Zug geworfen. Wahrscheinlich nicht lange nachdem dieses Foto gemacht wurde.«

»O nein, das ist ja …« Jensen suchte vergeblich nach dem richtigen Wort. »Was ist passiert?«

»Sie war mit zwei Mitschülern aus der Klasse unterwegs.«

»Wie hießen sie?«

»Susanne Brande und Morten Rastrup.«

»Etwa *die* Susanne Brande?«, fragte Gustav.

»Wer?«, fragte Jensen.

Marianne sah sie an, als wäre sie besonders schwer von Begriff. »Schätze, sie ist eine der reichsten Frauen Dänemarks. Ihr Vater hat irgendein revolutionäres Hörgerät erfunden.«

»Jeder kennt Susanne Brande«, erklärte Gustav.

»Und Morten Rastrup?«, hakte Jensen nach.

»Er und Susanne waren immer zusammen«, sagte Agnete. »Wenn ich mich recht erinnere, war sein Vater dänischer Botschafter in Moskau. Er kam nie zum Elternabend. Die Mutter war nicht da. Morten hatte eine eigene Wohnung in der Nähe der Schule. Jedenfalls sagten beide, dass Karoline sich über irgendeinen Jungen geärgert hatte.«

»Wer war der Junge?«, wollte Jensen wissen.

»Ich glaube, das hat man nie herausgefunden«, sagte Agnete. »Karoline tut mir so leid, gerade in dem Moment, als sie sich endlich einmal amüsieren sollte.«

»Wie meinen Sie das?«

»Susanne und Morten hatten sie zu einer Party in Kopenhagen eingeladen. Karoline passierte so etwas normalerweise nicht. Susanne und Morten waren allerdings dafür bekannt, Leute herumzukommandieren, und ich denke, auch Karoline. Es hat mich überrascht, dass sie sie überhaupt mitgenommen haben.«

»Inwiefern überrascht?«

Gustav lachte aufgesetzt. »Ja, klar, die angesagtesten Typen aus der Schule nehmen die kleine graue Maus mit auf eine Party?«

»Genau«, sagte Agnete. »Ich habe mich trotzdem für sie gefreut. Ihre Mutter erzählte mir, dass sie in der Woche zuvor noch eine neue Bluse gekauft hatten. Das war die, die sie trug, als … als …« Sie hielt inne und schluckte wieder. Jensen konnte sehen, wie ihr Tränen in die Augen traten.

Auch Marianne hatte es bemerkt. »Ich glaube, für heute ist es genug.«

»Darf ich noch …?«, sagte Jensen. »Können Sie mir vielleicht noch sagen, wo wir Pia oder Rikke finden?«

Agnete schüttelte den Kopf. »Ich weiß nicht, ob Pia jemals nach Dänemark zurückgekommen ist. Rikke, habe ich gehört, soll im Gefängnis gelandet sein, könnte inzwischen aber wieder draußen sein. Wie auch immer, das Ganze ist Vergangenheit und sollte es vielleicht auch bleiben«, sagte sie und putzte sich die Nase mit einem Taschentuch, das Marianne ihr reichte.

»Sagt Ihnen der Name Irene Valborg etwas?«, fragte Jensen.

»Nein«, sagte Agnete. »Sollte er?«

»Ich weiß es nicht. Aber denken Sie doch noch einmal darüber nach. Hat Karoline diesen Namen vielleicht einmal erwähnt? Haben Sie ihn eventuell in der Schule einmal gehört?«

»Nein, ich …«

»Ich habe doch *gesagt,* dass es reicht«, verkündete Marianne mit einer Stimme, die keinen Zweifel daran aufkommen ließ, dass Diskussionen zwecklos waren.

»Sehen Sie mich an«, sagte Agnete. »Das alles ist jetzt ein Vierteljahrhundert her, aber es macht mich immer noch traurig.«

Sie blickte Gustav an, lächelte und wischte sich die Tränen von den Wangen. »Du bist nur wenig älter als Karoline damals, als das passierte. Was meinst du?«

Jensen spürte, dass sie eine hervorragende Lehrerin gewesen sein musste. Es kam nicht oft vor, dass jemand Gustavs Meinung hören wollte.

»Ich wünschte, Sie wären *meine* Lehrerin gewesen«, sagte Gustav lächelnd. Die Zartheit in seiner Stimme überraschte Jensen. »Und ich empfinde Mitleid mit Karoline, weil sie sich das nur wegen eines Dreckskerls angetan hat.«

»Ja, es scheint überhaupt nicht fair zu sein, oder? Ich wünschte, ich hätte gewusst, was sie durchgemacht hat. Dann würden wir jetzt vielleicht nicht hier sitzen.«

Von Marianne zum Gehen gedrängt, blieb Jensen dennoch kurz stehen. »Der Selbstmord«, sagte sie zu Agnete. »Wo hat sich der noch mal ereignet?«

»Ach, habe ich Ihnen das gar nicht gesagt? Nicht weit von hier, am S-Bahnhof in Ordrup.«

54

SONNTAG, 09:41 UHR

Henrik steckte sein Handy in die Tasche, überlegte es sich dann aber anders und deponierte es im Handschuhfach. Das Risiko, dass eine Nachricht von Jensen auf dem Display aufblitzte, während er mit seiner Frau sprach, war zu groß.

Er stieg aus und ging auf das große gelbe Haus zu. Hätte er etwas mitbringen sollen? Blumen vielleicht? Nein, entschied er. Zu seiner Schande konnte er sich nicht einmal erinnern, wann er seiner Frau das letzte Mal Blumen geschenkt hatte. Wenn er ihr jetzt welche mitbrachte, würde sie ihn für reumütiger halten, als sie gedacht hätte.

Die Kinder hatte sie zu ihren Eltern gebracht, sodass sie ungestört reden konnten. Dafür sollte er vermutlich dankbar sein. Aber jetzt ging es nur noch darum, nach Hause zurückzukönnen. Die Kinder würde er noch früh genug wiedersehen.

»Du machst dir doch etwas vor. Ich weiß, dass du wieder an dem Fall arbeiten willst«, hatte Jensen ihm an diesem Morgen hinterhergerufen, als sie ihn vor dem Fitnessstudio ansprach.

»Lauf mir nicht ständig hinterher«, hatte er zurückgebrüllt.

»Was bleibt mir übrig, wenn du meine Anrufe ignorierst?«

Wollte er wieder zur Arbeit gehen? Jensen hatte herausgefunden, dass das Mädchen auf dem Foto sechzehn Jahre alt war und sich am Bahnhof Ordrup vor einen Zug geworfen hatte. Sie hatte ihn förmlich angefleht, die alten Akten über den Selbstmord auszugraben. Warum hatte sich Karoline Kokkedal umgebracht? Und warum tauchten die Fotos drei Jahrzehnte später an drei Tatorten auf, ohne dass es eine Verbindung zu geben schien?

»Du bist neugierig. Das sehe ich dir doch an«, hatte Jensen gesagt.

Er hatte sich an ihr vorbeigedrängt und auf dem Spinning Bike mit noch nie da gewesenem Elan in die Pedale getreten. Das Gespräch mit Isabella Grå hatte ihm alles klar vor Augen geführt. Wenn er die Polizeiarbeit aufgeben musste, dann sollte es so sein. Er wollte sein Leben verändern, sich körperlich gut in Form bringen, ein normaler Mensch sein. Und es würde nicht funktionieren, wenn er nicht da war, wo er hingehörte, zu Hause bei seiner Familie.

Es war ein merkwürdiges Gefühl, an der eigenen Haustür zu klingeln. Seine Frau ließ ihn warten. Durch die Milchglasscheibe sah er ihre große Gestalt, die sich ohne jede Eile bewegte. Als sie die Tür öffnete, sahen ihn ihre schönen Augen, die Augen seiner Kinder, durchdringend an. Seinen Versuch, sie zu küssen, vereitelte sie, indem sie den Kopf zur Seite drehte. Er fühlte sich wie beim ersten Mal vor all den Jahren: ein unbeholfener Tölpel, der ihrer Liebe nicht würdig war. »Es tut mir so leid«, sagte er.

»So nicht«, sagte sie auf dem Weg in die Küche. »Lass uns keine dieser Unterhaltungen führen, in denen du immer wieder beteuerst, wie leid es dir tut, und versprichst, es nie wieder zu tun.«

Sie kochte Kaffee. Ihre Bewegungen beim Bedienen der Espressomaschine, wie sie die Tassen und die Milch auf den Tisch stellte, verrieten ihm, dass sich ihre Wut allmählich verzog. Aber auch, dass sie müde war. »Lass mich eines klarstellen«, fing sie an, nachdem sie auf den Barhockern an der Kücheninsel mit der Steinplatte

Platz genommen hatten, über deren genauen Grauton sie sich wochenlang Gedanken gemacht hatte. »*Ich* brauche dich für nichts.«

»Ehrlich gesagt, das nehme ich dir nicht ab.« Henrik strich ihr über den Arm.

Sie zog ihn abrupt zurück und rieb ihn, als hätte sie sich verbrannt. »Du bist nicht hier, weil ich dich gebeten habe. Oliver wollte, dass du kommst.«

»Wirklich?« Henrik spürte eine Welle der Erleichterung über sich hinwegrauschen. Sein kleiner Junge, seine einzige Chance auf Wiedergutmachung. Doch dieses Gefühl schlug gleich wieder in Enttäuschung um. Das war sie also, ihre kleine einstudierte Rede. Doch was hatte er erwartet? Dass sie auf der Stelle ins Bett hüpfen und sich unsterbliche Liebe schwören würden?

»Ich würde alles tun, um …«

»Spar dir das.« Sie blinzelte in die gleißende Frühlingssonne, die durch das Gartenfenster flutete.

Er fragte sich, was in ihr vorging. Dachte sie an Bo Petersen, den Lehrer aus ihrer Schule, der vor ihrer Haustür aufgetaucht war, woraufhin er die Beherrschung verloren hatte? Er hatte das Bild vor Augen, wie sie sich auf die Zehenspitzen stellte, damit er ihr einen Kuss geben konnte. Etwas in seinem Magen zog sich zusammen. »Ich weiß, was du sagen wirst. Dass es mich verdammt noch mal nichts angeht, und du hast recht, aber triffst du dich mit *ihm*?«

»Mit wem?«

»Du weißt, wen ich meine. Darf ich wenigstens erfahren, ob zwischen euch etwas läuft?«

Sie sah ihn an, als wäre er nicht ganz bei Sinnen. »Nein, das darfst du nicht.« Da war sie wieder, die Energie der Schuldirektorin, das Knistern und Sprühen von Elektrizität in ihren Augen. Die Kinder, die ihrem Temperament ausgeliefert waren, taten ihm leid.

»Ich nehme an, ich hab's nicht anders verdient«, sagte Henrik. »Trotzdem möchte ich es gern wissen.«

»Nein.« Empört setzte sie die Kaffeetasse ab. »Zwischen uns läuft nichts. Und es ist auch noch nie etwas gelaufen. So etwas zu behaupten, sieht dir wieder ähnlich. Jeder hält den anderen für so schlecht wie sich selbst.«

Die Worte hingen zwischen ihnen. Sie hatte ihn nie direkt nach Jensen gefragt. Vielleicht weil sie glaubte, darauf etwas zu hören, das ihr nicht gefallen würde. Aber Anspielungen hatte es stets viele gegeben. Sie wusste, dass Jensen wieder in Kopenhagen war, und kannte Henrik besser als er sich selbst.

»Ich werde den Dienst quittieren«, sagte er und wechselte damit das Thema.

Schon zu Beginn ihrer Ehe hatte sie sich über seine Arbeit beklagt: die mit dem Privatleben kaum zu vereinbarenden Arbeitszeiten, seine Gereiztheit, wenn er an einem Fall arbeitete, und dass er sich nie entspannen konnte, weil er auf Schritt und Tritt Gefahren lauern sah. »Du willst was?«

»Ich reiche meine Kündigung ein. Der Polizeidienst hat mein Leben ruiniert, unsere Ehe, alles.« Er spürte, wie ihm wieder die Tränen kamen.

Er hatte sich geirrt. Die Tränen kamen nicht aus einem Reservoir im Körper, das irgendwann leer wäre, sondern aus einer abgrundtiefen Quelle.

»Erzähl doch nicht so einen Unsinn.«

Als Henrik aufsah, stellte er überrascht fest, dass sie richtig wütend war. »Aber das wolltest du doch immer?«

»Wann habe ich das jemals gesagt?«

»Mit anderen Worten vielleicht, aber ich glaube, du hast dich ziemlich klar ausgedrückt.«

»Mag sein, dass ich Zeit gebraucht habe, um mich an deinen Job zu gewöhnen, aber im Ernst, Henrik, was hast du vor? Willst du Hausmann werden? Das sag ich dir gleich: Wenn du das tust, dann lasse ich mich *ganz sicher* scheiden.«

»Es gibt eine Menge Aufgaben im Sicherheitsbereich, bei denen meine Fähigkeiten gefragt sein dürften.«

»Ach ja, um zwei Uhr morgens sitzt du in irgendeinem Büro

und starrst auf irgendwelche Überwachungsbildschirme? Vergiss es. Du würdest dich zu Tode langweilen. Du machst dir was vor, Henrik.«

Darin waren sich seine Frau und Jensen einig.

»Ich habe Mist gebaut. Mir ist im Dienst die Hand ausgerutscht.«

»Dann entschuldige dich dafür. Aber tu uns allen den Gefallen und mach um Himmels willen weiter.«

Sie stand auf, nahm die Tassen vom Tresen, obwohl Henrik seine nicht einmal angerührt hatte, goss den Kaffee in den Abfluss und räumte alles in die Spülmaschine. Dann sah sie auf ihre Uhr. »Ich muss jetzt die Kinder abholen. Du kannst deine Sachen holen und zurückkommen. Aber du gehst ins Gästezimmer, und glaub ja nicht, ich würde Milde walten lassen, Henrik Jungersen.«

Fast hätte er vor Dankbarkeit laut geschrien.

Ihr kurzes Lächeln erhellte den Raum, so kurz, dass er es fast verpasst hätte. »Und geh verdammt noch mal zurück in die Arbeit!«

55

SONNTAG, 11:27 UHR

Jensen reckte ihr Gesicht der Sonne entgegen, als sie auf dem Rad an der blauen Fläche des Öresund entlang die Stadt in nördlicher Richtung verließ. Zum ersten Mal seit September mit Sonnenbrille. Nach einem langen Regenmonat hatte das trockene, warme Wetter einen besonderen Reiz. Die Menschen liefen ohne Mantel an der Strandpromenade entlang, schoben Kinderwagen, spielten mit Hunden und blinzelten blasshäutig ins Licht. Es war ein gutes Gefühl, draußen zu sein und sich in der Menge zu verlieren. Eine Radfahrerin in Kopenhagen unter vielen, die niemand beachtete.

Sie war erst spät aufgestanden, nachdem sie fast die ganze Nacht

221

über der Geschichte mit Karoline Kokkedal gebrütet hatte, ohne wirklich weitergekommen zu sein. Wenn Henrik recht hatte und ihm die Fotos von Karoline untergeschoben worden waren, welche Botschaft war dann damit verbunden? Karoline war vor den Zug gesprungen. Das war lange bevor Henrik bei der Polizei angefangen hatte. Mit einem seiner alten Fälle konnte es also nichts zu tun haben, oder doch? Sie musste mit ihm reden. Richtig reden, sonst kam sie nicht weiter. *Irgendetwas* musste ihm auf den Fotos aufgefallen sein, sonst hätte er Gustav nicht gebeten, herauszufinden, wer Karoline war.

In Ordrup war sie schon gewesen. Am Sonntagmorgen. Den ganzen S-Bahnhof hatte sie für sich allein gehabt. Von alten Fotos, die sie im Internet gefunden hatte, wusste sie, dass sich das weiße Bahnhofsgebäude nach jenem Septemberabend 1996, als Karoline dort eintraf, kaum verändert hatte.

Freitag, der Dreizehnte.

Hatte sich das schon unheilvoll angefühlt?

Jensen war auf beiden Seiten des Bahnsteigs auf und ab gegangen und hatte sich in der Wartehalle mit den gelben Wänden und den weißen Kugellampenschirmen an der Decke einen Moment auf die lange Holzbank gesetzt.

Sie hatte versucht, sich die Situation vorzustellen: Wie drei betrunkene Jugendliche grölend durch die Halle stürmen und ihre Stimmen von der Decke widerhallen. Wann hatte Karoline gewusst, was sie tun würde? Hatte sie sich bereits lebensmüde die Stufen zum Bahnhof hinaufgeschleppt, oder hatte sie aus einem Impuls heraus gehandelt, als sie den Zug kommen sah?

Nachdem sie sich eine Weile ihren Spekulationen hingegeben hatte, ohne zu einem Ergebnis zu kommen, war Jensen durch das grüne Viertel mit den großen Villen geradelt, in dem Irene Valborg ihr Ende gefunden hatte. Dann war sie auf den Strandvejen, die Küstenstraße, eingebogen. Anstatt aber nach Süden, zurück nach Kopenhagen, zu fahren, hatte es sie nach Norden gezogen. Die geheimnisvolle Adresse, die Gustav auf Carsten Vangedes Speicherstick gefunden hatte, lag in Vedbæk, ein kurzes Stück weiter die Küste hinauf. Sie ging ihr nicht aus dem Kopf.

Sie fuhr an der Granitstatue des Polarforschers Knud Rasmussen vorbei, der, eine Hand über die Augen gelegt, Richtung Schweden blickte, als kämpfte auch er gegen die gleißende Aprilsonne. Sie erinnerte sich an einen Schulausflug, den sie dorthin gemacht hatten, bevor sie mit ihrer Mutter Kopenhagen verlassen hatte. Alle hatten am Sandstrand von Bellevue ihre Lunchpakete ausgepackt. Bis auf Jensen, die sich, weil an diesem Morgen nichts im Kühlschrank gewesen war, mit einem Apfel begnügen musste, den ihr ein Lehrer spendiert hatte.

Genauer gesagt, jeden Morgen.

Jensen fuhr schneller.

Als sie an der Adresse in Vedbæk ankam, war sie durstig und verschwitzt, sodass sie sich vornahm, mit dem Zug zurück in die Stadt zu fahren.

Fast wäre sie an dem Grundstück sogar vorbeigefahren. Außer der hohen dunkelgrünen Hecke und dem schwarzen Metalltor, das Gustav und sie im Internet gesehen hatten, war kaum etwas von ihm zu sehen. Neben dem Tor befand sich eine Gegensprechanlage und darüber ein kleines Schild mit dem Namen des Grundstücks, *Amaliekilde*. Auf der Suche nach einer Lücke ging sie die Hecke entlang, stellte aber bald fest, dass sich in dem Grün ein massiver Metallzaun befand.

Gehen Sie weiter. Hier gibt es nichts zu sehen.

Was hatte diese Adresse mit Vangede zu tun?

Sie kehrte zum Tor zurück, blieb mit ihrem Fahrrad kurz stehen und beäugte die Sprechanlage, bevor sie den Knopf drückte. Keine Antwort. Hinter ihr rauschten die Autos auf dem Vedbæk Strandvej vorbei, ohne sie zu beachten.

Das Haus hatte vor ein paar Jahren zum Verkauf gestanden, damals allerdings unter einem anderen Namen. Laut *Dagbladet* war es damals eine der teuersten Immobilien Dänemarks gewesen.

Die Bilder auf der Webseite des Immobilienmaklers zeigten ein palastartiges Wohnzimmer mit Flügeltüren, die auf einen zum Wasser hin abfallenden Rasen führten.

Als sie Amaliekilde gegoogelt hatte, fand sie heraus, dass es sich um eine natürliche Quelle auf der Ostseeinsel Bornholm handelte. Im Handelsregister war über Amaliekilde nichts zu finden.

Während sie dort stand und vergeblich auf eine Antwort wartete, begann sie zu zittern. Eiskalter Schweiß lief ihr über den Rücken. Eine ihr fremde Nervosität überkam sie, die sie sich nicht erklären konnte. Das Gefühl, dass etwas passieren würde.

Was war das?

Sie blickte auf und sah die Kameras, die hoch oben an den Zaunpfosten angebracht waren und wie Gewehre auf ihren Kopf zielten.

56

SONNTAG, 12:26 UHR

Der Selbstmord auf dem Bahnhof Ordrup lag zu lange zurück, um auf digitalisierte Akten zugreifen zu können. Bent Sørensen, der diensthabende Polizist im örtlichen Revier, hatte sich kurzfristig, wenn auch mit verhaltener Begeisterung, bereit erklärt, mit Henrik zu sprechen. »Ich muss zugeben, dass ich neugierig bin. Anfragen nach alten analogen Akten kommen nicht häufig. Ich kann mich nicht erinnern, dass das in letzter Zeit überhaupt mal passiert ist«, sagte Bent, als er die Tür zum Keller aufschloss.

Der freundliche Mann von knapp über sechzig hatte Henrik erzählt, dass er im Mai in den Ruhestand gehen würde, und 1996, als Karoline Kokkedal sich das Leben nahm, nicht in Ordrup gewesen wäre. »Ich war damals in Helsingør. Dann, vor achtzehn Jahren, wurde meine Ehe geschieden. Ich wollte weg aus der Stadt, alles hinter mir lassen. Sie wissen ja, wie das so ist.«

Nein. Henrik wusste nicht, wie das war, und wollte auch nicht herausfinden, wie es war. Jetzt, da er bei seiner Frau wieder gelitten war, schwor er sich, es nicht noch einmal darauf anzulegen, dass alles um ihn herum zusammenbrach.

Nicht wegen Jensen.

Wegen niemandem.

Gleich nachdem er seine Sachen bei seinem Vater abgeholt und zu Hause abgeliefert hatte, hatte er Jens Wiese angerufen. »Ich möchte mich für den Vorfall mit Jonas Møller in Dyrehaven in aller Form entschuldigen. Es wird nicht wieder vorkommen«, hatte er gesagt. »Morgen früh komme ich wieder zum Dienst.«

»Moment. Nicht einmal drei Wochen sind vergangen, seit Sie Ihren, sagen wir, Nervenzusammenbruch hatten.«

»Ein bisschen Ärger zu Hause, das ist alles. Ich bin keine Maschine.«

»Das behauptet ja auch niemand, aber ...«

»Isabella Grå hält mich für dienstfähig.« Henrik wusste, dass sie für seine Gesundheit bürgen würde, wenn er sie höflich darum bat und sich vorbildlich verhielt.

»Aber nur Innendienst, verstanden?« Die Einschätzung der von Wiese hochgeschätzten Psychologin hatte ihn offensichtlich einlenken lassen. »Über Ihre Rückkehr in den aktiven Dienst reden wir später.«

Danach hatte Henrik mit Mark telefoniert, um sich über die drei Fälle auf den aktuellen Stand bringen zu lassen. Zu seiner großen Zufriedenheit hatte sich in seiner Abwesenheit nicht viel getan.

»Karoline Kokkedal, richtig?« Im Gehen schaltete Bent Sørensen die Deckenbeleuchtung ein. Im Kellergang unter der Polizeiwache roch es nach nassem Beton und Schimmel. »Und worum geht es in dem Fall?«, fragte er nach, nachdem er keine Antwort bekommen hatte.

Das Letzte, was Henrik brauchte, war ein Wichtigtuer, der meinte, zu allem seinen Senf dazugeben zu müssen. »Es geht um

Ermittlungen, bei denen wir etwas ausschließen müssen. Sie wissen ja, wie das ist.«

Ein paar unmissverständliche Hinweise später ließ Bent Sørensen Henrik mit den Akten allein, die Platz in einem einzigen Karton hatten. In einer Ecke des Raumes stand ein kleiner Tisch, an dem er die Papiere durchsehen konnte. »Ich komme gleich hoch«, sagte er. »Ich glaube zwar nicht, dass ich hier fündig werde, aber es ist immer gut, auf Nummer sicher zu gehen.«

In dem Zimmer war es warm. Henrik zog seine Lederjacke aus, krempelte die Ärmel seines weißen Hemdes hoch und schaltete die Leselampe ein. Der Polizeibericht über den Vorfall war kurz und knapp. Kurz vor sieben Uhr am Freitagabend, den 13. September 1996, hatte sich der Küstenzug nach Helsingør mit der üblichen Geschwindigkeit dem Bahnhof Ordrup genähert und, weil er dort planmäßig hielt, die Geschwindigkeit allmählich verringert. Der Triebfahrzeugführer, der einen schweren Schock erlitt, berichtete, er habe gesehen, wie Karoline Kokkedal sich auf dem Bahnsteig plötzlich aus einer Gruppe von Personen löste und vor seinem Zug auf die Gleise gesprungen war. Für den Bruchteil einer Sekunde hätte er sogar Blickkontakt mit ihr gehabt, sagte er, bevor er hupte und den Bremsvorgang einleitete.

Viel zu spät natürlich.

Nähere Details brauchte Henrik nicht. Er hatte gesehen, was nach einem Selbstmord auf den Gleisen zurückbleibt, war selbst im Regen draußen gewesen und hatte tausend kaum definierbare Stücke menschlichen Fleisches und Knochen in eine Tüte geschaufelt.

Karolines Mutter hatte bei der Polizei ausgesagt, dass Karoline an diesem Abend das Haus verlassen hatte, um mit Schulfreunden auf eine Party zu gehen. Sie sei fröhlich und ganz aufgeregt gewesen. Nichts hätte darauf hingedeutet, dass sie sich das Leben nehmen wollte.

Die Polizisten, die Karolines Eltern die traurige Nachricht überbracht hatten, hatten in ihrem Bericht festgehalten, dass Karolines

Zwillingsschwester Rikke so verstört gewesen war, dass sie fixiert und sediert werden musste.

Henrik dachte darüber nach. Zweifellos eine tragische Geschichte. Aber was hatte das eigentlich mit Irene Valborg zu tun, mit Ulla Olsen oder Vagn Holdved? Es ergab keinen Sinn. Bis auf eine Kleinigkeit, die ihm im Hinterkopf herumschwirrte.

Was war es?

Etwas.

Wie sein Körper, der langsam schwächer wurde, und die Sehkraft, die nachließ, unterlag auch sein Gedächtnis einem Alterungsprozess.

Er würde jede einzelne Akte in dem Karton lesen müssen. Zumindest, wenn er jegliche Verbindung zu den drei Fällen ausschließen wollte. Er schaltete die Leselampe aus und ging mit dem Karton hinauf zu Bent. »Ich brauche Kopien von diesen Akten.«

»Ach.« Bent rieb sich die Hände. »Heißt das, dass Sie etwas gefunden haben?«

»Nein«, sagte Henrik. »Das heißt, dass ich nichts gefunden habe und dass ich es heute Abend nicht schaffen werde, alles durchzusehen.«

»Ich mache Ihnen einen Vorschlag«, sagte Bent. »Wenn Sie es mir quittieren, kann ich Ihnen die Kiste leihweise überlassen. In den letzten dreißig Jahren hat sich niemand dafür interessiert. Ich wage zu behaupten, dass niemandem auffallen würde, wenn sie weg ist.«

Wie bei Karoline, dachte Henrik.

Offensichtlich gab es da draußen aber doch jemanden, der sich an sie erinnerte.

Sein Handy surrte.

Jensen.

Sie würde sehr enttäuscht sein.

57

»Sag jetzt bitte nicht, ›ich hab's dir ja gesagt‹, aber morgen früh gehe ich wieder zur Arbeit.«

»Ich hab's dir ja gesagt.« Jensen musste sich von dem Schreck erholen, dass Henrik tatsächlich ans Telefon gegangen war.

Sie brannte darauf, mit ihm über Karoline zu sprechen, wollte herausfinden, was er inzwischen wusste. Er schien wieder der Alte zu sein: schroff, nüchtern.

Sie spürte, wie ihr die Tränen kamen, und schüttelte energisch den Kopf, um sich von dem unerwünschten Gefühl zu befreien. Von Vedbæk war sie mit dem Zug in die Stadt zurückgefahren und auf direktem Weg zu Lirons Kaffeewagen in die Sankt Peders Stræde geradelt. Das Grauen, beobachtet worden zu sein, steckte ihr immer noch in den Knochen.

Liron hatte ihr einen kalt aufgebrühten Kaffee im großen Pappbecher gereicht, heiß gemacht, mit einem Teelöffel Zucker. »Verdammt, du siehst ja aus, als wäre jemand hinter dir her«, hatte er gesagt, bevor er von einem plötzlichen Kundenansturm in Beschlag genommen wurde. Jensen hatte sich, dankbar an dem süßen, köstlichen Getränk nippend, davongemacht.

Vielleicht ist ja auch wirklich jemand hinter mir her, dachte sie.

Sie hatte sich mit ihrem Laptop in ein Café zurückgezogen, nur wenige Hundert Meter von ihrer Wohnung entfernt, und vergeblich versucht, mehr über die Immobilie in Vedbæk in Erfahrung zu bringen. Nach Hause gehen wollte sie nicht, noch nicht, obwohl sie schon die dritte Kanne Tee getrunken hatte und nicht einmal Appetit auf das Roggenbrötchen mit Hähnchen hatte, das auf dem Teller neben ihr langsam weich wurde.

Mach dich locker, dachte sie. *Ist ja nichts passiert. Und es wird auch nichts passieren.*

Henriks Stimme klang, als wäre er irgendwo draußen unterwegs. Das Geräusch einer viel befahrenen Straße drang an ihr Ohr. Sie hatte ihn immer wieder angerufen, seit Gustav und sie sich mit Karolines Lehrerin getroffen hatten. Sogar vor seinem Fitnessstudio war sie aufgekreuzt, nur um sich eine Abfuhr zu holen. Aber jetzt hatte sich etwas geändert. Henrik klang lebhaft, entschlossen.

»Ich wohne wieder zu Hause«, verkündete er. »Aber wegen Karoline Kokkedal. Ich habe mir die Akten besorgt. Nichts Besonderes. Sie ist vor einen Zug gesprungen. Der Lokführer hatte keine Chance. Ihre Mutter dürfte nicht mehr viel von ihr zu sehen bekommen haben.«

»Wie kannst du von ›nichts Besonderes‹ sprechen, wenn sich ein sechzehnjähriges Mädchen für eine Party herausputzt und sich dann vor den Augen von zwei Mitschülern umbringt?«

»Ich weiß«, erwiderte Henrik. »Ich habe die Fotos gesehen. Sagen wir, ich kann mir nicht vorstellen, dass es dem Look noch entsprach, den sie sich vorgestellt hatte.«

»Du machst dich auch noch lustig darüber?«

»Nein. Ich versuche nur, mir mithilfe von Ironie Abstand zu den Bildern in meinem Kopf zu verschaffen. So'n Polizeiding, das verstehst du nicht.«

Jensen schwieg einen Moment. Sie hörte, wie Henrik in sein Auto stieg. »Es gab da noch diesen Jungen, das weißt du, oder?«

»Wenn du das sagst.«

»Du hast die Akten also noch gar nicht gelesen?«

»Genug, um zu wissen, dass der Gerichtsmediziner eindeutig auf Selbstmord erkannt hat. Klar und unmissverständlich.« Es entstand eine Pause, bevor Henrik weitersprach. »Ich vermute, dass wir den Grund nie erfahren werden.«

Wir werden es nie erfahren.

Fünf Wörter, die für Jensen schon immer ein rotes Tuch gewesen waren. Karolines Dänischlehrerin hatte gesagt, dass man die Umstände ihres Todes vielleicht besser ruhen lassen sollte. Jensen war anderer Meinung.

»Agnete Bech-Andersen, ihre Lehrerin, hat uns erzählt, dass Karoline gemobbt wurde. Vielleicht solltest du mal mit ihr sprechen.«

»Mach ich.«

»Hast du die Zwillingsschwester schon ausfindig gemacht? Rikke? Agnete sagte, Rikke wäre im Gefängnis. Das wäre jedenfalls das Letzte, was sie von ihr gehört hätte. Also solltest du doch in der Lage sein, sie ausfindig zu machen.«

»Lass mich einfach meine Arbeit machen, Jensen.«

»Es muss noch etwas anderes dahinterstecken. Du hast nicht genau genug hingesehen. Ein Mädchen begeht Selbstmord, und Jahre später taucht ihr Foto zufällig an drei Tatorten auf?«

»Das ist der Teil, den ich noch nicht verstehe. Wie gesagt, nicht ausgeschlossen, dass mich jemand reinlegen will und eine falsche Fährte gelegt hat. Lehnt sich jetzt zurück und sieht zu, wie ich drauf reinfalle. Nicht eines der Fotos wurde auf Anhieb entdeckt. Sie lagen nicht auf den Opfern oder so. Alle drei wurden von mir oder in meinem Beisein gefunden.«

»Um Himmels willen, wer könnte dich so sehr hassen, dass er so etwas tut?«

»Wenn ich darüber nachdenke, wie ich mich in den letzten Jahren aufgeführt habe, würde ich sagen, da kämen schon ein paar Leute infrage.«

Dem konnte Jensen nicht widersprechen. »Tu mir einen Gefallen.« Sie blickte auf den Kanal vor dem Fenster des Cafés hinaus, auf dem ein Mann mit einem kleinen braunen Hund, der schwanzwedelnd am Heck saß, in einem blau gestrichenen Boot vorbeifuhr. »Lies die Akten. Sieh nach, ob sich noch etwas finden lässt. Und sei es auch nur, um andere Dinge auszuschließen.«

»Mal sehen«, entgegnete Henrik hochmütig. »Ich habe in den nächsten Tagen ziemlich viel zu tun, versprechen kann ich dir also nichts.«

58

SONNTAG, 21:53 UHR

Jensens Wohnungstür stand einen Spaltbreit offen, sodass ein schmaler Ausschnitt ihrer im Dunkeln liegenden Wohnung zu sehen war. »Hallo? Ist da jemand?«

Die Tür ächzte leise in den Angeln, als Jensen sie aufdrückte. Sie trat einen Schritt auf den Treppenabsatz zurück und blickte das Treppenhaus hinauf und hinunter. Niemand zu sehen. Das Licht ging aus. Aus dem Fernseher in einer der anderen Wohnungen dröhnte eine Nachrichtensendung. Der Geruch von gebratenen Zwiebeln hing in der Luft.

Nachdem sie mit Henrik gesprochen hatte, war sie gleich zum *Dagbladet* gefahren, hatte sich über die Hintertreppe in ihr altes Büro geschlichen, tunlichst darauf bedacht, nicht gesehen zu werden. Den Mantel hatte sie anbehalten, sich auf die Fensterbank der Dachgaube gehockt, von der aus sie immer stundenlang auf die roten Dächer der Stadt geblickt hatte, und war prompt eingeschlafen.

Jetzt betrat sie langsam und vorsichtig ihre Wohnung und schaltete im Gehen das Licht ein. Sie stieg die Wendeltreppe hinauf, zog die Bettdecke auf ihrem ungemachten Bett zurück und sah auch hinter der Kleiderstange nach. War jemand eingebrochen? Laptop und Handy waren in ihrer Tasche. Sonst gab es nichts von Wert zu stehlen.

Sie ging wieder ins Wohnzimmer hinunter, blieb eine Weile stehen und schaute über den Hof in die Wohnung des Kontrabassisten. Er saß auf dem Sofa und küsste ein Mädchen mit langen Haaren. Wie ein Voyeur, erhaben und grüblerisch, stand sein Instrument im Dunkeln hinter ihnen.

In ihrer Wohnung gab es nur noch einen Ort, an dem sich jemand verstecken konnte: das Bad. Mit den Bildern der unangenehmen Minuten im Kopf, die sie selbst in der schmutzigen Badewanne in Gilleleje verbracht hatte, riss Jensen den Duschvorhang zur Seite. Die Kabine war leer.

Vor der Badezimmertür vernahm sie Schritte.

Hier war *tatsächlich* jemand.

In ihrer Wohnung.

Mit Herzrasen und hochgehaltenem Handy stürzte sie aus dem Raum. »Wer sind Sie, und was wollen Sie hier?«, rief sie, während sie den Eindringling filmte.

Kristoffer Bro.

Mit erhobenen Händen.

»Nicht schießen, bitte.«

»Verdammt. Du hast mich erschreckt. Was tust du hier?«

»Äh … die Wohnung gehört mir?«

»Du kannst nicht einfach hier hereinspazieren, wie es dir passt.«

»Die Tür stand offen. Ich dachte … was zum Teufel ist hier passiert, Jensen? Du siehst zu Tode erschrocken aus.«

»Ich glaube, jemand war hier in der Wohnung.«

»Wie meinst du das?«

»Als ich vorhin nach Hause kam, stand die Tür offen.«

»Alles in Ordnung mit dir?«

»Ich glaub schon.«

»Ist etwas gestohlen worden?«

Sie schüttelte den Kopf.

Es sei denn …

O nein.

Sie rannte nach oben, riss ihre Unterwäscheschublade auf und stellte erleichtert fest, dass der Speicherstick von Carsten Vangede noch dort war.

»Was ist los?«, rief Kristoffer von unten herauf.

»Nichts. Ist noch da.«

»Worum geht es?«

»Vergiss es«, sagte Jensen.

»Seltsam«, meinte Kristoffer. »Das Schloss wurde nicht aufgebrochen. Bist du sicher, dass du nicht einfach nur vergessen hast, die Tür zuzumachen, als du heute Morgen weggegangen bist?«

Jensen sah ihn durch das Treppengeländer hindurch an. »Nein! Ich meine, wann hast du das letzte Mal *deine* Wohnung verlassen und die Haustür aufgelassen?«

Kristoffer hob die Hände. »Stimmt. Das würde dir nicht passieren. Vielleicht wurde der Einbrecher überrascht und kam nicht mehr dazu, das zu stehlen, von dem du meintest, es sei noch da … was auch immer es ist.«

»Möglicherweise.« Jensen stieg die Treppe hinunter.

»Okay.« Kristoffer zog das Telefon aus der Innentasche seines Blazers. »Ich rufe jetzt die Polizei.«

Jensen stieg die Treppe hinunter. »Nein, tu das nicht.«

»Warum nicht?«

»Weil sie nichts tun können.«

Sie würden nicht einmal einen Streifenwagen losschicken. Keine unmittelbare Bedrohung, keine Eile, nichts gestohlen. Und Henrik durfte es auf keinen Fall erfahren. Das Letzte, was sie jetzt brauchte, war seine Überreaktion. »Es gibt nur wenige Menschen in meinem Leben, für die ich sterben würde, und du bist einer davon«, hatte er einmal zu ihr gesagt.

Sie fragte sich, ob das immer noch so war.

Könnten es die Leute aus der Villa in Vedbæk gewesen sein? Hatten sie sie in den Überwachungskameras gesehen und herausgefunden, wer sie war, waren dann zu ihrer Wohnung gegangen?

Dreh nicht durch Jensen, so wichtig bist du nun auch wieder nicht.

»Okay. Wir tun jetzt Folgendes. Morgen schicke ich jemanden, der neue Schlösser anbringt und eine Alarmanlage mit einer Webcam installiert.«

»Eine Webcam?«

»Verbunden mit deinem Handy. Du erhältst einen Alarm, sobald jemand versucht einzudringen, und kannst jederzeit Livebilder aus der Wohnung sehen.«

Sie lächelte. »Ist das nicht etwas zu viel des Guten?«

»Überhaupt nicht. Ich habe das auch bei mir zu Hause eingerichtet.«

»Ja, klar, in der luxuriösen Penthousewohnung mit den neuesten Bang-&-Olufsen-Geräten, nicht in einer Dachkammer, in der es nichts zu stehlen gibt.«

»Nichts? Den Eindruck vermittelst du gerade aber nicht.«

Touché, Kristoffer.

Sie sah ihn an und kniff die Augen zusammen. »Warum bist du eigentlich hergekommen?«

»Ach so, ja. Ich muss die Waschmaschine unbedingt noch einmal überprüfen, um zu sehen, ob sie auch wirklich funktioniert. Ich habe ein paarmal versucht, dich zu erreichen, und bin wirklich erleichtert, dich endlich hier anzutreffen, Frau Jensen. Ich dachte schon, du wärst von Aliens entführt worden.«

Jensen ging zur Wohnungstür und hielt sie ihm auf. »Die Waschmaschine ist in Ordnung, trotzdem vielen Dank. Und jetzt, wenn es dir nichts ausmacht, möchte ich, dass du gehst.«

»Komm schon, Jensen. Was muss ein Mann noch tun?«

»Ähm, wie wär's mit, meine Bitte respektieren?«

»Ich fürchte, auf dem Ohr bin ich taub, was man von deinen Nachbarn sicher nicht behaupten kann. Darf ich reinkommen, damit wir unter vier Augen reden können?«

»Wenn es unbedingt sein muss.« Sie setzte sich aufs Sofa, umklammerte ein Kissen und zog die Beine an.

Er schloss die Tür und faltete die Hände, als wolle er beten. »Ich entschuldige mich dafür, dass ich dir nachgelaufen bin«, fing er an. »Aber ich bin kein durchgeknallter Axtmörder, ehrlich. Es ist nur so, dass … nun, ich schätze, ich bin es nicht gewohnt, ein Nein als Antwort zu akzeptieren.«

»Sag bloß?«

Kristoffer verströmte den Duft eines teuren Aftershaves. Er trug ein kragenloses blassblaues Leinenhemd, das lose herabhing, schwarze Jeans und einen marineblauen Blazer. Seine Augen funkelten mörderisch, als er sie ansah. »Ich mag dich.«

»Hast du das deiner Freundin auch gesagt?«

»Ich habe keine Freundin.«

»Die hübsche Schauspielerin aus dem Fernsehen. Ich denke, ihr lebt zusammen?«

»Nicht mehr.« Kristoffer grinste. Sie nahm an, dass es das Grinsen war, das er nach einem Geschäftsabschluss aufsetzte. »Aber wenn das dein Problem ist, dann lass mich dir sagen, dass ich der Nur-eine-Frau-gleichzeitig-Typ bin.«

Eine seltene Spezies.

»Na klar.«

»Du gehst mir nicht aus dem Kopf. Du machst mich an. Du bist … anders.«

»Soll ich mich jetzt geschmeichelt fühlen?«

Kristoffer lachte. »Ich sehe schon, du machst es mir nicht leicht, aber anders würde ich es auch nicht wollen. Erlaub mir wenigstens, mich in geeignetem Rahmen vorzustellen? Ich kenne ein kleines Restaurant gleich die Straße runter. Vielleicht hilft es dir ja, auf andere Gedanken zu kommen?«

»Was, jetzt? Es ist schon zehn Uhr, und wir haben Sonntag.«

»Ja, es ist wirklich ein ganz besonderes Lokal. Und sie bleiben extra für mich geöffnet. Außerdem sind es Italiener, für die ist es gar nicht spät.«

Jensen war hungrig. Es war Stunden her, dass sie die paar Bissen von dem Hühnchen-Sandwich gegessen hatte, und ein Schluck Wein würde ihr vielleicht beim Einschlafen helfen. »Muss ich mich aufhübschen?«

»Absolut nicht. Wenn ich dich in diesem bezaubernden Freizeitlook so ansehe, kann ich mich sowieso nicht erinnern, in meinem ganzen Leben jemals eine schönere Frau gesehen zu haben.«

59

MONTAG, 09:31 UHR

Als Henrik sich in der Polizeikantine einen Kaffee zum Mitnehmen und eine Schale mit anämisch aussehendem Obstsalat holen ging, wartete Mark an ihrem Stammplatz in der Ecke auf ihn. Der Tisch stand unweit eines an der Wand montierten Fernsehers, an dem sie hin und wieder Fußball anschauten. Mark führte sich gerade ein Puddingteilchen zu Gemüte. Der süße Geruch ließ Henrik das Wasser im Munde zusammenlaufen, aber er hatte sich geschworen, die Finger von Junkfood zu lassen. Von nun an sollte alles anders werden.

»Schön, dass du zurück bist, Henrik. Gut siehst du aus.«

»Danke.« Henrik spießte mit seiner Holzgabel ein Stück von der sehr festen Melone auf. »Du bist ein grauenhafter Lügner. Wo ist Lisbeth?«

»Auf dem Weg hierher«, sagte Mark. »Sie hatte gestern eine lange Nacht. Ich glaube, sie will sich jetzt allen beweisen.«

»Was meinst du damit?«

Mark ließ das angebissene Gebäckstück auf den Teller fallen, als hätte es ihm plötzlich den Appetit verdorben. »Du weißt nichts davon?«

»Abgesehen von Wiese gestern und dir heute früh habe ich seit Anfang März mit niemandem mehr gesprochen. Was ist denn los?«

»Wiese hat Lisbeth einen neuen Job angeboten. Abteilung für organisierte Kriminalität.«

Es versetzte Henrik einen Stich, dass sie mit ihm nicht darüber gesprochen hatte. Dann erinnerte er sich, dass sie ihm ein paarmal geschrieben hatte und er die Nachrichten, wie alles andere auch, was nur im Entferntesten mit der Arbeit zu tun hatte, sofort gelöscht hatte. »Und du meinst, sie nimmt das Angebot an?«

»Ich glaube, sie denkt ernsthaft darüber nach.«

Lisbeth würde es bestimmt weit bringen. Wiese war das schon

seit Langem klar. Konnte man es ihm verdenken? Er tat das, was jede gute Führungskraft tun würde. Andererseits aber fiel Wiese Henrik in den Rücken, wenn er ihm die besten Leute ausspannte. Und das wusste der Mann genau.

Mistkerl.

»Tut mir leid, dass du es auf diese Weise erfahren musstest.«

Henrik zuckte mit den Schultern. Es kostete ihn viel Selbstbeherrschung, nicht nach Marks abgelegtem Gebäckstück zu greifen und es aufzuessen. »Lisbeth kann machen, was sie will. Ich wünsche ihr alles Gute.«

Er würde mit ihr reden müssen. Herausfinden, was wirklich dahintersteckte. Schon vor seiner Krankschreibung hatte sie sich ihm gegenüber abweisend verhalten.

»Wiese sagte, dass du für eine Weile Innendienst schiebst«, sagte Mark.

»Das werden wir sehen«, entgegnete Henrik.

»Klar, Chef. Chef?«

»Ja, was gibt's?«

»Wir verstehen uns doch, oder? Oder bin ich dir gerade zu nahe getreten?«

Henrik sah Mark an und versuchte, aus seiner ernsten Miene etwas herauszulesen. Um Mark musste man sich keine Sorgen machen. All die Unstimmigkeiten, die im Lauf der Jahre zwischen ihnen aufgetreten waren, wenn Henrik aus der Rolle gefallen war oder sich danebenbenommen hatte – nichts davon schien Mark ihm nachzutragen. Anders als Lisbeth, die, so schien es ihm, eine Rechnung begleichen wollte.

Mark, das wusste Henrik, verfolgte eigene berufliche Ambitionen. Sie hatten sich ein paarmal darüber unterhalten, und Henrik versuchte, Marks Erwartungen zu erfüllen. Hatte Mark das Gespräch über Lisbeths Pläne verunsichert? Henrik klopfte ihm kameradschaftlich auf die Schulter. »Natürlich nicht, Kumpel, sei nicht albern. Wie kommst du denn darauf?«

»Ich … mach mir einfach keine Gedanken.«

»Alles in Ordnung bei dir zu Hause?« Henrik fühlte sich wie der größte Heuchler, den die Welt je gesehen hatte.

»Na ja.« Mark zuckte mit den Schultern. »Du weißt ja, wie es ist, wenn man kleine Kinder hat.«

Henrik nickte, obwohl er es natürlich nicht wusste. Er hatte seine Frau viel zu lange mit allem allein gelassen und sich mit der Arbeit entschuldigt. Er war froh, dass Mark nicht denselben Fehler machen würde. »Okay«, sagte er schließlich. »Dann lass uns zusammentragen, was wir über unsere beiden Morde wissen.«

Mark wedelte mit dem Telefon. »Drei Morde, Chef. Ulla Olsen ist letzte Nacht ihren Verletzungen erlegen.«

»Scheiße.« Henrik dachte an ihre Tochter Anette, und wie sie den Boden mit dem Blut ihrer Mutter rot gefärbt hatte.

Ulla Olsen. Der Name ließ in Henriks Erinnerung etwas rumoren. »Gibt es zu dem Fall etwas Neues?«

Mark schüttelte den Kopf. »Laurits Tønder hat den Fall übernommen. Man geht immer noch davon aus, dass einer der Mitbewohner des Pflegeheims es getan hat. Verdächtigt wird ein Vierundachtzigjähriger. Er ist vor zehn Tagen auf einen Pfleger losgegangen, ist bekannt für seinen Hang zur Gewalt.«

Einen Pfleger zu schlagen, ist keine Kleinigkeit, aber kaum vergleichbar damit, sich unbemerkt in das Zimmer einer Mitbewohnerin zu schleichen und ihr eins über den Schädel zu ziehen, um sich dann, ohne Spuren zu hinterlassen, aus dem Staub zu machen. War einem dementen Achtzigjährigen diese Form von Gerissenheit zuzutrauen?

Laurits Tønder kannte er gut. Netter Kerl, aber absolut talentfrei. Kürzlich erst zum Hauptkommissar befördert. In Henriks Augen krass überschätzt.

»Halte ich für eher unwahrscheinlich«, sagte er. »Und was ist mit Irene Valborg?«

»Auch bei Laurits. Er hat die Tochter gestern vorläufig festnehmen lassen. Ihm bleiben jetzt noch vierundzwanzig Stunden zum Verhören. Bis jetzt ohne Ergebnis.«

»Was hat er gegen sie in der Hand?«, fragte Henrik. Regitse Lindegaard war ein Aas. Ihre Mutter und sie konnten sich nicht ausstehen, aber Mord?

»Ihr Leben ist in tausend Scherben zerbrochen. Sie wurde in einer Bar in Aarhus aufgegriffen, schier besinnungslos vom Alkohol. Die Villa ist weg, das ganze Geld, und der Ehemann hat das Land verlassen. Laurits geht davon aus, dass sie ihre Mutter umgebracht hat, um an deren Besitz und das Diamantcollier zu kommen.«

»Und wie genau?«

»Sie fährt nach Kopenhagen und versucht, Geld von ihrer Mutter zu bekommen. Irene lässt sie natürlich herein, nicht ahnend, dass ihre eigene Tochter finstere Absichten hegt. Regitse zwingt ihre Mutter, den Safe zu öffnen, und dreht durch, als sie sieht, dass er leer ist. Irene will sich in Sicherheit bringen, Regitse schnappt sich den bronzenen Elefanten und, bumm, schlägt Irene damit auf den Kopf.«

Henrik schüttelte den Kopf. »Sie lag auf dem Teppich, mit dem Gesicht Richtung Schlafzimmer, in dem der Safe sich befand. Sie ist nicht weggelaufen.«

»Trotzdem könnte es Regitse gewesen sein«, sagte Mark.

»Du vergisst die Sicherheitsvorkehrungen, die Irene vor ihrem Tod getroffen hat. Ich bezweifle, dass sie das alles allein aus Angst vor ihrer Tochter getan hat.«

»Dafür könnte es eine harmlose Erklärung geben. Steigende Kriminalität und so weiter.«

»Sie entlässt ihre Putzfrau. Schafft ihren wertvollsten Besitz ins Sommerhaus. Stopft die Schränke mit Konserven voll. Verlässt das Haus nicht mehr. Das hat mit einer steigenden Kriminalitätsrate nichts zu tun. Irene Valborg wurde von jemandem unter Druck gesetzt. Von jemandem, der sie zu Tode ängstigte. Und weiter?«

»Der Nachbar von Vagn Holdved steht unter Anklage. Die Beweise gegen ihn scheinen ziemlich wasserdicht zu sein.«

»Du meinst die Fingerabdrücke auf Vagns Spaten?«

»Ja«, bestätigte Mark. »Und ein Gartenhandschuh mit Vagns Blut drauf.«

»Sonst nichts? Die Kleidung des Mannes muss doch voll davon gewesen sein.«

»Man geht davon aus, dass er die Kleidung entsorgt hat.«

»Nur den Handschuh nicht?«

»Den hat er übersehen.«

»Und wie erklärt der Mann das Blut auf dem Handschuh?«

»Er sagt, er habe Krach auf Vagns Grundstück gehört und sei hingegangen, um nachzusehen. Dort habe er Vagn auf dem Boden liegen sehen. Er wollte ihn wach rütteln. Dabei ist das Blut auf den Handschuh gelangt. Er sagt, er sei zurück zu seinem Haus geeilt und habe von dort sofort die Polizei gerufen. Aus Angst, verdächtigt zu werden, weil er und Vagn in der Öffentlichkeit gestritten hatten, habe er in Panik den Handschuh im Komposthaufen vergraben.«

»Denkt man sich so etwas aus?«

»Lotte Nielsen geht davon aus, dass er lügt, und der Staatsanwalt ist auch dieser Meinung.«

Der morgendliche Ansturm auf die Kantine legte sich. Mit lautem Geklapper stellten die Leute ihr Geschirr auf die Tabletts und räumten sie in den Geschirrwagen, bevor sie sich auf den Weg zu ihren Schreibtischen machten. Einige warfen Henrik einen überraschten Blick zu. Mit einem Griff an seine imaginäre Mütze grinste er zurück.

Am Boden, aber nicht aus dem Rennen.

In dem Moment, als auch Mark und er vom Tisch aufstanden, fiel es Henrik plötzlich ein. »Ulla Olsen«, entfuhr es ihm laut.

»Was ist mit ihr?«

»Früher ist sie gerne wandern gegangen. Ihre Tochter sagte, dass Ulla, als sie noch in der Wohnung in Bispebjerg lebte, oft irgendwohin ging, dann vergaß, was sie dort wollte, und auch nicht wieder nach Hause fand. Aber es war nicht irgendein Ort, oder?

Es war der Ort, an dem sich das junge Mädchen vor den Zug geworfen hat.«

»Wer?«

»Das Mädchen auf dem Foto.«

»Ich kann dir nicht folgen, Chef. Wovon sprichst du?«

Henrik stand plötzlich auf. Sein Stuhl kippte geräuschvoll nach hinten. »Von der S-Bahn-Station Ordrup.«

60

MONTAG, 11:18 UHR

»Was glaubst du, warum sie gesprungen ist?« Gustav lag auf Jensens Sofa, die langen Beine über eine Armlehne drapiert, den Kopf auf der anderen abgelegt.

Jensen lag mit dem Gesicht nach unten auf dem Teppich neben dem Couchtisch. Sie überlegte, ob sie genügend Kraft hatte, um mit Gustav zu sprechen. Trotz der Handvoll Schmerzmittel, die sie bereits eingeworfen hatte, schmerzte ihr Kopf nach dem Abend mit Kristoffer mit kompromissloser Entschlossenheit. Sie sehnte sich nach einem von Lirons speziellen Katerkaffees, konnte sich aber nicht überwinden, den langen Weg bis zu seinem Lieferwagen in der Sankt Peders Stræde zu radeln.

Das Restaurant, in das Kristoffer sie entführt hatte, befand sich in einem dieser schmucken, roten Stadthäuser in Christianshavn mit eingetopften Lorbeerbäumen und flackernden Windlichtern auf den Stufen im Eingangsbereich.

Die Italiener hatten Kristoffer und sie in ein Separee geführt und ihnen eine Delikatesse nach der anderen und viel Wein serviert. Schon beim dritten Gang konnte Jensen nicht mehr klar geradeaus sehen, während Kristoffer ihr von seiner Liebe zu Italien, seinem Geschäft, seinen Eltern (beide tot) und davon erzählte, dass es ihm nicht ums Geld ginge.

Ja, genau.

Leicht gesagt, wenn man reich genug ist, ein ganzes Restaurant nach Betriebsschluss exklusiv für sich offen zu halten und die teuersten Flaschen aus dem Weinkeller holen zu lassen. »Worum geht's dir dann?«, hatte sie ihn gefragt, kaum noch in der Lage, sauber zu artikulieren.

»Um den Deal. Den Abschluss. Das Gewinnen.«

»Aha, der pure Killerinstinkt also«, hatte sie mit einem höhnischen kleinen Lachen bemerkt, nachdem sie so ungefähr ihr achtes Glas Wein getrunken hatte.

Kristoffer hatte sie intensiv angesehen. Seine Augen leuchteten. Sie hatte ihre zusammengekniffen, verzweifelt bemüht, ihn nicht doppelt zu sehen. »Dir geht es vielleicht nicht um geldgetrieben, aber Geld verändert alles«, hatte sie gesagt und ihr leeres Glas geschwenkt.

»Mir ist bewusst, was man damit alles kaufen kann, wenn du das meinst. Ich mag den Luxus genauso wie jeder andere, aber ich bleibe ich selbst.«

Wie konnte er nach all dem, was er getrunken hatte, noch so nüchtern sein? Nicht gewillt, so schnell lockerzulassen, hatte Jensen noch einen draufgesetzt. »Die Kellner, die hier um uns herumschleichen, glaubst du im Ernst, dass die auch nur im Entferntesten an dir interessiert wären, wenn du pleite wärst?«

»Eigentlich schon. Ich habe hier früher Teller abgewaschen. Mit meinem ersten selbst verdienten Geld habe ich einen Anteil am Restaurant gekauft.« Er nickte einem untersetzten, glatzköpfigen Mann zu, der die anderen beaufsichtigte. »Das ist Andrea, der Geschäftsführer. Sein Sohn arbeitet für mich. Ich bin Pate seiner ersten Enkelin Giulia. Und das da drüben ist Georgia aus San Remo. Ihre Schwester ist vor zwei Jahren an Brustkrebs gestorben. Sie alle hier sind wie eine Familie für mich.«

Jensen war beschämt. Nachdem sie zurück in ihrer Wohnung waren, hatte sie Kristoffer gefragt, ob er auf einen Kaffee mitkommen wolle. Doch er hatte höflich abgelehnt und sich mit einem frühmorgendlichen Geschäftstermin entschuldigt. In seinen Augen hatte ein Funkeln gelegen, als machte er sich lustig über sie. Sein Kuss auf ihrer Wange hatte sich warm angefühlt, auch wenn er nur flüchtig gewesen war. Der Duft seines Rasierwassers war zurückgeblieben, nachdem er gegangen war.

Er würde sie bestimmt nicht noch einmal zum Essen einladen. Zu ihrer Überraschung stimmte sie das traurig.

Wie Kristoffer versprochen hatte, war bereits jemand gekommen, um den Einbruchmelder zu installieren. Eine winzige Kamera hing hoch oben über der Eingangstür, eine weitere oben in der Ecke an der Wohnzimmerdecke.

Gustav schien die Veränderung gar nicht aufgefallen zu sein. »Ich meine, sie hat doch mit ihrem Freund telefoniert«, sagte er. »Was könnte er ihr gesagt haben?«

»Keine Ahnung. Es muss ziemlich unangenehm gewesen sein.«

»Wollte er sie vielleicht verlassen?«

»Möglich, und wenn sie vorher noch nie einen Freund hatte, dann dürfte das ein herber Schlag gewesen sein.«

»Wenn wir ihn ausfindig machen, könnten wir ihn fragen.«

»Agnete hat gesagt, dass niemand je erfahren hat, wer es war. Ich wüsste nicht, wie wir ihn finden sollten.«

»Wir könnten Susanne Brande fragen.«

»Klar. Wir fahren gleich zu ihr.«

»Warum nicht?«

»Sie ist CEO eines börsennotierten Unternehmens, Gustav. Wir können nicht einfach so bei ihr auftauchen.«

»Natürlich können wir das. Wir gehen hin, warten draußen und sprechen sie an, wenn sie Feierabend macht.«

Jensen richtete sich auf und stützte sich auf den Ellbogen ab. Gustav hatte natürlich recht, aber warum war er jetzt so versessen darauf? Hatte er wegen Karoline und dem, was in Aalborg geschehen war, ein schlechtes Gewissen?

Sie hatten Fotos von Susanne Brande und Morten Rastrup ausgedruckt und in Jensens Wohnung an die Wand geklebt. Auch nach vierundzwanzig Stunden hatten sie noch nicht alles an Online-Material über Susanne Brande gelesen. Einziges Kind von Victor und Bitten Brande. Sie hatte ihre Mutter verloren, als sie vierzehn Jahre alt war, war nach Abschluss ihres Jurastudiums an der Universität Kopenhagen in das Unternehmen ihres Vaters eingetreten und hatte sich bis an die Spitze hochgearbeitet, um nach Victors Pensionierung die Geschäftsführung zu übernehmen. Der alte Mann war im vergangenen September gestorben.

Rastrup hingegen tauchte nur selten in den Medien auf und wenn, dann stets an Susannes Seite.

»Sie waren in dieser Nacht dort, also müssen sie etwas wissen«, sagte Gustav.

»Aber warum taucht das Foto von Karoline jetzt erst auf?«

Gustav antwortete nicht.

Jensen rollte sich auf den Rücken und zuckte bei dem sofort einsetzenden Kopfschmerz unwillkürlich zusammen. Was machten Gustav und sie jetzt überhaupt? Sie hatten die Halskette von Irene Valborg gefunden, und Regitse hatte sie bezahlt. Frank Buhl, der Kriminalreporter vom *Dagbladet,* hatte bereits über den Mord berichtet. Und der tragische Fall eines Schulmädchens, das vor dreißig Jahren vor einen Zug gesprungen war? Margrethe würde ihnen die Geschichte erst abkaufen, wenn noch mehr Fleisch auf die Knochen kam. Aber wie?

»Wir müssen alles noch mal durchgehen. Was war vor zehn Jahren? Oder vor zwanzig? Irene Valborg wurde im März ermordet. Was war der Auslöser?«

Gustav saß kerzengerade auf dem Sofa. »Victor Brande ist gestorben.«

»Genau, letztes Jahr, mehr als sechs Monate vor Irene.«

Gustav sprang auf. »Los, komm, wir haben zu tun.«

»Schrei nicht so.« Jensen hielt sich die Augen mit einer Hand zu. »Ich fühle mich nicht besonders gut. Außerdem sehe ich immer noch keine Verbindung zwischen Karoline und Irene oder Henriks anderen Fällen.«

»Genau das müssen wir herausfinden«, sagt Gustav. »Ein paar Monate nach Karolines Tod hat Irene sich ein teures Diamantcollier geleistet. Geerbt hat sie nicht, das wissen wir. Woher hatte sie also das Geld? Hatte sie vielleicht einen Job?«

»Das hätte Regitse uns gesagt.«

»Vielleicht hat sie über viele Jahre Geld zurückgelegt?«

»Ove und sie hatten wenig Geld, und sie selbst hatte gar kein Einkommen.«

»Hat sie etwas verkauft und mit dem Erlös die Halskette gekauft?«

»Wieder nein. Brøgger, Oves Anwalt, hätte das gewusst«, sagte Jensen. »Aber wir wissen, dass Irene, aus welchem Grund auch immer, Angst hatte, dass man ihr die Kette wegnehmen könnte und dass sie selbst in Gefahr schwebte.«

»Und wir wissen, dass Irenes Haus gerade mal einen Kilometer vom Bahnhof Ordrup entfernt liegt, wo Karoline sich das Leben genommen hat. Und dass Irene ein Vierteljahrhundert später brutal ermordet wurde und jemand ein Foto von Karoline neben ihre Leiche gelegt hat.«

Plötzlich stand er auf und entfernte nacheinander jede der bunten Haftnotizen von der Wand. »Wirf noch ein paar Schmerztabletten ein und nimm eine kalte Dusche, wir müssen noch mal von vorne anfangen. Wir müssen Karolines Schwester und ihre Mutter finden.«

Jensen starrte ihn ungläubig an. »Was ist denn in dich gefahren? Vor wenigen Wochen noch konntest du ein Interesse daran nicht mal heucheln, und auf einmal wirkst du wie von der Tarantel gestochen. Du hast doch nicht etwa vergessen, dass du bald wieder zur Schule musst?«

»Wenn wir eine gute Geschichte daraus machen, ändert Margrethe ihre Meinung vielleicht«, erwiderte er, ohne sie anzusehen.

»Wenn du dich da mal nicht täuschst, Gustav.« Jensen lachte. Doch als sie aufstand, um sich Paracetamol und einen kalten

Waschlappen für die Stirn zu holen, konnte sie nicht leugnen, dass sie vor Aufregung zitterte.

61

MONTAG, 18:14 UHR

Henrik legte den Hörer auf und starrte auf den Bildschirm. Sein Gedächtnis hatte ihn nicht getrogen. Ulla Olsens Tochter hatte bestätigt, dass ihre Mutter, bevor sie ins Pflegeheim kam, dreimal auf einer Bank am S-Bahnhof Ordrup angetroffen wurde, wo sie sich in einem Zustand extremer Verzweiflung hin und her gewiegt hatte. Bei näherer Betrachtung war es also keineswegs der Zufall, von dem Anette zunächst ausgegangen war. Vier Jahre lang, damals lebte sie noch in der ehelichen Wohnung in Ballerup, war Ulla zweimal pro Woche mit der S-Bahn zu einer Villa in Ordrup gefahren, in der sie für einen wohlhabenden, alleinstehenden Firmenchef geputzt und gebügelt hatte. Zufällig lag die Villa nur wenige Straßen vom Haus der Valborgs entfernt. 1997, kurz nach Karolines Selbstmord, wurde Ulla geschieden, hatte gekündigt und war in die Wohnung in Bispebjerg gezogen, die sie von ihrem eigenen Geld gekauft hatte.

Henrik tippte eine Nachricht an Lisbeth und Mark.

In mein Büro. Sofort. Abendtermine absagen.

Er hatte bereits mit Regitse Lindegaard gesprochen. Laurits Tønder hatte sie gehen lassen, nachdem ihr ein Freund ein Alibi geliefert hatte, das sie als Verdächtige ausschloss. Nach einer mit Beschimpfungen gespickten zehnminütigen Tirade im Vollrausch hatte Regitse schließlich bestätigt, dass auch ihre Mutter hin und wieder mit der S-Bahn zwischen Ordrup und dem Zentrum Kopenhagens gependelt war, meist um nach der Arbeit mit ihrem

Mann auszugehen. »Und für Papa müssen diese Abende die Hölle gewesen sein, weil sie es einfach nicht lassen konnte, die Restaurants oder die viel zu billigen Theaterplätze schlechtzumachen, die er ausgesucht hätte«, hatte Regitse gezischt.

Henrik ging zum Whiteboard, an dem er die Fotos der drei Opfer mit Magneten befestigt hatte. »Bahnhof Ordrup«, schrieb er in die Mitte der Tafel. Von dort zog er Linien zu den Fotos von Ulla und Irene und setzte ein Fragezeichen neben das Foto von Vagn Holdved. Wenn es einen Zusammenhang zwischen den drei Opfern und dem kleinen Pendlerbahnhof nördlich der Stadt gab, dann fanden sie die Antwort in dem Karton, den er aus dem Keller der örtlichen Polizeistation mitgenommen hatte.

Es klopfte an der Tür. Mark kam energiegeladen herein, etwas zögerlicher gefolgt von Lisbeth. Henrik sah sich im Gang vor seinem Büro zu beiden Seiten um, bevor er die Tür hinter sich schloss. »Das wird euch interessieren.«

Mark folgte ihm zum Whiteboard, Lisbeth blieb, nervös an ihrem Schlüsselband nestelnd, an der Tür stehen. »Henrik, du sollst die Ermittlungen nicht wieder aufnehmen«, sagte sie. »Wiese hat deutlich …«

»Ich freue mich auch, dich wiederzusehen, Lisbeth«, entgegnete Henrik.

»Die Auflagen gibt es nicht ohne Grund.«

»Ja, da hast du natürlich recht. Allerdings ist es für Wiese auch sehr bequem, mich die nächsten Monate Formulare ausfüllen zu lassen, während er einen nach dem anderen aus meinem Team abzieht.«

Lisbeth warf Mark einen wütenden Blick zu.

»Ich dachte, er wüsste es schon.« Mark wurde rot.

»Ach, gratuliere übrigens«, sagte Henrik. »Organisiertes Verbrechen, immerhin.«

»Es ist noch gar nicht offiziell.«

»Aber du hast zugestimmt?«

»Mündlich.«

Sie versuchte, seinem Blick standzuhalten, gab sich aber geschlagen und blickte betreten auf ihre Turnschuhe.

»Hör zu, Lisbeth. Ich weiß, dass ich mich wie ein Idiot benommen habe. Ich hatte ein paar Probleme zu Hause, die jetzt vom Tisch sind, auch wenn das keine Entschuldigung für mein Verhalten sein soll. Du weißt, ich weiß, und Mark hier weiß es auch, dass ich niemals Chef des Jahres werden werde. Ich verliere die Beherrschung und sage Dinge, die ich nicht sagen sollte.«

»Vor allem hörst du nie zu, selbst wenn die Leute dir helfen wollen«, beklagte sich Lisbeth.

»Auch das. Aber wir drei sind doch immer gut miteinander ausgekommen, oder? Wir haben viel zusammen durchgemacht und eine Menge erreicht. Kannst du mir auch nur einen Fall nennen, bei dem ich versagt hätte?«

Solche Fälle hatte es gegeben, erinnerte sich Henrik, aber es hatten sich alle ereignet, bevor Lisbeth und Mark zu seinem Team gestoßen waren. Zum Glück.

»Einmal ist immer das erste Mal«, sagte sie.

Das ist nicht Lisbeth, die da spricht, dachte er. *Das ist Wiese, der mich in Verruf bringt.*

»Du weißt doch, dass Wiese mich nicht ausstehen kann, oder? Und weißt du auch, warum?«

»Ich nehme an, dass du es mir gleich sagen wirst.«

»Weil Wiese Kontrolle über die Menschen haben will. Er will fügsame Minimenschen aus ihnen formen, die ihn sogar um Erlaubnis bitten müssen, bevor sie pinkeln gehen. Er würde seine Oma verkaufen, um an die Spitze zu gelangen.«

»Ich glaube eher, dass er ein wenig frischen Wind in die Sache bringt. Es geht das Gerücht, dass Monsen vielleicht in den Vorruhestand geht und Wiese sein Nachfolger wird.«

»Unsinn. Wiese hat doch gar nicht das Kaliber von Monsen.«

»Ist sowieso nicht Monsens Entscheidung, oder?«

Henrik schüttelte den Kopf. Was war mit Lisbeth geschehen? Wie konnte er ihr Vertrauen so gänzlich verloren haben?

Mark trat zwischen die beiden und hob vor Lisbeth beschwö-rend die Hände. »Lass uns doch einfach mal anhören, was Henrik zu sagen hat.«

Henrik zeigte auf die Tafel, aber Lisbeths Sturheit hatte ihm das Hochgefühl genommen, das ihn vor Minuten noch beherrscht hatte. »Zwischen zweien unserer Opfer und dem S-Bahnhof Or-drup, an dem Karoline Kokkedal sich das Leben genommen hat, gibt es eine Verbindung. Beide fuhren dort regelmäßig durch und könnten sich also getroffen haben.«

Lisbeth zog die Stirn kraus. »Und was hat das womit zu tun, auch mit Vagn Holdved?«

»Darauf gibt es noch keine Antwort.« Henrik deutete auf den Karton mit den Akten zu Karolines Selbstmord. »Ich wette aber, dass wir es wissen, wenn wir den Inhalt des Kartons gesichtet haben.«

Mark zog einen Pappordner heraus, blätterte die Fotos durch und pfiff leise.

»Und wir sollen das heute Abend alles lesen?«, wollte Lisbeth wissen. Henrik spürte, dass sie neugierig wurde. Sie wollte sehen, was Mark sich gerade ansah.

»Richtig«, sagte Henrik. »Jedes Wort. Es sei denn, du willst erst mit Wiese abklären, ob er damit einverstanden ist?«

62

MONTAG, 22:21 UHR

Weil er seine Arbeit wieder aufgenommen hatte, ging Henrik auch wieder ans Telefon. Wenigstens etwas, dachte Jensen, auch wenn er unhöflich war wie immer. »Kann jetzt nicht reden«, sagte er. »Es sei denn, es ist wichtig.«

»Es ist wichtig.«

»Du hast genau eine Minute Zeit.«

»Letztes Mal hast du mir noch eine Viertelstunde gegeben. Wie viel Zeit bekomme ich das nächste Mal. Fünfzehn Sekunden?«

Hätte sie nicht dringend Informationen von ihm gebraucht, hätte sie das Gespräch an dieser Stelle abgebrochen. Aber, wie immer bei Henrik, musste sie sich wohl oder übel auf das Eine-Hand-wäscht-die-andere-Spielchen einlassen. Er war am Arbeiten. Sie hörte Leute im Hintergrund reden, und seine Stimme war die, mit der er sprach, wenn jemand mithörte.

Ungeduldig.

Unnahbar.

Es hatte nicht lange gedauert, und er war nach seiner kleinen Midlife-Crisis wieder in die alten Gewohnheiten zurückgefallen.

»Hast du die Schwester gefunden?«, wollte Jensen wissen.

»Nein. Offiziell bin ich auch noch nicht wieder dran an dem Fall. Ab morgen dann aber.«

»Und wie steht's mit der Mutter, Pia Kokkedal?«

»Auch nicht.«

»Dann werde ich versuchen, sie zu finden.«

»Geht nicht.«

»Henrik, das haben wir schon hundertmal besprochen. Dänemark ist ein freies Land.«

»Nein, ich meine, das geht wirklich nicht. Sie ist tot. Sie ist im Januar dieses Jahres im Riget an einer Leberzirrhose gestorben. Auf Wiederhören, Jensen.«

Jensen saß noch eine Weile da und starrte auf ihr Handy. Karolines Mutter war nur wenige Wochen vor dem Mord an Irene zu Hause gestorben. Wie hing das zusammen?

Sie ging zur Küchenspüle. Ein Blumenhändler hatte ihr vor ein paar Stunden einen großen, in Zellophan verpackten Strauß langstieliger rosa Rosen geliefert. Jensen hatte Wasser ins Spülbecken laufen lassen und sie dort hineingelegt. Die ganze Wohnung war von ihrem Duft erfüllt. Irgendetwas an ihnen machte sie nervös.

Das Vibrieren ihres Handys signalisierte den Eingang einer Textnachricht.

Kristoffer.

Gefallen sie dir?
Sind die von dir?
Hast du noch andere Verehrer?
Ich dachte, das wird nichts mit uns.
Ganz und gar nicht. Du bist so süß, wenn du betrunken bist, Jensen. Darf ich dich wiedersehen?
Wann?
Ich stehe unten, mit einer Flasche Bollinger. Bist du gerade beschäftigt?

63

DIENSTAG, 00:49 UHR

»Ich glaub's nicht!«, entfuhr es Henrik. »Sie waren in dieser Nacht alle dort. Alle drei. Und jetzt sind sie tot.« Er starrte auf die Tafel, die Hände auf die Glatze gepresst, aus der hinten und an den Seiten spröde, braune Haare zu sprießen begannen, was ihn zehn Jahre älter wirken ließ. Er fühlte sich klebrig, vom Schweiß und von dem ranzigen Fett von den Burgern und Pommes frites, die er mit Lisbeth und Mark vor einer Stunde gegessen hatte.

Ulla Olsen hatte ausgesagt, gesehen zu haben, wie Karoline Kokkedal, Susanne Brande und Morten Rastrup gegen 18:45 Uhr den Bahnhof betraten. Ulla, damals noch bei vollem Verstand, hatte die drei als »laut und anstößig« beschrieben, insbesondere Brande und Rastrup. Irenes Aussage zufolge hatten die drei Jugendlichen »betrunken herumgealbert«. Vagn – er war von der Ordruper Filiale der Den Danske Bank, die er leitete, auf dem Heimweg gewesen – hatte noch verständnisvoll hinzugefügt, »wie junge Leute eben so sind«. Ein paar Minuten später war Karoline zum Nordbahnsteig hinübergelaufen. Die anderen beiden liefen hinterher. Vagn, Ulla und Irene waren sich darin einig, dass sie aufgebracht gewirkt hatte. Kurz darauf war sie in dem Moment vom Bahnsteig gesprungen, als die S-Bahn einfuhr.

Der Fahrer war seither arbeitsunfähig gewesen, seine Aussage bei der Polizei weitschweifig und unzusammenhängend. Henrik konnte sich das Szenario vorstellen, hatte in seinem Berufsleben schon einige Lokführer in ähnlichen Situationen befragt.

Es gab fünf Zeugen, darunter Susanne Brande und Morten Rastrup. Ein klarer Fall. Der Gerichtsmediziner hatte ihn in Rekordzeit abgeschlossen.

»Vagn, Ulla und Irene waren also dort. Das ist fünfundzwanzig Jahre her, und jetzt bringt jemand sie um?«, fasste Lisbeth zusammen.

»Wer?«, sagte Mark.

»Und warum jetzt?«, ergänzte Lisbeth.

Henrik zuckte mit den Schultern. Sie würden methodisch vorgehen, Beweise zusammentragen, alles durchgehen müssen.

Es gab einen Faden, einen dicken roten Pfeil, den sie nicht erkannt haben. Das Videomaterial stammte von der Kamera am Bahnsteig, doch im Bericht war vermerkt, dass die Aufnahme nicht beweiskräftig war. »Besorg einen VHS-Player«, sagte Henrik zu Mark. »Vielleicht wurde doch etwas übersehen.«

Die Tür zu seinem Büro flog auf. Ein junger Mann mit schwarzem Bart und Kopfhörern, in der Arbeitskluft der Reinigungsfirma und mit einer Rolle Müllsäcke in der Hand, kam herein und sah die drei ein paar Sekunden lang an, bevor er eine Entschuldigung murmelte und die Tür wieder zuschlug.

Für den Bruchteil einer Sekunde beneidete Henrik den Mann. Wer war schon gerne Polizist und musste sich in den frühen Morgenstunden durch staubige Akten wühlen, wo er doch den Boden wischen, das Ergebnis seines Schaffens betrachten und dabei auch noch in aller Ruhe Musik hören konnte?

Dieser Job ist nicht normal, dachte er.

Mark rieb sich das Gesicht und redete mit geschlossenen Augen. »Und wenn es mit Karoline gar nichts zu tun hat? Wenn die drei aus einem ganz anderen Grund in Ordrup waren und genau deshalb umgebracht wurden?«

»Wir müssen herausfinden, ob sie sich kannten«, sagte Lisbeth.

»Nein«, erwiderte Henrik. »Die Fotos wurden aus einem bestimmten Grund bei den Leichen abgelegt.«

»Nicht sehr aussagekräftig, falls sie uns etwas mitteilen wollten«, bemerkte Lisbeth.

»Sie war nicht für uns bestimmt.« Erst als er es ausgesprochen hatte, erkannte Henrik die Wahrheit in seinen Worten. »Es war keine Botschaft. Es war eine Art persönliche Ehrbezeugung, ein Ritual.«

»Und jetzt?« Lisbeth seufzte tief. Mark legte die Stirn auf einen Papierstapel und ließ die Arme seitlich herunterhängen. Es sah aus, als würde er fest schlafen.

Henrik dachte darüber nach, was Jensen ihm erzählt hatte, und stellte verärgert fest, dass sie ihm die ganze Zeit einen Schritt voraus gewesen war. »Es gab eine Zwillingsschwester, Rikke Kokkedal. Sie ist polizeibekannt, glaube ich. Wir müssen sie finden.«

Lisbeth gähnte.

»Lasst uns nach Hause gehen und ein wenig schlafen«, sagte Henrik. »Morgen früh geht's weiter. Lotte und Laurits werden nicht erfreut sein, aber ich werde trotzdem mit Wiese sprechen, ob wir die drei Ermittlungen nicht zusammenlegen können, und dann wird es Zeit für eine Unterhaltung mit Susanne Brande und Morten Rastrup.«

64

»Ja, ich erinnere mich. Leberversagen ist ein schrecklicher Tod. Sie hatte starke Schmerzen, als sie eingeliefert wurde, hat Blut erbrochen und so weiter.«

Nachdem sie der Intensivkrankenschwester Katrine Skytte zugesichert hatten, dass sie namentlich nicht genannt würde, erwies sie sich als sehr gesprächig und entgegenkommend. Die Rothaarige mit einer Girlande aus tätowierten Rosen, die sich unter dem kurzen Ärmel ihres weißen Kittels den Arm hinaufschlängelte, war trotz der achtstündigen Nachtschicht, die sie gerade beendet hatte, lebhaft und voller Energie.

Sie hatten sich in den Personalraum im siebten Stock des staatlichen Krankenhauses zurückgezogen und saßen um einen kleinen Tisch neben einem Waschbecken herum, über dem jemand einen Zettel mit der Aufschrift »Mach deinen Dreck selbst weg« aufgehängt hatte. Gustav war nachdenklich. Möglicherweise erinnerte er sich an die Tage, die er im Januar mit geschwollenem und geschundenem Gesicht im *Riget* zugebracht hatte.

»Pia hatte niemanden«, sagte Katrine. »So ist das, wenn man alkoholkrank ist. Ich kenne das, mein Vater hat sich zu Tode gesoffen. Am Ende verachten dich alle. Nicht weil du trinkst, sondern wegen der Lügereien und Betrügereien, die damit einhergehen.«

»Vermutlich nicht annähernd so, wie du dich selbst verachtest«, murmelte Jensen in ihren Becher.

Der Kaffee kam aus der Thermoskanne auf dem Tisch. Er war lauwarm und bitter. Jensen nahm an, dass er gleichzeitig mit dem belegten Brot zubereitet worden war, das auf dem Teller lag. Roggenbrot mit einer Scheibe schwitzendem Käse, der sich an den Ecken hochbog. Der Magen drehte sich ihr um bei dem Geruch.

Vogelgezwitscher hatte sie geweckt. Sie lag bäuchlings quer auf ihrem Bett. Auf dem Boden standen eine leere Sektflasche und zwei

Gläser mit einem roten Bodensatz. Eine leere Rotweinflasche war über die unebenen Dielen in eine Ecke unter dem Dachvorsprung gerollt. Kristoffer war gegangen. Sie erinnerte sich vage daran, dass er etwas von einem Treffen mit dem Industrieminister gemurmelt hatte. Das Bettzeug roch nach seinem teuren Aftershave.

Der Sex war erstaunlich energisch gewesen. Kein umständliches Vorspiel. Sie hatten es beide gewollt. Auch nach einer halben Stunde unter der Dusche haftete ihr sein Phantomgeruch noch an, ein Kribbeln bis in alle Nervenenden vermittelte ihr ein Gefühl von Lebendigkeit.

»Wo hat sie gewohnt?«, fragte Gustav.

»Vesterbro, glaube ich. Ich will gar nicht so genau wissen, was für ein Schweinestall ihre Wohnung gewesen sein muss. Ihre Kleidung stank, als sie reinkam. Ich habe ihr alles ausgezogen und sie gewaschen. Ihre Haut war gelb. Überall Blut. Sterben ist manchmal wirklich nicht schön.«

Jensen unterdrückte aufsteigende Galle. Es fühlte sich falsch an, hier zu sein und Katrines Gesprächsbereitschaft auszunutzen, aber wiederum auch nicht so falsch, dass sie das Gespräch hätte beenden müssen.

»Ich habe sie gefragt, ob ich jemanden für sie anrufen soll, aber das hat sie abgelehnt.«

Gustav beugte sich auf seinem Stuhl nach vorne. Er war nervös und ungeduldig, sein rechtes Bein wippte auf und ab. Jensen unterdrückte den Drang, ihre Hand daraufzulegen. Sie wollte vermeiden, dass Katrine abgelenkt wurde.

»Hat sie über Karoline gesprochen?«, fragte Gustav.

»Über wen?«

»Ihre Tochter. Hat sich mit sechzehn Jahren das Leben genommen.«

»Nein, tut mir leid.«

»Gab es nicht noch eine andere Tochter, Rikke?«

Katrine schüttelte den Kopf. »Kinder hat sie definitiv nie erwähnt.«

Jensen war enttäuscht. Sie sah auf ihr Telefon, aber es gab keine neuen Nachrichten von Henrik, seit sie vor ein paar Minuten das letzte Mal nachgesehen hatte. Sie war müde und verkatert und sehnte sich nach Schlaf. »Sie hat also nichts Ungewöhnliches gesagt, während sie hier war, und es ist auch nichts passiert?«

»So habe ich das nicht gesagt.«

»Wie meinen Sie das?«

»Am Donnerstag vor dem Montag, an dem sie gestorben ist, hat sie in meiner Schicht gegen Morgen geklingelt. Sie bat um ein Handy.«

»Wen hat sie angerufen?«, fragte Gustav.

»Ich weiß es nicht, aber …«

Die Tür schwang auf. Ein Mann und eine Frau in Pflegeuniform betraten die Küche. »Du bist immer noch hier, Katrine?«

»Scheiße«, entfuhr es ihr. Sie sah auf ihr Handy und stand plötzlich auf. »Scheiße, Scheiße, Scheiße, ich bin zu spät. Ich muss meine Tochter in die Kita bringen.«

»Moment, Sie wollten doch gerade noch etwas sagen?«, meinte Jensen.

Sie folgten Katrine in einen kleineren Raum mit Schließfächern und sahen zu, wie sie sich ihren wattierten Mantel überzog und ihr rotes Haar zu einem Pferdeschwanz zusammenband. Sie setzte sich auf eine Bank, zog ihre weißen Clogs aus und tauschte sie gegen kurze schwarze Stiefeletten mit Reißverschluss. »Ach ja, nachdem sie gestorben war, fiel mir der Anruf wieder ein. Ich dachte mir, dass diese Person vielleicht wissen möchte, was passiert war. Also habe ich die Nummer gewählt. Am anderen Ende meldete sich ein äußerst unhöflicher Mensch, der sich weigerte, mir zu sagen, wer er war. Und damit war das Gespräch beendet.«

»Und das war's?«

»Ja. Und dann, am Tag bevor sie starb, war da noch dieser Kerl, der das ganze Zimmer verpestet hat.«

»Was für ein Typ?«, wollte Jensen wissen.

»Ein Typ in einem schmutzigen Parka. Einer ihrer Saufkumpane vermutlich. Irgendwann wurde es unruhig, sodass wir am Ende den Sicherheitsdienst rufen mussten, um ihn wieder hinauszubefördern. Zum Glück ist er dann von selbst gegangen.«

»Könnte das der Mann gewesen sein, den Pia mit dem geborgten Handy angerufen hat?«

»Das glaube ich nicht. Der Typ am Telefon klang eher ... amtlich.«

»Was meinst du damit, dass es unruhig wurde?«, hakte Gustav nach.

»Sie haben sich angeschrien. Pia wurde immer wütender.«

»Haben Sie die Nummer noch?«, fragte Gustav.

Katrine zögerte und sah kurz zur Tür. »Machen Sie die bitte zu?«

Sie wartete, bis Gustav ihrer Bitte gefolgt war, und griff dann in ihr Schließfach. »Ich weiß, ich hätte es nicht tun sollen. Aber wem hätte ich sie geben sollen? Als Pia starb, konnte ich es nicht einfach wegwerfen, als hätte es sie nie gegeben. Wegen des Gestanks musste ich es in eine Plastiktüte stecken. Es ist nur Müll drin, aber es gibt einen Zettel mit der Telefonnummer drauf. Sieht aus, als wäre der Zettel schon Jahre alt.«

Sie zog eine gelb-schwarze Tüte von Netto hervor und reichte sie Jensen. »Nehmen Sie sie mit, Sie tun mir damit einen Gefallen. Und wenn Sie herausfinden, wen sie angerufen hat, sagen Sie einfach, dass Pia friedlich entschlafen ist. Das wollen alle hören. Aber jetzt muss ich wirklich gehen.«

Mit eiligen Schritten ging sie zur Tür.

Jensen holte ihr Handy heraus, um Henrik eine Nachricht mit Katrines Namen zu schicken. Es sollte ein Leichtes für ihn sein, die Identität von Pias Besucher herauszufinden.

»Stimmt das?«, rief Jensen ihr nach. »Ist sie wirklich friedlich eingeschlafen?«

Katrine blieb stehen. »In all meinen Berufsjahren als Krankenschwester habe ich noch nie jemanden gesehen, auf den das weniger zutraf.«

65

DIENSTAG, 11:23 UHR

Der Hauptsitz der Brande AG war eine Art Superjacht an Land, ein komplexes Gebilde aus Glas und Metall, das das sonnengetränkte Wasser des Kopenhagener Hafens wie ein überdimensionierter Diamant reflektierte. Henrik und Lisbeth hatten in der Atriumlobby gestanden, die Hälse gereckt und die versetzten Stockwerke gezählt, die sich über ihnen erhoben. Junge Leute in Jeans und Turnschuhen, die auch gut auf einen Campus gepasst hätten, wuselten auf den schwarzen Fliesen umher. Auf der Fahrt mit Lisbeth im Aufzug nach oben war er sich alt und behäbig vorgekommen und hatte bereut, seine Springerstiefel gegen elegante schwarze Schuhe getauscht zu haben.

»Formelle Kleidung muss man bei uns schon seit langer Zeit nicht mehr tragen«, sagte Brande, die sie in ihrem Büro empfing, das über dem Wasser zu schweben schien. »Die jungen Leute haben eine ganz andere Herangehensweise an die Arbeit als die ältere Generation.«

Henrik hatte sie schon oft in der Zeitung gesehen. Alle hatten sie dort gesehen. Sie war ein ausgesprochener Medienliebling, eine Geschäftsfrau, die ständig Preise gewann oder verlieh und den Mächtigen und Wichtigen dieser Welt die Hand schüttelte. Darauf aber, wie umwerfend sie im wirklichen Leben aussah, war er nicht gefasst. Sie trug ein luftiges rotes Kleid, ihr glattes blondes Haar schimmerte wie Gold. Sie gehörte zu den Frauen, von denen man den Blick nicht lassen konnte. Hätte er bei Wikipedia nicht nach ihr gesucht, um festzustellen, dass sie etwa gleich alt waren, hätte er sie auf Anfang dreißig geschätzt.

Lisbeth und er setzten sich auf die Kuhfelldrehstühle, die Brande ihnen zugewiesen hatte, und nahmen den angebotenen Kaffee dankbar an.

Lisbeth war schon im Büro, als Henrik an diesem Morgen zur

Arbeit erschien. »Du hattest recht. Rikke Kokkedal ist tatsächlich polizeibekannt«, hatte sie ihm eröffnet, als er zur Tür hereinkam.

»Weshalb?«

»Wo soll ich anfangen? Diebstahl, Einbruch, Körperverletzung, schwere Körperverletzung, Prostitution, Störung der öffentlichen Ordnung. Hat 1997 das Haus ihrer Pflegeeltern niedergebrannt.«

Henrik entfuhr ein leiser Pfiff. »Sitzt sie?«

»Nein, bis vor etwa achtzehn Monaten war sie im Gefängnis von Horserød.«

»Dann bestellen wir sie doch ein«, hatte Henrik gesagt und gespürt, wie sich seine Stimmung hob. Sie waren auf dem richtigen Weg.

»Natürlich. Das Problem ist nur …, dass niemand weiß, wo sie ist«, hatte Lisbeth geantwortet. »Nach der Haftentlassung hat sie eine Wohnung zugewiesen bekommen, soll dort aber seit über einem Jahr nicht mehr gesehen worden sein.«

Als Mark angekommen war, hatte Henrik ihn gleich zum Riget geschickt, um mit Katrine Skytte zu sprechen. Dass Jensen bereits mit der Krankenschwester gesprochen hatte und ihm wieder einmal voraus war, ärgerte ihn. »Karolines Mutter soll Besuch gehabt haben, bevor sie starb. Versuch herauszubekommen, wer der Typ war. Sprich mit dem Sicherheitsdienst, besorg dir alle Überwachungsvideos, die du in die Finger bekommen kannst«, hatte er Mark mit auf den Weg gegeben.

Lisbeth fühlte sich in der eleganten Umgebung der Brande AG genauso unbehaglich wie Henrik. Sein Instinkt sagte ihm, dass sie Susanne Brande nicht leiden konnte.

»Ich hätte vermutlich damit rechnen müssen, dass Sie sich melden«, sagte Brande. »Ich habe von den Morden in der Zeitung gelesen und hätte natürlich darauf kommen können, um wen es sich handelte, aber ich hätte nie gedacht … Ich meine, ganz ehrlich, das ist alles schon so lange her, dass ich dachte … aber Namen konnte ich mir noch nie gut merken. Und Sie glauben wirklich, dass das etwas mit Karolines Tod zu tun hat?«

Henrik wollte gerade antworten, als die Tür aufgeschoben wurde und ein großer Mann mit beneidenswerter blonder Haarpracht in Jeans und Kapuzenpulli eintrat. Er sah aus wie ein Türsteher in einem Nachtklub.

»Ich habe Morten, unseren COO, hinzugebeten. Er war in jener Nacht ebenfalls dort und erinnert sich vielleicht«, erklärte Brande.

»Rastrup«, stellte der Mann sich vor und reichte Henrik die Hand.

»COO?«, fragte Henrik.

»Vorstand für das operative Geschäft«, klärte Rastrup ihn auf und sah ihm fest in die Augen, wobei Henrik sich fragte, um welche Art von Operationen es sich wohl handelte.

Rastrup wirkte angespannt und nervös, sein Blick irrlichterte. Henrik tippte auf Kokain. Es gab kaum eine Schicht in der Gesellschaft, die von diesem Zeug unberührt war. Henrik hatte mehrere Kollegen, die dem Stoff verfallen waren.

»Karoline, Morten und ich waren Schulfreunde«, sagte Brande. »Aber das wissen Sie sicher schon.«

»Freunde? Sind Sie sich da sicher?« Henrik spürte, wie Lisbeth neben ihm unruhig wurde. »Wenn ich richtig informiert bin, gehörte Karoline nicht gerade zu den ›It-Girls‹. Wie kam es dazu, dass Sie an dem Abend gemeinsam unterwegs waren?«, fragte sie unvermittelt und ignorierte Henriks ungeschriebenes Gesetz, dass grundsätzlich er den Anfang machte.

Brande blinzelte und sah zu Rastrup hinüber, der Henrik angriffslustig ansah. »Die Leute sagen mir alles Mögliche nach, wegen meines Vaters und weil wir reich waren.«

»Ach ja? Sie beide sollen Karoline schikaniert haben«, setzte Lisbeth nach.

»Wer sagt das?«, wollte Rastrup wissen.

»Sie räumen es also ein?«

»Schon gut, Morten«, schritt Brande ein und warf Lisbeth ein entwaffnendes Lächeln zu. »Dass ich früher ein Engel gewesen bin, habe ich nie behauptet. Aber meine Haltung zu Mobbing ist bekannt. Meine Autobiografie *Erwachsen werden* haben Sie vielleicht gelesen?«

»Nie davon gehört«, entgegnete Lisbeth unbeeindruckt. »Aber was meinen Sie damit, dass Sie kein Engel waren?«

Brande blickte wieder zu Rastrup. »Wir waren jung, haben getrunken. Manchen Leuten hat das vielleicht nicht gefallen. Aber Karoline wollte mit uns abhängen. Sie war cool.«

»Laut damaliger Aussage ihrer Mutter war sie so glücklich, mit Ihnen ausgehen zu dürfen, dass sie schon Tage vorher überlegte, was sie anziehen und was sie mit ihren Haaren machen sollte«, sagte Lisbeth.

Brande senkte den Kopf und nickte. »Das macht die Sache noch schlimmer, oder?«

Henrik legte Lisbeth eine Hand auf den Arm, bevor sie weitersprechen konnte. »An dem Abend soll es vorher ein Telefongespräch mit einem Freund gegeben haben. Können Sie uns sagen, wer das war?«

»Wir kannten ihn nicht«, antwortete Brande.

»Warum waren Sie sich da so sicher?«, hakte Lisbeth sofort ein.

»Sie hat ihn von Mortens Wohnung aus angerufen. Sie hatte gehofft, dass sie sich später am Abend, nach der Party in Kopenhagen, noch treffen würden. Stattdessen hat er aber mit ihr Schluss gemacht. Sie war vollkommen aufgelöst. Ehrlich gesagt, die ganze Sache war wirklich furchtbar.«

Sache. Als wäre es nicht mehr als ein kleiner Fauxpas auf einer Cocktailparty gewesen, dachte Henrik. Lisbeth musste denselben Gedanken gehabt haben. Er spürte, wie sie innerlich zusammenzuckte.

»Wir konnten ja nicht ahnen, dass der Abend so tragisch enden würde«, sagte Brande. »Es war ein furchtbarer Schock.«

»Haben Sie versucht, es ihr auszureden?«, erkundigte sich Henrik.

»Natürlich, aber es ging alles so schnell. Gerade noch standen wir da und warteten auf den Zug in die Stadt, und im nächsten Moment war Karoline schon auf den anderen Bahnsteig gerannt.«

Henrik traf auf Rastrups starren Blick. »Und Sie konnten sie nicht davon abhalten zu springen?«

»Wir waren betrunken«, sagte Brande. »Und sie war fest entschlossen. Ehe wir es uns versahen, war es passiert, und sie war tot.«

Lisbeth schüttelte den Kopf.

Plötzlich sprang Rastrup von seinem Stuhl auf. »Was soll das hier? Wird uns irgendetwas vorgeworfen?«

»Morten.« Brande versuchte, ihn zu beruhigen. »Niemand beschuldigt hier irgendjemanden.« Sie sah Lisbeth an. »Es war furchtbar. Haben Sie je etwas so Schlimmes erlebt, dass Sie sich wünschen, Sie könnten die Zeit zurückdrehen und es ungeschehen machen?«

»Um mich geht es hier nicht.« Lisbeths Blick blieb auf sie geheftet.

Brande lächelte. Das Sonnenlicht schimmerte in ihrem goldblonden Haar.

»Deine Chefin hat recht«, sagte Henrik zu Rastrup. »Wir versuchen nur herauszufinden, warum die anderen drei, die Karoline haben springen sehen, jetzt tot sind. Können Sie dazu etwas sagen?«

»Nein, leider nicht.« Brande legte Morten eine Hand auf den Arm. »Ehrlich, wir haben uns den Kopf darüber zermartert.«

Henrik fragte sich, ob sie mit Rastrup schlief. Zwischen den beiden knisterte eine Energie, eine Art übermäßige Vertrautheit war nicht zu übersehen. Aber irgendwo glaubte er gelesen zu haben, dass sie verheiratet war und Kinder hatte.

(»Nicht, dass dich das davon abgehalten hätte!«, hörte er seine Frau sagen.)

»Wir würden Ihnen gern helfen«, sagte Brande. »Haben Sie schon mal daran gedacht … Vielleicht geht es hier ja um etwas ganz anderes? Zufall vielleicht?«

Offensichtlich wusste sie nichts von den Fotos, und Henrik wollte, dass das auch so blieb. Das Letzte, was er jetzt gebrauchen konnte, war, dass diese Information an die Presse gelangte.

»Wir gehen einer Reihe von Hinweisen nach.« Damit kam Henrik Lisbeth zuvor und bedeutete ihr, dass die Unterhaltung beendet war. »Ich danke Ihnen beiden, dass Sie sich die Zeit genommen haben. Und für den Fall, dass Ihnen noch etwas einfallen sollte, egal was, hier ist meine Karte.«

Auf dem Weg hinaus hielt er kurz inne und warf einen kurzen Blick auf das Gemälde an der weißen Wand hinter Brandes riesigem Schreibtisch. Es war eines dieser hässlichen modernen Bilder, die auch eines seiner Kinder hätte malen können.

»Mein Vater«, sagte Brande. »Victor. Er ist letztes Jahr im September von uns gegangen. Er hat diese Firma zu Hause in seinem Jugendzimmer, während seines Studiums als Bauingenieur, gegründet. Nachdem er die Masern überstanden hatte, war er fast taub.«

»Er muss sehr stolz auf Sie gewesen sein, dass Sie die Firma übernommen haben,« bemerkte Henrik.

Brande lachte. Perfekte Zähne blitzten in ihrem perfekten Gesicht. »Ich bestreite nicht, dass ich Daddys Liebling war, aber er gehörte nicht zu den Männern, die Komplimente machen, nicht einmal seiner eigenen Tochter. Er war schwer zufriedenzustellen.«

Henrik vermutete das auch. Selbst die wahllosen Schnörkel aus Regenbogenfarben auf dem Gemälde ließen keinen Zweifel daran, dass der Mann ein Raubtier gewesen war.

66

»Und du bist dir ganz sicher, dass es eine Männerstimme war?«, fragte Jensen, während sie ihre Zähne in ein Bánh-mì-Sandwich mit Schweinebraten versenkte.

»Hundertpro«, sagte Gustav mit vollem Mund.

»Jung? Alt?«

»Weder, noch. Als ich ihn nach seinem Namen gefragt habe, hat er aufgelegt. Aber es war definitiv derjenige, den Pia Kokkedal aus dem Krankenhaus angerufen hat. Katrine hatte recht, er war verdammt ungehobelt.«

Jensen schloss die Augen und wandte ihr Gesicht der Sonne zu. Sie hatte Henrik die Nummer bereits per SMS geschickt und ärgerte sich, dass sie so sehr auf seine Informationen angewiesen war. Zu Pias Besucher hatte er sich noch nicht geäußert. »Könntest du Fie bitten, herauszufinden, wem die Nummer gehört?«

Fie hatte sich in das versteckte Laufwerk von Carsten Vangede gehackt. Eine Handynummer zu finden, dürfte im Vergleich dazu ein Kinderspiel sein.

»Schon passiert.« Gustav sah auf sein Handy. »Keine Antwort.«

Sie saßen im gleißenden Licht der Aprilsonne vor einem vietnamesischen Imbiss in Nørrebro. Die Leute fuhren auf Fahrrädern an ihnen vorbei. Jensen genoss die Wärme der Sonne. Auf der Bank mit den roten, geblümten Kissen, zwischen Gustav und ihr, lagen die Habseligkeiten von Pia Kokkedal, so wie sie diese in einem schmierigen Stoffbeutel von undefinierbarer Farbe mitgenommen hatte.

»Pia hatte mal ein Leben, Hoffnung, Träume. Was ist mit ihr passiert?«, fragte Gustav.

»Du hast gehört, was Agnete gesagt hat. Ihr Leben ist nach Karolines Selbstmord aus den Fugen geraten.«

Pias alte Wohnung im Mjølnerparken hatten sie bereits aufgesucht. Ein Wohnkomplex, der auf der Kopenhagener Liste der Gettos, heute offiziell »Parallelgesellschaften« genannt, ganz oben stand. Aber die Frau mit dem Kleinkind auf der Hüfte, die ihnen die Tür aufgemacht hatte, sagte, dass sie Pia nicht kenne und dass ihr Freund und sie gerade erst eingezogen seien. Die Stadtverwaltung hatte die Wohnung vermutlich geräumt und Pias Sachen entsorgt.

»Wohl eher verbrannt«, vermutete Gustav.

In Pias übel riechender Tasche hatten sie ein Portemonnaie aus Kunstleder gefunden, das einmal rosa gewesen war, jetzt aber, von einer unbekannten klebrigen Substanz überzogen, braun war. Darin befanden sich ihr Personalausweis, sechsundzwanzig Kronen und fünfzig Öre in bar, ein schmaler Papierstreifen mit der Nummer, die sie vom Krankenhaus aus angerufen hatte, und ein mit Eselsohren versehenes, verblasstes Foto von zwei Mädchen im Teenageralter, die mit einem Teller Spaghetti vor sich am Tisch saßen. Sie sahen gleich aus und trugen ein breites Lächeln im Gesicht.

Karoline und Rikke.

Gustav und Jensen beobachteten einen Mann, der auf einem Lastenfahrrad am Restaurant vorbeifuhr. Vorne drin saßen eine Frau und zwei Hunde. Die Hunde hechelten, die rosafarbenen Zungen hingen ihnen aus dem Maul.

»Was denkst du?«, fragte Jensen.

Gustav wirkte enttäuscht. »Ich denke, dass ich dachte, Rikke hätte Pia aus dem Krankenhaus angerufen.«

»Vielleicht war der Mann am Telefon Rikkes Freund.«

»Das glaube ich nicht.«

»Pias Freund vielleicht?«

»Dafür klang er nicht alt genug.«

»Ältere Frauen haben manchmal jüngere Freunde.«

»Eine alte Alkoholikerin wie Pia aber nicht.«

Gustav schob sich den Rest seines Baguettes in den Mund, zerknüllte die Papiertüte und schleuderte sie mit erstaunlicher Präzision in den Mülleimer. »Was machen wir jetzt?«

»Warten.« Jensen stand auf, ging in das vietnamesische Restaurant zurück und kam mit zwei kalten Bieren zurück. »Entweder erfahren wir von Henrik, wer es ist, oder von Fie. Und ich möchte wetten, dass ich schon weiß, von wem.«

67

DIENSTAG, 12:34 UHR

Henrik las Jensens Nachricht und leitete die Telefonnummer von Pias geheimnisvollem Kontakt an Mark weiter, bevor er sie löschte. Seine Frau sah ihn neugierig an. »Was war das?«

»Nichts.«

Nichts und niemand. Das musste Jensen von nun an sein. Nicht mehr als jemand, den er einmal gekannt hatte.

Leichter gesagt als getan.

»Was ist los?«, wollte seine Frau wissen.

Sie arbeitete von zu Hause aus und hatte ihn stirnrunzelnd empfangen, als er mit dem Mittagessen von Ole & Steen erschienen war. Sein Verhalten, sobald es von dem üblichen Muster liebenswerter Vernachlässigung abwich, machte sie immer noch misstrauisch.

»Warum fragst du?«

Auf eine Frage mit einer Gegenfrage zu antworten war kindisch, verschaffte ihm andererseits aber Zeit, den Angriff seiner Frau abzuwehren.

»Irgendwas ist mit dir, das merke ich doch.«

»Es ist dienstlich. Deshalb bin ich hier. Hast du nicht gesagt, dass Susanne Brande deiner Schule mal einen Besuch abgestattet hat? Ich habe sie neulich getroffen. Eine faszinierende Frau.«

Seine Frau warf ihm einen bösen Blick zu.

»Nicht, was du schon wieder denkst!«, protestierte Henrik. »Weißt du, ich *kann* sehr wohl eine Frau treffen, ohne mich gleich zu fragen, wie sie wohl nackt aussieht.«

Ein erneuter giftiger Blick, aber seine Frau ließ es dabei bewenden. »Was hast du dienstlich mit Susanne Brande zu tun?«

Mit einem bedeutungsvollen Blick signalisierte er ihr: *Ich darf meine Fälle nicht mit dir besprechen.* »Welchen Eindruck hattest du von ihr?«, fragte er, den Mund voller Lachs-Sandwich.

»Die Kinder mochten sie, vor allem die Mädchen. Sie hatte sie gut im Griff. Danach standen sie alle für Selfies Schlange. Die Klassenlehrer haben ihr Buch in ihren Klassen gelesen. Wie hieß es doch gleich?«

»*Erwachsen werden*«, sagte Henrik. »Gibt es bei dir an der Schule Probleme mit Mobbing?«

»Jeder Vorgesetzte, der das Gegenteil behauptet, lügt, aber bei uns ist es nicht schlimmer als an anderen Schulen auch. Null Toleranz, natürlich, aber das ist nur das, was wir mitbekommen. Die Opfer sind nicht immer sehr mitteilsam.«

»Du hast meine Frage nicht beantwortet. Welchen Eindruck hattest du von Brande?«

»Sie schien mir ein aufrichtiger Mensch zu sein.«

»Aber?«

»Es gab einmal einen Schüler im zweiten Jahrgang. Der wollte sich das Leben nehmen. Nachdem Susanne Brande ihren Vortrag gehalten hatte, habe ich ihr geschrieben und gefragt, ob sie sich mit ihm treffen würde. Ich dachte, das würde helfen, aber sie hat nie geantwortet.«

»Kann man ihr kaum verdenken. Wahrscheinlich bekommt sie eine Menge solcher E-Mails.«

»Nur komisch, dass sie sofort geantwortet hat, als ich mich bei ihr für ihren Besuch in der Schule bedankt habe. Sie hat mich sofort gebeten, eine Kritik über ihr Buch auf Instagram zu posten.«

»Und? Hast du?«

»Danach stand mir nicht mehr der Sinn, nachdem sie auf meine Anfrage nicht reagiert hatte. Eine geläuterte Mobberin ist die eine Sache. Eine ganz andere ist, daraus eine Marke zu machen.«

Henriks Frau war klug. Viel klüger als er. War sie vielleicht ein wenig eifersüchtig auf Susanne Brande, die schöne, erfolgreiche Frau, die aus den Hochglanzmagazinen kaum noch wegzudenken war?

»Ich meine, was ist mit all den Kindern, die schikaniert werden? Ich kann nicht erkennen, dass denen ihre Aktionen auch nur irgendwie helfen«, sagte seine Frau.

Henrik zuckte mit den Schultern. »Aber geht es nicht genau darum, wenn sie Gymnasien besucht?«

»Nicht wenn sie sich damit am meisten selbst hilft. Denk an die Bücher, die sie dabei verkauft, die Talkshows, die Tischreden.«

»Jetzt mal langsam, solltest du nicht ein wenig nachsichtiger sein. Immerhin versucht sie, etwas zu tun?«

Seine Frau legte ihr halb aufgegessenes Sandwich auf den Teller und sah ihn mit einem zynischen Lächeln an. »Ich verstehe, worum es hier geht. Du bist verknallt in sie.«

Henrik überlegte.

Hatte sie recht?

Brande war dabei gewesen, als Karoline gesprungen war, und das machte sie verdächtig. Er konnte sich allerdings nicht vorstellen, wie jemand wie sie, die ein Leben im Rampenlicht der Öffentlichkeit führte, in die drei Mordfälle verwickelt sein könnte. Aber in dem Gespräch, das Lisbeth und er mit ihr geführt hatten, war sie definitiv sehr zugeknöpft gewesen.

Normalerweise bedeutete das, dass jemand log.

Etwas verschwieg.

Er musste nur noch herausfinden, womit hinter dem Berg gehalten wurde.

68

»Wie kannst du nur kurz nach dem Mittagessen schon wieder etwas essen?« Jensen sah Gustav dabei zu, wie er sich im Ole & Steen in der Torvegade einen mit Schokolade überzogenen Marshmallow mit Kokosraspeln zu Gemüte führte. Auf Barhockern saßen sie am Fenster und blickten auf den sonnenbeschienenen Kanal hinaus.

»Bier macht hungrig«, sagte Gustav.

Jensen klappte ihren Laptop auf. Immer noch keine Antwort von Henrik. Aber Fie, ihre Hackerfreundin aus Roskilde, hatte Namen und Adresse der Person herausgefunden, die Pia vom Krankenhaus aus angerufen hatte.

Gorm Thomasen.

Sie hatten sich sofort in das nächstgelegene Café mit WLAN zurückgezogen. »Das hier muss der Typ sein«, sagte Jensen. »Sozialarbeiter bei der Bezirksverwaltung Kopenhagen.«

»Pias Sozialarbeiter?« Gustav leckte an der Marzipanschicht am Boden seines Marshmallows.

»Möglich«, sagte Jensen.

Der Mann auf dem Foto war um die vierzig. Er hatte sehr kurzes, fast weißblondes Haar und mehrere Piercings in einem Ohr.

»Pia liegt im Sterben und ruft ihren Sozialarbeiter an? Warum?«

»Keine Ahnung.« Es war rätselhaft, aber es musste etwas mit dem zu tun haben, was Irene Valborg zugestoßen war. Pia starb, und nur wenige Wochen später wurde die alte Frau umgebracht, Karolines Foto neben ihre Leiche gelegt.

In seinem Instagram-Account konnten sie sehen, dass Gorm einen Freund namens Pelle hatte, eine Schwester mit drei Kindern und eine Mutter, der es in letzter Zeit schlecht ging. Es gab eine

Menge Bilder von seiner Wohnung, einer kürzlichen Reise nach Berlin und andere von ihm und Pelle und ihren Freunden beim Feiern.

»Ich weiß nicht, was uns das alles sagen soll, außer dass Gorm vorsichtiger mit dem sein sollte, was er online stellt.«

»Mach weiter«, sagte Gustav.

Jensen blätterte die Fotos flüchtig durch.

»Halt!«, rief Gustav. »Geh mal zurück.«

»Was?«

»Noch weiter. Halt! Das da. Ist das nicht …?«

Jemand sah missmutig in die Kamera. Eine Frau mit kurzem, angegrautem Haar in einem grünen Mantel, mit einem zotteligen Hund im Schlepptau. Das Gesicht wirkte vertraut und fremd zugleich: derb, faltig. Unter einem Auge prangte ein Tattoo. Der Instagram-Post war über ein Jahr alt und trug die Unterschrift ›Heute zufällig einen besonderen Freund getroffen‹ mit sechs Herz-Emojis.

Jensen zog das Foto aus Pias Brieftasche. »Rikke«, sagte sie. »Das ist Karolines Schwester.«

69

DIENSTAG, 14:58 UHR

»Los, los, kommt alle mal her«, rief Henrik. Während er und Lisbeth unterwegs gewesen waren, hatten sie die Ermittlungen in einen größeren Raum verlegt, in dem es vor Betriebsamkeit nur so knisterte. Mindestens ein Dutzend Ermittler brüteten über ihren Laptops. Alle waren aufgestanden und hatten sich, einander etwas zuflüsternd, zu ihm an das Whiteboard gestellt.

Henrik war sich darüber im Klaren, dass es in dem ganzen Gebäude niemanden mehr gab, der die Geschichte von seinem Wutausbruch in Dyrehaven nicht gehört hatte. Umso erleichterter war er, feststellen zu dürfen, dass die Leute immer noch bereit waren, ihm zuzuhören.

»Wir kennen jetzt eine Verbindung zwischen Irene Valborg, Vagn Holdved und Ulla Olsen.« Er zeigte auf die Fotos der drei Opfer an der Tafel. »Sicher ist, dass sie sich alle am Freitag, den 13. September 1996, kurz vor sieben Uhr abends dort aufgehalten haben, wo die sechzehnjährige Karoline Kokkedal vor einen Zug gesprungen ist. Sie war zu diesem Zeitpunkt mit zwei Schulfreunden, Susanne Brande und Morten Rastrup, auf dem Weg zu einer Party.«

»*Die* Susanne Brande?«, fragte Lotte Nielsen.

Gemurmel unter den Ermittlern.

»Genau die«, sagte Henrik etwas lauter. »Und Rastrup ist jetzt COO bei der Brande AG.«

»CO was?«, rief Laurits Tønder.

»Chief Operating Officer, also Vorstand für das operative Geschäft«, erklärte Henrik in feinstem Schulenglisch und ignorierte das Gelächter aus dem hinteren Teil des Raumes. »Irgendjemand hat Fotos von Karoline neben die Leichen gelegt. Wir gehen davon aus, dass die Fotos aus den 1990er-Jahren stammen und einem Album entnommen wurden. Welches Motiv könnte jemand haben, so etwas zu tun?«

Er blickte in die ernsten, aufmerksamen Gesichter der Kollegen. Männer und Frauen, die an diesem Morgen aufgestanden und zur Arbeit gekommen waren, um ihr Bestes zu geben, um die Schurken zu schnappen. Allen politischen Verstrickungen und Manövern zum Trotz war Polizeiarbeit manchmal nicht mehr und nicht weniger als genau das. Und genau das liebte er an seinem Job.

»Ich will alles über unsere drei Opfer wissen.« Er deutete auf das Foto von Irene. »Diese Frau hatte kein Geld auf dem Konto, ihr Mann brachte die Hypothek auf das Haus in Klampenborg nur mit größter Mühe auf. Anfang 1997 jedoch hat sie ein Collier gekauft, das so teuer war, dass sie extra einen Safe dafür anfertigen lassen musste. Und die anderen? Wir wissen, dass Ulla Olsen, Reinigungskraft mit einem arbeitslosen Ehemann, 1997 eine Eigentumswohnung kaufen konnte. Wie hat sie das geschafft? Und was ist mit Vagn Holdved, Leiter einer Bank und Spieler? Schulden, die zu begleichen sind? Überprüft alles, was euch unter die Finger kommt. Lisbeth, du hast dich bereits um die alten Kontoauszüge gekümmert. Hier müssen wir uns noch mehr ins Zeug legen.«

Lisbeth nickte. »Geht klar.«

»Einen Moment noch«, warf Laurits Tønder ein. »Was genau ist eigentlich passiert?«

Henrik richtete sich auf, die Hände in die Taille gestemmt. »Ich sage dazu jetzt nichts. Wir drehen einfach jeden Stein einzeln um. Und das bedeutet, dass wir auch nach anderen Verbindungen zwischen unseren drei Opfern suchen müssen. Gibt es Hinweise darauf, dass sie sich schon vorher kannten oder in Kontakt standen?«

Einige Kollegen hoben die Hand. Henrik bestätigte mit einem Nicken, dass er sie gesehen hatte.

»Geht die Notizen zum Fall noch mal durch, und zwar alle. Ich möchte wissen, was wir übersehen haben«, sagte Henrik. »Und Lotte, du überprüfst Rastrup. Finde heraus, was nur geht. Ich traue dem Mann nicht.«

Er spürte Lisbeths neugierigen Blick auf sich. »Ein Kokser«, merkte sie an. »Nicht, dass er etwas zu verbergen hätte, und wir haben nichts gegen ihn in der Hand. Aber was ist mit Brande?«

Henrik ging durch den Kopf, was seine Frau gesagt hatte. War Brandes Anti-Mobbing-Kampagne wirklich nicht mehr als ein PR-Gag? Möglicherweise, na und? Brande hatte angespannt gewirkt, aber wer wäre das unter den Umständen nicht? »Überprüft die beiden«, sagte er. »Einschließlich ihres Bewegungsprofils in den letzten Wochen.«

Als die Zusammenkunft aufs Ende zuging, hatten die versammelten Polizisten und Ermittler ihre Gespräche untereinander wieder aufgenommen. Sie zuckten zusammen, als Henrik laut in die Hände klatschte. »Zurück an die Arbeit, ich will Ergebnisse. Heute noch.«

Er ging in die Ecke des Raumes, wo Mark eine ziegelsteingroße Kassette in einen antiken Videorekorder schob. »Die Aufnahme aus der Überwachungskamera vom Bahnhof Ordrup?«

Mark bestätigte es mit einem Nicken. Lisbeth, Henrik und er versammelten sich um den Bildschirm. Henrik wurde sofort klar, warum die Aufnahme für die ursprünglichen Ermittlungen unbrauchbar gewesen war. Die Bildqualität war so schlecht, als wären die Aufnahmen unter Wasser gemacht worden.

»Es gibt eine Notiz in den Akten, dass die Kamera auf der Südseite einen Defekt hatte«, sagte Mark, während er auf die Vorspultaste drückte, den Zeitstempel aber im Auge behielt. »Aber Karoline müssten wir gleich sehen.«

Henrik verschränkte die Arme vor der Brust und sah auf den Bildschirm. Kaum war Karoline aufgetaucht, kamen sofort auch Brande und Rastrup hinzu. Dann verschmolzen die Körper der drei zu einem grobkörnigen Brei. Unmöglich, genau zu sagen, was sich zugetragen hatte. War das Gleis im ersten Moment leer, stand dort im nächsten eine menschliche Gestalt, um im nächsten von einem Zug verdeckt zu werden. Der Übergang vom Leben zum Tod in drei Bildern.

Eine Weile standen sie schweigend da, jeder in Gedanken versunken.

»Okay.« Henrik brach das Schweigen. »Neuigkeiten bei der Suche nach Rikke Kokkedal?«

»Nein«, sagte Mark. »Aber wir … «

»Zum Teufel, so schwer kann das doch nicht sein!«

»Ich habe mit den Leuten gesprochen, bei denen sie gewohnt hat, als sie aus dem Gefängnis kam.«

»Und?«

»Sie sagten, sie sei ausgezogen, weil dort kein Hund erlaubt war.«

»Wie bitte? Lieber obdachlos, als sich einen Hund abzuschminken?«

»Das haben sie jedenfalls gesagt.«

»Weiter nach ihr suchen!«

»Ach, und die Nummer, die du mir gegeben hast? Was ist mit dem Typ, der Karolines Mutter angerufen hat, bevor sie starb?«

»Ja?«

»Gorm Thomasen.«

»Schafft ihn her.«

Henrik stand noch eine Weile da und blickte im Raum umher, zufrieden mit der Betriebsamkeit, die er angestoßen hatte.

Sein Telefon klingelte. Jensen. Ein Bild mit einer Nachricht.

Die Person, die Pia vom Krankenhaus aus angerufen hat, kennt Rikke!

Henrik blickte auf und spürte einen Schatten an seiner Seite.

Wiese.

Nicht zufrieden.

Ganz und gar nicht zufrieden.

»Kommen Sie doch bitte kurz in mein Büro.«

»Klar, ich muss nur kurz …«

»Ich meinte jetzt, Jungersen.«

70

DIENSTAG, 15:14 UHR

»Sie können unmöglich einfach so aufkreuzen und solche Leute mal eben verhören.«

»Solche Leute?«, fragte Henrik unschuldig.

»Personen des öffentlichen Lebens, in aller Öffentlichkeit.«

»Wir waren in einem Büro, und die Tür war geschlossen. Außerdem wurde niemand verhört. Susanne Brande hat uns bei unseren Ermittlungen geholfen, *freiwillig*. Sie war sogar sehr charmant. Ich habe sie in keiner Weise eines Fehlverhaltens beschuldigt.«

Wiese starrte Henrik verärgert über den Rand seiner Lesebrille hinweg an. »Ihr Anwalt sieht das aber ganz anders. Henrik, hören Sie endlich auf, sich die Regeln zurechtzubiegen, wie es Ihnen gerade passt.«

Henrik spürte, wie er knallrot im Gesicht wurde. »Ich kann mir nicht vorstellen, dass die Sie angerufen haben, um sich zu *beschweren*. Ich wette, Rastrup steckt dahinter. Der Kerl hat mich die ganze Zeit nur finster angestarrt, kaum dass er den Raum betreten hatte.«

»Sie haben sich nicht nur beschwert. Sie haben mir einen Mitschnitt des Gesprächs geschickt, in dem Sie sehr unmissverständlich auf den Vorfall von 1996 angespielt haben.«

»Ja, weil das zu unseren Mordermittlungen gehört«, protestierte Henrik. »Bei dem *Vorfall,* wie Sie es nennen, bei dem ein sechzehnjähriges Mädchen zu Brei zermalmt wurde, gab es drei Zeugen, die sich jetzt alle in einem Edelstahlgehäuse im Gerichtsmedizinischen Institut befinden.«

Wiese zuckte zusammen und schloss die Augen. »Aber das gibt Ihnen noch lange nicht das Recht, Beschuldigungen …«

»Wer sagt, dass ich irgendjemanden beschuldige? Ich habe lediglich ein paar Fragen gestellt.«

»Ja, und der Punkt ist, dass sie davon nichts wissen wollten. Sie haben darum gebeten, dass dies, sollte ihre Hilfe bei den Ermittlungen weiterhin erwünscht sein, in Zukunft diskret und mit deutlich mehr Respekt gehandhabt wird.«

»Ach, so läuft das heute? Bist du reich und berühmt, dann rufst du einfach bei der Polizei an und bittest darum, dass man dich in Ruhe lässt?«

»Jetzt übertreiben Sie nicht. Aber nur damit Sie es wissen: Wenn es nach mir ginge, würden Sie diese Untersuchung sowieso nicht leiten.«

»Dann können wir doch alle dankbar sein, dass es nicht nach Ihnen geht.«

»Monsen, Ihr alter Kumpel, hat sich für Sie verwendet. Die Brøndby-Mafia schlägt wieder zu«, erwiderte Wiese. »Jedenfalls höre ich bisher nur, dass Sie immer noch nichts in der Hand haben.«

Henrik nahm den Köder nicht an. »Komisch, dasselbe wollte ich gerade auch Ihnen sagen.«

Er stand auf, ging zur Tür, blieb dann aber stehen und drehte sich um. »Wissen Sie was? Eigentlich hatte ich gar nicht vor, Brande und Rastrup weitere Fragen zu stellen, aber jetzt werde ich es wohl tun.«

Wiese starrte ihn an. »Wie bitte?«

»Wenn die sich schon Sorgen wegen ein paar Polizisten machen, die ihnen Fragen zu einem Vorfall stellen, der ein Vierteljahrhundert zurückliegt, dann *müssen* sie etwas zu verbergen haben.«

71

DIENSTAG, 19:31 UHR

Die Lobby im Atrium der Brande AG war dunkel und menschenleer, als Henrik und Lisbeth unangemeldet kamen. Die elegante Dame am Empfang war durch einen gut bestückten Sicherheitsbeamten ersetzt worden, der sich auch durch die Polizeimarke nicht überreden ließ, die beiden hereinzulassen.

»Wir ermitteln in einem *Mordfall*. Susanne Brande könnte wichtige Informationen haben. Sie rufen sie auf der Stelle an, sonst bekommen Sie dermaßen Ärger, dass Sie sich wünschen, nie geboren worden zu sein«, sagte Henrik.

»Schon gut, Carsten. Schick sie rauf«, rief eine Stimme von oben. Susanne Brande beugte sich über die Brüstung im dritten Stock. Wie ein Seidentuch umspielte das lange goldblonde Haar ihr Gesicht. Unter anderen Umständen hätte ihre Pose vielleicht sexy gewirkt, doch der Ausdruck in ihrem Gesicht ließ Henrik diesen Gedanken schnell vergessen. Sie wirkte verängstigt, fast panisch.

»Ich bin so froh, dass ihr hier seid«, begrüßte sie die beiden, als Henrik und Lisbeth aus dem Aufzug stiegen.

»Was ist los?«, fragte Henrik. »Wo ist Rastrup?«

»Moment.« Susanne schob die beiden in ihr Büro und schloss die Tür, obwohl weit und breit kein Mensch zu sehen war. Auf Knopfdruck wurden die Glaswände undurchsichtig. Henrik bemerkte die Unordnung im Büro. Fast konnte er ihre Angst riechen, etwas Scharfes und Bitteres mischte sich in ihr Parfüm.

»Es geht um Morten Rastrup«, sagte sie. »Er hat Karoline damals vor den Zug gestoßen. Sie ist nicht gesprungen, es gab auch keinen Freund und keinen Anruf.«

»Moment mal, wie bitte?«, sagte Henrik.

Die Worte sprudelten aus Brande nur so heraus. »Er ist immer zu weit gegangen, damals schon. Ich habe versucht, ihn aufzuhalten.«

Henrik schloss die Augen und hob die Hand. »Geben Sie mir eine Minute. Warum haben Sie uns das nicht gleich gesagt?«

»Ich wollte … «

»Hatten Sie Angst vor ihm?«

Brande nickte. »Er hat mir angedroht, mich mit in den Abgrund zu ziehen, und meinte, dass mein Wort gegen seins stehen würde.«

»Ach, kommen Sie.« Lisbeth deutete mit dem Kopf auf das Porträt des alten Brande hinter ihrem Schreibtisch. »Hatte die Tochter des mächtigen Victor Brande etwa Angst?«

»Papa hat mich überredet«, sagte Brande. »Er war ein kluger Mann.«

»Rastrup, Ihr Vater und Sie haben also beschlossen, den wahren Hergang zu vertuschen«, erklärte Lisbeth.

»Ich habe lange mit mir gerungen. Es war keine leichte Entscheidung. Aber ich dachte … «

»Was?«

277

»Dass es Karoline sowieso nicht wieder lebendig machen würde.«

Lisbeth schüttelte den Kopf. »Unglaublich.«

Henrik legte ihr eine Hand auf den Arm. »Was ist mit den Zeugen?«

»Die dürften kaum mitbekommen haben, was sich dort zugetragen hat, da sie ein Stück von uns entfernt waren.«

»Und *Ihnen* sind keine Zweifel gekommen?«, fragte Lisbeth.

»Morten hat sie möglicherweise aufgesucht und ihnen eingeschärft zu schweigen. Er kannte damals ein paar üble Typen und kennt sie immer noch«, sagte Brande. Ihre Augen füllten sich mit Tränen. »Ich bin erleichtert, Ihnen das jetzt erzählen zu können. Nach all den Jahren der Furcht davor, was Morten sagen oder tun könnte.«

Henrik kannte die Reaktion. Er hatte schon oft erlebt, dass Menschen sich ihm und seinen Kollegen anvertrauten. Sobald sie anfingen zu reden, gab es kein Halten mehr. »Warum erzählen Sie uns das jetzt?«

»Weil Morten sich sehr seltsam verhalten hat, nachdem Sie hier gewesen waren. Er hat mich bedroht. Ich glaube, dass da etwas im Gange ist. Ich fürchte, dass er hinter diesen schrecklichen Morden stecken könnte.«

»Wo ist er jetzt?«

Susanne Brande sah Henrik mit großen Augen an und flüsterte. »Vor einer Viertelstunde war er noch in seinem Büro.«

»Und wo ist das?« Henrik nickte Lisbeth zu, die am Handy Verstärkung rief.

»Den Gang runter, dritte Tür rechts.«

Henrik und Lisbeth sahen sich an und öffneten gleichzeitig das Holster ihrer Dienstwaffe. »Schließen Sie die Tür hinter uns ab«, sagte Henrik zu Brande. »Bleiben Sie in diesem Raum.«

Lisbeth ging voran, sicherte den Gang und gab Henrik ein Zeichen, dass er ihr folgen sollte. Die beiden Büros neben Brande waren leer, die Tür zum dritten geschlossen. Henrik betätigte den

Türgriff. Lisbeth bedeutete ihm mit einem Nicken, dass sie ihn im Auge hatte.

»POLIZEI!«, brüllte Henrik und stürmte in den Raum.

Er war leer. Der Computer war noch eingeschaltet, der Bildschirmschoner zeigte das Logo der Brande AG. Über der Rückenlehne des Schreibtischstuhls hing ein blauer Blazer.

Sie rannten in den Gang zurück zu den Aufzügen, beugten sich über die Glasbrüstung, um gerade noch zu sehen, wie Rastrup über die schwarzen Fliesen davonrannte.

»STEHEN BLEIBEN! POLIZEI!«, rief Henrik, aber Rastrup lief weiter.

Henrik drehte sich um und sah, wie Lisbeth die Tür zum Treppenhaus aufstieß. Er rannte zum Aufzug. Rastrup war bereits verschwunden, als sie in der Lobby ankamen. Lisbeth war schon hinaus durch die Drehtür und nahm die Verfolgung auf.

Rastrup hastete die Kopfsteinpflasterstraße hinauf, zur Rechten das gläserne Bürogebäude, zur Linken der Hafen mit den strahlend weißen Motorbooten, die wie lockere Milchzähne in der Dunkelheit auf und ab schwankten.

Rastrup war schnell, aber Lisbeth war schneller und kam ihm immer näher. Wo zum Teufel blieb die Verstärkung, die sie gerufen hatte?

Alles lief falsch. Vor allem aber waren sie nur zu zweit und trugen keine kugelsicheren Westen. Sie hatten es mit einem potenziellen Mörder zu tun, der durchaus bewaffnet sein konnte. In weniger als einer Minute würde Rastrup die Hauptstraße erreichen. Dort waren mehr Menschen und Autos unterwegs. Alle möglichen Hindernisse gab es dort. Sie mussten ihn aufhalten. Aber wenn er sich in die Enge getrieben fühlte und möglicherweise Widerstand leistete, war Lisbeths Leben in Gefahr. Entsetzt sah Henrik zu, wie Lisbeth zu Rastrup aufschloss und ihn mit einem Rugby-Tackling zu Boden brachte.

»Nein, Lisbeth, lass ihn laufen«, rief er.

Lisbeth hörte ihn nicht. Rastrup und sie wälzten sich auf dem

Kopfsteinpflaster. Schließlich brachte Rastrup sie in Rückenlage und schlug einmal, zweimal brutal zu, bevor er aufstand, wegrannte und Lisbeth regungslos zurückließ.

72

DIENSTAG, 20:23 UHR

»Ich habe doch gesagt, dass es mir gut geht. Setz mich einfach an der U-Bahn-Station ab.«

Lisbeth sah Henrik verärgert an, während sie sich das schmuddelige Handtuch aus seiner Sporttasche auf die blutende Nase presste. Das rechte Auge fing an, sich zu schließen. Morgen früh würde es dunkelblau sein.

»Kommt gar nicht infrage«, sagte Henrik. »Ich sorge dafür, dass du nach Hause kommst und dort auch bleibst.«

Die hirnlose Besatzung des Streifenwagens war fünf Minuten nach dem Vorfall eingetroffen. Die beiden Polizisten entschuldigten sich aufgeregt. »Wir sind falsch abgebogen, Chef. Baustelle.«

»Verdammte Anfänger«, hatte Henrik sie angeschrien. »Bewegt euren Arsch zurück in den Wagen und schnappt euch den Kerl. Er hat gerade eine Polizistin angegriffen.«

»Halb so wild.« Lisbeth hatte es abgelehnt, ins Krankenhaus gebracht zu werden. »Ich bin nur wütend auf mich selbst.«

»Das musst du nicht sein. Du hast aus einem Reflex heraus gehandelt.«

»Ich hätte zuerst zuschlagen sollen. Der verdammte Mistkerl hat mich überrumpelt.«

»Für mich war das so einer von diesen Typen, die Stunden im Fitnessstudio zubringen«, sagte Henrik.

(»Nicht von sich auf andere schließen«, hörte er die Stimme seiner Frau im Kopf.)

»Trotzdem«, sagte Lisbeth. »Ich hätte ihn nicht laufen lassen dürfen.«

Henriks Handy surrte in der Halterung am Armaturenbrett. Mark.

Wir haben ihn.

Gut.

»Hier links«, sagte Lisbeth, als sie den dunklen Park um das Naturschutzgebiet Utterslev Mose herum passierten. Zwischen den Bäumen war gerade noch so ein Läufer mit Stirnlampe auszumachen.

Henrik war dankbar für die Gelegenheit, ein paar Augenblicke mit Lisbeth allein sprechen zu können. »Wegen vorhin«, sagte er. »Zu dem, was ich über Wiese und das organisierte Verbrechen gesagt habe. Ich habe es nicht so gemeint. Das heißt, ich habe es *doch* so gemeint, aber ich kann verstehen, wenn du dich verändern willst. An deiner Stelle würde ich vermutlich genauso handeln.«

Lisbeth nahm das Handtuch runter. Ihr Gesicht war blutverschmiert. »Wirklich?«

»Klar. Du wünschst dir eine Beförderung. Ich verstehe das.«

»Hier rechts«, sagte Lisbeth.

»Ich glaube, du wirst es noch weit bringen.«

»Du meinst, bis hinauf in deine schwindelnden Höhen?«

»Höher«, sagte Henrik. »Deine Fähigkeiten, das ist genau das, was die Polizei braucht. Geistesgegenwärtig. Fortschrittlich. Aufgeschlossen. Kein Dinosaurier wie meine Wenigkeit.«

»Du bist nicht so schlecht. Hast mir viel beigebracht, vor allem das, was man nicht tun sollte.«

Henrik lachte. »Das ist ja mal ein Kompliment.«

»Das rote Haus auf der linken Seite.« Lisbeth zeigte in die Richtung. »Das mit dem weißen Auto davor.«

»Hübsch. Hätte ja nicht gedacht, dass du der Typ mit Villa und Volvo vor der Tür bist.«

»Bei *meinem* Gehalt? Niemals«, sagte Lisbeth.

»Nein?«

»Ab hier komme ich allein klar«, sagte sie, als er vor dem roten Haus parkte.

Sekunden später öffnete sich die Haustür. Eine große, langbeinige Brünette kam heraus und schielte zu Henriks Auto hinüber. Sie rang besorgt die Hände, und Henrik sah ihr an, wie besorgt sie war.

»Oh«, bemerkte Henrik.

»Das sind Julies Haus und ihr Auto. Sie hat einen richtigen Job, im Gegensatz zu mir.«

»Ihr seid …?«

»Wir sind was?«

»Ein Paar?«

»Sieht ganz so aus«, sagte Lisbeth mit fester Stimme, während sie die Beifahrertür öffnete. Julies Anwesenheit schien ihr unangenehm zu sein, es schien, als könnte sie nicht schnell genug ins Haus gelangen.

»Lisbeth«, sagte Henrik. »Sag, dass es mich nichts angeht, aber …«

»Es geht dich nichts an.« Mit diesen Worten stieg sie aus, aber er spürte, dass sie interessiert war. Sie drehte sich mit ihrer blutenden Nase und dem geschwollenen Auge zu ihm um. Einen Arm über die offene Autotür gelegt.

»Wenn du wirklich aus meinen Fehlern lernen willst, dann gibt es eigentlich nur eine wichtige Lektion.«

»Und die wäre?«

»Pass auf die auf, die du liebst.«

73

»Das Reden überlässt du mir«, sagte Henrik, als er mit Mark die Treppe zum Verhörraum hinunterging.

»Entspann dich, Chef.« Mark hatte Mühe zu folgen und kassierte einen erbosten Blick. Wiese hatte Henrik denselben Rat gegeben, allerdings ohne, wie Mark, um seinen Blutdruck besorgt zu sein.

Wiese hatte unmissverständlich klargemacht, dass man Henriks Beteiligung an dem, was Lisbeth passiert war, gründlich untersuchen und ihm ein Aufschub nur gewährt würde, weil sich die Ermittlungen in einer kritischen Phase befänden. In dieser Hinsicht unterschied sich Wiese nicht von Monsen. Nur Ergebnisse zählten. Die Obrigkeit interessierten nur gelöste Fälle, und dass die Täter so schnell wie möglich verurteilt wurden. Aber sie konnten sich darauf verlassen, dass Henrik liefern würde. Genau das sagte er sich, als er die Tür zum Verhörraum öffnete.

Rastrup hatte auf einen Anwalt verzichtet. Henrik verstand nicht, warum. Schließlich war er nicht nur der Hauptverdächtige in drei Mordfällen. Bei ihm waren auch noch große Mengen Kokain gefunden worden. Hinzu kam der Angriff auf eine Polizistin, der die Lage für ihn nicht leichter gemacht hatte. Eigentlich konnte er gar nicht so viel juristischen Beistand bekommen, wie er brauchte.

Kaum hatten sie den Verhörraum betreten, beteuerte Rastrup seine Unschuld. »Ich habe nichts getan.«

»Angriff auf eine Polizistin? Widerstand gegen die Staatsgewalt? Sie dürften wohl kaum einen Richter finden, der Ihnen das abnimmt. Sie haben eine Kollegin von uns angegriffen. So etwas nehmen wir persönlich.«

Rastrup schüttelte niedergeschlagen den Kopf. Die unterschwellige Aggression während ihres ersten Besuchs war nahezu verflogen. »Ich wollte das nicht. Ich habe unter Druck gestanden und die Nerven verloren.«

»Na ja, da haben Sie sich aber die Falsche ausgesucht«, sagte Henrik. »Warum sind Sie weggelaufen? Tut das ein Unschuldiger?«

»Susanne hat gesagt, sie wollte gestehen, dass ich es getan hätte und mein Wort gegen ihres stehen würde.«

»Sie haben Karoline vor den Zug gestoßen und Susanne gezwungen, jahrelang darüber zu schweigen.«

Morten lachte bitter auf. »Die gute alte Susanne, muss natürlich immer recht haben.«

»Sie streiten es also ab?«

»Ja. Susanne hat alle schikaniert. Und das tut sie heute noch. Sie hat Karoline gestoßen. Ich habe all die Jahre für sie gelogen und hinter ihr hergeräumt.«

»Klar, und ich bin Donald Duck«, höhnte Henrik, die Arme vor der Brust verschränkt.

»Was soll das?« Rastrup beugte sich vor und schlug die Hände vors Gesicht.

Mark blickte zu Henrik auf, um sich zu erkundigen, ob er diesen Punkt mit ins Verhörprotokoll aufnehmen sollte, was Henrik mit einem kaum wahrnehmbaren Nicken bestätigte.

»Erzählen Sie uns, was passiert ist«, sagte Mark.

»Sie hatte alles geplant.«

»Was genau?«

»Sie wollte jemanden umbringen. Davon hatte sie schon seit Jahren gesprochen.«

»Warum?«

Rastrup zuckte mit den Schultern. »Sie sagte, sie wolle wissen, wie sich das anfühlt. Ich hielt das Ganze für eine Art Spiel. Wir dachten uns, dass es am einfachsten wäre, jemanden vor einen Zug zu schubsen, und sie hat sich Karoline ausgesucht. Sie hat ihr vorgegaukelt, dass wir drei Freunde wären. Karoline kam zu mir in die Wohnung, und wir haben ihr eine Menge Wodka verpasst.

Wir hatten ihr erzählt, dass sie mit uns auf eine Party geht und dass wir von Ordrup aus die S-Bahn nehmen müssen.«

»Und das alles war Brandes Idee?«

»Ja«, bestätigte Rastrup. »Wir kamen betrunken am Bahnhof an, und da hat Susanne Karoline gesteckt, dass es keine Party gibt. Karoline fing an zu weinen und ist über den Bahnsteig auf die andere Seite gerannt.«

»Und dann haben Sie sie geschubst«, sagte Henrik.

»Nein, das war Susanne. Es war furchtbar. Ich hätte nie gedacht, dass sie das wirklich durchziehen würde.«

»Ach kommen Sie. Ein großer, starker Kerl wie Sie will nicht in der Lage gewesen sein, ein Mädchen wie Susanne aufzuhalten?«

»Ich hatte ebenfalls eine Menge Wodka intus.«

»Das glaube ich Ihnen sogar.«

Rastrup wandte sich ab. Er war kurz davor aufzugeben. Jegliche Kraft schien aus ihm zu weichen.

»Sie haben Karoline geschubst und anschließend Ihre Freundin Brande und die drei Zeugen unter Druck gesetzt, Stillschweigen zu bewahren. Haben sie vielleicht angedroht, ihr Schweigen zu brechen? Haben Sie die drei deshalb umgebracht?«

»Ich habe sie nie angerührt.«

»Die Möglichkeiten dazu und ein Motiv hatten Sie.«

»Ich habe sie nie angerührt«, wiederholte Rastrup. »Ich hatte mit ihnen nichts zu tun. Nicht ich habe Karoline geschubst, es war Susanne. Immer war sie es. Wie gesagt, ich habe es versucht, aber wenn Susanne sich einmal etwas in den Kopf gesetzt hat, kann niemand sie aufhalten.«

Henrik lehnte sich zurück und verschränkte die Arme vor der Brust.

»Warum lächeln Sie?«, fragte Rastrup.

»Ich genieße die Show, die Sie hier abziehen«, sagte Henrik. »Wenn Sie wollen, können wir die ganze Nacht bei Ihren Lügen bleiben. Mark und ich haben alle Zeit der Welt.«

»Sie verstehen nicht, was für ein Mensch Susanne ist. Ihr Vater war genauso. Auch so einer dieser Meister des Universums, die sich nichts dabei denken, wenn sie Menschen zerstören.«

»Menschen wie Sie, meinen Sie? Reiches Diplomatensöhnchen?«

»Mein Vater war ein Arschloch.«

»Soviel ich weiß, hatten Sie mit sechzehn schon eine eigene Wohnung. So schlimm kann es nicht gewesen sein.«

»Er hat mich in Kopenhagen sitzen lassen und ist mit seinen Frauen durch die Welt gereist. Ich war sechsundzwanzig, als er starb. Hinterlassen hat er mir nichts. Susanne und ihr Vater haben mich aufgenommen, mir einen Job und Geld gegeben. Aber das hatte seinen Preis. Leute wie sie fordern immer einen Preis. Als Sie heute im Büro aufgetaucht sind, war Susanne klar, dass sie ausgespielt hatte. Also hat sie kurzerhand dafür gesorgt, dass ich die Kugel dafür kassiere und nicht sie.«

»Wollen Sie wissen, was ich denke?« Henrik beugte sich über den Tisch zu ihm hinüber.

Rastrup sah ihn unsicher an. »Eigentlich nicht, nein.«

»Mir kommt Ihre hübsche kleine Geschichte doch etwas schlicht vor. Wir wissen nämlich, wie es sich wirklich zugetragen hat. Susanne hat es uns erzählt.«

Rastrup lachte sarkastisch, aber wenig überzeugend. »So sind sie, diese Menschen wie Susanne. Sie denken sich etwas aus, und die Leute schlucken es.«

»Sie hingegen sind die Unschuld in Person.«

»Das habe ich nicht gesagt.«

»Ich glaube von Ihrer rührseligen Geschichte nicht ein Wort.«

Rastrup rang sich erneut ein Lachen ab, das ihm indessen noch weniger gelang als zuvor. »Das ist doch ein Witz. Und noch dazu ein verdammt schlechter. Aber dass Sie nicht zuhören würden, war mir schon klar. Hätte mir meine Worte schenken können.«

»Solange aus Ihrem Mund nichts als Lügen kommen, muss ich Ihnen recht geben.« Henrik signalisierte den an der Tür stehenden Beamten, dass sie Rastrup abführen konnten.

»Wir versuchen es morgen noch einmal«, sagte Henrik. »Eine Nacht in Polizeigewahrsam hilft Ihrem Gedächtnis möglicherweise auf die Sprünge. Aber erwarten Sie keinen freundlichen Empfang. Nichts hassen Polizisten mehr, als einen von ihnen verletzt zu sehen.«

74

MITTWOCH, 08:02 UHR

»Hallo, Frau Jensen, du bist ja sogar schon vor mir da.«

Jensen, an ihr Fahrrad gelehnt, drehte sich um und sah Ernst Brøgger alias Deep Throat. Sie waren allein auf dem achteckigen Schlossplatz von Amalienborg. Für die Touristen war es noch zu früh. Sie drehten sich gerade in ihrem Bett noch einmal um oder stärkten sich am Hotelbüfett mit dänischem Gebäck.

Hinter Jensen und Brøgger ragte die mit Grünspan überzogene Statue von König Frederik V. hoch zu Ross auf, der zur Kuppel der Marmorkirche emporblickte. Vor ihnen, jenseits des Wassers, war das moderne Opernhaus mit seinem riesigen, ausladenden Dach wie ein Raumschiff im Morgennebel schemenhaft zu erkennen.

Sie blieben eine Weile stehen und betrachteten die königlichen Wachen, die in ihren blauen Hosen, die Bärenfellmützen auf dem Kopf, zwischen den bleistiftähnlichen roten Wachhäuschen hin und her marschierten.

»Sie ist nicht zu Hause.« Brøgger deutete mit dem Kopf auf den Gebäudeflügel, den Königin Margrethe bewohnte, das ehemalige Palais von Christian IX.

»Ach ja?«

»Sie ist über Ostern in Aarhus, auf Schloss Marselisborg.«

»Okay. Und das hat Ihnen die Königin natürlich persönlich mitgeteilt?«

»Hatte ich nicht schon gesagt, dass ich jeden kenne?« Brøgger lachte. Er öffnete seinen Kamelhaarmantel, zog eine Ausgabe des *Dagbladet* aus der Innentasche und zeigte auf das Foto der Monarchin auf der Titelseite. »Steht in der Zeitung, für die du mal gearbeitet hast. Apropos, wird es nicht langsam Zeit, dort wieder anzufangen?«

Jensen stellte sich taub. »Hast du mich aus einem bestimmten Grund um dieses Treffen gebeten?«

»Ach, eigentlich nicht. Ich bleibe hier meistens auf dem Weg ins Büro stehen.«

»Und das ist wo genau?«

»Ganz in der Nähe.« Brøgger wippte auf den Fußballen auf und ab, die lederbehandschuhten Hände hinter dem Rücken verschränkt.

Immer noch darauf bedacht, nicht aufzufallen.

»Früher wollte ich immer zur königlichen Garde, aber ich war einen Zentimeter zu klein. Wusstest du, dass man barfuß mindestens eins fünfundsiebzig groß sein muss, um aufgenommen zu werden?«

»Das wusste ich nicht. Aber danke, dass du mir das sagst.«

Brøgger lachte erneut. Ein tiefer, warmer Ton. »Ganz schön sarkastisch für dein Alter. Doch im Ernst, ich gehe gern hier entlang, um mich zu erinnern.«

»Woran?«

»Daran, woher ich komme. Dänemark ist ein kleines Königreich, Jensen, ein winziger Fleck auf unserem Planeten, wie dieser bescheidene Palast mit seinen kleinen Soldaten und Wachhäuschen zeigt. Aber es ist mein Land. Ich bin schon überall auf der Welt gewesen, aber hier gehöre ich hin. Und wie diese stolzen königlichen Wachsoldaten in ihren Bärenfellmützen würde ich alles in meiner Macht Stehende tun, um es zu schützen.« Brøgger hielt inne. Er war in Gedanken versunken. Dann sah er Jensen an, als wäre ihm plötzlich wieder eingefallen, dass sie da war. »Wie auch immer, ich nehme an, du wolltest mit mir über etwas sprechen.«

»Es geht um Carsten Vangede«, sagte sie. »Ich hatte noch keine Gelegenheit, dir das zu erzählen. Aber bevor er sich umgebracht hat, hat er mir noch einen USB-Stick mit einer Nachricht geschickt.«

Jetzt hatte sie Brøggers volle Aufmerksamkeit. »Und was ist drauf?«

»Für den Fall, dass mir etwas zustößt.«

»Was war auf dem USB-Stick?«

»Finanzielle Dinge, Rechnungen, Tabellenkalkulationen, solche Sachen. Hauptsächlich.«

»Hauptsächlich? Soll das heißen, dass er noch etwas anderes enthielt?«

»Ja. Es gab einen verschlüsselten Ordner, aber Gustav und ich konnten ihn öffnen.«

»Und?«

»Es war sehr merkwürdig. Er enthielt nur eine Adresse. Im Netz konnte ich nicht herausfinden, zu wem sie gehört oder was sie mit Vangede zu tun haben könnte. Wir vermuten, dass er selbst gegen den Buchhalter ermittelt hat, der ihn betrogen hatte.«

»Das kann alles Mögliche sein«, sagte Brøgger.

»Warum aber verschlüsselt? Und warum schickt er ihn mir?«

»Wie lautet die Adresse?«

Jensen winkte ihn näher zu sich heran, obwohl die Wachleute der königlichen Garde zu weit entfernt waren, um mithören zu können. Wenn Carsten Vangede schon so viel Aufwand betrieben hatte, die Adresse geheim zu halten, wollte sie es nicht durch Unachtsamkeit vermasseln. Sie flüsterte sie Brøgger ins Ohr.

Brøgger machte einen Satz zurück, als hätte sie geschrien. Er starrte sie an, als suchte er in ihrem Gesicht nach Antworten, die er nicht fand. »Hast du jemandem davon erzählt?«

Sie schüttelte den Kopf. »Niemandem, aber …«

»Tu das auf keinen Fall. Was auch immer du tust, behalt es für dich und halte dich von dem Anwesen fern.«

»Warum?«

»Das kann ich dir nicht sagen, aber Jensen …« Er nahm sie beim Arm. »Bitte tu, was ich dir sage, versprich es mir. Ich hatte dich gebeten, Carsten Vangedes Tod zu untersuchen, und das hast du getan. Und dafür bin ich dir dankbar.«

»Du weißt also, zu wem die Adresse gehört?«

Er antwortete nicht. »Und was den USB-Stick betrifft, so vernichte ihn bitte, und auch alles, was beweist, dass Vangede ihn geschickt hat.«

»Warum?«

»Jensen, das ist keine Bagatelle.«

»Ich war am Sonntag dort.«

Brøgger sah sie entsetzt an. »Hat dich jemand gesehen?«

»Ich weiß es nicht, aber die Kameras am Eingang waren auf mich gerichtet. Und Sonntagabend ist jemand in meine Wohnung eingebrochen. Glaubst du, dass sie das gewesen sein könnten – wer auch immer *sie* sind?«

»Haben sie etwas mitgenommen?«

»Nein, das war ja das Seltsame.« Jensen beschloss, unerwähnt zu lassen, dass sie den USB-Stick zwischen ihre Unterwäsche gelegt hatte. »Glaubst du wirklich, dass ich in Gefahr bin?«

»Ich glaube, du wirst auf jeden Fall beobachtet.«

»Von wem?«

Brøgger ignorierte ihre Frage. »Hör zu, Jensen. Vergiss die Adresse, den USB-Stick und die Notiz von Vangede. Tu nichts, was Aufmerksamkeit erregt. Es gibt bestimmt eine andere Geschichte, an der du arbeiten kannst.«

»Klar, ich bin dabei herauszufinden, warum jemand die Mutter von Regitse umbringen wollte, diese geizige alte Frau, aber …«

»Bleib da weiter dran. Und tausch die Schlösser deiner Wohnung aus.«

»Mein Vermieter hat eine Alarmanlage und eine Webcam installiert.«

»Gut.« Brøgger wirkte fahrig. »Ich muss jetzt gehen. Lass mich wissen, wie es weitergeht mit … äh … Irene.«

Er eilte in Richtung Bredgade davon und schwang dabei die Arme wie die Wachen der königlichen Garde, denen er nie angehören durfte. Als Jensen ihn im Nebel verschwinden sah, überkam sie ein tiefes Gefühl von Angst.

75

MITTWOCH, 08:51 UHR

In dem Moment, als er das Revier betrat, wusste Henrik, dass etwas ganz und gar nicht stimmte. Das ganze Gebäude schien von zahllosen geflüsterten Gesprächen durchdrungen zu sein und zu vibrieren.

»Wiese will dich sprechen«, hieß es am Empfang, ohne dass er eines Blickes gewürdigt wurde.

Monsen war schon da, als Henrik Wieses Büro betrat. Der große Mann stand mit dem Rücken zum Fenster, sodass nur noch wenig Licht hereindrang.

»Worum geht's? Sagt mir bitte jemand, was los ist?«

Wiese schloss die Tür mit ernster Miene. »Wir haben soeben erfahren, dass Morten Rastrup sich in der Untersuchungshaft das Leben genommen hat.«

»Wie bitte? Wie ist das möglich?«

»Er hat sich mit einer Decke erdrosselt«, sagte Monsen.

»Scheiße!«

»Richtig«, sagte Monsen.

Henrik schlug die Hände über dem Kopf zusammen und starrte die beiden fassungslos an. »Ich verstehe das nicht. Ist letzte Nacht etwas passiert? Hat er etwas gesagt oder eine Nachricht hinterlassen?«

»Nichts«, sagte Monsen. »Kurz vor Mitternacht hat er um ein Schmerzmittel gebeten. Die Krankenschwester sagte, Rastrup hätte Entzugserscheinungen gezeigt. Er bekam Paracetamol.«

Wie ein Pflaster auf einer perforierten Arterie, dachte Henrik.

Er spürte Monsens warme, schwere Hand auf der Schulter. »Sieht ganz danach aus, als hätten wir unseren Mann«, sagte er. »Gut gemacht, Jungersen.«

»Ist das Ergebnis des DNA-Tests zurück? Von den Haaren, die wir im Haus von Irene Valborg gefunden haben.«

»Noch nicht. Wir machen Druck«, sagte Wiese.

»Und Rastrups Alibi? Irgendetwas auf seinen Geräten?«

»Unsere Leute sind dran, aber ich glaube, wir können davon ausgehen … Ich habe gerade mit Susanne Brande gesprochen. Ich denke, wir können sagen, dass wir …«

Monsen schnitt Wiese mit einer Handbewegung das Wort ab. Wiese hielt inne. »Moment … Henrik, niemand wollte, dass so etwas passiert, aber machen Sie sich deswegen keine Vorwürfe.«

Es klopfte an der Tür, und ohne auf eine Reaktion zu warten, trat Lisbeth ein. Ihr linkes Auge und das halbe Gesicht waren von einem dramatischen Bluterguss überzogen.

»Was machen Sie denn hier?«, fragte Wiese. »Sie sollten doch zu Hause bleiben und sich erholen. Ich habe Ihnen gesagt …«

»Tut mir leid, dass ich so hereinplatze.« Lisbeth keuchte vor Anstrengung. »Aber das müssen Sie sehen.« Sie nahm die Fernbedienung von Wieses Schreibtisch und richtete sie auf den Bildschirm an der Wand neben dem Konferenztisch.

Henrik, Monsen und Wiese sahen zu, wie Susanne Brande in ihrem roten Kleid vor dem Gebäude der Brande AG erschien. Sie war von einer kleinen Gruppe seriös dreinblickender Männer und Frauen flankiert, die so eindeutig als Anwälte zu erkennen waren, als hätten sie sich ihre Profession auf die Stirn tätowieren lassen. Unter den Journalisten, die Brande ihre Handys entgegenstreckten, um kein Wort zu verpassen, machte er auch den Kriminalreporter Frank Bull vom *Dagbladet* aus.

»Ich muss Ihnen mit großem Bedauern mitteilen, dass …« Sie stockte, und einen Moment lang sah es so aus, als würden ihre Beine unter ihr nachgeben. Einer der Anwälte nahm sie beim Arm und raunte ihr etwas ins Ohr. Doch sie verneinte kopfschüttelnd und fasste sich wieder. »… dass Morten Rastrup, unser COO, gestern Abend in Polizeigewahrsam verstorben ist. Morten wurde gestern festgenommen, nachdem ich der Polizei neue Informationen über einen Vorfall am S-Bahnhof Ordrup im Jahr 1996 gegeben hatte, bei dem ein sechzehnjähriges Mädchen auf tragische Weise von einem Zug erfasst wurde. Zutiefst bestürzt und fassungslos muss ich Ihnen mitteilen, dass gegen Morten auch wegen seiner mutmaßlichen Beteiligung an einer Mordserie die drei Zeugen des Vorfalls von 1996 betreffend Ermittlungen eingeleitet wurden. Ich …«

Sie stockte erneut und sah in den Himmel, als ringe sie um Worte. »In meiner Autobiografie *Erwachsen werden* geht es um die Person, die ich einmal war. Ich habe nie ein Geheimnis aus meiner Scham gemacht. Gestern habe ich der Polizei gesagt, dass es Morten war, der das Mädchen, unsere liebe Schulfreundin Karoline Kokkedal, vor den Zug gestoßen hat. Sie hat sich nicht umgebracht. Morten hat mich gezwungen, diese schreckliche Wahrheit all die Jahre lang für mich zu behalten. Ich versichere Ihnen, dass ich in dieser traurigen Angelegenheit, die hoffentlich bald aufgeklärt sein wird, bedingungslos mit der Polizei zusammenarbeiten werde. Bis dahin werde ich, wie mit dem Verwaltungsrat besprochen, meine Aufgaben als CEO ruhen lassen. Für die Dauer der polizeilichen Ermittlungen werde ich keine weiteren Erklärungen abgeben. Vielen Dank.«

Mit diesen Worten machte Susanne kehrt und entschwand gebeugt und demütig durch die Schiebetür wie ein Wrack in Rot und Gold, während die Kameras wie wild aufblitzten und die Reporter ihr Fragen hinterherriefen, auf die keine Antwort mehr kam.

»Was für eine tapfere Frau«, sagte Wiese. »Ein solches Maß an Pflichtbewusstsein bringen heutzutage nur noch wenige auf.«

Lisbeth starrte ihn mit offenem Mund an. »Tapfer? Sie hat gerade öffentlich zugegeben, jahrelang gelogen zu haben.«

»Aber jetzt tritt sie als Zeugin auf und stellt sich den Folgen. Ich glaube, dazu braucht man Mut.«

»Ihre Armada von Anwälten wird sicher dafür sorgen, dass sich die Konsequenzen in Grenzen halten«, erwiderte Lisbeth.

Wieses Telefon klingelte. »Brande schreibt, dass sie neue Beweise für uns hat«, las er von seinem Display ab.

»Was für Beweise?« Henrik runzelte die Stirn.

»Das können Sie sie gleich selber fragen. Sie ist auf dem Weg hierher«, erklärte Wiese.

»Ich rufe den Polizeipräsidenten an«, sagte Monsen.

Henrik hob die Hand. »Ich glaube, das ist noch zu früh.«

»Lass das mal meine Sorge sein.« Monsen lächelte und klopfte ihm auf dem Weg hinaus auf die Schulter.

»Was soll das?«, fragte Lisbeth, nachdem Monsen gegangen war und Henrik keine Anstalten machte, aufzustehen.

Henrik wusste es nicht.

Irgendetwas.

Ein Anflug von Enttäuschung?

Sei nicht so verdammt albern, sagte er sich. *Du hattest die ganze Zeit das Gefühl, dass der Mann etwas auf dem Kerbholz hat, was er damit bewiesen hat.*

Die Kehrseite der Medaille war, dass Rastrup sich durch seinen Selbstmord der Justiz entzogen hatte. Als würde ein Fußballspiel vor dem Abpfiff abgebrochen. Ein Treppenwitz. Henrik rieb sich das Gesicht. »Mal sehen, was Brande zu sagen hat.«

»Wir gehen alles noch einmal von vorne durch«, schlug Lisbeth vor.

»Nein«, sagte Wiese. »Sie nicht. Sie gehen nach Hause und erholen sich.«

»Nicht nötig. Mir geht es gut. Es sieht schlimmer aus, als es ist. Ich möchte den Fall bis zum Ende durchziehen. Wie du gesagt hast, Henrik, wir sind ein Team.«

Henrik stand auf und grinste Wiese an. »Sieht so aus, als hätte Ihr Schützling soeben mit den Füßen abgestimmt.«

76

»Hey, willst du das Sandwich nun kaufen oder nicht?«, rief das junge Mädchen hinter dem Tresen des Ladens an der Ecke Jensen zu.

»Was?«

»Du stehst nun schon seit einer Viertelstunde mit dem Ding in der Hand da.«

»Tu ich das?«

»Ja. Willst du es jetzt kaufen, oder was?«

»Klar, Augenblick.«

Jensen scrollte nach unten, um den Bericht über die Pressekonferenz von Susanne Brande zu Ende zu lesen. »Als könnte sie kein Wässerchen trüben«, murmelte sie vor sich hin.

»Wie bitte?«, meldete sich das Mädchen hinter dem Tresen erneut zu Wort.

»Nicht du.« Jensen wedelte mit ihrem Handy. »Es ist nur … es ist dienstlich.«

Auf dem Weg zum Tresen holte sie sich noch ein Mineralwasser mit Kohlensäure aus dem Kühlschrank. Das Mädchen scannte hitzig die Artikel ein.

Jensens Telefon klingelte. Geistesabwesend tippte sie die Nachricht an und sah sich im nächsten Moment ein Schwarz-Weiß-Video an.

Sie brauchte ein paar Sekunden, um zu erkennen, was sie da sah.

Ihre eigene Wohnung.

Mit dem kleinen Sofa und ihrer Wäsche auf dem Wäscheständer. Eine vermummte Person bewegte sich durch den Raum und betrachtete die Wand über dem Sofa, an der Gustav und sie die Haftnotizen angebracht hatten.

Was zum Teufel?

»Tut mir leid. Ich muss los.« Sie eilte zur Tür.

»Was ist denn jetzt schon wieder?«, kreischte das Mädchen hinter dem Tresen. »Hallo, HALLO!!!!«

Jensen rannte die Torvegade entlang, durch die Menschenmassen hindurch, die Straße hinunter und die Treppe hinauf. Ihre Lunge brannte.

Die Eingangstür stand offen. Sie nahm vage eine Person in einem schwarzen Kapuzenpulli wahr. »WER BIST DU?«, brüllte sie und schnappte nach Luft.

Ein ohrenbetäubender Schrei.

Nur ein einziger Mensch schrie so.

»Gustav?«

»Scheiße, Jensen, warum schleichst du dich immer so an?«

»Wie bist du hier reingekommen?«

»Hast du die Nachrichten gesehen? Rastrup hat sich selbst übertroffen.«

»Lenk nicht ab.«

»Die Tür stand offen. Ich dachte, du wärst zu Hause.«

Jensen rannte die Wendeltreppe in den oberen Stock hinauf und riss ihre Unterwäscheschublade auf.

Er war weg.

»Hast du ihn mitgenommen?«

»Was mitgenommen?«

»Den USB-Stick von Vangede.«

»Wovon redest du?«

»Du hast doch gesehen, wie ich ihn hier oben versteckt habe. Was hast du vor?«

»Gar nichts. Warum glaubst du mir nicht?«

»Äh … lass mich nachdenken. Weil du mich schon über das angelogen hast, was wirklich in Aalborg passiert ist?«

Gustav starrte sie an. Einen Moment lang war nichts außer dem Rauschen des Verkehrs auf der Straße und dem Sirren ihres Kühlschranks zu hören.

Als Gustav weitersprach, war seine Stimme dunkel, ruhig und

vernichtend. »Ich habe dich nie angelogen. Ich habe dir nur nicht gesagt, was passiert ist. Das ist ein Unterschied.«

»Ich weiß es jetzt. Du kannst die Maske fallen lassen.«

»Woher?«

»Dein Vater hat mir alles erzählt.«

»Mein Vater?«

»Ja. Warum hast du das getan, Gustav?«

»Papa hat doch keine Ahnung.«

»Dein ehemaliger Schulleiter Ole Loft sieht das anders. Er hat die Version deines Vaters mehr oder weniger bestätigt.«

»Der hat auch keine Ahnung.«

»Ich glaube nicht, dass er stolz darauf war, zugeben zu müssen, dass so etwas an seiner Schule passiert ist.«

»Und?«

»Warum sollte er lügen? Gustav, sieh mich an. Du musst einen Grund gehabt haben, so etwas zu tun. Dein Vater sagte, du wärst wegen deiner Mutter deprimiert gewesen. Ist das so? Warum kannst du mir das nicht einfach sagen?«

»Du würdest es nicht verstehen.«

»Wetten, dass doch?«

»Nein. Lass mich in Ruhe. Du musst nicht alles wissen, Jensen.«

»Gustav, bitte, geh nicht …«

Doch seine Schritte donnerten bereits die Treppe hinunter. Sekunden später schlug die Haustür so heftig zu, dass das ganze Haus zu beben schien.

Du musst nicht alles wissen.

Doch, Gustav, das muss ich.

77

»Chef, das glaubst du nicht!« Mark folgte Henrik wieder einmal zum Verhörraum, kaum in der Lage, Schritt zu halten.

»Was gibt's?«

»Wir sollten doch die Bankkonten überprüfen? Wie Irene Valborg an das Geld für ihre Diamantenkette gekommen ist und so weiter?«

»Na los, sag schon.«

»Damals wurden diese Dinge noch nicht digital erfasst. Wir mussten auf Papierarchive zugreifen, und es war schwierig …«

»Spuck's schon aus«, schnauzte Henrik.

»Irene bekam im Dezember 1996 einen hohen Geldbetrag auf ihr privates Konto überwiesen.«

»Von wem?«

»Das ist es ja. Wir konnten es zunächst nicht erkennen. Die Überweisung kam von einer Firma, die nicht mehr registriert ist. Wir mussten also das Handelsregister einsehen, um herauszufinden, wem sie gehörte. Dahinter steckte eine weitere Firma mit Sitz in Luxemburg.«

»WER?«

»Victor Brande.«

Henrik blieb auf der Treppe stehen und starrte Mark an.

»Das ist aber noch nicht alles«, fuhr Mark fort. Hätte er einen Schwanz gehabt, hätte er jetzt damit gewedelt. »Ulla Olsen und Vagn Holdved haben jeweils etwa zur gleichen Zeit eine hohe Auszahlung von demselben Konto erhalten. Seltsam daran ist, dass sie unterschiedliche Beträge erhalten haben.«

»Wirklich?«

»Irene hat bei Weitem das meiste bekommen. Den zweitgrößten Teil Ulla und einen kleineren Teil Vagn. Wir wissen, dass sich Irene davon die Halskette gekauft hat, Ulla ihre Wohnung, und wir nehmen an, dass Vagn die eine oder andere Spielschuld damit beglichen hat.«

Victor Brande, dieser Bastard, der Mann mit dem stechenden Blick. Er hatte herausbekommen, was die Zeugen sich am meisten wünschten, und ihnen das Geld dafür gegeben. »Gab es danach noch weitere Zahlungen?«

»Keine. Jedenfalls haben wir keine gefunden. Aber ich vermute, dass er sie, nachdem er die drei dazu gebracht hatte, beim Untersuchungsrichter Falschaussagen zu machen, wegen Meineids am Haken hatte. Gegen ihn hätten sie kaum ein Druckmittel gehabt.«

»Und der alte Brande dürfte dafür gesorgt haben, dass sie wussten, dass sie erledigt sind, wenn sie ihre Aussage ändern«, sagte Henrik zu sich selbst.

Er nickte dem Uniformierten zu, der beiseitetrat, um ihnen den Weg in den Vernehmungsraum frei zu machen. Als er Susanne Brande erblickte, traute er seinen Augen nicht. Statt des roten Kleides trug sie schwarze Jeans und einen edlen schwarzen Rollkragenpullover. Ihr goldblondes Haar hatte sie zu einem strengen Knoten zurückgekämmt. Mit rot unterlaufenen Augen sah sie zu Henrik und Mark auf wie ein verängstigtes Reh.

Ihren Anwalt kannte Henrik von anderen Fällen, in denen reiche Leute sich in Schwierigkeiten befunden hatten. Er schaltete das Tonbandgerät mit der üblichen Vorrede ein, doch zu seiner Überraschung ergriff der Anwalt das Wort, bevor er die erste Frage stellen konnte.

»Zunächst möchte ich Ihnen versichern, dass meine Mandantin bereit ist, mit der Polizei vollumfänglich und uneingeschränkt zusammenzuarbeiten.«

Henriks Blick wanderte zu Brande. »Das habe ich Ihrem kleinen Fernsehauftritt bereits entnommen. Es wäre gut gewesen, wenn Sie …«

»Zweitens möchte meine Mandantin neue Beweise in diesem tragischen Fall vorlegen.« Er griff in eine Mappe und reichte Henrik ein ausgedrucktes Blatt.

»Was ist das?«

»Das ist die Kopie eines Kontoauszugs von einem Bankkonto, zu dem ausschließlich Morten Rastrup Zugang hatte«, erklärte Brande.

Der Anwalt deutete auf eine rot unterstrichene Stelle. »Das ist eine Zahlung über zwanzigtausend Kronen aus dem letzten Jahr.«

»Das sehe ich, aber an wen?«

Der Anwalt holte einen zweiten Kontoauszug hervor.

Henrik sah den Namen auf der Seite und verstand nicht.

Pia Kokkedal.

Wie bitte?

»Woher haben Sie das?«

»Von Mortens Buchhalter.«

»Gibt es noch weitere Zahlungen?«

»Nein. Soweit wir wissen, handelte es sich um einen einmaligen Vorgang, aber es könnte Barzahlungen gegeben haben.«

»Und dafür gibt es nur eine Erklärung. Pia muss herausgefunden haben, was Morten ihrer Tochter angetan hatte«, sagte Brande. »Und Morten hat sie bezahlt, damit sie Ruhe gibt.«

Als Blutgeld gerade mal ein Almosen. Zwanzigtausend Kronen dafür, dass sie den Mord an ihrer Tochter nicht an die große Glocke hing. Aber Pia war Alkoholikerin und verzweifelt. »Das bedeutet nur, dass Rastrup Pia bezahlt hat. Nicht aber, dass er die Zeugen umgebracht hat. Aber woher weiß ich, dass er nicht in Ihrem Auftrag gehandelt hat?«, überlegte Henrik.

»Weil wir damit direkt zu Ihnen gekommen sind. Hätte Morten in meinem Namen gehandelt, glauben Sie dann wirklich, dass ich die Information freiwillig herausgegeben hätte?« In Brandes Stimme lag unvermittelt eine Schärfe, ein Hauch von Gereiztheit. Ihre blauen Augen funkelten Henrik angriffslustig an. Dann wandte sie den Blick ab. »Verzeihen Sie. Ich habe nicht viel geschlafen.«

»Das glaube ich Ihnen sogar.«

»Was wollen Sie damit sagen?«, fragte der Anwalt stirnrunzelnd.

Henrik lehnte sich entspannt zurück. »Ich will damit sagen, dass sich Ihre Mandantin in einer äußerst misslichen Lage befindet.« Er hielt inne und sah Brande direkt an. »Wussten Sie, dass Ihr Vater nur wenige Wochen nach Karoline Kokkedals Tod hohe Geldbeträge an die drei Zeugen überwiesen hat?«

Er hielt inne, aber Brande hielt den Blick weiter auf ihre Hände gerichtet, ohne eine Miene zu verziehen. »Ja. Er hat alles getan, um seine kostbare Firma zu schützen«, sagte sie, wobei in den letzten beiden Worten eine gewisse Bitterkeit mitschwang.

»Wäre es nicht günstiger gewesen, Ihrem Kumpel Rastrup den Laufpass zu geben?«

Brande lachte gequält auf. »Mein Vater verabscheute Skandale. Wie gesagt, er hat mich überredet, Morten nicht zu verraten. Er warf mit Geld nur so um sich. Mein Hund starb, als ich zehn Jahre alt war, und er kaufte mir ein Pony. Als ich mit achtzehn meinen ersten Liebeskummer hatte, schenkte er mir einen offenen Sportwagen. Dass er mich liebt, hat er mir nie gesagt. Er zückte einfach nur seine Geldbörse.«

»Armes kleines reiches Mädchen«, sagte Henrik.

»Verspotten Sie mich nur«, entgegnete Brande. »Es steht alles in meinem Buch. Sie sollten es lesen.«

»Ihr Vater und Rastrup beschlossen also gemeinsam, die Zeugen zu überreden, ihre Aussage zu ändern, und haben Sie gezwungen, mitzumachen?«

»Ja.«

»Doch später, als Sie *Erwachsen werden* geschrieben und die wundersame Wandlung vom Saulus zum Paulus durchgemacht hatten, haben Sie trotzdem nicht ausgepackt.«

»Was hätte es genützt? Karoline war tot, und mein Vater war damals schon alt. Es hätte ihn nur früh ins Grab gebracht, wäre aber ansonsten zwecklos gewesen.«

Wäre ihm recht geschehen, dachte Henrik.

»Hören Sie«, meldete sich der Anwalt zu Wort. »Meine Mandantin hat bereits zugegeben, die Wahrheit über die Geschehnisse an diesem Abend verschwiegen zu haben, und ist bereit, die Konsequenzen zu tragen. Was wollen Sie noch? Ihren Kopf auf einem Spieß auf dem Rathausplatz?«

Henrik ignorierte den Mann und hielt seinen Blick auf Brande gerichtet. »Hat Ihr Vater die Zeugen unter Druck gesetzt, damit sie schweigen, nachdem er ihnen das Geld gegeben hatte?«

»Moment.« Der Anwalt hob die Stimme. »Meine Mandantin ist bereit, Ihnen alle Morten Rastrup betreffenden Unterlagen zur Verfügung zu stellen. Ich hoffe doch sehr, dass Sie im Gegenzug erklären werden, dass sie über jeden Verdacht erhaben ist.«

»So würde ich das nicht unbedingt ausdrücken«, sagte Henrik. »Ihre Mandantin hat den Staatsanwalt belogen und die trauernde Familie im Glauben gelassen, Karoline hätte sich das Leben genommen. Damit wären wir allerdings nicht nur bei Meineid, sondern auch bei Beihilfe zum Mord.«

Der Anwalt wollte etwas sagen, aber Brande kam ihm zuvor. »Sie haben recht. Ich glaube, ich habe mir eingeredet, all das wäre schlicht nicht wahr. Jedes Mal, wenn ich es zur Sprache brachte, wurde Morten ausfallend. Er und mein Vater, sie …« Sie schüttelte den Kopf und schloss die Augen.

»Und als Ihr Vater tot war? Haben die Zeugen sich da an Sie gewandt?«

»Nicht an mich. Aber ich vermute, dass Morten … Einer von ihnen muss Pia erzählt haben, was wirklich passiert war. Er hat sie bezahlt, vermutlich aber begriffen, dass er die Wahrheit nicht ewig unter den Teppich kehren kann. Vermutlich hat er es deswegen getan.«

»Was getan?«

»Na ja, sie umgebracht. Damit sie nicht mehr reden.«

Henrik war derselbe Gedanke auch schon gekommen. Nach dem Tod von Victor Brande hatte Irene wohl ihre große Chance darin gesehen, Rastrup zu erpressen. Der Tumor in ihrem Hirn hatte möglicherweise dazu beigetragen, sie wagemutiger zu machen. Rastrup hatte daraufhin gedroht, sie umzubringen und ihr die Diamanten wegzunehmen, worauf Irene sich einen Schäferhund und eine Alarmanlage zugelegt und beschlossen hatte, das Haus nicht mehr zu verlassen.

Später kam Rastrup aus welchem Grund auch immer auf die Idee, dass ein paar alte Leutchen das Risiko nicht wert waren. Also tötete er Irene und Vagn Holdved und verübte einen tödlichen Anschlag auf Ulla Olsen.

Doch wer hatte es Pia Kokkedal gesagt? Irene, aus Trotz, nachdem Rastrup sich geweigert hatte, auf ihre Forderungen einzugehen? Vielleicht war sie so zum ersten Mal an Rastrup herangetreten: »Wenn du nicht zahlst, gehe ich zu Karolines Mutter.«

Alles passte zusammen.

Abgesehen von den Fotos.

Wie war Morten an die Fotos gekommen? Und was hatten sie zu bedeuten? Dienten sie als eine Art Warnung oder als Trophäe?

Henrik war überrascht, als Brande plötzlich anfing zu weinen. Schwere, tiefe Schluchzer. Der Anwalt sammelte seine Unterlagen zusammen. Die Unterredung war beendet.

»Ende der Vernehmung um 09:51 Uhr«, sagte Henrik und schaltete das Gerät aus.

Als Mark und er aus dem Verhörraum kamen, wartete Lisbeth im Gang und winkte mit einem Stück Papier. »Die Haare, die in Irene Valborgs Haus gefunden wurden und in der Gerichtsmedizin nicht zugeordnet werden konnten. Hier ist die Bestätigung, dass sie von Rastrup stammen. Wir überprüfen sein Bewegungsprofil, sind uns aber schon sicher, dass er auf Irenes Grundstück war.«

Wiese tauchte lächelnd hinter ihr auf. »Geschafft«, sagte er. »Gut gemacht, Jungersen.«

Er streckte ihm die Hand entgegen.

Henrik betrachtete sie geistesabwesend und ging.

Es war nicht geschafft. Wiese irrte sich. Das sagte ihm sein Bauchgefühl.

78

MITTWOCH, 20:19 UHR

»Margrethe, gut, dass ich dich erreiche.« Jensen stellte ihre Lebensmitteleinkäufe auf dem Küchentisch ihrer Wohnung in Christianshavn ab. »Ist Gustav bei dir?«

»Warum?«

»Er geht nicht ans Telefon. Ich habe es den ganzen Tag versucht. Könntest du ihm etwas ausrichten?«

»Nein. Gustav hat mir ausdrücklich gesagt, dass er für dich nicht zu sprechen ist.« Jensen hörte, wie Margrethe einen Schluck aus einem Glas nahm. Rotwein, vermutete sie. Margrethe liebte das Zeug. »Also, es war wirklich eine beschissene Woche, selbst unter den gegebenen Umständen, also wenn du nichts dagegen hast …«

»Ich habe mit deinem Bruder gesprochen.«

»Hab ich gehört.«

»Er hat mir erzählt, was in Aalborg passiert ist. Gustav hat auf einem Schulfest …«

»Ich weiß.«

»Was?«

»Jensen, die Diskussion *hatten* wir bereits.«

»Und das stört dich nicht?«

»Wenn ich daran denke, dass ich dich mal für eine gute Journalistin gehalten habe. Auf Wiederhören, Jensen.«

Jensen starrte auf ihr Telefon. Sie musste es wissen. Wenn sie doch nur herausfinden könnte, wer die Jungen waren. Ihnen würde sie die Wahrheit schon entlocken. Wie naiv von ihr, zu glauben, dass auch nur einer der Schüler von der Schule freiwillig Auskunft geben würde.

»Wen kenne ich in Aalborg?«, sagte sie laut zu sich.

Es gab nur einen.

Einen bekanntermaßen arbeitsscheuen Mann und dazu noch Frauenheld.

Ein Politiker, der seine Karriere ihr verdankte, so wie sie ihm die ihre, weil er ihr einen so großen Knüller geliefert hatte, dass das *Dagbladet* die Geschichte sofort gekauft hatte. Esben Nørregaard war in Aalborg für die Regierungspartei als Abgeordneter ins Parlament gewählt worden.

Sie tippte seine Nummer ein.

Fast im selben Moment nahm er ab. Sie hörte Verkehrslärm im Hintergrund. »Jensen, wo zum Teufel hältst du dich versteckt?«

»Nicht jetzt, Esben, ich muss …«

»Ich bin auf dem Heimweg vom Borgen, aber für einen Drink ist es nicht zu spät. Es gibt eine Menge zu besprechen. Champagnerbar im D'Angleterre in zehn Minuten?«

Jensen stellte sich Esben auf dem Beifahrersitz seiner schwarzen Limousine vor, wie er mit seinem hünenhaften syrischen Fahrer am Steuer auf dem Weg zu seinem Haus in Klampenborg durch Kopenhagen raste. »Wie geht es Aziz?«, erkundigte sie sich. »Grüß ihn von mir, ja?«

»Ich sehe, was du da gemacht hast.«

»Esben, ich brauche deine Hilfe.«

Sie erzählte ihm die ganze Geschichte. Über Gustav und auch das, was sie über die beiden Jungen wusste. »Bitte, Esben. Es muss in Aalborg doch jemanden geben, der mir sagen kann, was wirklich passiert ist?«

»Wie es aussieht, weißt du es schon. Komm, Jensen, gerade du solltest wissen, wie brutal Kinder sein können.«

Sie hatten oft über Jensens eigene unglückliche Jugend in Nordjütland gesprochen.

»Nein«, sagte sie. »Gustav nicht.«

»Mobber gibt es in allen Formen und Größen.«

»Esben, ich bitte dich.«

Er seufzte. »Ich seh mal, was ich tun kann.«

»Ich danke dir. Wenn du mir hilfst, dann treffen wir uns auf einen Drink, versprochen.«

Könnte also jetzt jeden Tag passieren.

Sie räumte die Lebensmittel weg. Auf das Sushi, das sie sich zum Abendessen gekauft hatte, hatte sie keine Lust mehr. Stattdessen machte sie sich ein Carlsberg auf. Die Flasche zitterte in ihrer Hand. Gustav hatte gesagt, dass ihre Haustür schon offen gestanden hatte, als er gekommen war. Was, wenn er die Wahrheit gesagt hatte? Und vor allem, warum war kein Alarm losgegangen, als die Tür aufgebrochen wurde?

Sie rief Kristoffer an, der nicht ans Telefon ging. Er hatte erwähnt, dass er mit ein paar Norwegern zum Abendessen gehen wollte, und ihm hatte sie gesagt, dass sie früh ins Bett gehen wollte.

Komm schon, Jensen.

Brøgger hatte sich seltsam verhalten. War sie wirklich in Gefahr? In dieser gemütlichen Dachgeschosswohnung mitten in Kopenhagen?

Sie schob das Sofa vor die Tür und schnappte sich das größte der Küchenmesser, die sie bei IKEA gekauft hatte. Dann ging sie die Treppe hinauf, legte sich vollständig angekleidet aufs Bett und blinzelte in die Dunkelheit hinein.

79

DONNERSTAG, 08:22 UHR

»Überlegen Sie gut, was Sie als Nächstes sagen.« Henrik sprach betont langsam. »Wir ermitteln in einer Mordsache. Wenn sich herausstellt, dass Sie gelogen haben, wird das umgehend ernste Konsequenzen für Sie haben. Deshalb frage ich Sie noch einmal. Wo ist Rikke?«

Der dünne blonde Mann, der ihm gegenübersaß, starrte stur zurück. Sein faltiges Gesicht und die spitzen Ohren erinnerten ihn an einen kleinen, trotzigen Elf.

»Ich habe es doch schon tausendmal gesagt: Ich weiß es nicht. Sie sagt es mir nicht, und ich habe keine Telefonnummer von ihr.

Ab und zu taucht sie auf, um mir zu sagen, dass alles in Ordnung ist. Oder wenn sie einen Arzt braucht, oder wenn ihr Hund zum Tierarzt muss.«

»Gehört das zum Service?«

Gorm Thomasen sah Henrik wütend an. »Ich versuche seit Monaten, sie von der Straße zu holen. Für sie kommt das aber nicht infrage, wenn sie den Hund nicht bei sich haben kann.«

Lisbeth mischte sich ein. »Sie sagten, Pia hat Sie gebeten, Kontakt mit Rikke aufzunehmen. Ist das schon einmal vorgekommen?«

»Nein. Ich habe Pia nur einmal gesehen. In der Gerichtsverhandlung, bei der Rikke wegen Brandstiftung verurteilt wurde.«

»Das Haus ihrer Pflegeeltern?«, fragte Lisbeth. »Wissen Sie, warum sie es angezündet hat?«

»Das müssen Sie Rikke fragen, aber sagen wir mal, es war kein schöner Ort für sie.«

»Haben Rikke und Pia damals miteinander gesprochen?«

»Nein, Rikke wollte partout nichts mit ihrer Mutter zu tun haben. Aber ich vermute, dass Pia meine Telefonnummer über all die Jahre behalten hat.«

»Und Sie sagen, Sie sind nicht mehr Rikkes Betreuer?«

»Nicht offiziell zumindest. Ich bin jetzt eher ein Freund.«

Henrik sah Gorm stirnrunzelnd an. »Eine ungewöhnliche Freundschaft, finden Sie nicht?«

»Überhaupt nicht«, entgegnete Gorm und erwiderte Henriks Blick. »Ich mag Rikke. Sie hatte einfach schlechte Karten im Leben.«

»Haben Sie über Karoline gesprochen?«

»Nein. Das, was ich über ihre Zwillingsschwester weiß, habe ich aus der Akte. Darüber haben wir uns nicht unterhalten.«

»Was wissen Sie über den Hund?«, wollte Lisbeth wissen. »Seit wann hat Rikke den?«

»Sie kennen doch ihr Vorstrafenregister.«

»Ist ja lang genug«, sagte Henrik.

»Sie ist clean, seit sie vorletztes Jahr Horserød verlassen hat.«

»Erstaunlich«, meinte Henrik.

Gorm sah Lisbeth an. »Lassen Sie den Clown hier einfach so weitermachen?« Und zu Henrik sagte er: »Sie haben nicht die blasseste Ahnung, was für ein Mensch Rikke ist.«

»Nein«, gab Lisbeth zu. »Sie haben recht. Wir wissen tatsächlich nichts über Rikke. Aber was wollten Sie noch von ihrem Hund erzählen?«

»Ich glaube, er hat sie gerettet. Charlie war noch ein Welpe, als sie ihn bekam. Sie hat ihn einem Typen abgekauft, den sie irgendwann kennengelernt hatte. Die beiden wurden unzertrennlich.«

»Wie schön.« Lisbeth lächelte aufmunternd. »Pia ruft Sie also aus dem Krankenhaus an und sagt Ihnen, dass sie nicht mehr lange zu leben habe und Rikke sehen wolle. Hat sie gesagt, warum?«

Gorm zuckte mit den Schultern. »Ich nehme an, sie wollte sich entschuldigen.«

»Wofür?«, fragte Henrik.

»Dafür, dass sie Rikke sich selbst überlassen hat. Sie war sechzehn, als sie in die Pflegefamilie geschickt wurde.«

»Rikke war schwierig und Pia in Trauer.«

»Rikke auch. Ihre Zwillingsschwester war gerade gestorben.«

Lisbeth sah auf ihren Notizblock. Henrik wusste, dass sie versuchte, das Gespräch wieder auf ihre Ermittlungen zu lenken, aber Henrik bezweifelte, dass dieser trotzige Elf wirklich etwas wusste.

»Pia ruft Sie also am Donnerstag an, und Sie sagen ihr, dass Sie es Rikke ausrichten wollten, wenn sie das nächste Mal anrufen würde. Was sie dann drei Tage später auch tat«, erklärte Lisbeth.

»So ein Glück«, bemerkte Henrik.

»Zufall«, sagte Gorm.

»Rikke hört Ihnen zu, sagt Ihnen aber nicht, was sie vorhat?«

»Richtig. Sie hat das Gespräch sehr schnell beendet. Das macht sie gelegentlich.«

»Und Sie wissen wirklich nicht, ob sie ins Riget gegangen ist, um Pia zu besuchen? Und Sie wissen auch nicht, wo sie jetzt ist?«, hakte Lisbeth nach.

Gorm schüttelte den Kopf.

»Okay«, sagte Lisbeth.

Henriks Blick wanderte zur Decke des Verhörraums. Er versuchte nachzudenken. Pia Kokkedal hatte mindestens einmal Besuch im Krankenhaus bekommen. Aber das war ein Mann gewesen.

Er stand auf und fragte sich, ob Mark beim Sicherheitsdienst im Riget etwas in Erfahrung gebracht hatte. Gorm Thomasen hatte sie jedenfalls nicht weitergebracht. Lisbeth kann ihn ja hinausbegleiten, dachte Henrik, als er zur Tür ging.

»Prima, vielen Dank, nein wirklich, das Vergnügen war ganz meinerseits«, rief Gorm ihm nach.

80

DONNERSTAG, 08:42 UHR

»Spreche ich mit … Jensen?«

Die Rufnummer war unterdrückt. »Wer spricht?« Jensen schloss die Augen und ließ sich wieder auf das Bett fallen. Sie hatte schlecht geschlafen, weil sie sich Sorgen um Gustav machte und beunruhigt war wegen allem, was er ihr verschwieg.

»Mein Vater sagt, Sie brauchen bestimmte Informationen.« Die Stimme war männlich, klang jung und ängstlich, Aalborger Akzent.

»Ja, Jensen, das bin ich.« Sie setzte sich auf und zuckte zusammen, als sie mit dem Oberschenkel an den kalten Stahl des Küchenmessers kam. Sie musste mit dem Messer in der Hand eingeschlafen sein. »Wie heißt du?«

»Papa sagt, dass ich meinen Namen nicht nennen muss. Er hat

mich überredet, Sie anzurufen. Anscheinend schuldet er Esben Nørregaard einen Gefallen.«

Esben. Der unschlagbare Netzwerker. Überall war ihm jemand einen Gefallen schuldig. Eine Hand wäscht die andere.

»Woher kennst du Gustav Skov?«, fragte Jensen.

»Wir sind in dieselbe Klasse gegangen, aber wir waren nicht befreundet oder so. Gustav hatte keine …«

»Keine Freunde?«

»Richtig.«

»Hör mal, ich möchte nur wissen, was passiert ist, warum er letztes Jahr auf dem Schulfest diese Nummer abgezogen hat.«

»Also … versprechen Sie mir, dass mein Name nirgends auftaucht und dass Sie nicht darüber schreiben?«

»Versprochen.«

Es entstand eine lange Pause, bevor der Junge fast im Flüsterton fortfuhr. Jensen hörte Musik im Hintergrund. »Es gab ein Mädchen in unserer Parallelklasse. Gustav mochte sie. Ein hübsches Mädchen.«

»Wie hieß sie?«

»Josefine«, brachte er nach langem Zögern hervor.

»Waren die beiden zusammen?«

»Zusammen?«

»Na ja, gingen sie miteinander, oder wie man es nennen mag. Waren sie zusammen?«

»Nein, nichts dergleichen … man sah es ihm einfach an. Er wurde immer rot, wenn sie miteinander sprachen, und sie war sehr nett zu ihm.«

»War?«

»Sie hat die Schule verlassen.«

»Warum?«

»Es gab einen Vorfall. Sie haben herausgefunden, dass er sie mochte.«

»Wer? Sie?«

»Diese Jungs … die, die er … Sie wissen schon. Ich werde Ihnen die Namen *nicht nennen*. Wenn Sie versuchen, mich dazu zu zwingen, beende ich das Gespräch.«

»Mach ich nicht, versprochen. Was sind das denn so für Typen?«

»Einer von ihnen hat einen Halbbruder. Er ist in einer Motorrad-Gang. Sie drohen allen möglichen Leuten Prügel an. Gehörst du nicht dazu, und haben sie dich auf dem Kieker, dann machen sie dir das Leben schwer.«

»Klingt, als würdest du aus Erfahrung sprechen?«

»Ich weiß, wie ich mich unter dem Radarschirm halte. Aber Gustav war anders. Sein Kopenhagener Akzent, wissen Sie. Er fiel auf und konnte einfach nicht die Klappe halten.«

Typisch Gustav, dachte Jensen.

»Jedenfalls haben sie das mit dem Mädchen herausgefunden, und dann ging dieses Video herum. Eine Art Pornofilm, in den ihre Gesichter hineinmontiert waren.«

»Von Gustav und Josefine?«

»Ja, und sie haben herausgefunden, dass Gustav das Video selbst zusammengestellt hat. Es ging durch die ganze Schule.«

»Haben die Lehrer mitbekommen, was da vor sich ging?«

»Wohl kaum. Schwärzt man diese Typen an, ist man so gut wie tot. Josefine redete dann nicht mehr mit ihm, und Gustav war isolierter als zuvor.«

»Und was hat er da gemacht?«

»Nichts. Er hat nicht einmal versucht, sich zu verteidigen. Bis zu dem Abend, an dem er diese … diese … Sache gemacht hat.«

»Woher weißt du, dass er es war?«

»Alle wussten es. Es gab diese Show, und Gustav hatte um einen Solobeitrag gebeten. Aber als er an der Reihe war, ging der Vorhang auf, und es lief diese laute Death-Metal-Musik und … na ja, den Rest kennen Sie ja.«

»Er muss das schon lange geplant haben.«

»Ich muss jetzt aufhören.«

»Moment. Eine Frage noch. Ich weiß, dass Gustav von der

Schule verwiesen wurde. Mehr ist aber nicht passiert. Warum haben die beiden Typen die Sache nicht weiterverfolgt?«

»Ich nehme an, es war ihnen peinlich, dass sie jemandem wie Gustav die Möglichkeit geboten hatten, ihnen so etwas anzutun. Und alle hatten Angst, darüber zu reden, sogar die Lehrer. Es war, als wäre nichts passiert. Aber lassen Sie es mich so sagen: Ich an Gustavs Stelle würde mich so schnell nicht mehr in Aalborg blicken lassen.«

Damit war das Gespräch beendet.

»Ach Gustav«, sagte Jensen ins Handy. Ihr ging durch den Kopf, was er ihr über die Musik erzählt hatte, die er über Kopfhörer hörte und die ihm half, ruhig zu bleiben.

Sie war stolz auf ihn. Kein Wunder, dass er nicht zurück in die Schule wollte und dass Margrethe ihn so sehr bemutterte. Und jetzt war auch klar, warum ihn die Geschichte von Karoline Kokkedal so aufgewühlt hatte.

Sie tippte eine Nachricht.

Ich weiß über Josefine Bescheid. Ist schon gut, Gustav. Ruf mich an!

Sie ging in die Küche hinunter und trank an der Spüle drei Gläser Wasser, während sie auf den gelb-roten Innenhof und die Menschen blickte, die hinter den Fenstern der anderen Wohnungen umherliefen. Normale Menschen, mit normalen Jobs und sicheren Häusern.

Die Geschichte von Susanne Brande nahm die ganze Ausgabe des *Dagbladet* ein. Die meisten Beiträge waren von Frank Buhl. Die Polizei hatte offensichtlich neue Beweise, die auf Morten Rastrup hindeuteten. Man ging nun davon aus, dass Morten Irene Valborg und zwei weitere Personen umgebracht hatte, die ihrerseits beobachtet hatten, wie er Karoline vor fünfundzwanzig Jahren vor den Zug stieß.

Irene hatte ihre teure Halskette mit dem Geld von Susannes Vater gekauft, das er ihr für ihr Schweigen gezahlt hatte. Aber nach dem Tod von Victor Brande hatte die alte Frau der Versuchung nicht widerstehen können, Morten zu erpressen.

Die Fotos von Karoline wurden mit keinem Wort erwähnt. Nichts, was darauf hindeutete, warum Morten sie bei den Opfern zurückgelassen haben könnte oder wie er überhaupt daran gekommen war.

»Das ist falsch«, sagte Jensen in die leere Wohnung hinein.

Der Person, die die Fotos hinterlegt hat, kann Karoline nicht gleichgültig gewesen sein. Sie muss gewollt haben, dass man sich an sie erinnert. Morten konnte sie gleichgültiger nicht sein, doch die Polizei behauptete, beweisen zu können, dass er in Irenes Haus gewesen war und, was seltsam war, Pia Kokkedal Geld überwiesen habe.

Warum? Hatte auch Pia Morten ihn erpresst? Was hatten Gustav und sie übersehen?

Jensen hatte noch Pias in eine schwarz-gelbe Netto-Plastiktüte eingewickelte, speckige Stofftasche. Der Geruch ließ sie würgen, als sie den Inhalt auf den Boden kippte. Schnipsel eines Lebens. Sie nahm alte Kassenzettel aus dem rosafarbenen Portemonnaie, zusammen mit einer Handvoll Münzen, dem Zettel mit Gorm Thomasens Telefonnummer und dem Foto von Karoline und Rikke aus der Zeit, bevor das Leben der Kokkedals implodierte. Sie tastete mit den Fingern in den Fächern und im Reißverschlussfach von Pias Portemonnaie. Nichts. Sie sah sich die anderen Gegenstände aus der Plastiktüte genauer an. Ein Kamm, dem mehrere Zähne fehlten. Ein Kaugummi. Ein Döschen Handcreme, dessen Inhalt zu den Seiten herauslief. Ein Säckchen mit Tabak. Ein Handschuh. Ein Brief vom Sozialamt. Ein Ohrring mit einer grünen Feder.

Sie sah noch einmal nach. Tabak, aber weder Zigarettenpapier noch Feuerzeug oder Streichhölzer.

Seltsam.

Sie befühlte das Säckchen. Es war definitiv nicht leer.

Doch Tabak war es nicht.

Der Inhalt entpuppte sich als ein Brief aus dünnem hellblauem Papier. Weich und abgegriffen. Hundertmal entfaltet und wieder zusammengefaltet, mit fein säuberlicher Schreibschrift in blauer Tinte.

Die Nachricht war anonym und kurz.

Ich habe gesehen, wie Susanne Brande Ihre Tochter vor den Zug gestoßen hat.
Wenn Sie mir nicht glauben, fragen Sie sie selbst.

Jensen kramte in ihrer Tasche nach dem Umschlag, den Irene verwendet hatte, um die Diamanten an der Innenseite des Schornsteins zu verstecken. Die Handschrift war identisch.

Nachdem sie den Brief erhalten hatte, musste Pia zu Susanne gegangen sein, von der sie mit einem Haufen Geld abgespeist wurde, mit dem sie sich zu Tode getrunken hatte. Doch bevor sie ihren letzten Atemzug tat, quälten Pia das schlechte Gewissen und die Scham. Über Gorm Thomasen wollte sie Kontakt zu der Tochter aufnehmen, die sie seit Jahren weder gesehen noch gesprochen hatte, um ihr den wahren Grund für den Verlust ihrer Mutter, ihres Vaters und ihrer geliebten Zwillingsschwester zu nennen.

O Gott!

Rikke.

Jensen schnappte sich ihren Mantel und rannte zur Tür.

81

»Es gibt Neuigkeiten«, sagte Mark, als er zu Henrik und Lisbeth ins Büro kam.

»Hoffentlich gute Nachrichten«, knurrte Henrik.

»Schlechte, fürchte ich. Wir haben Morten Rastrups Alibi überprüft.«

»Sag nicht, dass er eins hatte.«

»Doch, hatte er«, bestätigte Mark. »Bei Irene sind wir uns nicht ganz sicher. Aber zu dem Zeitpunkt, als Vagn ermordet wurde, war Rastrup auf jeden Fall geschäftlich in London. Und in der Nacht, in der Ulla überfallen wurde, haben ihn mehrere Zeugen bei einem Empfang im Borgen gesehen. Was natürlich nicht heißt, dass er nichts damit zu tun hatte.«

»Glaubst du etwa, er hatte einen Komplizen?«, wollte Lisbeth wissen.

Henrik dachte an das, was ihm Goldschmidt im Gerichtsmedizinischen Institut gesagt hatte. Der Mörder war entweder sehr stark oder sehr wütend. Wütende Menschen machen Fehler.

Wenn Rastrup einen Komplizen gehabt hatte, dann dürfte es sich um einen Schläger gehandelt haben, den er angeheuert hatte, um den Job bei Ulla Olsen zu erledigen.

»Wusste ich's doch«, sagte Henrik. »Es fühlte sich irgendwie nicht richtig an.«

»Wir werden es Wiese und Monsen sagen müssen«, meinte Mark.

»Noch nicht«, sagte Henrik. »Lass mich nachdenken.«

Mit seinen herabhängenden Schultern gab Rastrup das typische Bild eines Versagers ab, was Henrik darauf geschoben hatte, dass ihn die Wahrheit eingeholt hatte. Das passte jetzt nicht mehr. Susanne Brande kam es aber sehr gelegen, mit dem Finger auf Tote zeigen zu können, richtig?

In Rastrups Laptop und in seinem Handy waren aggressives Vokabular und kriminelle Kontakte gefunden worden (in dem Punkt hatte Brande recht), nicht aber Hinweise darauf, dass er die Zeugen beeinflusst hatte. Fest stand allerdings, dass er in Irenes Haus gewesen war, sonst hätte man seine Haare dort nicht gefunden.

Henrik ging zum Fenster und sah auf die Straße hinaus. »Was ist mit Susanne Brande?«, fragte Lisbeth. »Haben wir ihr Alibi überprüft?«

»Ich bin noch dran«, erwiderte Mark.

»Und wenn Rastrup die Wahrheit gesagt hat und Brande Karoline geschubst hat?« Lisbeth sah Henrik an. »Meinst du nicht …«

»Was soll ich nicht meinen?«

»Dass du dich ein wenig von ihr hast blenden lassen? Ich meine, sie ist eine attraktive Frau, und das weiß sie auch.«

»Willst du damit andeuten, dass du neue Beweise dafür hast, dass sie in die Morde verwickelt war?« Henriks Ton war scharf.

»Ich will lediglich andeuten, dass man es nicht in ihre Position schafft, wenn man sich vom eigenen Vater und von einem Schulfreund unter Druck setzen und schikanieren lässt. Und genau das will sie uns verkaufen. Das passt nicht zusammen. Wenn du mich fragst, ist diese Frau zu allem fähig, auch dazu, drei alte Menschen zu ermorden.«

Lisbeth hatte recht: Sie würden Brande noch einmal verhören müssen, und zwar um einiges gründlicher. Wie aber konnte sie in den Besitz der Fotos von Karoline gelangt sein, und warum sollte sie diese bei den Toten lassen?

»Mark, eine Frage noch. Was hast du beim Sicherheitsdienst im Riget erreicht? Hast du herausgefunden, wer Pia besucht hat?«

»Nein«, sagte Mark. »Sie haben nur die Aussage der Krankenschwester bestätigt. Pia hatte sie per Notruf auf die Station gerufen, aber als sie dort ankamen, war der Kerl schon verschwunden, und die Schwestern hatten alle Hände voll damit zu tun, Pia zu beruhigen.«

»Überwachungskameras?«

Mark zückte sein Handy und zeigte Henrik und Lisbeth ein grobkörniges Bild von einer Gestalt in einer Kapuzenjacke. »Könnte auch eine Frau sein«, sagte Henrik. »Konnte die Krankenschwester ihn beschreiben?«

»Sie hat das Gesicht nicht gesehen.«

»Und was ist mit seiner Stimme?«

»Konnte sie nicht hören, weil Pia die ganze Zeit geschrien hat.«

»Trotzdem war sie sich sicher, dass es ein Mann war?«

»Hat sie jedenfalls gesagt.« Marks Stimme wurde leiser. Er setzte sich, zog das Bild der Überwachungskamera mit Daumen und Zeigefinger größer und kratzte sich am Kopf.

Henrik wandte sich wieder zum Fenster um. Als Karoline geboren wurde, gab es noch Fotoalben. Man brachte eine Filmrolle in ein Fotogeschäft und holte die Abzüge einige Tage später in der Hoffnung ab, dass wenigstens ein paar Fotos dabei waren, die nicht unscharf oder durch rote Augen verunstaltet waren. Anschließend klebte man sie in ein Album. Seine Mutter fiel ihm ein, die das – vor hundert Jahren in einem anderen Leben – ebenfalls gemacht hatte.

Als sein erstes Kind auf die Welt kam, war Henrik nicht einmal im Besitz einer Kamera gewesen. Von allen drei Kindern hatte er eine Menge Fotos mit seinem Handy gemacht, aber nicht eines ausgedruckt. Die Zeugnisse ihrer Kindheit befanden sich stattdessen in Form digitaler Einsen und Nullen auf verschiedenen Festplatten und Geräten. Kein würdiger Ersatz, wie Henrik fand.

Bei Karoline hatten die Fotos im September 1996 abrupt aufgehört. Kein Schulabschlussfoto, kein Foto vom ersten Auto, kein Foto von der Hochzeit oder ihrem ersten Kind. Nicht einen dieser Meilensteine durfte Karoline erleben, während Brande und Rastrup alles durchlaufen hatten, was das Leben zu bieten hatte.

Und mehr.

Henrik kam plötzlich ein Gedanke. Er ging zum Whiteboard und nahm die drei Fotos ab. »Wer könnte solche Fotos gehabt haben?«

»Pia«, sagte Mark.

»Aber sie kann es nicht getan haben«, überlegte Henrik.

»Die Krankenschwester im Riget meinte, sie hätte keine Fotos in Pias Sachen gesehen, als sie eingeliefert wurde«, sagte Lisbeth.

»Also bleibt nur noch eine Möglichkeit.«

»Rikke«, sagte Henrik. »Die Zwillingsschwester, von der niemand weiß, wo sie ist.«

Natürlich.

Herrgott, Jungersen, wie konntest du nur so blind sein.

Später konnte er sich nicht erklären, warum er in diesem Moment an Jensen gedacht hatte. Warum sie in seinem Leben immer wieder auftauchte, war ihm ein Rätsel. Doch irgendetwas hatte ihn dazu gebracht, einen Blick auf die beiden Nachrichten zu werfen, die sein Handy in der vergangenen Stunde durch Vibrationsalarm angekündigt hatte. Und wie immer war sie ihm weit voraus.

Brande ist in Gefahr.

Und:

Henrik, bist du tot?? Wach auf!

»Mark, was hat die Tierärztin gesagt, draußen in der Hundepension in Hvidovre?«

»Emilie?«

»Ja. Sie nahm an, dass jemand aus dem Tierheim uns angerufen und angeboten hätte, Samson zu übernehmen. Hast du herausgefunden, wer das war?«

»Ja. Oder eher nein. Es war nämlich niemand aus dem Tierheim. Ich bin hingefahren und habe mit allen Mitarbeitern und ehrenamtlichen Helfern gesprochen. In der Telefonzentrale haben sie mir gesagt, dass die Person nur ihren Vornamen nennen wollte.«

»Und der war?«

»Moment. Ich bin sicher, dass ich ihn notiert habe. Ein ganz gewöhnlicher dänischer Name. Wie war er doch gleich?« Mark blätterte in seinem Notizbuch. »Verdammt.« Er sah Henrik mit weit aufgerissenen Augen an. »Es war Rikke.«

Rikke Kokkedal liebte Hunde. Menschen weniger. Irene umzubringen, eine Frau, die sich für ihre Lügen zum Mord an Karoline hatte bezahlen lassen, war für sie keine Schwierigkeit gewesen. Irenes Schäferhund aber ohne Futter auszusetzen oder zuzusehen, wie das Tier eingeschläfert wurde, nachdem man Irenes Leiche gefunden hatte, das brachte Rikke nicht über sich.

Henrik verstand, was sie im Sinn gehabt hatte.

Aber Rikke hatte einen Fehler gemacht.

Und nun war nur noch eine Person am Leben, die am 13. September 1996 dabei gewesen war, als Karoline von der S-Bahn nach Helsingør überrollt worden war.

Lisbeths Telefon klingelte. Sie sah auf den Bildschirm und stellte auf Lautsprecher. »Gorm? Was …?

»Ich bin gerade nach Hause gekommen, und ich glaube, dass etwas mit Rikke ist.«

»Warum?«

»Weil ihr Hund hier ist. Charlie. Draußen vor meinem Haus an einem Pfosten angebunden. Mit einer Decke und einer Schüssel Wasser.«

»Mist.« Henrik eilte zur Tür. »Setzt euch mit Brande in Verbindung. Sie soll sich in ihrem Büro einschließen. Ich bin auf dem Weg zu ihr.«

»Ich komme mit.« Lisbeth schob ihre Pistole ins Holster und folgte Henrik zur Tür hinaus.

82

DONNERSTAG, 10:02 UHR

Jensen stellte ihr Fahrrad vor der Schiebetür ab und rannte in den riesigen Empfangsbereich der Brande AG. Sie spürte, wie die Leute stehen blieben und sie anstarrten.

»Jensen, was zum Teufel soll das?«, sagte eine vertraute Stimme.

Henrik stand an der Rezeption neben einer stattlichen blonden Frau mit Dienstmarkenanhänger, den sie der Empfangsdame, die hektisch in ein Mobiltelefon tippte, vors Gesicht hielt.

»Susanne Brande ist in Gefahr. Wir müssen sie finden«, schrie Jensen.

»Wer sind *Sie* denn?« Henriks Kollegin stellte sich ihr entgegen.

»Lisbeth, schon gut.« Henrik wandte sich mit erhobenen Händen an Jensen. »Wir erledigen das. Geh nach Hause. Sofort!«

»Ist Brande in Sicherheit?«

»Ich *sagte*, dass wir uns darum kümmern.«

Mit offenem Mund sahen die drei, wie Gustav durch die Schiebetür geschossen kam. »Wo ist sie?«, rief er.

Alle redeten durcheinander.

»Verdammt noch mal«, entfuhr es Gustav. »Für so etwas haben wir jetzt keine Zeit.«

Gefolgt von Henrik, Lisbeth und Jensen rannte er zu den Aufzügen. Alle vier sprangen über die Schranken. Hinter ihnen schrie die Empfangsdame in einem lauten Falsett den Sicherheitsdienst herbei.

»Wo ist Susanne Brande?«, rief Jensen aufgeregt den aufgeschreckten Mitarbeitern zu, als sich die Aufzugtüren öffneten.

»Hier lang.« Lisbeth rannte los.

Ein junger Mann mit braunem Haar und Mittelscheitel sah erschrocken auf, als sie ein riesiges Büro mit Glaswänden und Blick auf den Hafen betraten.

»Wir müssen mit Susanne Brande sprechen«, sagte Gustav.

»Das geht nicht«, sagte der junge Mann mit weit aufgerissenen Augen. »Sie ist gegangen.«

»Wohin?«

»Das kann ich Ihnen nicht sagen.«

Henrik packte den Mann am Hemd, sodass sich ihre Gesichter fast berührten. »Jemand ist hinter Ihrer Chefin her. Wenn Sie ihr das Leben retten wollen, sagen Sie uns, wohin sie gegangen ist, sonst machen Sie sich der Beihilfe zum Mord schuldig.«

»Sie hat mich gebeten, ein Taxi für sie zu bestellen.«

»Wohin?«

»Das war wirklich seltsam. Sie fährt nie mit der S-Bahn, und die Station Nordhavn ist gerade mal ein Stück die Straße runter.«

»WOHIN?«

»Ordrup.«

»Wir fahren mit deinem Wagen«, rief Jensen Henrik zu.

83

DONNERSTAG, 11:06 UHR

Kaum war Henriks Auto am S-Bahnhof Ordrup mit quietschenden Reifen zum Stehen gekommen, rannten die vier durch die gepflasterte Unterführung und die Stufen zum weißen Bahnhofsgebäude mit den Kugellampen an der Decke hinauf. Jensen steuerte auf die Tür zum Bahnsteig zu und erspähte durch die Glastür einen blonden Haarschopf. »Sie ist hier!«

Susanne Brande stand, mit dem Rücken zu ihnen, am hinteren Ende des Bahnsteigs, von dem die Züge nach Norden abfuhren. Eine Umhängetasche über der Schulter, streckte sie die Hände vor sich in die Luft, als wollte sie eine unsichtbare Wand wegschieben, während sie vorwärtsging.

Ein paar Leute warteten auf den Zug nach Kopenhagen und reckten neugierig die Hälse, als es plötzlich unruhig wurde. Einige filmten mit ihren Handys. Lisbeth winkte ihnen zu und rief: »Polizei! Hier lang. Sofort!«

Susanne Brande drehte sich erschrocken um. »Lasst uns in Ruhe«, schrie sie, wurde aber offensichtlich von irgendetwas abgelenkt.

Auf ein Zeichen von Jensen an Gustav hin nutzten sie den Moment, um zur anderen Seite der Wartehalle, die den mittleren Bereich des Bahnsteigs einnahm, zu rennen. Henrik folgte ihnen und griff laut fluchend nach seiner Waffe.

»Ich habe das Geld, das du haben wolltest«, sagte Susanne.

Jensen begriff zunächst nicht, mit wem sie sprach. Dann erschien Rikke Kokkedal. Sie trug eine rote Baseballkappe, ihr Gesicht war hassverzerrt. Jensen erkannte sie von dem Foto auf Gorm Thomasens Instagram-Account wieder. Rikke hatte dieselben Gene wie Karoline, von dem Schulmädchen aber, das auf dem Schulfoto so süß in die Kamera gelächelt hatte, war nichts geblieben.

Bevor sie ihn aufhalten konnte, rannte Gustav los, baute sich zwischen Rikke und Susanne auf und fuchtelte mit den Händen in der Luft herum.

»Gustav, nein!«, rief Jensen. »Tu das nicht.«

»Es ist alles in Ordnung«, rief Gustav Rikke zu. »Alles wird gut. Es ist vorbei. Wir wissen, was sie mit Karoline gemacht hat. Sie müssen nichts mehr erklären. Es ist vorbei.«

Niemand hatte mit Rikke gerechnet, genauso wenig wie mit Gustav.

Fast fünfundzwanzig Jahre lang hatte Rikke geglaubt, Karoline sei vor einen Zug gesprungen. Niemand konnte für das Scheitern ihrer Familie verantwortlich gemacht werden, für den Verlust all dessen, was sie gekannt hatte. Doch alles hatte sich geändert, als Pia sie von ihrem Sterbebett im Riget angerufen hatte, beschämt und reumütig, um Rikke von Irenes Brief zu erzählen, weil sie wollte, dass sie den wahren Grund für die Zerstörung ihrer Familie erfuhr.

Rikke ignorierte Gustav und schrie Susanne an. »Ich will dein Geld nicht.«

»Aber du hast doch gesagt … Wir hatten uns doch auf eine Summe geeinigt«, sagte Susanne. »Willst du mehr? Kein Problem, lass mich nur …«

»Du denkst, du kannst dich mit Geld freikaufen.«

»Was?«

»Du hast meine Schwester umgebracht.«

»Nein, ich war es nicht. Morten hat sie gestoßen, ich schwöre es bei Gott.«

»Wann hörst du endlich auf zu lügen?«, stieß Rikke hervor. »Ich weiß alles.«

»Ich wollte es nicht. Ich war damals ein anderer, ein schlechter Mensch. Ich habe es immer bereut. Nicht ein Tag ist vergangen, an dem ich nicht daran gedacht habe …«

Zu mehr kam sie nicht. Blitzschnell war Rikke an Gustav vorbei und hatte Susanne an der Kehle gepackt. Ihr goldblondes Haar umrahmte das von Panik ergriffene Gesicht wie ein Heiligenschein, als Rikke sie über den Bahnsteig nach hinten zerrte.

»Nein!« Gustav lief ihnen nach und versuchte, Susanne Rikkes Griff zu entziehen, indem er sie an den Beinen festhielt. »Tu das nicht, Rikke. Du glaubst vielleicht, dass es dir hilft, aber das ist nicht so. Es bringt dir deine Schwester nicht zurück. Und danach ist es genauso schlimm. Gerecht wird das niemals sein.«

»Lass mich los«, schrie Susanne. »Ich geb dir Geld. Du kriegst alles, was du willst.«

Wie in Zeitlupe entspann sich ein wildes Gerangel, ineinander verschlungene Gliedmaßen waren zu erkennen, flüchtige Blicke auf blondes Haar und eine rote Baseballkappe zu erhaschen. Jensen vernahm das schwache Surren der Gleise, als sich die S-Bahn näherte.

»Nein. Gustav!«

»Sofort aufhören!«, schrie Henrik. »Oder ich schieße.«

Doch Jensen sah, dass er kein freies Schussfeld hatte.

»ZURÜCK!«, brüllten Henrik und sie, als der Zug dröhnend mit kreischenden Bremsen in Sicht kam.

Ein Körper löste sich aus dem Handgemenge und landete auf den Gleisen. Eine rosafarbene Wolke zerstob, als unnachgiebiger Stahl auf weiches menschliches Gewebe traf.

84

DONNERSTAG, 13:37 UHR

Sie ließen ihn zunächst nicht herein. Minna Hansen verbarg sich im Türrahmen hinter der massigen Gestalt ihres Mannes, der sich ausnahmsweise aus seinem Sessel gequält hatte. »Bei Ihrem letzten Besuch waren Sie sehr unhöflich zu uns«, erklärte Kent Hansen und zeigte mit dem Finger auf Henrik. »Sie kommen hier nicht rein, bevor Sie mir nicht sagen, was Sie wollen.«

»Also gut.« Henrik sprach mit der Stimme, die seine Mutter immer als seine Draußen-Stimme bezeichnet hätte. »Wir können den Diebstahl, den Ihre Frau begangen hat, auch im Treppenhaus besprechen, wenn es Ihnen nichts ausmacht, dass Ihre Nachbarn mithören?«

Die Tür öffnete sich weit. Henrik betrat den schmalen Flur. Diesmal wurde ihm kein Kaffee angeboten, und auch auf die Aufforderung, im Wohnzimmer Platz zu nehmen, wartete er vergeblich. Wie ein ängstlicher Vogel duckte Minna sich weg. Kent blähte seinen beachtlichen Bauch auf. »Einfach so daherkommen und Anschuldigungen erheben!«

»Jetzt halten Sie mal den Ball flach«, sagte Henrik. »Ich weiß, dass sie die Uhr geklaut hat. Ich nehme an, es war Ihre Idee?«

Minna sank auf die Knie und schluchzte unkontrolliert. »Ich hab's dir ja gesagt«, rief sie und schlug mit ihren Händen auf den Teppich im Flur. »Ich hab dir gesagt, dass das passieren würde.«

»Sei still!«, herrschte Kent sie an. »Ich nehme an, Sie können das beweisen, oder?« Er sah Henrik herausfordernd an.

Der Mann hatte Nerven.

»Ich sag Ihnen was.« Henrik zog sein Handy hervor. »Ich kann jetzt Verstärkung anfordern, ein paar nette, freundliche, uniformierte Polizisten, die gerne auch mit Sirene kommen, warum nicht. Dann können wir uns alle drei auf dem Revier in aller Ruhe über die Beweise unterhalten.«

Minna beruhigte sich und stand auf. »Nein, Minna, er blufft nur. Er hat keine Beweise«, schrie Kent. »Komm zu mir!«

»Es reicht. Ich habe genug!« Minna verschwand im Wohnzimmer. »Ich halte diesen Druck nicht mehr aus.« Sie kam mit ihrer Handtasche zurück, griff hinein, holte die goldene Uhr von Ove Valborg heraus und händigte sie Henrik aus. »Wie haben Sie das herausgefunden?«, fragte sie schniefend.

»Gar nicht. Es war lediglich eine auf Tatsachen beruhende Vermutung.«

»Es war Kents Idee. Sie wäre mir etwas schuldig, sagte er. Dafür, wie sie mich behandelt hat. Ich hätte mich nicht darauf einlassen sollen. Seitdem fühle ich mich deswegen schrecklich. Ich wollte sie ihr zurückbringen, aber in der Zwischenzeit hatte sie die Schlösser ausgetauscht.«

»Du dummes Weib«, sagte Kent kopfschüttelnd.

»Er meinte, wir könnten die Uhr ja verkaufen.«

Henrik lachte Kent ins Gesicht. »Wenn Sie für den Schrott ein paar Hundert Kronen bekommen hätten, wären Sie gut bedient gewesen.« Er wandte sich zum Gehen.

»Was haben Sie vor?«, wollte Minna Hansen wissen. Sie sah aus, als erwartete sie, in Handschellen ins Gefängnis gebracht zu werden.

»Ich fahre zurück ins Büro. Oves Uhr ist wie von Zauberhand wieder aufgetaucht. Das würde ich seiner Tochter gern mitteilen.«

»Wie? Sie wollen keine Anzeige erstatten?«, sagte Kent Hansen.

Henrik blickte mit einer theatralischen Geste umher. »Weshalb? Wissen Sie von irgendeiner Straftat? Nein? Hätte ich nicht gedacht. Aber ich sage Ihnen was, Kent. Sie sollten Ihre Frau besser mit etwas mehr Respekt behandeln, oder Sie bekommen es doch noch mit mir zu tun. Haben Sie mich verstanden?«

(»Du verdammter Heuchler«, hörte er die Stimme seiner Frau in seinem Kopf sagen.)

85

DONNERSTAG, 14:02 UHR

»Ich habe dein Büro so gelassen, wie es war«, sagte Margrethe, als sie mit Jensen und Gustav die Treppe in dem alten Zeitungsgebäude hinaufging.

Wohl eher, weil es sowieso niemanden mehr gab, dem man es hätte überlassen können, dachte Jensen. Gerade erst waren wieder drei Reporter entlassen worden. Das *Dagbladet* wurde nur noch von einer Notbesetzung geschrieben. Margrethe stand vor dem Kampf ihres Lebens, um die Zeitung zu retten.

Als sie am Büro von Henning Würtzen vorbeigingen, kam der alte Mann mit zitternden, knorrigen Händen zur Tür geschlurft. »Die Heldin kehrt zurück«, kicherte er. »Ich wusste, dass du es nicht lassen kannst.«

»Ich konnte dieses Brande-Weib nie ausstehen.« Margrethe schaltete das Licht in Jensens Büro ein und sah sich um, als sähe sie den Raum zum ersten Mal.

Gustav huschte blitzschnell an ihr vorbei, ließ sich auf seinen alten Schreibtischstuhl fallen und wirbelte wie von Sinnen darauf herum. Jensen quittierte seinen Überschwang mit einem Kopfschütteln.

»Dieser ganze beschwichtigende *Ich-bin-schuld*-Schwachsinn kam mir gleich wie fauler Zauber vor«, sagte Margrethe. »Die Frau ist ein richtig mieses Stück. Schade, dass die Schwester es am Ende versaut hat.«

Zuerst war es Jensen nicht aufgefallen. Sie hatte nur Augen dafür, ob es Gustav auch gut ging. Er war untröstlich und hatte sich an ihrer Schulter ausgeweint, als Henrik Susanne Brande abführte.

Susanne hatte Henrik beschimpft und ihn bei dem Versuch, sich seinem Griff zu entziehen, in den Arm gebissen.

Rikke Kokkedal hatte offenkundig beschlossen, sich das Leben zu nehmen, nachdem sie endlich der Frau gegenübergestanden hatte, die ihre Schwester auf dem Gewissen hatte. Nicht auszuschließen war, dass sie das schon länger vorgehabt hatte. Rastrup und die anderen drei Zeugen waren tot, Brande aber, die für all das verantwortlich war, würde leben. Und ins Gefängnis gehen. Die sorgfältig aufgebaute Persönlichkeit, die sie für die Öffentlichkeit verkörpert hatte, lag in Scherben, aber sie war am Leben.

»Tief in ihrem Innern wusste Rikke vielleicht, dass man gegen solche Leute einfach nicht ankommt«, sagte Jensen.

Später hatten sie noch zwei Fotos gefunden, die an die dunkelgrüne Tür des Bahnhofsgebäudes geklebt waren. Es waren Bilder von Karoline aus der Nacht, in der sie starb. Eines zeigte sie in der Küche der Kokkedals, an die Arbeitsplatte gelehnt, eine Scheibe Roggenbrot mit Salami in der Hand, das andere war in ihrem Zimmer gemacht worden. Auf den Fotos sah sie mit einem breiten Lächeln in die Linse.

Ein Foto für Susanne Brande. Eines für Morten Rastrup.

In memoriam Karoline.

In Rikkes Rucksack, der auf dem Bahnsteig zurückgeblieben war, hatten sie ein Fotoalbum gefunden. Die Seiten waren vom Blättern abgenutzt. Fünf Fotos waren herausgerissen worden.

»Los.« Margrethe klatschte in die Hände. »Die Titelseite schreibt sich nicht von selbst. Ihr habt genau zwei Stunden.« Im Gehen sagte sie noch: »Weißt du, Jensen, ich habe einmal gesagt, dass ich dich niemals auf Knien bitten würde zurückzukommen. Jetzt aber möchte ich dich doch genau darum bitten. Ich habe mit dem Vorstand geredet. Uns bleibt ein Jahr, um das *Dagbladet* umzukrempeln, und das wird uns eine Menge abverlangen. Die Chance, an etwas so Großem und Aufregendem im dänischen Journalismus mitzuwirken, bekommst du nie wieder. Was sagst du?«

Jensen musste nicht lange überlegen. »Unter einer Bedingung – dass Gustav auch bleibt.«

Margrethe lächelte. »Ich dachte mir schon, dass du das sagen würdest. Dem Gymnasium in Østerbro habe ich bereits mitgeteilt, dass er den Platz, den sie ihm angeboten haben, nicht annehmen wird.« Sie drehte sich zu Gustav um. »Wir sprechen im Sommer wieder darüber, aber dein Wunsch geht erst mal in Erfüllung. Ich werde deinen Vater überreden.«

Gustav schlug mit der Faust auf den Drehstuhl.

Nachdem Margrethes entschlossenen Schritte auf dem Gang verhallt waren, setzte sich Jensen an ihren Schreibtisch, klappte ihren Laptop auf, aber gleich wieder zu. »Ich hatte bisher noch nicht die Gelegenheit, mich bei dir zu entschuldigen.«

»Wofür?«

»Wegen der Sache in Aalborg, weil ich dich für einen Lügner gehalten habe.«

»Ich will nicht darüber reden.« Gustav sah sie nicht an. »Und wenn du es noch einmal ansprichst, dann …«

»Okay.« Jensen hob die Hände. »Habe verstanden.«

Gustav nahm einen langen Zug aus seinem Verdampfer und stieß eine Wolke Lakritzdampf aus.

»Keine Selbstgedrehten mehr?«

»Nee, Rauchen ist scheiße.«

Sie lächelten sich zu.

»Sag mal, stand meine Haustür wirklich offen, als du gestern in meiner Wohnung warst?«

»Ja. Warum?«

»Weil dann schon zum zweiten Mal jemand in meiner Wohnung war. Als wollte mir jemand zu verstehen geben, dass er es kann, wann immer er will.«

Sie blickte auf die roten Dächer von Kopenhagen und in den strahlend blauen Himmel hinaus. Bald würde es Sommer werden, ihre Lieblingsjahreszeit in der Stadt.

»Wir müssen herausfinden, *wer* das ist. Die Leute aus der Villa in Vedbæk vielleicht?«

Sie sah Gustav an. *Oder deine kleinen Freunde aus Aalborg, die sich rächen wollen?*

»Willst du in der Wohnung bleiben?«, erkundigte sich Gustav.

»Wo soll ich sonst hin?« Das entsprach nicht ganz der Wahrheit. Kristoffer hatte ihr vorgeschlagen, zu ihm in seine Wohnung in Nordhavn zu ziehen, aber das konnte sie nicht, oder? Zu einem Mann, den sie gerade erst kennengelernt hatte und über den sie kaum etwas wusste?

Sie hatten ihren Beitrag schon halb fertig, als ihr Handy den Eingang einer Nachricht verkündete.

David Goldschmidt.

Lieber Niemand,
ich habe mir den Fall angesehen, von dem Sie sprachen.
Ich will nur sagen, dass es möglicherweise doch kein
Selbstmord war. Ich sage nicht, dass ich beweisen kann,
dass es Mord war. Ich sage nur, dass ich nicht beweisen
kann, dass es keiner war. Sie sind da vielleicht einer
Sache auf der Spur.
David

»Scheiße«, entfuhr es Jensen.

Halt dich fern, hörte sie Brøgger im Nebel auf dem Amalienborg-Platz sagen. So ernst, wie sie es bei ihm noch nie erlebt hatte. War ihm nicht klar, dass seine Warnung sie nur noch entschlossener machen würde, die Wahrheit herauszufinden?

»Was ist los?«, fragte Gustav.

»Carsten Vangede hat sich vielleicht gar nicht erhängt.«

»Wie bitte?«

»Vangede wollte uns etwas sagen. Etwas, das ihn wahrscheinlich umgebracht hat. Und jetzt haben wir nur noch die Adresse in Vedbæk. Was, wenn wir in all seinen Tabellen und Rechnungen etwas hätten finden sollen? Ohne diesen Speicherstick werden wir es nie erfahren.«

»Das muss nicht unbedingt zutreffen«, sagte Gustav.

»Was?«

»Möglicherweise habe ich aus Versehen eine Kopie gemacht.« Er grinste breit und öffnete seine schmutzige Jungenhand. Ein weiterer USB-Stick kam zum Vorschein.

86

FREITAG, 09:34 UHR

Als Henrik vor Jensens Mietshaus in Christianshavn anhielt, hatte er zum ersten Mal seit Monaten das Gefühl, dass die Welt in Ordnung war. Die Sonne schien auf Kopenhagen herab und wischte die Erinnerung an den langen, tristen Winter und an seine grandios verpfuschte Ehe fort. Die Kanäle, die so manches dunkle Geheimnis bargen, glitzerten einladend und schlängelten sich schimmernd durch die Stadt. Ein Mädchen radelte an seinem Auto vorbei, aufrecht sitzend auf einem altmodischen Fahrrad. Ihr Rock und ihr langes Haar wehten hinter ihr her. Unerschöpfliche Möglichkeiten lagen in der Luft, Spannung und sogar Hoffnung.

Nach seiner täglichen Trainingseinheit war er spontan nach Christianshavn gefahren. Ein Umweg zum Büro in Teglholmen, wo er sich den Empfang vorstellen konnte, der ihn erwartete: Monsen würde triumphieren, dass sein Mann sich bewährt hatte. Wiese hingegen würde nachdenklich sein, weil sich seine schützende Hand über Susanne Brande als spektakulärer Fehler erwiesen hatte. Auch wenn er es nur ungern zugab, konnte Henrik dem Mann das kaum vorwerfen, da er selbst auf die Frau hereingefallen war. Lisbeth hatte recht gehabt. Er hatte es Brande viel zu lange zu leicht gemacht. Doch am Ende war die Wahrheit ans Licht gekommen, und das war alles, was zählte.

Fall abgeschlossen.

Um den Morgen perfekt zu machen, musste Henrik nur noch sein altes Team zusammenhaben. Würde Lisbeth tatsächlich in die Abteilung für organisierte Kriminalität wechseln? Einstweilen ließ sie ihn zappeln. Ein bewährtes Muster bei den Frauen in seinem Leben.

(»Allerdings«, hörte er die Stimme seiner Frau.)

Er hatte ein paar Anläufe gemacht, Jensen eine SMS zu schicken, sich dann aber für eine neutrale Nachricht an Gustav und sie mit einem schlichten *Tak* (Danke) entschieden.

Keiner von beiden hatte geantwortet, was ihn ein wenig schmerzte, obwohl er wusste, dass er von nun an keinen Kontakt mehr zu Jensen haben durfte. Nachdem er länger darüber nachgedacht hatte, war er allerdings zu dem Schluss gekommen, dass ein kurzes Treffen mit Jensen, um ihr persönlich zu danken, nicht falsch wäre, sondern lediglich eine professionelle Anerkennung der entscheidenden Rolle, die sie bei der Lösung des Falles und der Überführung von Susanne Brande gespielt hatte. Eine offizielle Anerkennung dieser Rolle war natürlich nicht möglich, kein Eingeständnis, dass es eine Jensen in seinem Leben gab. Nicht, wenn er der Vater werden wollte, der er für seine drei Kinder sein wollte, der Ehemann, den seine Frau verdiente.

Die Sonne brannte auf sein Auto herab. Er setzte die Sonnenbrille auf, kurbelte das Fenster herunter und legte den Ellbogen darauf ab. Der Frühling lag in der Luft, zusammen mit dem Geruch von Bier und Zigaretten von den Betrunkenen auf dem Christianshavn-Platz.

Beim Aufwachen hatte er über Samson, den Schäferhund von Irene Valborg, nachgedacht und darüber, was jetzt aus ihm werden würde. Könnte er selbst Samson nehmen? Seine Frau würde ausrasten, wenn er mit einem Hund ankäme, aber die Kinder würden sie schon überreden. Je mehr er darüber nachdachte, umso mehr schien es ihm, als sollte es einfach so sein.

»Haut nicht hin«, hatte Emilie, die Tierärztin, gesagt, als er sie angerufen hatte. »Samson ist schon weg.«

»Wie meinen Sie das?«

»Kennen Sie die alte Dame, der er gehört hat? Die, die umgebracht wurde?«

»Irene Valborg?«

»Ja, die. Ihre Tochter hat Samson heute früh abgeholt.«

Henrik hatte schon öfter erlebt, wie Hunde Menschen wieder ins Leben zurückholten. Ein Hund hatte Rikke Trost gespendet. Und Regitse war ihm immer wie jemand vorgekommen, die sich nur um sich selbst kümmerte. Wenn man wusste, dass Irene ihre Mutter war, konnte man der Frau dennoch kaum vorwerfen, dass sie so kalt und lieblos geworden war. Vielleicht würde sie jetzt, wo die alte Frau nicht mehr da war und sie alles verloren hatte, einen Neuanfang wagen können. Und zwar einen richtigen. Vielleicht hatte sie ja doch ein Herz.

Die Eingangstür zu Jensens Mietshaus hatte sich nicht ein einziges Mal geöffnet, seit er dort in seinem Wagen saß, stellte Henrik enttäuscht fest.

Was hast du erwartet? Einen roten Teppich und eine Fanfare?

Vielleicht ist sie gar nicht da, dachte er. Vielleicht war sie auch endgültig nach London zurückgekehrt. Oder schlimmer noch, ihr war etwas zugestoßen. Er nahm seine Sonnenbrille ab, kurbelte das Fenster wieder hoch und beugte sich über das Lenkrad. Plötzlich wollte er Jensen ganz dringend sehen. Nur fünf Minuten. Klingeln, nachsehen, ob alles in Ordnung war, sich entschuldigen und wieder gehen. Keiner würde es je erfahren. Als wäre es nie passiert.

Um ein Haar hätte er einen Radfahrer zu Fall gebracht, als er die Autotür öffnete, was ihm eine Suada an deftigen Kopenhage-

ner Schimpfwörtern eintrug. Er trabte zur Haustür hinüber, überlegte es sich dann aber doch anders und ging wieder zurück zum
Auto. In diesem Moment ging die Tür auf.

Jensen.

Jensen und ein Mann.

Seine Hand unten an ihrem Rücken.

Wie?

Jensen hatte keinen Freund. Sie war nicht der Typ dafür. Er hatte kein Recht, so zu denken, aber für Henrik war das immer in
Ordnung gewesen.

Der Mann an ihrer Seite war groß und sah aus, als hätte er ein
paar Kilos zu viel auf den Rippen. Langsam dämmerte es Henrik,
wer das war. »Kristoffer Bro«, murmelte er vor sich hin.

Von allen Männern, die Jensen hätte wählen können, hatte sie
sich für den unredlichsten in ganz Kopenhagen entschieden.

Er sah den beiden nach und wusste nicht, ob er ihnen hinterherlaufen oder sich in sein Auto setzen und wegfahren sollte, als
Kristoffer sich umdrehte, ihn über die Schulter hinweg direkt ansah und ihm zuzwinkerte.

DANKSAGUNG

Nach meinem ersten Jensen-Roman begann ich diesen zweiten während der COVID-19-Sperre, in einer Zeit, in der mir Reisen von meinem Wohnort London nach Dänemark nicht möglich waren. Ich bin meinen dänischen Freunden und meiner Familie dankbar, dass sie mir meine unzähligen Fragen aus der Ferne beantwortet haben. Außerdem Lars Jung, dem Sonderberater bei der dänischen Polizei, dafür, dass er sein Wissen so großzügig mit mir geteilt hat. Jeder Fehler in diesem fiktiven Werk ist ausschließlich mein eigener. Meinen ersten Lesern, Jules Walkden, Philippa Green, Helen Pike, Nick Aldworth und Jeremy Osborne, bin ich für ihre Zuneigung und Unterstützung zu Dank verpflichtet. Wie immer danke ich auch Kate und Sarah Beal von Muswell Press, weil sie an mich geglaubt haben, Laura McFarlane und Catherine Best für ihr scharfsinniges Lektorat und Frederik Walkden für die Landkarte und den Stadtplan im Vorsatz dieses Buches. Zu guter Letzt gebührt mein Dank auch Kopenhagen, meiner geliebten Geburtsstadt, ohne die es Jensen nicht gäbe und letztlich auch nicht mich.